CLARA CHRISTENSEN

Ein zauberhafter Winter

W0377864

Autorin

Clara Christensen ist das Pseudonym einer englischen Autorin. Sie schreibt für die Leserinnen von Penny Parkes, Holly Hepburn und Heidi Swain. »Ein zauberhafter Winter« ist ihr erster Roman bei Blanvalet.

Besuchen Sie uns auch auf www.facebook.com/blanvalet und www.twitter.com/BlanvaletVerlag

Clara Christensen

Ein ZAUBERHAFTER Winter

Roman

Deutsch von Sonja Fehling

blanvalet

Die Originalausgabe erschien 2017 unter dem Titel
»Hygge & Kisses« bei Simon & Schuster, London.

Sollte diese Publikation Links auf Webseiten Dritter enthalten, so übernehmen wir für deren Inhalte keine Haftung, da wir uns diese nicht zu eigen machen, sondern lediglich auf deren Stand zum Zeitpunkt der Erstveröffentlichung verweisen.

FSC
www.fsc.org
MIX
Papier aus verantwortungsvollen Quellen
FSC® C014496

Verlagsgruppe Random House FSC® N001967

3. Auflage
Copyright der Originalausgabe © 2017 by Clara Christensen.
Published by Arrangement with SIMON & SCHUSTER UK LTD.,
LONDON WC1X 8HB, ENGLAND.
Dieses Werk wurde vermittelt durch die
Literarische Agentur Thomas Schlück GmbH, 30161 Hannover.
Copyright der deutschsprachigen Ausgabe © 2019 by Blanvalet
in der Verlagsgruppe Random House GmbH,
Neumarkter Str. 28, 81673 München
Redaktion: Angela Kuepper
Umschlaggestaltung: © Favoritbuero, München
Umschlagmotive: Shutterstock.com
(Max Topchi; Morgan Studio; rvika; SofikoS)
JaB · Herstellung: sam
Satz: Buch-Werkstatt GmbH, Bad Aibling
Druck und Bindung: GGP Media GmbH, Pößneck
Printed in Germany
ISBN 978-3-7341-0664-4

www.blanvalet.de

Teil eins

London

Kapitel 1

Bo Hazlehurst konnte nicht anders, als sich Sorgen zu machen, während sie eines Montagmorgens auf dem Weg zur Arbeit in einem vollen U-Bahn-Waggon stand und hin und her geschaukelt wurde. Ihr Leben fühlte sich einfach nicht so an, wie es sollte. Bisher hatten die vergangenen sechsundzwanzig Jahre ihres Lebens unter einem guten Stern gestanden: Sie hatte einen anständigen Job, eine liebevolle Familie und ein reges Sozialleben, und sie wusste, eigentlich sollte sie für all diese Dinge dankbar sein. Am Wochenende aber hatte Bo in einem Magazin einen Artikel über die Quarterlife Crisis gelesen, und dieser hatte genau ihr Gefühl bestätigt, dass irgendetwas nicht stimmte … dass sie auf irgendeine Art noch nicht richtig erwachsen war, sondern nur ein kleines Mädchen, das diese ganze Sache mit dem Erwachsensein nur spielte.

Abrupt taumelte Bo zur Seite und verlor den Halt, als die Bahn ruckartig und mit quietschenden Bremsen im Tunnel zum Stehen kam. Peinlich berührt versuchte sie, ihr Gleichgewicht zurückzugewinnen, zog den Schultergurt ihrer Tasche zurecht und murmelte eine Entschuldigung in Richtung des Geschäftsmannes mit dem schütter werdenden Haar, in dessen Achselhöhle sie gerade mit dem Gesicht voran gelandet war. Die anderen Fahrgäste schüttelten den Kopf angesichts der unerwarteten Verzögerung und setzten dazu passende finstere Gesichter auf. Bo tat es ihnen nach, während sie gleichzeitig versuchte, ihre Gedanken von der heraufziehenden Quarterlife Crisis abzulenken und sich stattdessen auf den bevorstehenden Tag zu konzentrieren.

Sie arbeitete im Londoner West End für eine Firma, die sich auf Buchhaltungssoftware spezialisiert hatte. Zugegeben: Während ihres dreijährigen Psychologiestudiums an der University of East Anglia hatte die IT-Branche nicht gerade zu ihren angestrebten Arbeitsfeldern gehört, und als man ihr nach dem Abschluss die Stelle als Büroassistentin anbot, hatte sie zunächst gezögert und darauf gehofft, dass sich noch etwas Aufregenderes ergeben würde; etwas, das mehr mit ihr zu tun hatte. Doch ihre Eltern hatten sie dazu angehalten, dass sie sich die Gelegenheit, einen Fuß in die Tür eines renommierten Unternehmens zu bekommen, nicht entgehen ließe – noch dazu in einer sicheren Branche (»Buchhaltungssoftware wird immer gebraucht«, hatte ihr Vater, selbst Buchhalter, in wissendem Tonfall gesagt). Und so hatte sie das Angebot angenommen.

Leicht beschwingt durch die Tatsache, dass sie so schnell einen »richtigen« Job gefunden hatte (während viele ihrer Freunde sich mit Teilzeit- oder

Kneipenjobs über Wasser hielten), hatte Bo ihre Vorbehalte beiseitegeschoben und unvoreingenommen ihre Stelle angetreten. Es mochte vielleicht nicht die aufregendste Tätigkeit aller Zeiten sein, aber immerhin würde sie im Zentrum des West End arbeiten, nur einen Steinwurf entfernt von der Oxford Street – was sich für eine Einundzwanzigjährige, die in den letzten drei Jahren im Studentenwohnheim am Stadtrand von Norwich gelebt hatte, wie ein Geschenk des Himmels anfühlte. Und so stellte Bo sich vor, wie sie in den Mittagspausen durch die Boutiquen streifen, sich mit Freunden zum Essen treffen oder kurz bei Selfridges reinschlüpfen würde, um die Kosmetikabteilung leer zu kaufen.

Als jüngste Mitarbeiterin der Firma war sie so ziemlich jedem ihrer Kollegen unterstellt und verbrachte die ersten sechs Monate bei Aspect Solutions damit, Briefe zu frankieren, die Kundendatenbank zu aktualisieren, die Geschäftsführer mit Getränken zu versorgen und – wenn sie Glück hatte – bei den Vorstandssitzungen Protokoll zu führen, weil eine der persönlichen Assistentinnen erkrankt war. Der Job war langweilig und stressig zugleich, und so dauerte es nicht lange, bis sie sich vollkommen desillusioniert fühlte. Die Abstecher zu Selfridges fanden selten statt, da ihr bescheidenes Gehalt fast komplett für Miete, Fahrtkosten und den Ausgleich ihres Kontostandes draufging, der sich hartnäckig weigerte, ins Plus zu wandern. Davon abgesehen befand sich ihr Büro am genau entgegengesetzten Ende der Oxford Street, direkt zwischen Souvenirläden und Geschäften für Handyhüllen. Dennoch harrte sie aus und arbeitete sich in den nächsten Jahren emsig durch sämtliche Verwaltungspositionen hindurch nach oben, bis hinauf zu den schwindelerregenden Gipfeln der Marketingabteilung, wo sie nun als Marketing Coordinator für den Inhalt und die Ausführung des PR-Materials verantwortlich war.

Die feststeckende U-Bahn setzte sich schließlich wieder in Bewegung, und fünfzehn Minuten später trat Bo an der Haltestelle Oxford Circus in den grauen, regnerischen Novembertag hinaus. Auf dem Gehsteig kramte sie hastig in ihrer Tasche nach ihrem Regenschirm und spannte ihn auf, während sie inmitten einer griesgrämigen Gruppe von Pendlern am Fußgängerüberweg darauf wartete, dass die Ampel umsprang. Als endlich das blinkende grüne Männchen auftauchte, setzte sich die Menge flutartig in Bewegung und drängte sich an der Schlange von Bussen und Taxis vorbei, die ungeduldig darauf warteten, dass es für sie Grün wurde. Bo duckte sich, um den Speichen der entgegenkommenden Regenschirme auszuweichen, und bog neben dem Flagship-Store von Topshop rechts ab. Im Vorbeigehen warf sie einen kurzen Blick durch die riesigen Fenster und sah eine androgyne Schaufensterpuppe mit bauchfreiem Top und hautenger Jeans, die so tief saß, dass die Hüftknochen aus Plastik über dem Hosenbund hervortraten. »Darin holt sie sich den Tod«, murmelte Bo vor sich hin, bevor ihr in einem Anflug von Entsetzen klar wurde, dass sie sich schon genauso anhörte wie ihre Mutter.

Um die stark befahrene Durchgangsstraße so schnell wie möglich hinter sich zu lassen, bog sie nach links in eine Seitenstraße ein, sprintete mit angehaltenem Atem durch die Reihe wartender Taxis hindurch und versuchte, dabei nicht den schwarzen Qualm einzuatmen, der aus den Auspuffen kam. Da sie ebenso wenig von einem Fahrradkurier in Stretchmontur umgemäht werden wollte, der rücksichtslos zwischen Straße und Bürgersteig hin und her wechselte, sprang Bo auf den Bordstein und trat versehentlich in eine Pfütze, die sich im Riss eines gesprungenen Pflastersteins ausgebreitet hatte. Verärgert stöhnte sie auf, als das Pfützenwasser glucksend in ihren Schuh schwappte und feuchte Kälte ihre Strumpfhose hinaufwanderte.

Während sie unter dem Vordach eines Coffeeshops Schutz suchte und dort das schmutzige Wasser aus ihrem Schuh leerte, fiel Bos Blick auf ihre finstere Miene, die sich in der getönten Fensterscheibe spiegelte. In letzter Zeit schien dieser Gesichtsausdruck typisch für sie zu sein – das ging sogar schon so weit, dass sie den Ansatz einer Falte zwischen ihren Augenbrauen entdeckt hatte. Welche Ironie, dass sie bereits Falten bekam, obwohl sie sich innerlich noch nicht einmal richtig erwachsen fühlte. Vielleicht war »vorzeitiges Altern« ja ein weiteres Wehwehchen, das sie auf ihre Liste der Quarterlife-Probleme setzen sollte.

Im Allgemeinen stufte sich Bo in puncto Attraktivität als gute Sieben ein, die sich zu einer Achteinhalb ausdehnen ließ, wenn sie sich besonders viel Mühe mit ihrem Äußeren gab. Zwar war sie nicht besonders groß, aber die Natur hatte sie mit einer schlanken Figur, klarer Haut und blaugrauen Augen gesegnet – und Haaren, die sich, obwohl sie von Natur aus lockig waren, mithilfe eines Glätteisens zu eleganten Wellen zähmen ließen. Dennoch konnte sie nicht leugnen, dass sie an diesem Montagmorgen optisch nicht ihren besten Tag hatte: In ihrer eintönigen Bürokleidung, bestehend aus einem grauen Trenchcoat und schwarzer Hose, sah sie einfach nur blass und müde aus. Seufzend hob sie ihre mit Handschuhen umhüllten Finger, um die Haarsträhnen, die ihr an der feuchten Stirn klebten, wieder an den angestammten Platz zurückzustreichen. Gleichzeitig verfluchte sie ihre Gene, weil die sie mit Haaren ausgestattet hatten, die sich schon beim kleinsten Hauch von Feuchtigkeit in der Luft zu kringeln begannen.

Missmutig schob Bo den Fuß zurück in den nassen Schuh und setzte ihren Zickzackkurs gen Norden fort – auf das hässliche graue Bürogebäude zu, in dem Aspect Solutions seinen Firmensitz hatte. Dort angekommen, öffnete sie die schwere Glastür und durchquerte die geflieste Eingangshalle in Richtung Fahrstuhl, wo ihr Blick auf der Liste der Firmen hängen blieb, die sich auf den einzelnen Etagen befanden. Die meisten hatten Namen, die nichts über den Zweck des Unternehmens oder auch nur die Branche aussagten. Einige bezeichneten sich als Agenturen oder Consultingfirmen und hatten bedeutungslose, abstrakte Namen, die für Bo eher wie Figuren aus einer Science-Fiction-Serie und nicht wie Unternehmen klangen: Zeneca, Sentralis,

Clostridia (wobei sich Letzteres bei genauerer Betrachtung eher wie eine Geschlechtskrankheit anhörte und weniger wie die Anführerin eines Alienvolkes).

Ein elektronisches »Pling« wies darauf hin, dass der Fahrstuhl im vierten Stock angekommen war, und während die Metalltüren zur Seite glitten, wappnete sich Bo für eine weitere Arbeitswoche im Büro.

»Morgen, Bo«, flötete Chloe, die Empfangsdame mit platinblondem Haar, verlängerten Wimpern und Augenbrauen, die aussahen, als hätte man sie ihr mit einer Schablone auf die Stirn gemalt.

»Morgen, Chloe«, entgegnete Bo lächelnd und ließ ihren Schirm in den Ständer neben dem Wasserspender fallen. »Schönes Wochenende gehabt?« Sie wusste, dass Chloe montagmorgens nichts lieber tat, als von ihren Wochenendabenteuern zu berichten.

»Ja, super, danke«, verkündete ihre Kollegin dann auch strahlend. »Samstagabend war ich mit den Mädels unterwegs, um Kellys Geburtstag zu feiern. Oh. Mein. Gott. Kann die trinken.«

Einige der Freundinnen hatte Bo bereits kennengelernt, als Chloe sie zu ihrer Geburtstagsfeier in eine Weinbar eingeladen hatte, die mittlerweile zum Feierabendstammlokal der Aspect-Mitarbeiter avanciert war. Die Mädels waren genauso aufgestylt gewesen wie Chloe: das Haar mit Spray fast zu Tode gequält und die Haut so orangefarben getönt, dass es schon besorgniserregend war. Im Vergleich zu ihnen war Bo sich ziemlich alt und prüde vorgekommen, vor allem nachdem die Mädels einiges getrunken hatten und anfingen, sich über ihre Freunde und ihr Sexleben zu unterhalten (lautstark und äußerst anschaulich).

»Wir haben fleißig Jägermeister gekippt«, fuhr Chloe stolz fort. »Ist 'n bisschen heftig abgegangen, wie du dir denken kannst.«

Bo nickte und zog innerlich eine Grimasse bei der Vorstellung, was bei einem heftigen Abend mit Chloe, ihren Freundinnen und Jägermeister so alles abgegangen sein könnte.

»Auf der Rückfahrt im Taxi ist Kelly schlecht geworden«, erzählte Chloe weiter, als wollte sie Bos stumme Frage beantworten. »›Oh mein Gott, Kels‹, hab ich gesagt. ›Das ist jetzt nicht wahr, oder?‹ Die Suppe hat sich über den ganzen Boden verteilt, unter die Sitze, auf meine Schuhe, einfach überall. Ich bin ausgerastet. Die Schuhe waren brandneu!« Chloe blickte zu Bo hinüber, um so etwas wie mitfühlende Empörung zu erhaschen, und Bo bemühte sich, ein möglichst empathisches und weniger angeekeltes Gesicht aufzusetzen.

»Oh nein«, murmelte sie halbherzig.

»Als ich zu Hause war, hab ich sie unterm Wasserhahn abgespült, und jetzt sehen sie wieder ganz gut aus«, fuhr Chloe lebhaft fort. »Allerdings könnten sie wahrscheinlich etwas Deo vertragen, damit sie nicht mehr so stinken«, endete sie mit geschäftsmäßiger Miene und durchstöberte die Morgenpost auf der Suche nach dem Stapel von Briefen, der für die Marketingabteilung bestimmt war. »Und bei dir so? Irgendwas Schönes gemacht am Wochenende?«, fragte sie, während sie Bo die Umschläge reichte.

»Och, nichts Besonderes«, antwortete Bo und sah geistesabwesend den Poststapel durch.

»Oh, okay.« Chloe wirkte enttäuscht, als hätte Bo sie im Stich gelassen, weil sie nicht mindestens eine skandalöse Anekdote zum Besten gab, um ihr ein bisschen Abwechslung zu ihrem schnöden Alltag zu bieten, der nur aus Telefondienst und dem Empfang von Gästen bestand.

»Also dann, bis später«, sagte Bo in einem »Ich muss jetzt dringend loslegen«-Tonfall und deutete ein entschuldigendes Lächeln an.

»Bis dann«, zwitscherte Chloe abgelenkt von dem elektronischen »Pling«, das die Ankunft einer weiteren Fahrstuhlladung Aspect-Mitarbeiter verkündete.

In dem Bewusstsein, dass ihr linker Schuh bei jedem Schritt ein Schmatzen von sich gab, machte Bo sich auf den Weg durch das Großraumbüro und steuerte auf die Gruppe von Schreibtischen zu, aus denen sich die Marketingabteilung zusammensetzte. Sie war an diesem Morgen die Erste aus ihrem Team, und während sie den Mantel auszog, schaltete sie den Computer ein und ließ sich anschließend auf ihren Drehstuhl sinken. Über das leise elektrische Summen ihres Rechners hinweg konnte sie das Klingeln eines Telefons hören, und durch die dreifach verglasten Fensterscheiben drang das entfernte Trommeln eines Presslufthammers von der Oxford Street herauf, wo eine neue Bahnlinie gebaut wurde. Die Geräuschkulisse war Bo seit ihrer Einstellung vor fünf Jahren vertraut und hatte sich in dieser Zeit so gut wie gar nicht verändert. Im Stillen fragte sie sich, ob der Bürosound in fünf Jahren wohl immer noch genauso klingen würde und ob sie dann noch hier wäre und sich die Frage selbst beantworten könnte.

Gerade als Bo damit begonnen hatte, sich durch die siebenunddreißig E-Mails zu scrollen, die in ihrem Postfach gelandet waren, seit sie am Freitag um achtzehn Uhr ihren Computer heruntergefahren hatte, erschien Claire, die Marketingmanagerin, an ihrem Schreibtisch.

»Morgen, Claire, schönes Wochenende gehabt?«, erkundigte sich Bo bei ihrer Chefin.

Claire war Ende dreißig, hatte zwei Kinder unter drei Jahren und strahlte stets eine Mischung aus Sorge und Erschöpfung aus. An diesem Morgen wirkte sie besonders angespannt.

»Frag nicht«, antwortete sie und verzog das Gesicht. »Magen-Darm-Virus. Bei beiden Kindern kam es oben und unten raus.«

Bo setzte eine mitfühlende Miene auf, und für einen flüchtigen Moment ging ihr die Frage durch den Kopf, ob sie je genug lieben könnte, um in so einem Zustand für ein Kind die Krankenschwester zu spielen. Oder würde sie beim Anblick eines sich in hohem Bogen übergebenden Kleinkinds angeekelt zurückweichen und aus dem Zimmer laufen? Eher Letzteres, nahm sie an.

»Das war sicher kein Spaß«, befand sie.

Claire nahm einen tiefen Atemzug, um sich zu beruhigen. »Wie heißt es so schön?«, entgegnete sie mit leidgeprüfter Stimme. »Du bist erst dann eine richtige

Mutter, wenn du dir die Kotze deines Kindes aus dem Dekolleté waschen musstest.«

»Tee?«, schlug Bo vor und stand abrupt auf. Mehr Gespräche über »Kotze« verkraftete sie so früh an einem Montagmorgen nicht.

»Oh ja, bitte«, sagte Claire jammernd. Natasha, die andere Marketingkoordinatorin, und Hayley, die Abteilungsassistentin, waren zusammen an den Schreibtischen gegenüber eingetroffen und entledigten sich gerade ihrer Schals und Mäntel. »Tee?«, fragte Bo lautlos über die königsblauen Trennwände hinweg, und beide nickten.

Noch bevor sie die Büroküche betrat, strömte ihr schon der beißende Geruch verbrannten Toasts entgegen. Drinnen standen Becky und Alison, zwei Verwaltungsangestellte aus der Lohnbuchhaltung, an der Arbeitsplatte. Becky war gerade damit beschäftigt, eine Schicht schwarzer Krümel von ihrer angebrannten Toastscheibe zu kratzen, während Alison ihr Tee schlürfend zusah. Beide Frauen waren Mitte dreißig – die eine schwarzhaarig, die andere blond, und sie hatten die gleichen stämmigen Figuren und mürrischen Gesichter, die Bo stets ein wenig nervös machten. Irgendwie erinnerten die zwei sie an die Mädchen, gegen die sie in der Schule bei Korbballturnieren angetreten war – Gegnerinnen, die nur aus Ellbogen und Fingernägeln zu bestehen schienen und kein Problem damit hatten, eine kleinere, schmächtigere Person wie Bo einfach plattzumachen.

Freundlich nickte Bo den Kolleginnen zu, doch die

beiden Frauen dachten gar nicht daran, zur Seite zu gehen. So war Bo gezwungen, sich durch den schmalen Spalt hindurchzuquetschen, den die beiden zwischen ihrer geballten Leibesfülle und den Schränken auf der anderen Seite der engen, fensterlosen Küche frei gelassen hatten. Nachdem Becky die unverbrannte Mitte ihrer Toastscheibe gerettet hatte, begann sie damit, diese großzügig mit Margarine zu bestreichen. Während sie und Alison sich über ihre Wochenenden unterhielten, ignorierten sie Bo eisern, die inzwischen an der Spüle stand und den Wasserkocher auffüllte.

»Guten Morgen, die Damen.«

Unwillkürlich drehte Bo sich um und sah, wie Ben, einer der Account-Manager, in die Küche marschiert kam – mit dem locker-lässigen Gang eines Neunundzwanzigjährigen, der sich seiner Wirkung auf Frauen deutlich bewusst war.

»Morgen, Ben«, entgegneten Alison und Becky einstimmig und traten instinktiv zur Seite, um ihm Platz zu machen. Bo sagte nichts. Stattdessen wandte sie sich wieder zum Wasserkocher um und betrachtete konzentriert die Dampfwolke, die sich durch den Ausguss drängte.

»Morgen«, wiederholte Ben etwas leiser, als er neben Bo an der Spüle ankam, und streckte den Arm aus, um sich eine Tasse aus dem Schrank über ihrem Kopf zu holen. Bo warf ihm einen kurzen Seitenblick zu.

»Oh, hi«, murmelte sie. Ben gab einen Teebeutel in seine leere Tasse und stellte diese ans hintere Ende der vier Tassen, die Bo auf der Arbeitsplatte fein säuberlich nebeneinander aufgereiht hatte. Schweigend sah er zu, wie sie kochendes Wasser hineingoss. Bo konnte spüren, dass er etwas sagen wollte, doch in diesem Moment machte Becky ihren Mund auf.

»Schönes Wochenende gehabt, Ben?«, erkundigte sie sich und biss ein Stück von ihrem Margarinetoast ab.

Bo hatte ihr zwar den Rücken zugedreht, dennoch zuckte Bo mitten in der Gießbewegung zusammen, sodass sie eine Pfütze aus kochendem Wasser auf die Kunststoffplatte verspritzte. Mit einem genervten Laut griff sie nach einem Geschirrhandtuch, um das Malheur aufzuwischen.

»Super Wochenende, danke«, antwortete Ben, während er sich von der Spüle entfernte und die Milchflasche holte, die er anschließend an Bo weiterreichte, ohne sie dabei anzusehen. Stumm nahm Bo sie entgegen. »Und du?«, fragte er Becky. »Irgendwas Aufregendes gemacht Samstagabend?«

Bo glaubte, einen Hauch von Sarkasmus in seinem Tonfall zu hören. Bens verzücktem Publikum schien das allerdings nicht aufzufallen.

»Ach, nicht wirklich. Ich war zu Hause und hab *Strictly Come Dancing* geguckt«, antwortete Becky deprimiert.

»He, nichts gegen *Strictly Come Dancing*«, gab Ben in gespieltem Vorwurf zurück. »Das ist derzeit die geilste Show im Fernsehen. Ich will nichts Negatives hören.« Offensichtlich funktionierte seine Charmeoffensive: Becky und Alison fingen beide an zu kichern. Bo, die immer noch mit dem Rücken zu ihnen stand, verdrehte die Augen, während sie Milch in den Tee rührte.

»Ich hätte nicht gedacht, dass du *Strictly Come Dancing* guckst, Ben«, mischte sich Alison in die Unterhaltung ein. Der flirtende Unterton in ihrer Stimme war nicht zu überhören.

Ben hatte ihn ebenfalls bemerkt und reagierte entsprechend. »Ich bin ein Riesenfan!«, gab er mit ernstem Gesicht zurück. »Tanzende Stars, wie kann man das nicht toll finden? Und die Moderatorin nicht zu vergessen …« Ben verstummte, und wie aufs Stichwort brachen die beiden Frauen erneut in mädchenhaftes Gekicher aus.

Abrupt ließ Bo den benutzten Teelöffel in die Spüle fallen, wo er laut scheppernd auf der Edelstahloberfläche landete.

»Uuh, Ben, du stehst also auf Tess Daly?«, fragte Becky kokettierend.

Herr im Himmel, dachte Bo im Stillen und warf einen Seitenblick auf Ben: Das vergnügliche Funkeln in dessen Augen war nicht zu übersehen.

Einen Moment lang tat er so, als müsste er konzentriert nachdenken. »Na ja, sie ist natürlich schon Ende vierzig«, stellte er bedauernd fest und bewirkte damit, dass Alison und Becky entsetzt aufkeuchten. »Andererseits sieht sie immer noch heiß aus.« Gequält verzog Ben das Gesicht, als steckte er in einem Dilemma. »Alles in allem denke ich … ich würde sie nicht von der Bettkante stoßen.«

Aus den beiden Verwaltungsangestellten entlud sich

eine Kakophonie aus Sätzen wie »So was kannst du doch nicht sagen«, »Die ist verheiratet« und anderen Vorwürfen. Entzückt über diese Reaktion hob Ben die Hände zu einer »Ich bin nur ehrlich«-Gebärde. Mit einem Ruck riss Bo ein zerbeultes Plastiktablett aus dem Schrank unter der Spüle und stellte in grober Manier ihre vier Tassen darauf.

»Dein Tee steht da«, verkündete sie kurz angebunden, ohne Ben dabei eines Blickes zu würdigen. Dann nahm sie ihr Tablett und verließ die Küche, während ihr Alisons und Beckys gackerndes Gelächter immer noch in den Ohren klang.

Als sie in ihre Abteilung zurückkam, verteilte sie, begleitet von einem Chor aus Dankbarkeitsbezeugungen, die Teetassen an ihr Team. Absurderweise ärgerte sie sich über Becky und Alison, weil die sich so leicht von Ben manipulieren ließen und sich in seiner Gegenwart wie alberne Schulmädchen aufführten. Merkten die denn gar nicht, dass sie ihm nur in die Karten gespielt hatten? Grimmig ließ sich Bo auf ihren Stuhl fallen und starrte blicklos ihren schlummernden Computerbildschirm an. Sie war nicht nur sauer auf Becky und Alison, sondern auch auf Ben, weil der sich so heuchlerisch verhielt. Dabei wusste sie genau, was er wirklich von *Strictly Come Dancing* hielt. Tatsächlich hatten sie gerade erst an diesem Wochenende darüber gesprochen. Nach dem gemeinsamen Abendessen hatte sie die Sendung auf dem Rückweg zu seiner Wohnung erwähnt, und Ben hatte verächtlich gelacht, bevor er sie damit aufgezogen hatte, dass sie offensichtlich schon frühzeitig gealtert sei. Mittlerweile kannte Bo seinen zynischen Humor, der oft ans Boshafte grenzte. Das war nur eines von diversen Dingen, die Bo so langsam an ihrer Beziehung zu stören begannen – einer Liebesbeziehung unter Kollegen, die sie nun schon seit fast neun Monaten heimlich führten.

Kapitel 2

Bo stupste ihre Maus an, um ihren Bildschirm wieder zum Leben zu erwecken, bevor sie gedankenverloren die erste E-Mail in ihrem Postfach öffnete: ein Rundschreiben der Personalabteilung über die Umstrukturierung der Firma. Stirnrunzelnd blickte Bo auf den Monitor und hoffte, den Eindruck zu erwecken, sie würde nicht bemerken, dass Ben auf dem Weg in seine Abteilung mit seinem Tee an ihrem Schreibtisch vorbeikam. Einige Minuten später kündigte ein blinkendes Icon an, dass sie eine Nachricht bekommen hatte. *Du siehst echt heiß aus heute Morgen*, stand darin. *Lust, mich am Freitag zur Eröffnung einer Cocktailbar zu begleiten?*

Unentschlossen starrte Bo die Nachricht von Ben an. Sie war immer noch verärgert über die Szene, die sie gerade in der Küche mit angesehen hatte. Wenn sie Bens Einladung annahm, würde sie ihm damit stillschweigend signalisieren, dass sie ihn vom Haken gelassen hatte. Ihr pragmatischer Anteil ging allerdings die möglichen Alternativen für den Freitagabend durch und kam zu dem Schluss, dass sie sich höchstwahrscheinlich etwas zu essen bestellen und den Abend allein auf dem Sofa vor der Glotze verbringen würde.

Und das, dachte sie verzagt, war sicherlich ein Zeichen für ihre Quarterlife Crisis – ein weiterer Beweis dafür, dass ihr nach außen hin erwachsen wirkendes Leben nur eine Scharade war. Im neunten Monat ihrer Beziehung verheimlichten sie und Ben noch immer vor den Kollegen, dass sie zusammen waren (weil er darauf bestand); stattdessen schickten sie wie Teenager heimlich Nachrichten hin und her und ignorierten einander im Büro. Oft fragte sich Bo, ob Ben einfach nur die Macht genoss, die ihm dieses Arrangement verlieh; ob es ihm einen Kick versetzte, wenn er vor ihrer Nase mit anderen Frauen flirtete, weil er wusste, dass sie nicht darauf reagieren konnte.

Hat Tess Daly dich etwa abblitzen lassen?, tippte sie in den Computer ein und spitzte die Lippen zu einem Schmollmund. Mit Ben zusammen zu sein fühlte sich manchmal an wie ein Pokerspiel, in dem jeder Zug darauf abzielte, den Bluff des anderen aufzudecken. Bo hatte noch nie besonders gern Karten gespielt, schon gar nicht Poker. Irgendwie schienen die Gegner ihr Pokerface immer direkt zu durchschauen, so wie Ben jetzt sicherlich auch ihren Versuch bemerkte, die Coole zu spielen. Bo trank einen Schluck Tee, während sie auf seine Antwort wartete.

Tess kann mit dir nicht mithalten. Du warst meine erste Wahl.

Automatisch sackten Bos Schultern leicht nach unten, und sie ließ die Finger auf die Tastatur sinken.

Wem machte sie hier eigentlich etwas vor? Sie wussten sowieso beide, wie die Sache ausgehen würde, und außerdem hatte sie noch einen Haufen Arbeit zu erledigen.

Okay. Wann und wo?, tippte sie daher ein.

Ben Wilkinson hatte vor zehn Monaten bei Aspect angefangen. An einem grauen Tag im Januar war er im Büro aufgetaucht, dem ersten Arbeitstag nach dem Weihnachtsurlaub. Wie gewöhnlich hatte Bo die Feiertage bei ihren Eltern verbracht, die in einem freistehenden Einfamilienhaus am Rande einer aufstrebenden Pendlerstadt in Buckinghamshire wohnten, in einer Siedlung aus lauter sich ähnelnden, kostspielig in Schuss gehaltenen Häusern.

Dass sie als Frau Mitte zwanzig an Weihnachten nach Hause fuhr, war eine seltsame Erfahrung für Bo: ein etwas holpriges Aufeinanderprallen ihres gegenwärtigen Lebens und ihrer Vergangenheit. Zwar hatte sie in ihrem ehemaligen Kinderzimmer übernachtet, doch das hatte ihre Mutter schon vor langer Zeit nach deren eigenem Geschmack in ein Gästezimmer umgestaltet. Die Wände, an denen in Bos Teenagerzeit noch Poster berühmter Musiker gehangen hatten, waren nun in einem zarten Primelgelb gestrichen, während die Tagesdecke und die passenden Zierkissen in einem lavendelfarbenen Paisleymuster erstrahlten.

Seit Bo von zu Hause ausgezogen war, hatte sie den Luxus ihres Elternhauses zu schätzen gelernt, den sie als Kind immer für selbstverständlich gehalten hatte:

die bequemen Möbel, die großen Zimmer und den gut gefüllten Kühlschrank. Es war unbestreitbar angenehm, in ein Leben ohne Verantwortung zurückzukehren – wenn auch nur kurz –, wo man sämtliche Mahlzeiten vorgesetzt bekam und sich nur darüber Gedanken machen musste, welchen Film man an Weihnachten gucken wollte. Der Preis, den sie allerdings für diese Rückkehr in einen Zustand sorgloser Trägheit bezahlen musste, war der Rückfall in die Familiendynamik ihrer Jugend – was beinhaltete, dass ihre Eltern sich übertriebene Sorgen um sie machten und Bo sich im Gegenzug wie ein schmollender Teenager aufführte.

An diesem Weihnachten hatte Bo noch ausweichender als sonst auf die Nachfragen ihrer Eltern geantwortet, ob es da »jemand Besonderen« in ihrem Leben gebe – sie hatte einfach keine Lust gehabt, ihnen zu erzählen, dass ihre Dates meistens über Tinder zustande gekommen waren. Ihre Eltern wären mit Sicherheit entsetzt gewesen und davon überzeugt, dass Bo als Opfer eines Internetpsychopathen enden würde, so wie man es immer in der Zeitung las. Gut möglich, dass sie Bo erst wieder nach London zurückfahren ließen, wenn sie versprach, die App nie wieder zu nutzen.

In Wahrheit hatte Bo selbst gezögert, Tinder auszuprobieren, dann allerdings doch ein Profil erstellt – unter dem Einfluss einer Flasche Wein und ihrer Mitbewohnerin Kirsten, die ihr versichert hatte, dass es im neuen Jahrtausend vollkommen normal sei, Dating-Apps zu nutzen, und sie ja außerdem nichts zu verlieren habe. Ihr anfänglicher Schock über die anzüglichen Fotos und krassen Vorschläge, die in erschreckender Regelmäßigkeit auf dem Display ihres Handys aufpoppten, hatte schnell nachgelassen, und nachdem Bo einmal die Kunst beherrschte, ungewollte Matches sofort zu löschen, hatte sie sich mit Vergnügen in die Tinder-Dating-Szene gestürzt.

Nach sechs Monaten frenetischen Swipens und Textens war sie allerdings ziemlich desillusioniert. Sie hatte unzählige Dates gehabt, doch kein einziges hatte in einer Beziehung gemündet, die länger als ein paar Wochen dauerte. Immer stärker wurde sie von dem Gefühl heimgesucht, dass es in London einfach eine zu große Auswahl an Singles in ihrem Alter gab, und selbst wenn sie mal einen Mann, den sie gematcht hatte, sympathisch fand, war die Wahrscheinlichkeit hoch, dass er sich alle Optionen offenhielt – falls etwas Besseres des Weges kam. Langsam nervte Bo auch die Philosophie hinter Tinder, die Menschen als Wegwerfartikel betrachtete – wie die kostenlosen Zeitungen, die man ihr jeden Abend auf der Treppe der U-Bahn-Station in die Hand drückte. Deshalb hatte sie die App über Weihnachten ausgeschaltet und eine wohlige Erleichterung verspürt, als sie nicht mehr deren unaufhörliches Buhlen um Aufmerksamkeit ertragen musste.

Direkt nach Neujahr war Bo an einem besonders trüben, graupeligen Tag ins Büro zurückgekehrt – um einige Kilos schwerer und mit einem Konto, das fast bis zum Anschlag überzogen war – und hatte sich schon auf das Einsetzen des Januarblues eingestellt. Als sie gerade den halbherzigen Versuch startete, sich durch den turmhohen Papierstapel in ihrer Ablage hindurchzuarbeiten, tauchte Matt, der Leiter der Kundenbetreuung, an ihrem Schreibtisch auf.

»Bo, ich möchte dich unserem neuen Account-Manager Ben vorstellen.« Bo blickte hoch, direkt in das lächelnde Gesicht eines jungen Mannes, der ihr zur Begrüßung die Hand entgegenstreckte. Er trug die inoffizielle Uniform männlicher Büroangestellter – Hemd mit offenem Kragen und dazu eine elegante Hose –, doch Bo fiel sofort der feine Schnitt seines Hemdes auf und seine dezent kostbar wirkende Armbanduhr.

»Schön, dich kennenzulernen, Bo«, sagte er und verriet ihr durch sein selbstbewusstes Auftreten und seine perfekte Ausdrucksweise sofort, dass er eine teure Ausbildung genossen hatte. (Auf der Uni hatte sie genügend Männer von seiner Sorte getroffen, um einen Privatschüler zu erkennen, wenn sie einen sah.)

Während Bo ihm die Hand schüttelte, spürte sie ein Kribbeln im Bauch, und die Worte »Der gefällt mir« schossen ihr durch den Kopf, als sie seine grünen Augen, sein dunkles, welliges Haar und den durchtrainierten, aber doch schlanken Körper bemerkte – bestimmt verbrachte er die Wochenenden mit Tennisspielen und Cricket. Einige Minuten lang betrieben sie über Bos Ablagekorb hinweg höflichen Small Talk, bis Matt den neuen Kollegen wegführte, um die Tour durchs Büro fortzusetzen. Bo, die immer noch einen Stapel gelbbrauner Aktenmappen umklammert hielt, ließ sich wieder auf ihren Stuhl sinken und starrte eine Weile blicklos auf ihren Computerbildschirm. Sie konnte nicht anders: Sie musste lächeln, und plötzlich hatte sie das Gefühl, dass der Januar vielleicht doch nicht so ein schlechter Monat war.

In den nächsten Wochen hellte sich ihre düstere Winterstimmung dann auch deutlich auf, während sich zwischen ihr und Ben ein Flirt entwickelte. Wegen der Art und Weise, wie er sie mit Blicken durchs Büro verfolgte, vermutete sie, dass er auf sie stand, und außerdem hielt er sich mit verblüffender Regelmäßigkeit zur gleichen Zeit in der Küche auf wie sie. Doch die Aufmerksamkeit, die er ihr zuteilwerden ließ, blieb immer in einem angemessenen Rahmen. (Im vergangenen Jahr hatte Bo die andere Seite von »angemessen« kennengelernt, in Gestalt eines ziemlich verzweifelt wirkenden Mitarbeiters aus der Technik, der ihr jeden Tag in der Mittagspause bis in den Aufzug gefolgt war und erst damit aufhörte, als er eine Abmahnung vom Personalchef bekam.)

Irgendwann fing Ben an, sie mit dem Spitznamen »Blu-ray« anzusprechen, nachdem sie ihm erklärt hatte, dass Bo die Kurzform für Boughay war, einem traditionellen Namen ihrer Familie, den ihre Mutter unbedingt an die nächste Generation hatte weitergeben wollen. Um ehrlich zu sein, war Bo nicht sonderlich begeistert davon, Blu-ray genannt zu werden, dennoch tolerierte sie es, in der Hoffnung, dass es ein Zeichen von Intimität war, wenn Ben einen Spitznamen für sie aussuchte. (Gleichzeitig bemühte sie sich, nicht darüber nachzudenken, dass ehemalige Privatschüler ihrer Erfahrung nach selten jemanden aus ihrem sozialen Umfeld mit richtigem Namen ansprachen.)

Durch ihre Gespräche mit Ben in der Küche erfuhr Bo, dass er aus ähnlichen Verhältnissen stammte wie sie: Ihr neuer Kollege war in der Nähe von London aufgewachsen und hatte eine gutbürgerliche Erziehung genossen, bevor er an einer renommierten Universität studiert hatte. Abgesehen von seiner Vorliebe für Spitznamen schienen sie gut zusammenzupassen, sowohl charakterlich als auch, was die allgemeinen Erwartungen anging. Er war humorvoll und kultiviert, und schon nach kurzer Zeit war Bo sich ziemlich sicher, dass Ben Wilkinson genau dem entsprach, was ihre Mutter als »Schwiegermuttertraum« bezeichnen würde.

Bo hatte bald keinerlei Zweifel mehr, dass Ben auf sie stand. Das einzige Problem an der Sache war, dass er sich so viel Zeit damit ließ, irgendetwas in dieser Hinsicht zu unternehmen. Den ganzen Januar über flirtete er weiter mit ihr: in der Büroküche, vor dem Aufzug oder in den E-Mails, die sie sich übers Firmennetzwerk schickten und in denen sie wie eine eingeschworene Gemeinschaft über die Kollegen tratschten. Gegen Ende des Monats fragte Bo sich langsam, ob Ben überhaupt je einen Schritt weitergehen würde.

»Wieso hat er mich noch nie gefragt, ob wir mal was trinken gehen?«, beklagte sie sich bei ihrer Mitbewohnerin Kirsten, als der Januar vorbei und der Februar angebrochen war. Kirsten war ein besonnener Mensch, und Bo kannte sie schon, seitdem sie im Studentenwohnheim nebeneinander gewohnt hatten.

»Wieso fragst *du* denn nicht *ihn*?«, gab Kirsten mit

einem Achselzucken zurück. »Wir leben doch nicht mehr in den Fünfzigern.« Zwischen Bos Augenbrauen bildete sich eine steile Falte. Kirsten hatte nicht ganz unrecht, das war ihr bewusst, dennoch war es eine Tatsache, dass sie Ben nicht fragen wollte. Sie hatte ihm genügend Signale gesendet, und ihrer Meinung nach war es jetzt an ihm, den Rest zu erledigen.

»Du bist so was von britisch«, schimpfte Kirsten, die zur Hälfte Dänin war. Ihre Mutter kam aus Dänemark, und obwohl Kirsten in Surrey geboren und aufgewachsen war, hatte sie die Direktheit ihrer Mutter geerbt. »Wieso muss er dich fragen? Was ist mit der Gleichberechtigung?« Kirsten wischte sich das braune Haar aus dem Gesicht und sah Bo herausfordernd über die Metallränder ihrer Brille hinweg an.

Bo ließ die Schultern sinken. »Ich weiß, ich weiß«, murmelte sie kleinlaut, obwohl sie sich hundertprozentig sicher war, dass sie Ben Wilkinson niemals fragen würde, ob er was mit ihr trinken gehen wolle – selbst wenn sie das zur Verräterin gegenüber ihren Geschlechtsgenossinnen machte.

Deswegen tat Bo stattdessen das Naheliegende und ging Klamotten shoppen. Einen vergnüglichen Samstagnachmittag verbrachte sie damit, die Boutiquen nach einem neuen Outfit fürs Büro zu durchforsten, in dem sie gleichzeitig professionell und unwiderstehlich verführerisch aussehen würde. Einen engen cremefarbenen Pullover und ein Paar hochhackiger Stiefel später fühlte Bo sich dazu bereit, den Einsatz in ihrem Flirtspiel zu erhöhen und Ben dazu zu bringen, seine Karten aufzudecken. Oder in Pokersprache ausgedrückt: Sie war bereit, ihren Royal Flush zu spielen.

Ob es nun am Pullover oder an den High Heels lag, Bos Strategie funktionierte: Eines Freitagabends im Februar um fünf vor sechs hatte sie gerade ihre Teetasse in die Spülmaschine geräumt, als Ben in die Küche geschlendert kam, eine halb leere Flasche Bier in der Hand.

»'n Abend, Blu-ray«, sagte er gedehnt, und Bo fiel sofort auf, wie relaxt und locker er wirkte.

»'n Abend, Ben. Na, du fängst ja schon früh an«, antwortete sie lächelnd und blickte demonstrativ auf die Flasche.

»Ich hab was zu feiern«, erklärte er grinsend. »Heute hab ich einen neuen Kunden an Land gezogen.« Er strahlte, und für einen Moment erhaschte Bo einen flüchtigen Blick auf den kleinen Jungen in ihm, der vor Stolz fast platzte.

»Das ist ja toll. Gut gemacht!«, entgegnete sie und fragte sich, ob sie sich nicht eher wie eine stolze Mutter anhörte anstatt wie eine beeindruckte potenzielle Freundin. Doch ihr blieb keine Zeit, länger darüber nachzugrübeln. Mit einer nahtlosen Bewegung stellte Ben seine Flasche auf die Arbeitsplatte, ging ein paar Schritte durch die enge Küche und baute sich vor Bo auf, die in der Ecke bei der Mikrowelle stand.

»Du siehst heute *besonders* sexy aus, Blu-ray«, befand er mit einem anzüglichen Blick, und Bo lächelte schüchtern, während sie sich innerlich zur Wahl ihres Outfits gratulierte. »Was würdest du tun, wenn ich dich jetzt küsse?«, fragte Ben und drängte sie gegen die Arbeitsfläche.

In koketter Manier legte Bo den Kopf schief und antwortete: »Ich würde dich zurückküssen.« *Endlich*, dachte sie, während sie Ben erlaubte, ihr den Arm um die Taille zu legen und sie an sich zu ziehen.

Bo verspürte immer noch ein Flattern im Bauch, wenn sie an diesen ersten Kuss in der Küche dachte; an den Reiz des Verbotenen, den Duft von Bens Aftershave und den leichten Geschmack von mexikanischem Bier auf seiner Zunge. Der Kuss war genauso schön, wie sie es sich erhofft hatte, und das Wissen, dass sie jederzeit von ihren Kollegen ertappt werden könnten, machte ihn noch aufregender. Um auf Bens neuen Kunden anzustoßen, zogen sie anschließend spontan zu einer Bar los, tauchten jenseits der Oxford Street in der Menge unter und ließen sich mit einer Rikscha durch die engen Straßen von Soho fahren. Auf die Drinks folgte ein spätes Abendessen in Chinatown, danach fuhren sie kichernd mit der U-Bahn zurück nach Clapham und verbrachten eine ziemlich alkoholisierte, aber auch sehr lebhafte Nacht in Bens Wohnung.

Als Bo am nächsten Morgen aufstand, um wieder in die Klamotten vom Vortag zu schlüpfen, sagte Ben: »Besser, wir hängen das im Büro nicht an die große Glocke, oder was meinst du?«, und da Bo nicht zickig erscheinen wollte, widersprach sie nicht. Während sie beim Frühstück saß und auf der weichen Scheibe Toast herumkaute, die Ben ihr mit Butter bestrichen hatte, fragte sie sich, ob es naiv gewesen war zu glauben, durch die Ereignisse der letzten Nacht würde ihr lockeres Verhältnis automatisch ins »Reich der festen Beziehungen« einziehen.

Die Rückfahrt mit der U-Bahn nach Nordlondon verbrachte Bo wie in Trance, analysierte die Ereignisse der letzten Nacht immer wieder (zumindest die, an die sie sich noch erinnern konnte), um herauszufinden, was Bens Kommentar beim Frühstück bedeutete. Vielleicht wollte er jetzt, am Anfang ihrer Beziehung, ja nur ihre Privatsphäre schützen und hatte keine Lust auf die neugierigen, aufdringlichen Fragen der Kollegen, während sie beide sich gerade erst besser kennenlernten. Als die U-Bahn ratternd an der Haltestelle Holloway Road zum Stehen kam, war Bo geradezu von Zweifeln zerfressen und überzeugt, dass sie die Situation missverstanden hatte und Ben ihr Tête-à-Tête nicht deshalb geheim halten wollte, weil er sich davon einen ungestörten Übergang in eine Beziehung versprach, sondern weil es für ihn bloß ein One-Night-Stand gewesen war.

Zu dem Zeitpunkt, als Bo ihre Wohnungstür aufschloss, hatte sich jegliches Gefühl von Triumph und Freude, das sie noch verspürt hatte, als sie an diesem Morgen gegen ein Uhr in Bens Wohnung gestolpert war, vollkommen verflüchtigt.

»Guten Morgen«, wurde sie von Kirsten begrüßt, die gerade im Morgenmantel aus dem Bad kam. »Offensichtlich hat das neue Outfit gewirkt«, ergänzte ihre Mitbewohnerin grinsend. Bo begutachtete sich im Flurspiegel. Rund um ihre Augen sah man die verschmierten Reste ihres gestrigen Make-ups, ihre Wangen wirkten leichenblass, und ihre Haare kräuselten sich wild am Ansatz.

»Scheint so«, antwortete sie halb abwesend, während sie versuchte, ihr Haar zu glätten.

Den Rest des Tages konnte Bo sich auf nichts konzentrieren. Sie erledigte ihren Teil der Hausarbeit, ging einkaufen, räumte ihr Zimmer auf und wechselte die Bettwäsche. Dann stieg sie ins Bett, sah zum x-ten Mal nach, ob sie eine Nachricht von Ben aufs Handy bekommen hatte, und starrte anschließend aus dem Fenster.

Ihr Zimmer lag auf der Rückseite des viktorianischen Reihenhauses, in dessen Souterrain sie und Kirsten zur Miete wohnten. Neben dem Bett befand sich eine Tür mit Butzenscheiben, durch die man auf ein Rechteck aus Beton blickte, das von einer etwa hundertachtzig Zentimeter hohen Schutzmauer umgeben war. Der Makler hatte diese feuchte, mit Moos überzogene Fläche überaus wohlwollend als »ummauerten Innenhofgarten« bezeichnet, und in der ersten Zeit nach ihrem Einzug hatte Bo noch versucht, den Bereich mit bepflanzten Terrakottatöpfen zu verschönern. Ihre gärtnerischen Bemühungen wurden allerdings durch den permanenten Mangel an Sonnenlicht auf der tiefer liegenden Fläche torpediert, und innerhalb weniger Wochen waren die Gartenkräuter und Terrassenrosen verwelkt und schließlich ganz eingegangen. Heute standen die Blumentöpfe immer noch an Ort und Stelle, einsam und verwittert. Bo ließ sie als Mahnmal dort, damit sie immer dann, wenn sie ihr Rollo hochzog, daran erinnert wurde, dass sie noch nicht erwachsen genug war, um die Verantwortung für irgendein lebendes Wesen zu übernehmen.

Während das Wochenende sich dahinzog, wurden Bos Zweifel bezüglich Ben immer größer, und auch am Sonntag blieb ihr Handy hartnäckig stumm. Anstatt sich darüber zu freuen, dass sie endlich vom »Flirt« zur »Freundin« aufgestiegen war, quälte Bo der Verdacht, dass sie die letzten sechs Wochen damit verbracht hatte, tatsächlich nur das Fundament für einen One-Night-Stand zu legen.

Bis zum Sonntagabend hatten sich ihre Befürchtungen in ein Gefühl von Angst verwandelt, weil sie nicht wusste, wie sie sich am nächsten Tag im Büro Ben gegenüber verhalten sollte. War es besser, so zu tun, als wäre nichts passiert? Oder sollte sie ihn komplett ignorieren? Mittlerweile war es kurz vor Mitternacht, und Bo war gerade in einen leichten Schlummer abgetaucht, als ihr Handy summte und der grüne Lichtschein einer eingehenden Nachricht das Zimmer erleuchtete. Kerzengerade schoss sie hoch und war direkt hellwach.

Der Abend mit dir war echt schön, Blu-ray. Das sollten wir bald mal wiederholen. Vor Erleichterung schlug Bos Magen einen Purzelbaum. Einige Augenblicke lang starrte sie Bens Nachricht an, während sich auf ihrem Gesicht ein Lächeln ausbreitete.

Fand ich auch. Das wäre schön. Gute Nacht, tippte sie irgendwann ein. Dann legte sie das Handy wieder weg, schüttelte ihre Kissen auf und schlief sofort ein.

Kapitel 3

Während ihres Studiums hatte Bo immer davon geträumt, in London zu leben und zu arbeiten. Dabei hatte sie die Art von kosmopolitischem Lifestyle im Kopf gehabt, bei dem sie die Abende in trendigen Bars verbringen und regelmäßig in den besten Restaurants speisen würde. Im wirklichen Leben allerdings hatten sich ihre Essgewohnheiten seit ihrer Studienzeit in Norwich kaum verändert: Bei den seltenen Gelegenheiten, zu denen sie es sich mal leisten konnte, auswärts zu essen, wurde ihre Auswahl eher von der Preisklasse des Restaurants und dessen Nähe zu ihrer Wohnung bestimmt als von dessen Renommee. In Bos Vorstellung war man jedoch nur dann »richtig« erwachsen, wenn man statt eines Festpreismenüs à la carte bestellen und eine Flasche Wein dazu wählen konnte, die nicht mit dem Zusatz »Hausmarke« versehen war. Leider war solcher Luxus während der ersten Jahre ihres Berufslebens in unerreichbare Ferne gerückt.

Das änderte sich, als sie mit Ben zusammenkam. Dessen bester Freund arbeitete als PR-Berater in der Londoner Gastronomieszene, und dieser Job beinhaltete unter anderem, dafür zu sorgen, dass bei der Eröffnung neuer Bars und Restaurants genügend junge, attraktive Gäste anwesend waren. Ben konnte seinen Namen daher auf die Gästeliste einer schier endlosen Abfolge von Events setzen lassen. Diese Information hatte er schon sehr früh im Laufe ihres Flirts fallen lassen, und obwohl Bo wusste, dass sie das wahrscheinlich zu einer oberflächlichen Tussi machte, konnte sie nicht anders, als sich davon beeindrucken zu lassen.

Bei einem ihrer ersten Dates nahm Ben sie zu einer Restauranteröffnung in Shoreditch mit. Das Lokal befand sich unter der Erde und ließ sich nur über eine steil abfallende Steintreppe erreichen, die in ein riesiges Gewölbe führte. Die Wände waren mit Industriebeton verputzt, und von der Decke hingen in mehreren Reihen Filamentbirnen an langen Kabeln herab. Die Speisekarte war so knapp gehalten, dass sie – zumindest aus Bos Sicht – kaum ihren Zweck erfüllte. Angestrengt starrte sie auf das handgeschriebene Blatt, das ihr ein jugendlicher Kellner mit Brille gereicht hatte, und fragte sich, wie um alles in der Welt sie eine fachkundige Auswahl treffen sollte, wenn dort Gerichte angeboten wurden, die »verbranntes Schwein« oder »rote Bete, rote Bete und noch mal rote Bete« enthielten.

In so einem Restaurant war Bo noch nie gewesen, und sie kam sich hinterwäldlerisch und vollkommen fehl am Platz vor. Ben dagegen schien voll in seinem Element zu sein und bat den Kellner, die nach Gnomsprache klingenden Gerichte zu beschreiben, damit Bo zumindest eine ungefähre Ahnung hatte, was sie bestellen konnte. Mit seiner selbstbewussten, positiven Art sorgte Ben dafür, dass sie lockerer wurde, und dank der Unterstützung mehrerer Cocktails konnte sie irgendwann den Abend genießen. Als der Hauptgang serviert wurde, war sie so entspannt, dass sie Ben kichernd vorschlug, sich doch einen Zwirbelbart stehen zu lassen, um sich damit der Hipster-Klientel anzupassen. Ben quittierte ihren Vorschlag mit einer erhobenen Augenbraue und einem schiefen Lächeln, bevor er den Kellner an den Tisch rief und eine zweite Flasche Wein bestellte.

Schnell war ein Monat vergangen, dann ein weiterer. In dieser Zeit begleitete Bo ihren neuen Freund zu Bar- und Restauranteröffnungen in sämtlichen Trendvierteln der Stadt und erprobte Gastronomiekonzepte, die das gesamte Spektrum von roher Küche (viel Weizengras und ungekochtes Gemüse) bis hin zu »Essen von Kopf bis Fuß« durchliefen (was einen unangenehm hohen Anteil an Innereien beinhaltete). Bo stürzte sich voller Begeisterung in jedes Event und genoss das Gefühl, nicht nur das beste Essen zu bekommen, das Londons kulinarische Szene zu bieten hatte, sondern dabei auch noch einen gut aussehenden, charmanten und aufmerksamen Begleiter zu haben.

Sie hatte keinen Zweifel daran, dass Ben sie attraktiv fand: Das erkannte sie an dem Leuchten in seinen Augen, wenn sie den Mantel auszog und ein eng anliegendes Kleid enthüllte. Es war auch keine Frage, dass sie sich gut verstanden: Ihnen ging nie der Gesprächsstoff aus, egal ob es ums Essen, das jeweilige Lokal oder die

Arbeit ging. Bos einziger Vorbehalt bestand darin, dass Ben sich – obwohl sie so viel Spaß miteinander hatten – stur weigerte, ihre Beziehung öffentlich zu machen.

In der Anfangsphase hatte die Geheimhaltung im Büro zu einer gewissen erregenden Spannung zwischen ihnen beigetragen – die heimlichen Treffen außerhalb des Büros nach Feierabend, die anzüglichen Mails über das Firmennetzwerk, die Aufregung, die Bo verspürte, wenn Ben sie in der Küche beiläufig streifte. Als sie allerdings schon drei Monate zusammen waren (eine Zeitspanne, die Bo immer als inoffiziellen Meilenstein innerhalb einer Beziehung angesehen hatte), war der Reiz der heimlichen Affäre für sie verflogen. Ihr war schon lange der Spaß daran vergangen, ihren Kollegen etwas vorzuspielen, und mittlerweile empfand sie die Geheimhaltung nur noch als unpraktisch, lästig und unreif.

Doch als Bo das Thema ansprach – an einem Maiabend, den sie im Schatten der London Bridge in einem Pop-up-Restaurant verbrachten –, nahmen Bens jungenhafte Gesichtszüge einen gequälten Ausdruck an, sodass sie sich vorkam wie eine mäkelnde Mama, die ihr Kleinkind zu Unrecht ausgeschimpft hatte. Ben stellte sein Glas auf dem Tisch ab und erklärte ihr in leisem, verschwörerischem Ton, dass er in seinem vorherigen Job eine Beziehung mit einer Kollegin aus dem Vertrieb gehabt habe, die sich als Klette und Kontrollfreak entpuppt und Ben gegen Ende der Beziehung bei den Kollegen schlecht gemacht habe. Schließlich hatte er die Firma verlassen, um sie loszuwerden.

»Ich schätze, ich bin ein gebranntes Kind«, sagte er und streckte die Hand aus, um Bo eine vorwitzige Haarlocke aus dem Gesicht zu streichen. »Ich habe mir geschworen, niemals wieder eine Kollegin zu daten. Doch dann hab ich dich getroffen …« Scheu lächelte er sie an und nahm ihre Hand. Diesmal wolle er Verwicklungen im Büro vermeiden, erklärte er. Ben hatte seine Worte sorgfältig gewählt, und die Andeutung, dass Bo – im Gegensatz zu seiner Ex – weder Klette noch Kontrollfreak war, schmeichelte ihr.

»Keine Sorge, ich verstehe das«, versicherte sie ihm und drückte seine Hand. Und in diesem Moment verstand sie es wirklich.

War sie allerdings allein, kehrten ihre nagenden Zweifel zurück. Eines Abends in der WG, bei einer Schüssel Pasta und einer Flasche Wein, suchte Bo Rat bei Kirsten.

»Findest du es nicht auch komisch, dass es immer noch keiner von uns wissen soll?«, fragte sie.

Nachdenklich kniff Kirsten die Augen zusammen. Als seit Kurzem zugelassene Anwältin hob sie sich ihr Urteil gerne so lange auf, bis sie alle relevanten Fakten kannte. »Wie lange seid ihr jetzt schon zusammen?«, wollte sie wissen.

»Drei Monate.«

Kirsten nickte verstehend. »Welchen Beziehungsstatus hat er auf Facebook?«

»Single«, entgegnete Bo verdrießlich und schob eine in Soße getränkte Nudel über ihren Teller.

»Hmm«, erwiderte Kirsten, die spürte, dass ihre

Freundin enttäuscht war. »Vielleicht ist er einfach noch nicht bereit für was Ernstes«, sagte sie sanft.

»Ich erwarte ja nicht, dass er mir einen Antrag macht«, erwiderte Bo protestierend und füllte ihr Weinglas auf. »Er soll sich nur dazu bekennen, dass wir zusammen sind. Ist das denn zu viel verlangt?«

»Natürlich seid ihr zusammen!«, gab Kirsten zurück. »Du bist doch ständig mit ihm unterwegs …«

»Ja, aber das Einzige, was wir zusammen machen, ist essen gehen und danach zu ihm!«, warf Bo verzweifelt ein, und ihre Augen schimmerten feucht.

Kirsten zog die Stirn kraus. »Essen und Sex. Klingt für mich wie die ideale Beziehung. Was ist dein Problem?«

Seufzend trank Bo einen Schluck von ihrem Wein. So langsam hatte sie das Gefühl, sich in einem Kreuzverhör vor Gericht zu befinden und ihre Verteidigung nicht mehr lange aufrechterhalten zu können. »Denkst du nicht, das ist alles ein bisschen zu viel … Vergnügen?«, plädierte sie.

Gedankenversunken betrachtete Kirsten ihre Freundin über den Rand ihres Weinglases hinweg. »Du machst dir Sorgen, weil du zu viel Spaß hast?«, fragte sie schließlich mit einem verwirrten Lächeln.

»Na ja … nein, natürlich nicht«, entgegnete Bo genervt. »Es ist nur … Findest du es nicht seltsam, dass wir nie diese ganz *normalen* Sachen machen, die Pärchen eben so tun: den Abend vor dem Fernseher verbringen, zum Beispiel, oder zusammen einkaufen gehen. Und er war auch noch nicht mal *hier.*«

Kirsten legte den Kopf schief und schien zu verstehen.

Sie hatte selbst oft genug auf eine Gelegenheit gehofft, den sagenumwobenen Ben kennenzulernen, aber Bo hatte ihn nie dazu überreden können, in ihren Teil der Stadt zu kommen.

»Je älter ich werde, desto unwahrscheinlicher kommt es mir vor, je eine erwachsene Beziehung zu führen«, sagte Bo deprimiert. »Erinnerst du dich noch an Miles? Kannst du dir vorstellen, dass wir tatsächlich mal übers Heiraten gesprochen haben?«

In gespielter Verzweiflung schlug Kirsten sich die Hand vor die Stirn. Miles war ein Typ, mit dem Bo ihr letztes Jahr an der Uni verbracht hatte (oder eher »verschwendet«, wie ihr jetzt bewusst wurde): Er hatte Englische Literatur studiert und einen perfekten Körper gehabt. Außerdem war er mitfühlend und aufmerksam gewesen, doch am Ende hatte sich herausgestellt, dass er schwul war. (Die Info hatte er ihr in einem Kleinbus auf dem Weg zu ihrem Abschlussball mitgeteilt.) Kirsten hatte die Beziehung und ihr abruptes, schreckliches Ende miterlebt.

»Ich lege mein Mandat nieder!«, rief sie entrüstet. »Stell dir mal vor, wie dein Leben verlaufen wäre, wenn du Miles geheiratet hättest.«

Bo stöhnte gequält. »Trotzdem bleibt es Fakt, dass der einzige Mann, der je auch nur entfernt daran interessiert gewesen ist, mich zu heiraten, schwul ist!«

»Na und?«, gab Kirsten mit einem spöttischen Grunzen zurück. »Bo, du bist sechsundzwanzig! Zu jung zum Heiraten. Und du hast doch Spaß mit Ben, oder? Warum genießt du es nicht einfach?«

In der Theorie stimmte Bo der Aussage zu: Sie war zu jung zum Heiraten, und sie konnte auch nicht leugnen, dass sie Spaß mit Ben hatte. Dennoch blieb da dieser Anteil in ihr, der fand, eine Beziehung sollte einem bestimmten Ablauf folgen, und wenn zwei Menschen so gerne zusammen waren wie sie und Ben, wäre der nächste Schritt, auch den Alltag mehr miteinander zu teilen. Und das ging nur, wenn ihre Beziehung offiziell wurde.

Natürlich wusste sie, dass es im einundzwanzigsten Jahrhundert völlig normal war, Beziehungen nicht nach traditionellem Muster zu führen. Wie Kirsten ihr in Erinnerung rief, waren die meisten ihrer Freunde in Liebesaffären verwickelt, die nicht dem konventionellen Pärchenbegriff entsprachen: Entweder lebten sie das »Freunde mit gewissen Vorzügen«-Modell in unterschiedlichen Varianten aus, oder sie bewegten sich innerhalb des emotionalen Minenfeldes von Tinder. Doch sosehr Bo sich auch einzureden versuchte, dass ihre Beziehung mit Ben sich vollkommen im Einklang mit der Denkweise des neuen Jahrtausends befand, hatte sie trotzdem den leisen Verdacht, dass irgendetwas fehlte und Ben sich nicht festlegen wollte. Zumindest nicht bei ihr.

Bos Zweifel hielten an, aber sie verbarg sie vor Ben, aus Angst, einen dummen Streit zu provozieren. Immerhin hatte er ihr offen und ehrlich erklärt, warum er ihre Beziehung geheim halten wollte, und vielleicht war es unreif oder klammernd, wenn sie sich beschwerte. Anstatt also Ben von ihren Sorgen zu erzählen, nährte Bo sie im Stillen, bis sie zu einem richtigen Groll auf ihn angewachsen waren, weil er die Bedingungen ihrer Beziehung diktierte – und zwar um seine eigenen Bedürfnisse zu befriedigen und nicht ihre.

Bens Neigung, in ihrer Gegenwart mit anderen Frauen zu flirten, trug auch nicht gerade dazu bei, ihr wachsendes Misstrauen zu verringern. Immer wenn sie ausgingen und eine hübsche Kellnerin auf ihren Tisch zukam, war Bo elend zumute, weil sie wusste, dass Ben sich nicht beherrschen konnte und einen kleinen Flirt mit der Frau anfing. Sein jungenhaftes Lächeln ließ darauf schließen, dass er sein Auftreten für charmant hielt, aber Bo empfand es nur als nervig, und es ödete sie an. Sein Schlagabtausch mit den Kolleginnen aus der Lohnbuchhaltung am Montag in der Büroküche war ein Paradebeispiel dafür. Bo wusste, es gab keinen Grund, sich von seinem Flirt mit Becky und Alison bedroht zu fühlen – dass er eine der beiden daten würde, war in etwa genauso wahrscheinlich wie ein Tête-à-Tête mit Tess Daly. Dennoch diente diese kleine Plänkelei in Wahrheit dazu, sie eifersüchtig zu machen und ihr damit noch einmal zu verdeutlichen, dass er die Kontrolle hatte – zumindest vermutete Bo das.

Innerlich verfluchte sie sich dafür, dass sie ihn in seinem Verhalten auch noch unterstützte. Um ehrlich zu sein, hatte sie nur deshalb beschlossen, sich mit Bens Schwächen zu arrangieren, weil ihr die Alternative – Single zu sein, wieder Fremde zu daten und am Ende sogar zum gefürchteten Tinder zurückkehren zu müssen – unendlich viel schlimmer erschien. Sie war genauso frustriert von Ben wie von sich selbst und schimpfte über ihre Inkonsequenz, die sie immer dann befiel, wenn er ihr die Einladung zu einer Neueröffnung vor die Nase hielt.

Am Freitag wurde Bos schlechte Laune, die sie die ganze Woche über heimgesucht hatte, noch dadurch verschlimmert, dass sie ein besonders langweiliges Teammeeting über sich ergehen lassen musste. Die Marketingabteilung bereitete eine Messe vor, bei der Bos Aufgabe darin bestehen würde, die Hundertschaften von Vertretern zu begrüßen, die im Laufe des Tages durch das zugige Konferenzzentrum strömen würden, ihnen eine Broschüre und einen Aspect-Kugelschreiber anzudrehen und sie anschließend zwecks Softwarepräsentation zu einem der Anzug tragenden Technikfreaks zu geleiten. Allein die Vorstellung löste gähnende Langeweile in ihr aus.

Die Stunden zogen sich ewig in die Länge, bis es endlich achtzehn Uhr war und überall im Büro Computer heruntergefahren und Mäntel angezogen wurden. Bo lungerte noch an ihrem Schreibtisch herum und tat bis Viertel nach sechs so, als müsste sie noch etwas in den Computer eingeben, bis sich auch die letzte ihrer Teamkolleginnen verabschiedet hatte. Dann erst konnte sie auf die Damentoilette huschen, um sich die Frisur zu richten und nachzuschminken, ohne dabei auf neugierige Fragen zu ihren Plänen fürs Wochenende eingehen zu müssen. Zehn Minuten später stahl sie sich aus dem Bürogebäude und nahm die U-Bahn nach Farringdon. Ben war den ganzen Tag auswärts bei einem

Kunden gewesen und wollte sich mit ihr direkt in der Cocktailbar treffen.

Es war ein grauer, windiger Abend, und es sah nach Regen aus. Als Bo aus der Haltestelle Farringdon trat, zog sie den Gürtel ihres Trenchcoats enger, senkte den Kopf gegen den Wind und wäre fast an dem Lokal vorbeigelaufen, wenn Ben nicht genau in diesem Moment mit dem Taxi angekommen wäre. Er sprang aus dem Wagen und gab ihr einen flüchtigen Kuss auf die Wange.

»Ist das die Bar?«, fragte Bo verwundert. Über der dunklen Eingangstür des Lokals stand kein Name, und durch die geschwärzten Scheiben konnte man nicht ins Innere sehen. Ben nickte, doch Bo fand, dass etwas leicht Unterkühltes in seinem Auftreten mitschwang, und sie fragte sich, ob er ebenfalls schlechte Laune hatte.

Sie schob die Tür auf und betrat einen Raum, der wie eine Mondscheinkneipe aus der Zeit der Prohibition eingerichtet war. Winzige Leuchten an der Decke verströmten ihr Licht auf kleine, runde Tische, und die Wände wurden von schwarzen Lederbänken gesäumt. An einem Klavier an der Wand saß ein Mann mit Fliege und spielte Jazz, während zwischen den Holztischen Kellner in weißen Jacketts herumschwirrten und edel aussehende Mixgetränke servierten.

Eine wunderschöne junge Frau mit seidig glänzender kastanienbrauner Mähne kam auf sie zugeschwebt, ein Klemmbrett in der Hand. Sie trug ein schwarzes Seidenkleid, aus dessen Dekolleté die Wölbungen ihres blassen Busens hervortraten. Der Anblick versetzte Bo einen Stich.

»Hi, guten Abend«, sagte die Frau mit rauchiger Stimme. »Stehen Sie heute Abend auf unserer Gästeliste?«

»Ben Wilkinson und Begleitung«, antwortete Ben lässig. Bo kam nicht umhin zu bemerken, dass seine schlechte Laune sich offensichtlich verflüchtigt hatte, seit die Brünette aufgetaucht war. Die warf nun einen prüfenden Blick auf das DIN-A4-Blatt, das sich auf ihrem Klemmbrett befand.

»Ich führe Sie an Ihren Tisch«, gurrte sie und blickte Ben mit einem einnehmenden Lächeln an. Dann geleitete sie ihn und Bo an der Bar vorbei, hinter der eine ganze Reihe von Barkeepern höchst konzentriert damit beschäftigt war, komplizierte Drinks zu mixen. Bo fiel auf, dass einige der äußerst attraktiven jungen Leute am Tresen sie mit Blicken verfolgten, als sie an ihnen vorbeigingen.

Schließlich nahmen sie an einem winzigen dunklen Holztisch in der Nähe der Bar Platz, und die Brünette reichte jedem von ihnen eine Cocktailkarte.

»Einen schönen Abend«, wünschte sie und schaute Ben dabei eine Millisekunde länger als notwendig in die Augen. Bo bemerkte, wie Bens Blick zu einem Punkt oberhalb ihrer Schulter glitt, und fragte sich, ob er die Rückansicht der jungen Frau begutachtete, während die davontänzelte.

»Und? Worauf hast du Lust?«, fragte Bo schnippisch und starrte Ben finster über ihre Karte hinweg an.

»Sorry?«, entgegnete er, während sein Blick langsam zu ihr zurückwanderte und ein leicht schuldbewusster Ausdruck in seine Augen trat.

»Welchen Cocktail nimmst du?«, erläuterte Bo ihre Frage. Sie hatte gehofft, der Abend würde nach der trostlosen Woche, die sie hinter sich hatte, ihre Laune heben. Doch allmählich wurde ihr klar, dass sie sich in dieser Pseudo-Mondscheinkneipe mit all den schönen Menschen eher noch schlechter fühlte. Vielleicht brauchte sie einfach etwas zu trinken, überlegte sie. Nach ein bis zwei Cocktails wurde ihre Laune für gewöhnlich besser. Als sie allerdings die Karte durchlas, stellte sie fest, dass sie nicht einen einzigen Cocktail darauf kannte. Alle schienen Zutaten, Pflanzenextrakte oder sogar Spirituosen zu enthalten, von denen sie noch nie etwas gehört hatte, und sie war viel zu müde und hungrig, um sich zu entscheiden.

»Ob die mich wohl steinigen, wenn ich einen Cosmopolitan bestelle?«, murmelte sie verärgert.

Ben, der ihr gegenübersaß, verzog das Gesicht. »Einen *Cosmo?*«, wiederholte er spöttisch. »Sehr *Sex-and-the-City*-mäßig.« Dann reckte er das Kinn und legte die Hand an die Lippen, als wollte er jemandem etwas zurufen. »Hey, Blu-ray, die Jahrtausendwende hat angerufen. Sie will ihren Cocktail zurück!«, zog er sie auf. Bo schwieg wütend und starrte stumm in ihre Karte.

»Ich hätte gern einen Hoxton Martini«, wandte Ben sich lässig an den Kellner in dem weißen Jackett, der soeben an ihren Tisch getreten war.

»Für mich auch«, murmelte Bo und vermied es dabei

tunlichst, Ben anzusehen. Der Kellner nickte, notierte etwas auf seinem Block und ging davon.

Jetzt, da die Getränke bestellt waren, warf Bo einen Blick über die Schulter zu den umwerfenden Mädels, die sich an der Bar in Pose warfen. Sie schienen vollkommen hypnotisiert von ihren Handys zu sein und schossen wie unter Zwang ein Foto nach dem anderen von sich und ihrer Umgebung, ohne dabei miteinander zu kommunizieren. Dasselbe Verhalten hatte Bo schon bei unzähligen anderen Eröffnungsabenden beobachtet, und sie wusste, bei solchen Events war das Teil des Deals – man hatte sie alle überhaupt nur eingeladen, damit sie Fotos von der Eröffnungsparty bei Instagram posteten. An diesem Abend wurde Bo jedoch plötzlich bewusst, welche Heuchelei in der ganzen Veranstaltung steckte, bei der es viel wichtiger war, wie viel Spaß man *vorgab* zu haben, als sich tatsächlich zu amüsieren.

Sie richtete ihren Blick wieder auf Ben, der sich ebenfalls sein Handy genommen hatte und abwesend mit dem Daumen über den Bildschirm wischte, während er im blauen Lichtschein leicht die Augen zusammenkniff. Ungeduldig trommelte Bo mit den Fingern auf die lackierte Tischplatte und wartete darauf, dass Ben fertig wurde.

»Und? Hattest du einen schönen Tag?«, fragte sie pflichtschuldig, nachdem er das Handy endlich zurück auf den Tisch gelegt hatte.

»Nö, nicht wirklich«, antwortete er knapp. »Es war total nervtötend.« Erneut schwebte sein Blick über Bos

Schulter hinweg, und sie vermutete, dass er die Mädels an der Bar abcheckte. In diesem Moment kam der Kellner zurück und stellte feierlich zwei Martinigläser auf Bierdeckeln vor ihnen ab.

»Okay, dann Prost«, sagte Bo gereizt, bevor sie dankbar einen Schluck von dem Glas nahm. Der Cocktail schmeckte köstlich, nach Kräutern und süß, aber nicht überzuckert, und Bo genoss es, wie die eiskalte Flüssigkeit ihren Hals hinunterglitt. Sogleich trank sie einen weiteren Schluck, während sie darauf wartete, dass Ben entweder genauer erläuterte, warum der Tag so nervtötend gewesen war, oder sie im Gegenzug fragte, wie ihr Tag gelaufen war. Doch Ben hatte offenbar gar nicht vor, überhaupt irgendetwas zu sagen. »Wie ist denn der neue Kunde?«, fragte Bo beharrlich. Geräuschvoll sog Ben die Luft ein und ließ sie damit wissen, dass er keine Lust verspürte, über den neuen Kunden zu reden.

Der Klang weiblichen Gelächters aus Richtung Bar vermischte sich mit dem jazzigen Geklimper des Klaviers, und trotz allem spürte Bo, wie ihre schlechte Laune verpuffte. Die Eiseskälte der ersten Schlucke von ihrem Cocktail hatte einem warmen Gefühl Platz gemacht, und in ihrem Kopf breitete sich ein angenehmer Nebel aus – so als hätte jemand die spitzen, scharfen Kanten herausgenommen und sie durch Wattebäusche ersetzt. Als ihre Feindseligkeit sich langsam in Luft auflöste, griff sie über den Tisch und nahm Bens Hand.

»Hör mal, ich bin am Verhungern. Sollen wir nicht

austrinken und uns danach was zu essen holen?«, schlug sie in versöhnlichem Ton vor. »Nichts Besonderes. Gleich gegenüber gibt es einen Pizza Express.«

»Wir sind doch grad erst gekommen«, entgegnete Ben und verzog säuerlich die Lippen. »Außerdem können wir uns doch wohl was Besseres leisten als Pizza Express«, fuhr er mit einem überheblichen Grinsen fort und leerte sein Glas.

Verletzt zog Bo die Hand weg und lehnte sich auf ihrer Bank zurück. »Ich hab einfach nur Hunger und könnte einen Mord begehen für eine Pizza«, verteidigte sie sich und spürte, wie ihre Augen zu kribbeln anfingen. Ben sah immer noch so entrüstet aus, als empfände er ihren Vorschlag mit der Pizza als persönliche Beleidigung. Unvermittelt stieg Ärger in ihr auf, und befeuert durch ihren Cocktail, beschloss sie, die Gelegenheit beim Schopf zu packen.

»Ist dir eigentlich nie aufgefallen, dass wir immer nur weggehen?«, fragte sie.

Mit einer Mischung aus Fassungslosigkeit und Verblüffung sah Ben sie an. »Auf was willst du denn damit hinaus?«, gab er zurück und schien ehrlich perplex zu sein.

»Wir gehen immer nur auswärts essen oder zu irgendwelchen Events wie dem hier, aber wir haben noch nicht ein Mal zu Hause gegessen, weder bei dir noch bei mir. Willst du nicht manchmal auch … einfach nur eine Riesenportion Spaghetti Bolognese kochen und auf dem Sofa abhängen?«

»Wow, Blu-ray. Ich hatte ja keine Ahnung, dass du

so … gewöhnlich bist«, sagte Ben nach einer sprachlosen Pause. Die Bemerkung traf Bo, und dass er sie während eines Streits mit ihrem Spitznamen ansprach, wurmte sie gewaltig.

»Und wenn, was wäre so schlimm daran?«, entgegnete sie trotzig. Ben kräuselte nur höhnisch die Oberlippe.

»Außerdem dachte ich«, fuhr Bo wütend fort, »du findest es toll, samstagsabends auf dem Sofa zu liegen und *Strictly Come Dancing* zu gucken. Oder war das nur irgend so ein Schwachsinn, den du dir ausgedacht hast, um die Mädels aus der Lohnbuchhaltung zu beeindrucken?«

Einen Moment lang wirkte Ben wie ertappt, fing sich jedoch schnell wieder.

»Wenn's grad passt«, sagte er achselzuckend und lachte süffisant. »Ich hab nur ein bisschen rumgeschäkert.«

Die unbehagliche Atmosphäre, die sich zwischen ihnen breitgemacht hatte, wurde vom Kellner unterbrochen, der in diesem Moment erneut neben Ben auftauchte. »Für mich noch mal dasselbe«, bestellte er, ohne Rücksprache mit Bo zu halten. Sie spürte, dass ihr knurrender Magen nach einer festen Grundlage verlangte, dennoch signalisierte sie dem Kellner mit einem Kopfnicken, dass sie ebenfalls das Gleiche bestellen wollte.

»Das hier ist doch keine richtige Beziehung«, sagte sie dann, nachdem der Kellner gegangen war. Ein leichtes Zucken in Bens Gesicht verriet, dass er nur mit

Mühe verbergen konnte, wie wenig Lust er auf ein solches Gespräch hatte. Das Licht der Halogenlampe über ihnen warf Schatten auf sein Gesicht und hob seine markanten Wangenknochen und die Kieferpartie noch deutlicher hervor. Bo starrte ihn weiter finster an, entschlossen, auf seine Antwort zu warten.

»Ich weiß ja nicht, was für eine Art von Beziehung du willst, Baby«, sagte er schließlich in einem gekränkten, märtyrerhaften Tonfall. »Ich dachte, wir hätten Spaß.«

»Aber das allein bringt einen nicht weiter«, entgegnete Bo. »Das Leben besteht doch nicht immer nur aus Spaß. Auch der langweilige Teil gehört dazu. Über die Arbeit zu reden zum Beispiel, Wäsche zu waschen, Essen zu kochen. Das ist das reale Leben.« Sie kam gerade so richtig in Fahrt und ignorierte Bens wachsendes Unbehagen. »Dauernd zu Restauranteröffnungen zu gehen und wahnsinnig teure Cocktails zu trinken ist nicht das reale Leben.« Wie auf ein Stichwort kam der Kellner zurück und stellte mit professioneller Ernsthaftigkeit die frischen Getränke vor ihnen ab.

»Also, für mich sehen die schon ziemlich real aus«, konterte Ben, hob sein Glas und streckte es ihr entgegen, um ihr zum Spaß zuzuprosten. »Zum Wohl!«, sagte er grinsend. Bo sah zu, wie er den ersten Schluck nahm, während sich in ihrem Innern bitterer Frust breitmachte. Schweigend starrte sie auf den Cocktail vor ihr, beobachtete, wie das Kondenswasser am Glas herunterlief, und nahm die fein geschwungene Orangenschale wahr, die mit viel Sorgfalt auf der Oberfläche des Drinks platziert worden war. Einen winzigen Augenblick lang kämpfte Bo gegen den Drang an, ihren Martini zu nehmen und ihn Ben über den Kopf zu schütten. Doch selbst in ihrer Wut konnte sie sich nicht dazu überwinden, ihm eine Szene zu machen und die peinlichen Konsequenzen zu ertragen, die definitiv darauf folgen würden.

Also tat sie stattdessen das Naheliegende, stand auf und quetschte sich samt ihrer Habseligkeiten mit Mühe zwischen Tisch und Lederbank hindurch.

»Wo willst du hin?«, fragte Ben. Der Schock stand ihm geradezu ins Gesicht geschrieben.

»Nach Hause«, entgegnete Bo. Dann zog sie ihren Mantel an und marschierte an der Bar vorbei nach draußen, auf die nasskalten Straßen der Großstadt hinaus.

Kapitel 4

Am nächsten Morgen wurde Bo vom schrillen Sirenengeheul eines vorbeifahrenden Rettungswagens geweckt. Sie rollte sich auf die Seite und blinzelte ins Dämmerlicht, das ihr Schlafzimmer in ein blasses Grau tauchte. Während sie blicklos auf die mit Raufasertapete bedeckte Wand neben ihrem Bett starrte, blitzte in ihrem Kopf eine Abfolge von Bildern auf, eins schlimmer als das andere: das herablassende Lächeln der Brünetten mit dem Klemmbrett, Bens Ausdruck von entsetzter Fassungslosigkeit, während sie ungeschickt versuchte, ihre Sachen aus der schmalen Sitznische zu zerren, die gehässigen Seitenblicke der posierenden Frauen an der Bar, als sie mit roten Wangen und vollkommen durcheinander an ihnen vorbeimarschierte. Peinlich berührt sog Bo die Luft ein und vergrub das Gesicht in ihrem Kopfkissen, als hoffte sie, so die Erinnerung gewaltsam ausradieren zu können.

Ihr knurrender Magen zwang sie schließlich dazu, den Kopf wieder zu heben und einen Blick auf ihren Wecker zu werfen. Es war elf Uhr, und abgesehen von der Tüte Chips, die sie auf dem Rückweg in Farringdon gekauft hatte, hatte sie seit der Mittagspause vor fast vierundzwanzig Stunden nichts mehr gegessen. Stöhnend streckte sie den Arm aus und kramte ihr Handy aus dem Wirrwarr von Sachen auf dem Nachttisch hervor – hin und her gerissen zwischen der Hoffnung und Furcht, dass Ben vielleicht versucht hatte, sie zu kontaktieren. Da sie jedoch weder neue Nachrichten noch verpasste Anrufe hatte, strampelte Bo ihre Bettdecke beiseite und griff nach ihrem Morgenmantel.

Die Küche in ihrer Wohnung in Holloway war nicht besonders groß – und absolut kein Vergleich zu der geräumigen Landhausstil-Wohnküche ihrer Eltern mit den maßgefertigten Massivholzschränken, Granitflächen und dem AGA-Herd. Stattdessen begnügten Bo und Kirsten sich mit einem L-förmigen Raum, in den man eine heruntergekommene Küchenzeile, eine trübe Spüle und einen freistehenden, nicht besonders hochwertigen Gasherd mit klobigen Kochfeldern und verrußter Glastür gequetscht hatte. Das Fenster über der Spüle ließ sich nicht öffnen, weil jemand ein Schutzgitter aus Metall davor geschraubt hatte. Das wiederum war mit einer dicken Fettschicht überzogen, die jahrelanges Kochen auf engstem Raum darauf hinterlassen hatte. Und als wollte man die Mieter für die fehlende Lüftung entschädigen, hatte man in die Fensterscheibe eine einfache Vorrichtung mit Plastikpropeller eingebaut, der durch Ziehen an einer Schnur betätigt wurde, sich allerdings als total nutzlos erwiesen hatte, was den Abzug von Dampf oder Gerüchen anging. Dafür war er umso effektiver darin, den Wind von draußen hereinzulassen.

Bo lugte in den Brotkasten, in dem allerdings bis auf die Reste eines Supermarkt-Weißbrots, dessen Kruste mit grünen Schimmelflecken gesprenkelt war, gähnende Leere herrschte. Seufzend füllte Bo den Wasserkocher auf, lehnte sich gegen die Arbeitsplatte und ließ den Blick über das Wandregal schweifen, das sich unter der Last diverser Kochbücher, Speisekarten von Lieferdiensten und unzähligen abgelaufenen Coupons und Kassenbelegen durchbog. Sie musste sich dringend von Ben und den demütigenden Ereignissen des gestrigen Abends ablenken, deshalb zog sie eins der Kochbücher aus dem Regal und legte es aufgeklappt auf die Arbeitsfläche, bevor sie sich einen Kaffee machte. Anschließend blätterte sie die mit Fettflecken übersäten Seiten durch, auf der Suche nach einem Rezept, das sie aufheitern würde.

Bereits mit zwölf hatte Bo den Spaß am Backen entdeckt. Die Aussicht auf ziemlich langweilige Sommerferien hatte sie dazu gebracht, sich an einem einfachen Rezept für einen Victoria Sponge Cake zu versuchen, das sie in dem schon ziemlich abgegriffenen Backbuch ihrer Mutter gefunden hatte. Das Backen hatte irgendetwas an sich, das Bo schon damals tief erfüllte; noch immer konnte sie sich an das befriedigende Gefühl erinnern, das sie empfunden hatte, während sie die runden Biskuitböden sorgfältig mit Erdbeermarmelade und Schlagsahne bestrichen, die beiden Hälften aufeinandergelegt und die goldbraune, kuppelförmige Oberseite mit Puderzucker bestreut hatte. Sie war Feuer und Flamme gewesen und hatte den Rest des Sommers voller Eifer damit verbracht, sämtliche Backbücher ihrer

Mutter durchzuarbeiten: von einfachen Scones bis hin zu Profiteroles. Als sie ein Teenager war, bot das Backen ihr eine Fluchtmöglichkeit aus dem Gefühlschaos der Pubertät mit all den Unsicherheiten, Ängsten und den sich ständig verändernden Freundschaften. Und jetzt, im Erwachsenenalter, war Backen immer noch die beste Methode, um sich von ihren Problemen abzulenken.

»Morgen.« Kirsten stand im Schlafanzug in der Tür, und ihr zerzaustes Haar und die Kopfkissenabdrücke in ihrem Gesicht deuteten darauf hin, dass sie gerade erst aufgewacht war. »Gott, heute Morgen bin ich echt gerädert«, sagte sie mit krächzender Stimme und verdeckte ein Gähnen mit ihrem Unterarm.

»Zu lang gefeiert?«, erkundigte sich Bo, während sie Vanilleextrakt auf einen Teelöffel gab und diesen in eine Schüssel mit Zucker und Eiern gab.

Kirsten nickte. »War spontan mit den Kollegen was trinken. In einer neuen brasilianischen Bar in Islington. Die Caipirinhas waren einfach zu gut«, erklärte sie und verzog das Gesicht. »Hier riecht's aber lecker«, murmelte sie dann und lugte hoffnungsvoll an Bo vorbei in den Topf mit geschmolzener Butter und Schokolade, der auf dem Herd vor sich hin köchelte. »Was machst du da?«

»Schokoladenbrownies«, antwortete Bo und verrührte die Eier und den Zucker in ihrer Schüssel. Die Aussicht auf frisch gebackene Brownies zum Frühstück heiterte Kirsten sichtlich auf. Sie legte einen Teebeutel in eine Tasse und goss Wasser aus dem Kocher darüber.

»Dann hast du heute nicht bei Ben übernachtet?«, fragte sie.

»Nö«, gab Bo knapp zurück und fügte der Eimasse Mehl und Kakao hinzu, bevor sie die geschmolzene Schokolade drübergoss.

»Ist bei euch alles in Ordnung?«, bohrte Kirsten weiter, während sie ihren Tee umrührte. Bo bekämpfte den Drang, Kirsten zu gestehen, dass sie zwar nicht wusste, ob mit ihr und Ben alles stimmte, aber mit hundertprozentiger Sicherheit sagen konnte, dass sie sich gestern in einer ultratrendigen Cocktailbar zum Vollhorst gemacht hatte. Stattdessen goss sie den glänzenden braunen Teig auf das Backblech und drängte die Tränen zurück, die in ihren Augen brannten.

»Es gibt nichts, was sich nicht mit einem fetten Schokoladenbrownie lösen ließe«, sagte sie schließlich und warf Kirsten von der Seite ein zittriges Lächeln zu. Ein Moment des Schweigens folgte, in dem ihre Mitbewohnerin ihr dabei zusah, wie sie das Backblech in den Ofen schob und schwungvoll die Glastür zuknallte.

»Freut mich zu hören«, sagte Kirsten schließlich und blickte Bo mitfühlend an.

Etwas später, als die Brownies immer noch im Ofen waren und die Spüle sich langsam mit heißem, schaumigem Wasser füllte, vibrierte Bos Handy auf der Arbeitsplatte. Mit wild klopfendem Herzen trocknete sie sich die Hände an einem schmierigen Geschirrtuch ab und schnappte sich das Telefon.

Ich hab mich gestern Abend wie ein Arschloch verhalten. Hatte 'ne beschissene Woche. Sorry.

Vollkommen durcheinander starrte Bo auf die Nachricht. Das machte Ben immer, wenn er wusste, dass er zu weit gegangen war; er entschuldigte sich (ausnahmslos übers Handy), schob sein Verhalten auf Stress bei der Arbeit oder Müdigkeit und machte dann so weiter, als wäre nichts gewesen. Am Anfang ihrer Beziehung hatte Bo seine Bereitschaft, sich zu entschuldigen, noch als positives Zeichen gewertet. Wenigstens gibt er seine Schwächen zu, hatte sie gedacht. Und hatte ihm im Gegenzug schnell verziehen.

»Das ist eine der Eigenschaften, die ich so an dir mag, Blu-ray«, hatte Ben einmal zu ihr gesagt, als sie über einen respektlosen Scherz hinweggesehen hatte, den er über die Arbeit ihrer Abteilung gemacht hatte. »Du bist so locker. Du gehörst nicht zu diesen nachtragenden Frauen, die sich monatelang über irgendeine Kleinigkeit aufregen.« Obwohl der Kommentar als Kompliment gedacht gewesen war, hatte er in Bo das Gefühl hinterlassen, Bens Entschuldigungen von nun an immer akzeptieren zu müssen, weil er sie sonst für anstrengend halten würde – wie eine *dieser Frauen*.

Im nächsten Moment begann der Ofen zu piepen, sodass Bo ihr Handy wieder auf die Arbeitsplatte legte und Bens Nachricht damit unbeantwortet ließ. Sie holte das Backblech aus dem Rohr und schüttelte es ganz leicht. Da der Teig nicht schwabbelte, hob sie die Masse vorsichtig vom Blech und legte sie sachte zum Abkühlen auf einen Rost, bevor sie sich erneut das Handy schnappte und Bens Nachricht anstarrte. Sie erinnerte sich daran, wie schamlos er die Brünette begutachtet hatte, dachte an seinen verächtlichen Kommentar über die Kolleginnen aus der Lohnbuchhaltung und daran, wie lässig er ihren Vorschlag abgelehnt hatte, Pizza essen zu gehen. Er hatte sich tatsächlich wie ein Arschloch aufgeführt, und es ärgerte sie, dass er glaubte, eine flapsige Entschuldigung übers Handy würde sein Verhalten wiedergutmachen. In Bo keimte schon länger der Verdacht, dass Bens Entschuldigungen nur ein Mittel zum Zweck waren – der Preis, den er für ihr Wohlwollen zahlen musste – und dass er keine echte Reue wegen seines Verhaltens empfand. Sie beugte sich über den Rost mit dem Brownieteig und sog den warmen Kakaoduft ein. Vielleicht, dachte sie trübsinnig, hatte sie Bens Problem hiermit identifiziert: Er wollte sein Stück Kuchen haben und es sofort essen.

Angestachelt von diesem Gedanken wischte Bo sich die Hände ab und griff nach ihrem Telefon. *Ja, hast du*, tippte sie ein und drückte auf *Senden*, bevor sie der Mut verließ. Um sich wieder zu beruhigen, zog sie ein Messer aus dem Holzblock auf der Arbeitsfläche und schnitt sich ein großzügiges Eckstück ab. Dann nahm sie einen anständigen Bissen und fühlte, wie die brüchige obere Schicht nachgab und der warmen, zähen Mitte Platz machte. Genüsslich schloss Bo die Augen, während sie kaute, und ließ sich vom Geschmack und der Konsistenz des Brownies einhüllen wie von einer wohligen Umarmung.

Beruhigt – zumindest für den Moment – machte sie sich anschließend daran, die Schüsseln und das Besteck abzuwaschen, doch während sie schrubbte und spülte, sickerte ganz langsam die Überzeugung, einen Fehler begangen zu haben, in ihr Hirn, wie die Tropfen eines undichten Wasserhahns. Und ihr Handy, das noch immer auf der Arbeitsfläche lag, blieb hartnäckig stumm. Bo hielt inne und starrte aus dem schmutzigen Fenster. Ungebeten tauchte die Erinnerung an Bens geschockten Gesichtsausdruck auf, als sie aufgestanden und aus der Bar gestürmt war. Ein plötzlicher Anflug von Panik versetzte ihr einen Stich in die Magengrube. War ihre Antwort auf seine Nachricht vielleicht zu schroff gewesen? Immerhin hatte Ben sich entschuldigt, und vielleicht hatte er wirklich eine beschissene Woche hinter sich.

Erst jetzt fiel Bo auf, wie schlecht gelaunt sie gewesen war, als sie das Büro verlassen hatte. Sie war schon müde und verärgert gewesen, bevor sie überhaupt einen Schritt in das Lokal gesetzt hatte. Und die Mädels an der Bar hatten sie schon lange aufgeregt, bevor sie überhaupt bemerkt hatte, dass Ben sie über ihre Schulter hinweg abcheckte. Ihr wurde übel, als käme ihr der Brownie, den sie gerade erst gegessen hatte, wieder hoch. Zwar war sie immer noch sauer auf Ben wegen seiner abfälligen Bemerkung über die Pizza und weil er ihre Gefühle so dreist missachtete, aber bei Tageslicht betrachtet, schämte sie sich für ihren Abgang, und ihr schwante, dass sie überreagiert hatte.

»Scheiße«, zischte sie, wischte sich erneut die Hände ab und schnappte sich ihr Telefon.

Ich war auch nicht gut drauf, tippte sie ein. *Tut mir leid, dass ich abgehauen bin.*

Fast sofort blinkten in der Sprechblase auf ihrem Display drei Punkte auf, während Ben etwas eingab. Nervös kaute Bo auf ihrer Unterlippe herum, hin und her gerissen zwischen der Frage, ob es erwachsen gewesen war, ihren Teil der Schuld am Ausgang des Abends einzugestehen, und dem Verdacht, dass sie einfach nur um des lieben Friedens willen nachgegeben hatte, so wie immer. Sekunden später vibrierte ihr Handy.

Hab dich noch nie so ausrasten sehen, Blu-ray. Irgendwie sexy.

Die Antwort löste ein intensives Gefühl in ihr aus – ob es sich dabei allerdings um Erleichterung, Erregung oder Ärger handelte, konnte sie nicht so genau sagen.

Später an diesem Morgen, nachdem Bo geduscht, sich angezogen und einen zweiten Brownie gegessen hatte, schlüpfte sie in ihre Turnschuhe und ihren Mantel und ging nach draußen. Sie schlug die Haustür hinter sich zu und stieg die Stufen zu dem verwahrlosten, wild gepflasterten Bereich hinauf, der allgemein als Vorgarten bezeichnet wurde, obwohl er in erster Linie als Staufläche für die zahlreichen Müllcontainer und Recyclingboxen der Mieter diente. In den vier Jahren, die sie und Kirsten nun schon das Souterrain bewohnten, war Bo immer dann auf ihre Nachbarn getroffen, wenn diese den Müll herunterbrachten. Man hatte sich auf die für Londoner angemessene Weise zugenickt und gelächelt, doch über die üblichen Formen der Höflichkeit waren die nachbarschaftlichen Beziehungen nie hinausgegangen, und Bo hatte auch noch nie einen Fuß in eine der anderen Wohnungen im Haus gesetzt.

Die Herbstsonne verbreitete nur schwaches, wässriges Licht, und die tief hängenden Wolken, die über den Himmel zogen, warfen Schatten auf einzelne Bereiche des Bürgersteigs, während Bo auf die Holloway Road zuging. An der Fußgängerampel überquerte sie die Straße und steuerte auf den in leuchtendem Orange erstrahlenden Eingangsbereich von Sainsbury's zu. Ein warmer Luftstrom aus der Deckenlüftung empfing sie, als sie durch die automatischen Türen trat, und sogleich bildeten sich Schweißtropfen in ihrem Nacken, die unangenehm prickelten.

Während Bo ihren Schal löste, fing in ihrer Nähe ein kleines Mädchen mit blondem Lockenkopf an zu schreien. Mit krummem Rücken und angespannten Gliedmaßen wehrte die Kleine sich gegen die Versuche ihrer Mutter, sie in den Plastiksitz eines Einkaufswagens zu setzen. Peinlich berührt versuchte die Mutter ihre Tochter mit einer Plastikdose voller Weintrauben zu bestechen, was die Kleine jedoch nur mit weiterem Wutgeheul quittierte. Mit beschämtem Gesichtsausdruck holte die Mutter schnell eine Packung Kekse aus der Tasche, woraufhin ihre Tochter sofort verstummte und die Hand ausstreckte, um ihre Trophäe entgegenzunehmen. Triumphierend stopfte sich das nun ruhige Mädchen eine Handvoll winziger Kekse in den Mund. Bo musste lächeln. Die Kleine erinnerte sie an ihre eigene Vorliebe für Süßes und Kohlenhydrate als Mittel gegen Kummer.

Im Sainsbury's hatte sich die bunt gemischte Menge versammelt, die typisch für diesen Stadtteil Nordlondons war: asiatische Frauen mit Kopftüchern, schnauzbärtige Türken und beleibte afro-karibische Großmütter – jeder von ihnen mit einem Ausdruck im Gesicht, der darauf schließen ließ, dass er alles lieber täte, als den Wocheneinkauf zu erledigen. Bo schlenderte durch die Gänge und warf geistesabwesend Brot, Milch und andere lebensnotwendige Waren in ihren Korb, während sie immer noch über Bens Nachricht grübelte. Wenn sie ihm antwortete, wollte sie den richtigen Ton treffen: einen lockeren, der zeigte, dass sie ihren Teil der Schuld zwar anerkannte, aber ihn gleichzeitig wissen ließ, dass er noch nicht ganz aus der Sache raus war. Während sie eine Rolle Frischhaltefolie in ihren Korb legte, fragte Bo sich, ob Ben sich je so den Kopf über die Nachrichten zerbrach, die er ihr schickte. Vermutlich nicht.

Zurück in ihrer Wohnung stellte sie die Plastiktüten auf dem Esstisch ab und holte ihr Handy aus der Tasche.

Das nennst du ausrasten? Das war noch gar nichts. ;-)

Einige angespannte Sekunden vergingen, bevor das Handy vibrierte.

Versprochen?

Nun, da sie die Kommunikation wieder aufgenommen hatten, chatteten sie den ganzen Nachmittag über weiter. Als Ben fragte, was Bo heute vorhabe, schickte sie ihm ein Foto ihrer Brownies, die sie in gleich große

Vierecke geschnitten und in eine hübsche Kuchenform mit Blümchenmuster gelegt hatte (eins der vielen Küchenutensilien, die sie sich von ihrer Mutter ausgeborgt hatte).

Mache mir eine schöne Zeit mit diesen schlimmen Jungs hier, tippte Bo ein. *Hab sie heute Morgen gemacht.*

Ich hatte ja keine Ahnung, dass in dir eine kleine Küchenfee steckt, Blu-ray, kam Bens Antwort, knapp gefolgt von: *Lass mir welche übrig.*

Bo überkam ein Gefühl von Stolz. Sie hatte Ben noch nie von ihrer Leidenschaft fürs Backen erzählt, weil sie immer angenommen hatte, er würde sie nur auslachen und irgendeine spöttische Bemerkung machen – dass sie ein altes Hausmütterchen sei oder Ähnliches.

Montag bringe ich dir einen mit ins Büro, versprach sie.

Hast du nach Feierabend Zeit, was essen zu gehen?, antwortete er. *Wie wär's mit Pizza Express?*

Lächelnd blickte Bo auf ihr Display. Seit Wochen hatte sie sich nicht so glücklich gefühlt. Vielleicht hatte Ben ihr ja diesmal wirklich zugehört.

Kapitel 5

Auf dem Weg zur Arbeit am darauffolgenden Morgen – eingequetscht zwischen einem übergewichtigen Touristen und einem Jugendlichen mit weißem Kopfhörer, aus dem hektisches Schlagzeuggetrommel drang – war Bo verhalten optimistisch, was ihre abendlichen Pläne mit Ben anging. Sie hatte viel Zeit darin investiert, die Ereignisse vom Freitagabend und den anschließenden Chat zu analysieren, und hatte die vage Hoffnung, dass Ben ihren Frust zum ersten Mal ernst genommen hatte. Warum hätte er sonst vorgeschlagen, zum Pizza Express zu gehen? Das war bestimmt als Friedensangebot gedacht.

Um seine Bemühungen zu belohnen, hatte Bo sorgfältig einen ihrer kostbaren Brownies für ihn ausgewählt: ein Eckstück, das an zwei Seiten knusprig braun gebacken war. Nun lag es weich eingebettet in ihrer Handtasche, und ab und zu hörte sie über das Rattern der U-Bahn hinweg die Folie knistern, in die sie es verpackt hatte.

»Morgen, Chloe. Schönes Wochenende gehabt?«, erkundigte sich Bo, als sie aus dem Fahrstuhl in den Empfangsbereich von Aspect trat.

»Hammerwochenende, danke«, erwiderte Chloe, und sofort hellte sich ihr orangefarbenes Gesicht auf. »Wir haben Gemmas Einundzwanzigsten gefeiert und einen VIP-Tisch im Legends in Loughton reserviert. Ihr Freund ist da Barchef und hat uns den ganzen Abend mit Cocktails, Champagner und all dem Zeugs versorgt.« Chloe riss die stark geschminkten Augen auf, um die Großzügigkeit dieser Geste zu unterstreichen. »Um neun Uhr waren wir so was von dicht!«, erzählte sie kichernd und rutschte mit ihrem Drehstuhl zur Seite, um die Tagespost vom anderen Ende des geschwungenen Tresens zu holen. Stumm formte Bo ein »Wow!« mit den Lippen, um Chloe zu zeigen, dass die Spendierfreudigkeit von Gemmas Freund sie ebenfalls beeindruckte.

Als sie am Empfangstresen vorbei ins Büro ging, fiel ihr sofort auf, dass Bens Stuhl leer war und sein Computer ausgeschaltet. Sie versuchte das Gefühl der Enttäuschung zu unterdrücken, das sich in ihr breitmachte, und setzte den Weg zu ihrer Abteilung fort, wo Hayley gerade auf der Ecke von Natashas Schreibtisch hockte und sich aufgeregt im Flüsterton mit ihrer Kollegin unterhielt.

»Hast du schon gehört?«, fragte Hayley in der Sekunde, als sie Bo entdeckte. »Tash meint, die wollen bei uns im Marketing Stellen kürzen.« Hayley war eine gesellige Dreiundzwanzigjährige, die ein Jahr lang am Empfang gearbeitet hatte, bevor sie zur Marketingassistentin befördert worden war. Sie liebte es, Bürotratsch zu verbreiten, und war ständig auf der Suche nach neuen Informationshäppchen, mit denen sie ihre Kollegen in Panik versetzen konnte. Bos Meinung nach neigte sie dazu, die Dinge zu dramatisieren.

»Ach, echt?«, antwortete sie deshalb geistesabwesend, mit den Gedanken immer noch bei Bens verlassenem Schreibtisch. »Wie kommst du darauf?«

»Claire hat am Freitag so was angedeutet«, mischte sich Tash alias Natasha ein und wirkte dabei so ernst wie der Überbringer schlechter Nachrichten. »Dass sie sich bei der Firmenleitung für uns stark machen musste.« Bo, die gerade den Reißverschluss ihres Mantels öffnete, hielt kurz inne und sah ihre Kolleginnen an. Natasha war eine ernst wirkende, fleißige junge Frau, daher war Bo geneigt, ihren Bedenken mehr Aufmerksamkeit zu schenken als Hayleys.

»Kommt Claire heute ins Büro?«, wollte Bo wissen und blickte auf den leeren Schreibtisch neben ihrem.

Energisch schüttelte Hayley den Kopf und schnippte ihr langes dunkles Haar über die Schulter. »Sie hat vorhin angerufen. Sie macht heute Home Office. *Anscheinend* hat Rosie die Windpocken. Vielleicht will sie aber auch einfach keine unangenehmen Fragen beantworten.« Hayley warf Bo einen vielsagenden Blick zu. »Ich scheiß mir echt gleich in die Hose«, fuhr sie unverblümt fort. »Meine letzte Stelle wurde auch gestrichen. Wenn das schon wieder passiert, denken doch alle, mit mir stimmt was nicht.«

In dem Bewusstsein, dass ihre beiden Kolleginnen sie erwartungsvoll ansahen und ihre Meinung zum Thema hören wollten, wickelte Bo ihren Schal ab, legte ihn über die Stuhllehne und zuckte dann leicht hilflos mit den Schultern. »Ich schätze, wir müssen einfach abwarten«, sagte sie sanft.

Als Ausdruck ihrer Enttäuschung über diese Antwort rümpfte Hayley die Nase, bevor sie sich wieder Natasha zuwandte. Bo ließ sich auf ihren Drehstuhl sinken und fuhr ihren Computer hoch, um das Thema Entlassungen so schnell wie möglich aus ihrem Kopf zu verbannen.

Um halb zehn war Ben immer noch nicht an seinem Schreibtisch aufgetaucht, und langsam nagte ein Gefühl von Unruhe an ihr. Um Viertel vor zehn hörte Bo ihr Handy in den Tiefen ihrer Handtasche klingeln, und als sie es herausholte, sah sie Bens Namen auf dem Display. Perplex hielt sie sich das Telefon ans Ohr und legte diskret die Hand darum.

»Hallo?«, meldete sie sich leise, während sie sich deutlich der Tatsache bewusst war, dass die Kolleginnen direkt auf der anderen Seite der Trennwände saßen.

»Hi, ich bin's.« Bens Stimme klang blechern und hallte, was darauf hindeutete, dass er über die Freisprechanlage telefonierte. Bo konnte das Brummen eines Motors hören und das entfernte Rauschen vorbeifahrenden Verkehrs. »Hör mal, Süße, das mit heute Abend müssen wir verschieben«, sagte Ben in gestresstem Tonfall. »Wir haben hier die Kacke am Dampfen mit dem Kunden aus Milton Keynes. Matt ist schon bei ihm, und ich bin gerade auf dem Weg. Wahrscheinlich muss ich über Nacht bleiben …« Er verstummte, und es trat eine Pause ein, in der Bo blicklos aus dem Fenster auf die anonymen Gestalten starrte, die im Gebäude gegenüber an ihren Schreibtischen saßen. In diesem Moment ging ihr die sinnlose Frage durch den Kopf, ob einer der Leute, die sie sehen konnte, auch eine heimliche Affäre mit einem Kollegen hatte.

»Okay«, sagte sie schließlich ausdruckslos, weil sie spürte, dass Ben auf eine Antwort wartete.

»Das ist echt meganervig«, fuhr er fort. »Der Kunde denkt, er wüsste mehr über die Software als wir …« Mitten im Satz brach Ben ab, dann hörte Bo ihn »Wichser« vor sich hin murmeln, wobei ihr nicht ganz klar war, ob er damit besagten Kunden oder einen anderen Autofahrer meinte. »Und die M25 ist echt beschissen voll.«

»Oje«, gab Bo leise zurück. Sie konnte das rhythmische Klicken des Blinkers und das Aufbrausen des Motors hören und stellte sich vor, wie Ben ungeduldig den Fuß aufs Gaspedal seines schnittigen Audis stemmte. »Mach dir keine Gedanken, das ist echt kein Problem«, antwortete sie im sachlichsten Tonfall, den sie hervorbringen konnte, und blickte zu Hayley, die soeben zu ihrem Platz direkt gegenüber zurückgekehrt war. Es knackte, dann wurde die Verbindung abrupt unterbrochen – ob Ben aufgelegt oder einfach kein Netz mehr hatte, konnte Bo nicht sagen. Einige Sekunden lang behielt sie das Handy noch am Ohr, bevor sie »Okay, tschüss« in die Stille sagte. Als sie das Telefon zurück in ihre Tasche warf, hörte sie beim Aufprall das anklagende Knistern des in Folie verpackten Brownies.

Bo tat so, als starrte sie interessiert auf ihren Bildschirm, während in ihrem Innern eine Mischung aus Gekränktheit und Enttäuschung wütete. Sie war gleichzeitig sauer auf Ben, weil er die Verabredung abgesagt hatte, und verärgert über sich selbst, weil sie ihm ermöglicht hatte, ihr das schon wieder anzutun. Wie eine Vollidiotin hatte sie in seinen Vorschlag, beim Pizza Express zu Abend zu essen, irgendeine nicht vorhandene Bedeutung hineininterpretiert – in der Hoffnung, es wäre eine Art Wendepunkt in ihrer Beziehung; der Moment, in dem sie die Stufe zum »richtigen« Paar erklimmen und nicht mehr nur zwei Menschen sein würden, die Spaß miteinander hatten. In Wirklichkeit war es bloß ein spontaner Vorschlag von ihm gewesen, um die Wogen zwischen ihnen zu glätten. Wahrscheinlich hatte er sowieso gewusst, dass er absagen musste, dachte sie bitter.

Der Vormittag schleppte sich so dahin, während die miserable Stimmung beharrlich an Bo haften blieb. Stumm und bedrückt tippte sie auf ihrer Tastatur herum, ohne irgendetwas Sinnvolles hinzubekommen.

»Alles okay bei dir, Süße?«, erkundigte sich Hayley, als sie um elf eine Tasse Tee auf Bos Schreibtisch abstellte. »Du brauchst dir sicher keine Sorgen zu machen, dich lassen die bestimmt nicht gehen«, sagte sie aufmunternd und hielt Bos düstere Laune offensichtlich für deren Angst um ihren Job.

»Mir geht's gut, danke«, entgegnete Bo heiter und verzog das Gesicht zu einem freundlichen Lächeln. Innerlich kochte sie allerdings.

Als ein Klingeln den Eingang einer E-Mail ankündigte, in der die Personalchefin sie bat, doch kurz zu ihr ins Büro zu kommen, machte Bo sich keine großen Sorgen. Wenn überhaupt, dann war sie dankbar für die Gelegenheit, den beunruhigten Blicken ihrer Kolleginnen zu entkommen – ganz zu schweigen von den quälenden Gedanken über Ben, die sich einfach nicht abstellen ließen.

Eine halbe Stunde später saß Bo in einer Kabine auf der Damentoilette und tupfte sich die Augen mit Toilettenpapier trocken. Versteckt hinter einer Maske aus professionellem Mitgefühl, hatte ihr die Personalchefin Cheryl – eine Blondine mittleren Alters mit Hängewangen – eröffnet, dass die Unternehmensleitung die schwierige Entscheidung getroffen habe, Bo zu entlassen. Völlig geschockt hatte Bo kaum ein Wort von dem mitbekommen, was Cheryl ihr sagte, und sich stattdessen für ihre Dummheit verflucht, den Warnungen ihrer Kolleginnen nicht mehr Beachtung geschenkt zu haben. Gleichzeitig war sie sich der Ironie der Tatsache bewusst, dass sie noch vor einer Stunde geglaubt hatte, ein abgesagtes Date mit Ben sei ihre größte Sorge. In einem Tonfall professionellen Bedauerns hatte Cheryl ihr versichert, dass dies kein Rausschmiss sei, und ihr erklärt, es gebe aufgrund der Umstrukturierung des gesamten Unternehmens einfach keinen Bedarf mehr für ihre Stelle. Die derzeitige finanzielle Situation mache eine Steigerung der Effektivität in allen Abteilungen erforderlich.

»Effektivität?«, hatte Bo dümmlich wiederholt und gespürt, wie ihr Kinn anfing zu zittern. Teilnahmsvoll hatte Cheryl den Kopf schief gelegt und mit einer schnellen, geübten Handbewegung eine Taschentuchbox über den Schreibtisch geschoben.

Nachdem sie Bo einen kurzen Moment Zeit gegeben hatte, um sich zu beruhigen, hatte Cheryl die Fingerspitzen aneinandergepresst und auf einen geöffneten Aktenordner vor sich geblickt. Bo hatte versucht, konzentriert zuzuhören, während Cheryl die Einzelheiten ihrer Kündigung erläutert hatte, doch ihr waren lauter Gedanken über die Zukunft durch den Kopf gerast: Wie lange würde es dauern, bis sie eine neue Stelle fand, und würde sie überhaupt die Miete weiterzahlen können? Cheryl hatte irgendwas von Abfindung, Restgehalt und Gewinnen aus Aktienoptionen gefaselt, aber die Worte waren nur wie weißes Rauschen in Bos Ohren gewesen.

»Und natürlich werden wir Ihnen ein gutes Zeugnis ausstellen«, hatte Cheryl geendet und Bo mit einem aufmunternden Lächeln bedacht.

»Danke«, hatte Bo widerstandslos erwidert, weil sie nicht gewusst hatte, was sie sonst hätte sagen sollen.

Cheryl hatte ihren Ordner zugeklappt und ihr eine Kopie der Abfindungsvereinbarung gereicht. »Falls Sie noch Fragen haben, kommen Sie einfach vorbei«, hatte sie gesagt, war um den Schreibtisch herumgekommen und hatte Bo am Ellbogen in Richtung Tür geführt.

»Okay, danke«, hatte Bo folgsam geantwortet.

Jetzt gönnte sie sich zehn Minuten leisen Vor-sichhin-Weinens auf der Toilette, bevor sie sich die Nase in ein Stück Toilettenpapier schnäuzte und sich streng dazu ermahnte, sich zusammenzureißen. Sorgen um die Zukunft konnte sie sich machen, wenn sie zu Hause war. Nun bestand ihre oberste Priorität darin, sich nicht vor den Kollegen zu blamieren. Mit einem tiefen Atemzug schloss Bo die Kabinentür auf und lugte vorsichtig nach draußen, um sicherzustellen, dass die Toilette leer war. Dann trat sie an die Reihe von Waschbecken und begutachtete ihr Aussehen im Wandspiegel. Ihre Augen waren rot und geschwollen, ihr Make-up verlaufen, und über ihren Hals zogen sich rote Flecken. Sie spritzte sich kaltes Wasser ins Gesicht und gab sich alle Mühe, die verschmierte Wimperntusche unter ihren Augen zu entfernen.

»Das ist jetzt echt nicht wahr!«, rief Hayley. Trotz Bos Vertuschungsaktion auf der Damentoilette hatte Hayley sofort erkannt, dass sie geweint hatte, noch bevor Bo ihren Schreibtisch erreicht hatte. Sie war direkt aufgesprungen und stellte sich ihr so in den Weg, dass Bo praktisch zwischen ihr und einem Aktenschrank eingeklemmt war. Ihre Ankündigung, dass sie am Freitag die Firma verlassen würde, hatte Hayley mit einem dramatischen Aufkeuchen quittiert.

»Ich kann nicht fassen, dass sie dich gehen lassen, Bo. Ich dachte, dein Job wäre der sicherste von allen!«, sagte Hayley und formte den Mund zu einem empörten O. Bo konnte sich nicht helfen: Irgendwie wirkte Hayleys Entsetzen übertrieben, nachdem gerade sie noch vor wenigen Stunden davon überzeugt gewesen war, dass in ihrer Abteilung Leute entlassen werden würden. »Ich meine, du bist doch schon länger hier als Tash und ich. Zählt das denn gar nicht?«, plapperte Hayley weiter und blickte über die Schulter zu Natasha, die mittlerweile mit ernstem Gesicht hinter ihr stand.

»Anscheinend nicht«, murmelte Bo voller Bitterkeit und versuchte, eine stoische Miene aufzusetzen, um ihr Unbehagen zu überdecken.

»Ich wusste, irgendwas stimmt nicht, als Claire angerufen hat«, raunte Hayley in verschwörerischem Ton. »Ich bin mir sicher, Rosie hatte die Windpocken schon. Claire wollte bloß nicht hier sein, wenn du die Nachricht bekommst. Schlechtes Gewissen.« Angewidert kniff Hayley die Augen zusammen, doch Bo fühlte nichts. Selbst wenn Hayley recht hatte, was Claires Abwesenheit anging, hatte Bo einfach nicht die Energie, deswegen gekränkt zu sein.

»Ich glaube, ich mache besser mal weiter. Ich muss mit dem Übergabeprotokoll anfangen«, sagte sie leicht entschuldigend. Nachdem Hayley eine weitere mitfühlende Schnute gezogen und Bo mit ihrer Umarmung fast zerquetscht hatte, entließ sie ihre Kollegin aus dem Gefängnis vor dem Aktenschrank. Verstohlen warf Bo einen Blick durchs Büro, bevor sie sich an ihren Schreibtisch begab. Die Kollegen um sie herum hatten die Köpfe gesenkt und tippten auf ihren Tastaturen herum. Jeder schien in seine Arbeit vertieft, doch die ungewöhnliche Ruhe und dezent abgewandten Blicke bestätigten Bos Verdacht, dass alle in Hörweite ihre

Unterhaltung mit Hayley mitbekommen hatten und sich die Neuigkeit von ihrer Entlassung innerhalb von Sekunden verbreiten würde. Mit brennenden Wangen setzte Bo sich hin und beschäftigte sich damit, den Inhalt ihres Eingangskorbs durchzugehen. Ihr einziger Trost bestand darin, dass wenigstens Ben heute nicht im Büro war und somit ihre Demütigung nicht mitbekommen hatte.

An diesem Abend saßen Bo und Kirsten im Wohnzimmer auf dem durchhängenden karierten Sofa, vor sich auf dem Couchtisch eine Flasche Cabernet Sauvignon und zwei Gläser.

»Oh, Kirstie, das war so furchtbar«, rief Bo stöhnend und trank einen Schluck Wein, während Kirsten mit dem professionellen Blick der Anwältin Bos Vertrag und die Abfindungsvereinbarung durchsah. »Kannst du dir vorstellen, dass ich mich tatsächlich bei der Personalchefin *bedankt* habe?« Peinlich berührt sog sie die Luft ein. »Als wäre ich der für irgendwas dankbar. Ich meine, welcher Idiot sagt denn ›Danke dafür, dass Sie mich gefeuert haben‹?«

Kirsten blickte von den Papieren auf und warf ihr ein mitfühlendes Lächeln zu. »Mach dich nicht fertig deswegen, Bo. Unter den Umständen sagt das sicher jeder.« Konzentriert richtete sie den Blick wieder auf die Dokumente. »Und außerdem bist du nicht gefeuert worden. Deine Stelle wurde gestrichen. Das ist ein großer Unterschied.«

»Klar«, entgegnete Bo trocken. »Wenigstens haben

die mir ein *gutes Zeugnis* versprochen. Das macht garantiert einen großen Unterschied.« Lustlos ließ sich Bo gegen die Armlehne des Sofas sinken und umschlang ihr Weinglas mit beiden Händen.

Ihr wehleidiger Gemütszustand wurde vom Trommeln eines Schlagzeugs durchbrochen, gefolgt von der Titelmelodie der *EastEnders*, die aus der Wohnung über ihnen durch die Decke dröhnte. Im Sommer hatten sich ihre Nachbarn einen neuen, hochmodernen Fernseher gekauft. Bo hatte gesehen, wie das Gerät eines Samstagmorgens im August mit einem Lastwagen angeliefert worden war, und beim Anblick der zahlreichen Kartons mit Lautsprechern und Soundbars, die die Treppe zur Haustür hochgetragen wurden, hatte sie ein leicht mulmiges Gefühl beschlichen. Seitdem waren Bo und Kirsten auf intime Art mit den Sehgewohnheiten ihrer Nachbarn vertraut, die sich hauptsächlich auf Soaps und Arztserien konzentrierten.

»Also«, sagte Kirsten schließlich, blätterte die zusammengehefteten DIN-A4-Seiten zum Anfang zurück und schob sich die Brille auf den Kopf. »Die gute Nachricht ist, wenn man die Gewinne aus deinen Aktienoptionen, dein Restgehalt und die Abfindung zusammenrechnet, könnte sich das richtig für dich lohnen.«

»Auch gut«, entgegnete Bo mürrisch, beugte sich vor und goss sich schwungvoll Cabernet Sauvignon nach. »Wahrscheinlich wird das auch einige Monate reichen müssen. Ich glaube nämlich nicht, dass ich vor Weihnachten noch ’nen anderen Job finde.«

»Das weißt du doch gar nicht«, wandte Kirsten ein

und gab sich alle Mühe, möglichst optimistisch zu klingen.

»Weiß ich wohl«, konterte Bo. »In ein paar Wochen finden schon überall Weihnachtsfeiern statt. Bis Mitte Januar hält da doch keiner mehr Vorstellungsgespräche ab oder inseriert irgendwelche freien Stellen.«

Kirsten schwieg solidarisch und nippte an ihrem Wein. »Hast du es Ben schon gesagt?«, fragte sie vorsichtig.

Geräuschvoll atmete Bo ein. »Noch nicht. Er war den ganzen Tag in Milton Keynes.«

In Wahrheit hatte sie schon in der Toilettenkabine überlegt, Ben anzurufen, in der Hoffnung, dass er sie trösten oder ihr einfach nur zuhören und gut zureden würde. Sie hatte sogar schon ihr Handy aus der Handtasche geholt und die Nummer herausgesucht. Dann allerdings hatte sie sich an ihre morgendliche Unterhaltung während seiner Fahrt nach Milton Keynes erinnert, an seinen gestressten, ungeduldigen Ton und die gleichgültige Art und Weise, wie er ihre Verabredung zum Abendessen abgesagt hatte. Wie würde er dann erst reagieren, wenn sie ihn in Tränen aufgelöst bei einem Kundengespräch störte, um ihm mitzuteilen, dass sie entlassen worden war? Im besten Fall würde er kühl und ausweichend antworten und ihr sagen, dass sie sich keine Sorgen machen solle und er sie später zurückrufen würde. Wahrscheinlicher war jedoch, dass er ihren Anruf sehen und die Mailbox drangehen lassen würde. Bo hatte so lange seine Nummer auf ihrem Handy angestarrt, bis das Display schließlich schwarz geworden war, und dann hatte sie das Handy wieder in ihre Handtasche gesteckt.

»Ich würde mal sagen, das erfährt er sowieso bald«, sagte sie zu Kirsten. Mit der Tatsache, dass sie in den nächsten Tagen Thema Nummer eins beim Bürotratsch sein würde, hatte sie sich bereits abgefunden.

»Willst du ihm das nicht lieber persönlich erzählen?«, fragte Kirsten taktvoll.

Bo lehnte sich zurück und nahm einen großen Schluck Wein. »Da bin ich mir nicht sicher«, erwiderte sie schließlich. »Ihm geht es doch immer nur darum, seinen Spaß zu haben. Und die Freundin zu trösten, weil die ihren Job verloren hat, findet wohl kaum jemand spaßig. Ben jedenfalls bestimmt nicht.«

Kapitel 6

Mit einem aufgesetzten Lächeln im Gesicht und einem Blumenstrauß unterm Arm stand Bo vor dem Empfangstresen des Büros. Um sie herum hatten sich ihre Kollegen versammelt, hielten ihre Bierflaschen in der Hand und sahen geduldig dabei zu, wie sie den leuchtend gelben Umschlag auffummelte, den Claire ihr gerade überreicht hatte. *Schade, dass du gehst,* stand in glitzernden Buchstaben auf der Karte. Die Innenseite war vollgeschrieben mit Abschiedswünschen ihrer Kollegen: »Viel Glück für die Zukunft« – »Wir werden dich vermissen« – »Meld dich mal, Bo!«

»Danke euch allen!«, murmelte Bo, während sie den Gutschein der Kaufhauskette herausnahm, der in der Karte gesteckt hatte. Nach alter Bürotradition fand die feierliche Übergabe von Karte, Blumen und Gutschein um achtzehn Uhr an ihrem letzten Arbeitstag statt. Dies war die allerletzte Hürde, die sie nehmen musste – am Ende einer sich ewig hinziehenden Woche, die nicht nur todlangweilig gewesen war (dank des ausführlichen Übergabeprotokolls, das sie hatte erstellen müssen), sondern auch eine Geduldsübung, weil sie die zwar gut gemeinten, aber gelegentlich auch taktlos vorgetragenen Mitleidsbekundungen ihrer Kollegen ertragen musste.

Bo hatte es die ganze Woche vor der Ausstandsfeier und der Aussicht darauf gegraut, die ganze Zeit höflich lächeln und ihren Kollegen versichern zu müssen, dass sie schon klarkäme, während sie gleichzeitig genau wusste, was alle dachten: *Gott sei Dank hat es nicht mich getroffen.* Nun, da der Moment gekommen war, verließ sie sich darauf, dass der vom Unternehmen bereitgestellte Biervorrat ihr dabei helfen würde, die ganze Veranstaltung durchzustehen. Als Claire ihre kleine Dankesrede hielt und ihr die Karte und den Blumenstrauß in die Hand drückte, hatte sie sich bereits bis zu ihrer vierten Flasche vorgearbeitet.

Von ihrer Position am Empfangstresen aus hatte sie einen freien Blick auf Ben, der mit einer Gruppe von Kollegen aus der Kundenbetreuung vor dem Wasserspender stand. Er hielt eine Flasche mexikanischen Biers in der Hand und hatte Bo den Rücken zugedreht, doch von Zeit zu Zeit ertappte sie ihn dabei, wie er über die Schulter in ihre Richtung blickte. Seit seiner Rückkehr ins Büro am Mittwoch war ihr Verhältnis angespannt. Wie erwartet hatte ihn die Neuigkeit von ihrer Entlassung in Milton Keynes erreicht. Spät am Abend hatte er ihr getextet:

Hab grad gehört, dass sie dich abgeschossen haben, Blu-ray. So ein Mist. Ohne dich wird es nicht mehr dasselbe sein im Büro.

Obwohl Bo sich gesagt hatte, dass sie von Ben keine

allzu große Unterstützung erwarten konnte, hatte sie der oberflächliche Ton seiner Nachricht doch ein wenig geärgert. Während sie pflichtbewusst an ihrem Übergabeprotokoll gearbeitet hatte, hatte sie sich so in ihren Ärger hineingesteigert, dass er zu einer ordentlichen Wut anwuchs. Sie war nicht nur sauer, weil Ben so flapsig geantwortet hatte, sondern auch, weil er offensichtlich nur daran dachte, welche Auswirkungen ihre Entlassung auf ihn haben würde, und nicht daran, was der Verlust ihrer Stelle für sie bedeutete. Deshalb antwortete Bo auch nicht auf seine Nachricht, und als Ben am Mittwoch zurück ins Büro kam, ging sie ihm demonstrativ aus dem Weg, ignorierte seine Mails übers Firmennetzwerk und drehte um, wenn er ihr in die Küche oder in den Fahrstuhl folgen wollte. Seit Ben verstanden hatte, dass ihr frostiges Verhalten Absicht war, reagierte er genauso wie sie, und so schmollten sie beide und hatten jegliche Kommunikation eingestellt. Jetzt schien Ben ebenfalls entschlossen zu sein, ihr bis zum Ende ihres Ausstands den Rücken zuzudrehen.

Dennoch blieb Bo auf ihrer Position vor dem geschwungenen Empfangstresen stehen, eingerahmt von Hayley und Chloe.

»Angeblich soll das Account-Management als Nächstes dran sein«, hörte Bo Hayley neben sich sagen, und sofort richtete sie ihre Aufmerksamkeit wieder auf ihre unmittelbare Umgebung.

»Was glaubst du, wer gehen muss?«, fragte Chloe mit großen Augen. Hayley, die ihre Rolle als Büroinformantin sichtlich genoss, warf ihr dunkles Haar zurück und blickte über die Schulter, um sicherzustellen, dass niemand in Hörweite war.

»Ich tippe auf Charlotte«, raunte sie. »Die hat letzten Monat einen Kunden verloren.«

Bo warf erneut einen Blick auf die Gruppe von Kundenbetreuern. Rechts neben Ben stand Charlotte, die zu ihrem Glück nicht ahnte, dass nur wenige Meter entfernt gerade über ihre beruflichen Unzulänglichkeiten und mögliche Entlassung diskutiert wurde. Sie war eine schüchterne, unscheinbare junge Frau, die erst vor einem Jahr als Junior-Account-Managerin in der Firma angefangen hatte. Da sie aufgrund ihrer scheuen Art leicht zu übersehen war, hatte Bo sie nie groß beachtet.

»Arme Charlotte!«, befand Chloe und seufzte mitleidsvoll. In diesem Moment verengte Hayley die Augen und beugte sich näher heran. Instinktiv kopierten Bo und Chloe ihre Haltung, bis sie sich alle drei beinahe mit den Köpfen berührten.

»Ja, oder?«, sagte Hayley. »Und das ausgerechnet, als es gerade interessant wurde in Sachen Büroaffäre.« In ihre Augen trat ein freches Funkeln.

»Was meinst du mit ›interessant‹?«, fragte Chloe atemlos, und ihre schmalen Augenbrauen wanderten fast bis zum Haaransatz hoch. Diese Reaktion löste ein zufriedenes Grinsen bei Hayley aus.

»Laut meinen Quellen«, flüsterte sie freudig erregt, »hat Ben sie angegraben.«

Entsetzt keuchte Chloe auf. »Charlotte?« Hayley nickte. Bo dagegen blickte nur zwischen den beiden hin und her und hatte plötzlich das Gefühl, als ob die Temperatur im Raum abrupt gefallen sei.

»Wann?«, erkundigte sie sich im ausdruckslosesten, desinteressiertesten Tonfall, den sie zustande brachte.

»Montag«, verkündete Hayley düster, bevor sie einen Schluck von ihrem Bier trank. »Als die beiden zusammen in der Billigabsteige in Milton Keynes übernachtet haben.«

»In Milton Keynes?«, wiederholte Bo dümmlich. Sie hatte keine Ahnung gehabt, dass Charlotte auch in Milton Keynes gewesen war – Ben hatte nichts davon erwähnt, da war sie sich sicher.

»Nicht gerade sonderlich romantisch, ich weiß. Ist aber auch egal«, fuhr Hayley triumphierend fort. »Sie hat ihn nämlich freundlich abblitzen lassen. Kein Interesse … offensichtlich.« Hayley grinste, und Chloe stieß ein gackerndes Lachen aus.

Bo überkam ein seltsam schwindliges Gefühl, als hätte sich der Boden unter ihren Füßen bewegt und sie wäre nicht mehr sicher, ob sie immer noch aufrecht stand. Durch den Raum starrte sie zu Charlotte hinüber, und auf einmal sah sie die Kollegin mit ganz anderen Augen. Charlotte stand zwischen Ben und Matt. Sie wirkte betrübt und als fühlte sie sich leicht unbehaglich und blickte ständig zur Wanduhr über der Tür, als fragte sie sich, wann der nächstbeste akzeptable Zeitpunkt wäre, die Party zu verlassen. Bo zwang sich zu dem Versuch, Charlottes Aussehen aus der Perspektive eines Mannes zu beurteilen. Obwohl die junge Frau sich definitiv am farblosen Ende des Spektrums bewegte, musste Bo zugeben, dass sie nicht per se unattraktiv war. Als ob sie spürte, dass sie beobachtet wurde, blickte Charlotte in diesem Moment zur Seite und ertappte Bo dabei, wie die sie anstarrte. Sie warf ihr ein nichtssagendes Lächeln zu, das Bo mit einem langsamen, kaum merklichen Nicken beantwortete.

»Alles okay, Bo?«, fragte Hayley besorgt.

Bo konnte die Röte spüren, die sich rasch von ihrem Hals bis zu den Wangen ausbreitete. »Ich glaube, ich hatte zu viele von denen hier«, sagte sie und schwenkte ihre leere Bierflasche.

Chloe stieß ein Grunzen aus. »Das geht schnell, Süße, ziemlich schnell«, entgegnete sie verständnisvoll. »Du musst dir auf dem Nachhauseweg was bei Mäckes holen, damit du was im Magen hast«, riet sie Bo.

»Um ehrlich zu sein, ich denke, ich gehe jetzt auch besser. Mir geht's nicht so gut.«

Hayley und Chloe tauschten einen besorgten Blick aus, doch Bo war wild entschlossen. Ihre Wangen brannten, und sie hatte das dringende Bedürfnis, so schnell wie möglich aus der Firma zu kommen – weg vom Mitleid und der Anteilnahme ihrer Bald-Ex-Kolleginnen –, um allein und in Ruhe die Erkenntnis zu verdauen, die sie gerade gewonnen hatte.

Während Bo ihren Mantel anzog und ihre Sachen zusammensuchte, konnte sie spüren, wie sich diverse Köpfe in ihre Richtung drehten. Sie wusste, es war unhöflich, einfach von ihrer eigenen Ausstandsfeier zu verschwinden, aber sie war nicht in der Lage, eine Abschiedsrunde zu drehen – nicht zuletzt deshalb, weil sie dann mit Ben und Charlotte würde reden müssen. Daher verabschiedete sie sich nur von Hayley und Chloe, klemmte sich ihren Blumenstrauß unter den Arm und schlich sich aus dem Büro.

Als Bo darauf wartete, dass die Fahrstuhltüren sich schlossen, fiel ihr Blick auf Ben, der immer noch neben dem Wasserspender stand. Er hatte sein Gespräch unterbrochen und wirkte verblüfft. Während die Metalltüren zuglitten, hielt Bo seinen Blick, doch als der Aufzug sich surrend in Bewegung setzte, presste sie die Augen zusammen und kämpfte gegen die Tränen an, die sie die ganze Woche über zurückgehalten hatte; Tränen der Enttäuschung, der Wut und der Demütigung.

»Wolltest du einfach gehen, ohne dich zu verabschieden?«, wurde sie von Ben begrüßt, als sich die Fahrstuhltüren im Erdgeschoss öffneten. Er war außer Atem, und auf seiner Stirn hatten sich Schweißperlen gebildet.

»Ich wollte dich nicht bei deiner Unterhaltung mit Charlotte stören«, gab Bo bissig zurück, ging an ihm vorbei und marschierte durchs Foyer auf den Ausgang zu. Ben musste ein paar Schritte joggen, um hinter ihr herzukommen, und Bo verspürte eine leichte Genugtuung darüber, dass er von der Anstrengung, vier Treppen hinuntergerannt zu sein, immer noch nach Luft japste.

»Gute Nacht, Bill«, verabschiedete sich Bo herzlich von dem grauhaarigen Wachmann, der hinter einer Reihe von Überwachungsmonitoren auf seinem Drehstuhl hockte. Bill nickte ihr freundlich zu und hob eine Hand von seinem gewölbten Bauch, um ihr zuzuwinken. An den schweren Glas-und-Metall-Türen kämpfte Bo mit den Blumen und ihrer Tasche, und Ben erreichte sie gerade rechtzeitig, um ihr zu öffnen. »Danke«, murmelte sie widerwillig.

Draußen nieselte es ein wenig, und die Nachtluft war kühl, doch auf der Straße herrschte die typische aufgekratzte Atmosphäre eines Freitagabends im West End. Die Geräusche von johlendem Gelächter und Gläserklirren wehten von einem Pub ein paar Häuser weiter herüber, vor dem sich eine Gruppe von Geschäftsleuten in Anzügen auf dem Bürgersteig versammelt hatte, um im warmen Schein eines Petroleumofens zu rauchen. Bo zog den Reißverschluss ihres Mantels bis zum Kinn hoch und ging weiter.

»Was sollte das heißen?«, wollte Ben wissen und baute sich vor Bo auf dem Gehsteig auf, um sie am Weiterlaufen zu hindern. Er trug nur sein Hemd mit offenem Kragen und aufgekrempelten Ärmeln, und als er die Hand hob, um sich das Haar aus der Stirn zu wischen, fiel Bo auf, dass sein Unterarm von einer Gänsehaut überzogen war.

»Das hieß, willst du nicht lieber wieder rein zu Charlotte?«, erklärte Bo so langsam und bedächtig, als spräche sie mit einem kleinen Kind.

»Zu Charlotte?«, wiederholte er ungläubig. Seine Überraschung wirkte ehrlich, und für einen kurzen Moment wurde Bo unsicher. Hatte Hayley sich vielleicht geirrt? Da sie sich jedoch nun schon mal so weit vorgewagt hatte, konnte sie auch genauso gut weitermachen.

»Das ganze Büro weiß Bescheid, dass da in Milton

Keynes was gelaufen ist«, fuhr Bo fort, entschlossen, sich nichts von ihren Zweifeln anmerken zu lassen.

Ben war baff. Dann stieß er ein kurzes, humorloses Lachen aus. »In Milton Keynes ist gar nichts gelaufen.«

»Da habe ich aber was anderes gehört«, gab Bo zischend zurück. Der Klang jugendlichen Gelächters kündigte eine nicht gerade vertrauenswürdige Gruppe junger Männer an, die auf dem Bürgersteig auf sie zukamen.

»Pass auf«, murmelte Ben, fasste Bo am Arm und führte sie ein Stück die Straße hinunter in einen relativ geschützten Hauseingang. »Hör mal«, fuhr er dann fort und sah Bo eindringlich an, »ich weiß nicht, wer den Tratsch verbreitet hat oder was du überhaupt gehört hast, aber ich kann dir garantieren, das ist alles Schwachsinn.« Er hielt ihren Blick, und Bo spürte erneut, dass sie ins Wanken geriet.

»Also hast du Charlotte nicht angegraben, als ihr in Milton Keynes wart?«, hakte sie nach. Offenheit konnte nicht schaden, und sie hatte ohnehin nichts mehr zu verlieren.

»Charlotte? Soll das ein Witz sein?«, entgegnete er. Dann lachte er, doch die Zuneigung in seinen Augen wirkte ehrlich. »Hast du mich deswegen die ganze Woche ignoriert?«, fragte er.

»Nein«, gab Bo zu. »Das hab ich getan, weil du unsere Verabredung beim Pizza Express abgesagt hast«, erklärte sie unwirsch. Amüsiert kniff Ben die Augen zusammen, und auch Bo ertappte sich dabei, dass sie ein Lächeln unterdrücken musste, weil sie sich so kindisch anhörte. »Das mit Charlotte hab ich gerade erst erfahren«, fügte sie kleinlaut hinzu.

»Lass mich raten. Hayley?«, vermutete Ben.

Bo nickte und spürte ihr schlechtes Gewissen, weil sie sich so illoyal gegenüber ihrer ehemaligen Kollegin verhielt. Von den Bieren, die sie geradezu hinuntergestürzt hatte, war sie ganz benebelt im Kopf, und sie merkte, dass das emotionale Auf und Ab dieser Woche langsam seinen Tribut forderte. Sie war erschöpft, verwirrt und kurz davor, in Tränen auszubrechen.

Ben hob eine Hand und strich ihr eine Haarsträhne aus dem Gesicht. »Du solltest nicht alles glauben, was du so hörst. Vor allem nicht, wenn es von einer Assistentin kommt, die nichts Besseres zu tun hat, als anderer Leute Mist auszugraben und irgendwelche Gerüchte zu verbreiten.«

»Aber warum hast du mir nicht gesagt, dass Charlotte auch mit nach Milton Keynes gefahren ist?«, wollte Bo wissen, als müsse sie noch immer nach Beweisen dafür suchen, dass Ben irgendetwas zu verbergen hatte.

»Warum sollte ich?«, fragte er verblüfft. Sanft legte er ihr die Fingerspitzen unters Kinn und hob ihr Gesicht an, sodass er ihr direkt in die Augen sehen konnte. »Ich war mit Matt und Charlotte da. Wir haben den ganzen Tag damit verbracht, uns den Arsch wund zu schuften für einen Drecksack von Kunden. Danach haben wir in ein drittklassiges Hotel eingecheckt, ein paar Drinks an der Bar genommen, und dann sind wir schlafen gegangen. Getrennt.« Seine Gesichtszüge wurden weicher.

»Außerdem«, fügte er hinzu, und ein zärtliches Lächeln umspielte seine Lippen, »warum sollte ich Charlotte angraben? Die kann nicht ansatzweise mit dir mithalten.«

Bo fühlte die Wärme von Bens Hand an ihrer Wange, und ein Teil von ihr wünschte sich nichts sehnlicher, als sich in dem feuchten Hauseingang in seine Arme zu kuscheln und von ihm trösten zu lassen. Sie wollte ihm so gern glauben, aber von irgendwoher in ihrem Hinterkopf kam eine Stimme, die sie zur Vorsicht mahnte und sie daran erinnerte, dass sie müde, leicht beschwipst und emotional ausgelaugt war. Und selbst wenn Ben die Wahrheit über Milton Keynes sagte, entschuldigte das dann trotzdem die Art, wie er sie die ganze Woche über behandelt hatte?

»Sollen wir was essen gehen?«, fragte Ben leise. »Pizza vielleicht?« Er warf ihr ein jungenhaftes Lächeln zu, doch im orangefarbenen Neonlicht der nahen Straßenlaterne wirkten seine Gesichtszüge verzerrt.

»Ehrlich gesagt denke ich, ich sollte lieber nach Hause«, sagte Bo nach kurzem Schweigen. »Es war 'ne lange Woche. Ich werde wohl früh ins Bett gehen.« Sie senkte den Kopf und rückte den Blumenstrauß unter ihrem Arm zurecht. Als Ben einen Schritt zurücktrat, sah sie deutlich, wie verletzt er war.

»Okay, wenn du meinst«, entgegnete er in sachlichem Tonfall und kreuzte die Arme vor der Brust, um sie warm zu reiben. »Es ist saukalt hier draußen«, ergänzte er mit dem Gesichtsausdruck eines Schuljungen, der darauf wartete, am Ende des Unterrichts vom Lehrer entlassen zu werden.

»Dann geh lieber schnell rein, sonst holst du dir noch eine Lungenentzündung, wenn du länger hier draußen rumstehst«, antwortete Bo auf den Wink mit dem Zaunpfahl. Lächelnd beugte Ben sich vor und gab ihr einen Kuss. Seine Lippen fühlten sich kalt und trocken an. Danach drehte er sich um und eilte den Bürgersteig entlang in Richtung Firmengebäude, wo er die Steinstufen hochsprang und im Innern verschwand. Bo sah ihm nach, bis die Tür hinter ihm zuschwang, dann richtete sie den Gurt ihrer Handtasche so, dass er ihr nicht von der Schulter rutschen konnte, trat aus dem Hauseingang und machte sich langsam auf den Weg zur U-Bahn-Station.

Kapitel 7

Als Bo nach Hause kam, fand sie die Wohnung dunkel und verlassen vor. Sie umklammerte die Pizza, die sie sich beim Imbiss um die Ecke besorgt hatte, holte sich eine Flasche Wein und ein Glas aus der Küche und ging damit ins Wohnzimmer. Dort ließ sie sich aufs Sofa fallen, goss ihr Glas voll und öffnete den Deckel des Pizzakartons. Der Inhalt war fettig und wirkte nicht gerade appetitlich, aber mit dem Shiraz zum Runterspülen fand Bo das Essen einigermaßen genießbar. Schon bald breitete sich in ihrem Innern ein angenehm betäubendes Gefühl aus, das die schmerzvolle Erinnerung an die Ereignisse des Abends erträglicher machte. Und nachdem die Pizza gegessen und die Flasche fast leer war, hatte sie sich davon überzeugt, dass es ihr egal war, ob Ben Charlotte in Milton Keynes angegraben hatte oder nicht.

Als Kirsten kurz nach Mitternacht nach Hause kam, fand sie Bo im Tiefschlaf auf dem Sofa vor, die leere Weinflasche zu ihren Füßen und die fettige Pizzaschachtel noch geöffnet auf ihrem Schoß.

»Wie ich sehe, hast du allein gefeiert«, witzelte Kirsten, während sie Bo an der Schulter rüttelte.

Benommen setzte Bo sich auf. »D's mein Aussschtand«, lallte sie und rieb sich die Augen. »'sch mach, wassich will.«

»Hast du mit Ben gesprochen?«, wollte Kirsten wissen und half Bo vom Sofa auf.

Bo verzog den Mund. »Habbich. Ssacht 's nich wahr. Abba's wahrscheinnlich jets bei Scharlett. Isst Pizzza.« Bo stieß ein hysterisches Kichern aus.

»Was ist nicht wahr? Und wer ist Charlotte?«, fragte Kirsten verwirrt.

»Sie wauch in Milt'n Kienss, abba kann 'scheind nich mit mir mithalt'n.« Um ihr Handy vom Couchtisch aufzuheben, ließ Bo für einen kurzen Moment Kirstens Arm los, verlor dabei jedoch das Gleichgewicht und wäre fast zurück aufs Sofa geplumpst. Kirsten fing sie geschickt am Ellbogen ab, zog sie erneut hoch und begann, sie langsam zu ihrem Zimmer zu führen.

»Das kannst du mir alles morgen früh erzählen«, sagte sie besänftigend. »Ich glaube, du gehörst ins Bett.«

»Schscheiß Milt'n Kienss«, murmelte Bo, während sie folgsam durch den Flur schlurfte.

Behutsam setzte Kirsten ihre Freundin auf deren Bett ab und holte ihr dann ein Glas Wasser und eine Packung Kopfschmerztabletten.

»Danke, Kirsstie«, nuschelte Bo und fegte eine Taschentuchbox vom Nachttisch auf den Boden, um Platz für ihr Glas zu machen.

»Gern geschehen. Jetzt schlaf ein bisschen«, gab Kirsten zurück und schloss leise die Zimmertür hinter sich.

Bo blieb zusammengesackt auf der Bettkante sitzen und sah zu, wie die Möbel im Zimmer vor ihren Augen hin und her schwammen, bevor sie sich schließlich zur Seite fallen ließ. Stöhnend schwang sie die Beine auf die Matratze und sank innerhalb von Sekunden in einen angenehm ereignislosen Schlaf.

Am nächsten Morgen wachte sie mit einem dröhnenden Schädel auf, dazu hatte sie einen schalen Geschmack im Mund und das Gefühl, ihre Kontaktlinsen seien mit ihren Augen verschmolzen. Peinlich berührt stöhnte sie auf, als ihr die Erkenntnis kam, dass sie immer noch dieselben Klamotten trug, die sie tags zuvor im Büro angehabt hatte. Vorsichtig tastete sie auf dem Nachttisch nach dem Glas Wasser, bevor sie sich auf den Ellbogen stützte, mehrere große Schlucke trank und zwei Kopfschmerztabletten einnahm. Von der Bewegung drehte sich alles vor ihren Augen, und so ließ sie sich zurück aufs Kopfkissen fallen und lag mehrere Minuten lang einfach nur regungslos da, die Augen mit dem Unterarm abgeschirmt. Erst als sie nach ihrem Handy griff und die Erinnerungsnotiz auf dem Display sah, fiel ihr wieder ein, dass sie ihren Eltern versprochen hatte, heute zum Mittagessen vorbeizukommen.

Einige Stunden später saß Bo im Zug nach Buckinghamshire. Ihren Eltern hatte sie noch nichts von ihrer Entlassung erzählt und sich stattdessen eingeredet, es sei besser, ihnen die Hiobsbotschaft persönlich zu überbringen. Doch jetzt, da der Moment immer näher rückte, bereute sie langsam, dass sie ihre Eltern nicht wenigstens auf die Ankündigung vorbereitet hatte. Tief ließ sich Bo in ihren Sitz sinken, genoss das schaukeln des Zuges, das eine beruhigende Wirkung auf ihren immer noch pochenden Schädel hatte, und ließ den Blick über die heruntergekommenen Anwesen und Industriegebäude schweifen, die draußen vor dem zerkratzten Fenster vorbeizogen.

Noch nie zuvor hatte sie allein getrunken, und irgendwie fühlte es sich schäbig und beschämend an; eigentlich verband sie so ein Verhalten mit einsamen Alkoholikern und nicht mit weltoffenen Mittzwanzigern. Bo ließ die Stirn gegen die kalte Fensterscheibe sinken und fragte sich, ob sie sich Sorgen über ihre Trinkgewohnheiten machen musste, weil sie vielleicht ein weiterer Beweis für ihre Quarterlife Crisis waren.

Gegen ihren Willen wanderten ihre Gedanken zurück zu dem Anlass für ihr nächtliches Saufgelage: Hayleys Enthüllung über Milton Keynes, die Ben anschließend abgestritten hatte. Wobei er ehrlich gekränkt ausgesehen hatte angesichts der Anschuldigung, und auch die Art, wie er nachdrücklich versichert hatte, er sei nur mit Charlotte und Matt nach einem anstrengenden Arbeitstag was trinken gegangen, hatte glaubwürdig gewirkt. Trotzdem war es jetzt, da Bo nicht mehr bei Aspect arbeitete, praktisch unmöglich für sie, die Wahrheit herauszufinden. Wenn sie ihren früheren Kolleginnen zu diesen speziellen Gerüchten Fragen stellte, würde sie damit ihr persönliches Interesse an Ben verraten.

Ratternd fuhr der Zug weiter, und langsam wurde das urbane Panorama Nordlondons von den gepflegten

Gärten und Einfamilienhäusern der Randbezirke und schließlich von den Grünflächen jenseits der M25 abgelöst. Als Bo die Stadt hinter sich gelassen hatte, versuchte sie, die Gedanken an Ben und Charlotte aus ihrem Kopf zu verbannen und sich stattdessen auf die bevorstehende Aufgabe vorzubereiten.

»Da ist sie ja.« So wurde Bo jedes Mal von ihrem Vater begrüßt, und als der jetzt die Holztür des im Tudorstil erbauten Hauses öffnete, wich er nicht von seiner Tradition ab. Clive Hazlehurst war ein freundlich aussehender Mann in den Fünfzigern mit grauem Haar und einer Statur, die seine Vorliebe für eine gemütliche Runde Golf, gefolgt von mehreren gemütlichen Runden an der Clubbar verriet.

»Hi, Dad«, sagte Bo und gab ihm ein liebevolles Küsschen auf die Wange. Dann schlüpfte sie aus ihrem Mantel und zog sich die Schuhe aus, weil sie wusste, wie sehr es ihre Mutter entsetzte, wenn sie dreckige Fußabdrücke auf ihrem beigefarbenen Teppich vorfand.

»Deine Schwester ist auch hier«, verkündete Bos Vater, während er sie durch den Flur in Richtung Küche führte. »Sie hat die Zwillinge dabei«, fügte er in leicht gestresstem Tonfall hinzu.

Während Bo hinter ihrem Vater herging, bot sich ihr unvermittelt der Anblick der Hauskatze, die mit vor Angst gesträubtem Schwanz auf sie zugerannt kam, dicht gefolgt von ihrer kreischenden Nichte und deren Bruder. Schnell trat Bo zur Seite, damit der Wirbelsturm aus tobenden Kleinkindern und panischer Katze ungehindert durch den Flur fegen konnte. Sekunden später hörte sie das Getrampel von Tatzen und Füßen, als alle drei die Treppe zu den Schlafzimmern hochstürmten, wo die Katze sich unter eins der Betten retten würde.

»Amelie! Freddy! Passt mit der Treppe auf!«, ertönte die müde Stimme von Bos Schwester Lauren, die hinter dem Trio aus der Küche kam, einen resignierten Ausdruck à la »Nicht schon wieder« im Gesicht.

Lauren war zwei Jahre älter als Bo und größer, aber sie hatte das gleiche honigblonde Haar wie ihre Schwester – nur mit dem Unterschied, dass ihres sich nicht lockte (worum Bo sie seit ihrer Kindheit beneidete). Während ihrer Jugend war ihr Verhältnis zueinander sehr eng gewesen, doch mit dem Eintritt ins Erwachsenenalter hatten sich ihre Leben in vollkommen entgegengesetzte Richtungen entwickelt: Lauren hatte ihre Stelle als Büroleiterin aufgegeben, um in einer idyllischen Gegend von Berkshire eine Familie zu gründen – in der Nähe von Reading, wo ihr Mann arbeitete.

In mancher Hinsicht beneidete Bo ihre Schwester um deren finanziell und emotional abgesichertes Leben. Ab und zu kam es ihr aber auch so vor, als hätte Lauren sich sozusagen ausgeklinkt, weil sie ihre berufliche Karriere aufgegeben hatte, um ausschließlich Hausfrau und Mutter zu sein. Dann fiel es Bo schwer, nicht genervt zu reagieren, wenn Lauren davon anfing, wie schwierig es doch sei, einen guten Handwerker für den nächsten Umbau ihres Hauses zu finden, oder dass sie sich einfach nicht entscheiden könne, ob sie den Zwillingen je ein iPad kaufen oder die beiden dazu anhalten sollte, sich eins zu teilen. Bo wusste, sie war illoyal, aber sie konnte einfach nichts gegen den Eindruck tun, dass ihre Schwester es ziemlich leicht hatte im Leben. Obwohl Bo es nie laut gesagt hatte, vermutete sie manchmal, dass Lauren ihre Gedanken ahnte und dadurch eine Kluft zwischen ihnen entstanden war.

Nichtsdestotrotz war Bo ein Stück erleichtert darüber, dass Lauren und die Zwillinge ebenfalls da waren – schon deshalb, weil sie etwas Aufmerksamkeit von ihr ablenken würden, die sie nach ihrer Ankündigung sonst ganz allein abbekäme.

In der Küche duftete es köstlich nach Roastbeef, und auf den Kochplatten des AGA-Herdes standen dampfende und blubbernde Töpfe mit Gemüse. »Du trinkst doch ein Glas Rioja mit, Bo?«, fragte Clive und entkorkte bereits eine Flasche Rotwein, die auf der Granitplatte der Kücheninsel stand.

»Ja, aber nur eins«, murmelte Bo in dem Bewusstsein, dass Wein nach der ruhmreichen gestrigen Nacht sicher das Letzte war, was sie trinken sollte. Gleichzeitig würde Alkohol ihr aber sicher auch dabei helfen, die kommenden Stunden zu überstehen.

Die Aussicht darauf, ihren Eltern von der Kündigung zu erzählen, erfüllte Bo nicht gerade mit Freude. In Wahrheit hätte sie den beiden liebend gern offen gesagt, dass sie fünf Jahre lang in einem Sektor gearbeitet hatte, für den sie nie Feuer und Flamme gewesen war, dass sie einen Job gemacht hatte, der sie schon seit Ewigkeiten nicht mehr forderte, und dass sie sich jetzt, da sie ihn verloren hatte, trotzdem zurückgewiesen und richtungslos fühlte, so als hätte man sie in einem Dingi im offenen Meer ausgesetzt.

Doch sie wusste, wenn sie ihren Eltern gegenüber all das eingestand, würden die sie mit ihrer Angst und Sorge konfrontieren, dass sie mit dem Stress nicht klarkäme, den das Leben und die Arbeit in London mit sich brachten. Und anstatt diese Tortur über sich ergehen zu lassen, hatte Bo beschlossen, lieber Gelassenheit vorzutäuschen und ihre eigenen Ängste herunterzuspielen.

»Hallo, Schatz«, begrüßte ihre Mutter sie und trat vom Herd zurück, um sie zu umarmen. Eine Kochschürze bedeckte Barbaras locker geschnittene Hose und Seidenbluse – ein Ensemble, das Bos Meinung nach unnötig formell war für ein Essen im Kreis der Familie. Andererseits hatte Barbara ihren Töchtern schon immer eingetrichtert, wie wichtig es sei, *einen guten Eindruck zu machen.* (Bo war sich ziemlich sicher, dass ihre Mutter sich eher ein Bein abhacken würde, als sich in Jeans in der Öffentlichkeit blicken zu lassen.)

»Hier riecht's aber gut«, befand Bo anerkennend, während ihr knurrender Magen sie daran erinnerte, dass sie außer Kaffee und Kopfschmerztabletten heute noch nichts zu sich genommen hatte. Sie griff nach dem Kristallglas, das ihr Vater vor ihr abgestellt hatte, und trank einen Schluck Wein, dessen abgerundetes, vollmundiges Bouquet sie sogar in ihrem verkaterten Zustand zu würdigen wusste.

»Ist Nick auch hier?«, erkundigte sie sich und blickte durch die offene Küche zum Esstisch hinüber, der in akkurater Manier fürs Mittagessen eingedeckt war: mit gefalteten Leinenservietten, Beilagentellern und einem Porzellantablett, auf dem eine Auswahl an verschiedenen Gewürzen in kleinen Schüsselchen stand, jedes mit einem zierlichen Silberlöffel versehen. Nick war Laurens Mann. Er arbeitete als irgendwas bei einer Versicherung, und Bo hatte ihn von Anfang an zwar als freundlich, aber auch ziemlich wichtigtuerisch empfunden (»ein Vierunddreißigjähriger, der sich wie ein Vierundsechzigjähriger benimmt« – so hatte sie ihn einmal Ben gegenüber beschrieben). Daher war sie erleichtert, als ihre Mutter die Frage verneinte und erklärte, Nick sei beim Golfspielen in Newbury. Zumindest, dachte Bo dankbar, würde sie nicht die Ratschläge ihres Schwagers ertragen müssen, wenn sie die Neuigkeit von ihrer Entlassung verkündete.

Während des Essens wurde die Aufmerksamkeit aller von den Zwillingen wie auch der schwierigen Aufgabe beansprucht, die beiden davon zu überzeugen, keine Lebensmittel auf Tischdecke und Stühle zu schmieren und so lange am Tisch sitzen zu bleiben, bis sie aufgegessen hatten. Bo erlaubte ihrem Vater, ihr Wein nachzuschenken, der sie in Kombination mit dem köstlichen Roastbeef ihrer Mutter und dem Licht der Herbstsonne, das durch die Butzenscheiben fiel, in einen entspannten, fast schläfrigen Zustand versetzte. Daher wurde ihr erst wieder bewusst, dass sie ihre Aufgabe nicht mehr länger vor sich herschieben konnte, als sie gemütlich mit einer Tasse Kaffee in der Hand auf dem geblümten Sofa im Wohnzimmer ihrer Eltern saß. Die Kinder waren nach draußen in den Garten entlassen worden, wo sie auf dem in die Jahre gekommenen Klettergerüst mit Schaukel und Rutsche spielten, das noch aus Bos Kindheit stammte. Lauren war ebenfalls hinausgegangen, um die beiden zu beaufsichtigen.

Bo holte tief Luft. »Ich wurde übrigens diese Woche entlassen.«

In der darauffolgenden Stille konnte sie deutlich das Ticken der vergoldeten Reiseuhr auf dem Kaminsims hören und dazu das gedämpfte Kreischen eines der Kinder, das von draußen durch die Terrassentüren drang. Barbara, die auf der Kante des Sofas saß und die Kaffeetasse schon auf halbem Weg zum Mund gehoben hatte, atmete so geräuschvoll ein, dass es fast wie ein Keuchen klang, und Bo wusste, was jetzt kommen würde.

»Entlassen?«, wiederholte ihre Mutter und stellte ihre Kaffeetasse langsam und mit äußerster Präzision zurück auf den Unterteller. »Aber ... du arbeitest doch schon seit fünf Jahren in der Firma. Das können die doch sicher nicht einfach so machen.« Barbara war in der Verwaltung einer Grundschule tätig. Sie war der Meinung, wenn man immer fleißig, pünktlich und freundlich war, gäbe es keinen Grund, entlassen zu werden.

»Doch, Mum, das können sie«, wandte Bo ein und spürte, wie ihr Magen sich vor Unbehagen zusammenzog. »Sie haben mich ja nicht rausgeschmissen«, stellte sie klar und merkte, dass ihre Stimme brüchig wurde. »Ich hab keinen Fehler gemacht. Sie … strukturieren die Firma um, deswegen.«

»Aber warum …« Hilflos verstummte ihre Mutter. Obwohl Barbara stets bekundete, wie stolz sie auf ihre Tochter sei, weil die – wie sie es nannte – eine *Karrierefrau* sei, hatte Bo ständig die unausgesprochene Sorge ihrer Mutter gespürt, dass sie irgendwann unter dem Stress des Londoner Arbeitslebens zusammenbrechen würde. Wenn Barbara sie nach ihrer Arbeit oder Wohnung fragte, schwang stets ein beunruhigter Tonfall mit, als wäre sie davon überzeugt, dass früher oder später irgendetwas schiefgehen musste. Fünf Jahre lang hatte Bo ihrer Mutter versichern können, dass alles in Ordnung war und sie immer noch eine feste Stelle hatte. Der Ausdruck von Panik, der jetzt in Barbaras Augen lag, sagte allerdings deutlich und so, als hätte sie die Worte laut ausgesprochen: *Ich hab's ja immer gewusst.*

»Clive?«, rief sie jammernd und warf ihrem Mann einen Blick zu, der ihm bekunden sollte, dass elterliche Einmischung vonnöten war, um diese Krise zu meistern. Bedächtig stellte Bos Vater seinen Kaffee auf dem Beistelltischchen neben seinem Sessel ab.

»Keine Panik, Barbara«, entgegnete er ruhig, bevor er sich mit einem Ausdruck liebevoller Besorgnis seiner Tochter zuwandte. »Wenn du möchtest, Boughay«, sagte er voller Eifer, »strecke ich am Montag im Büro mal meine Fühler aus. Eine der Assistentinnen geht bald in Rente. Ich könnte ein gutes Wort für dich einlegen.«

Bo schluckte. Bei dem Gedanken, als persönliche Assistentin für einen der Strickjacken tragenden Kollegen ihres Vaters zu arbeiten, wollte sie sich am liebsten die Bettdecke über den Kopf ziehen und nie wieder darunter hervorkommen.

»Danke, Dad, aber so verzweifelt bin ich noch nicht«, antwortete sie daher, bereute ihren abfälligen Tonfall jedoch sofort, als sie den verletzten Gesichtsausdruck ihres Vaters sah. »Ich meine, danke, aber ... ich denke nicht, dass das nötig sein wird. Ich hab doch erst gestern bei Aspect aufgehört, also habe ich noch genug Zeit, mir was anderes zu suchen.« Wieder trat Stille ein, während der Barbara eindringlich zu ihrem Mann hinüberstarrte, mit einem Blick, der deutlich verriet, was sie dachte: dass Bo offensichtlich nicht verstanden hatte, wie ernst die Situation war, und man es ihr daher unmissverständlich klarmachen müsse.

»Es ist nicht schlimm, Mum, ehrlich. Die werden mir wohl eine ordentliche Abfindung zahlen. Ich komm schon klar«, verteidigte sich Bo. So langsam fing sie an, sich über die kaum verhohlene Panik ihrer Mutter zu ärgern, auch wenn sie mit dieser Reaktion gerechnet hatte. »Um ehrlich zu sein, überlege ich, eine Weile wegzufahren«, hörte Bo sich sagen. Sie wusste, die Bemerkung klang provokant und war ihrem Ärger geschuldet – bis vor einer Sekunde war ihr nicht einmal der Gedanke gekommen zu verreisen –, aber es begann sie wahnsinnig zu nerven, dass sie ihre Mutter beruhigen musste, und außerdem hatte der Rioja ihre Zunge gelockert.

Barbaras Augen weiteten sich, und ihr Unterkiefer klappte herunter. »Wegfahren? Wohin denn? Und für wie lange?«

»Weiß ich noch nicht«, erwiderte Bo leichthin.

In diesem Moment wurden die Terrassentüren aufgerissen, und ein kühler Windstoß verkündete die Rückkehr von Lauren und den Zwillingen. Als die Kinder lärmend anfingen, die Reißverschlüsse ihrer Jacken zu öffnen und sich die Handschuhe herunterzureißen, sprang Barbara auf und half den beiden dabei, die Schuhe auszuziehen, bevor sie Matsch und Dreck über den ganzen Teppich verteilen konnten. Das verschaffte Bo eine willkommene Atempause von dem besorgten Kreuzverhör ihrer Mutter. Nachdem die Zwillinge ihre Klamotten für draußen losgeworden und mit Saftpäckchen und elektronischen Geräten versorgt waren, kehrte Barbara auf ihren Platz zurück.

»Bo ist entlassen worden«, sagte sie in lautem Flüsterton, als Lauren sich neben sie aufs Sofa fallen ließ. Finster starrte Bo in ihre Kaffeetasse, während sie sich innerlich auf die Mitleidsbekundung ihrer Schwester einstellte. Im Hinblick auf Laurens angenehme, verwöhnte Lebensweise konnte Bo von ihr kein ehrliches Mitgefühl oder Verständnis für ihre Situation erwarten.

»Oh nein«, murmelte Lauren und lehnte sich zur Seite, um ein halb volles Saftpäckchen daran zu hindern, von der Sofalehne zu fallen.

»Es ist wirklich nicht schlimm«, sagte Bo mit einem angestrengten Lächeln. »In der ganzen Firma wird umstrukturiert. Ich bin nicht die Einzige, die gehen muss. Und ich bekomme eine großzügige Abfindung.« Mittlerweile kamen ihr die Standardphrasen zur Beruhigung ihrer Mitmenschen schon ganz leicht über die Lippen.

»Sie überlegt, wegzufahren!«, fuhr ihre Mutter fort, nicht bereit, das Thema fallen zu lassen.

»Mit wem denn, Bo?«, fragte Lauren und wandte sich mit neugieriger Miene ihrer Schwester zu.

»Wahrscheinlich allein«, antwortete Bo lässig.

Lauren sah sie immer noch so konzentriert an, dass Bo verlegen ihre Kaffeetasse an die Lippen setzte, obwohl darin mittlerweile nur noch kalter Bodensatz schwamm. Die Frage war zwar nicht abwegig, dennoch wurmte es Bo, dass ihre Schwester einfach davon ausging, sie müsse mit jemandem zusammen verreisen. War Lauren schon dermaßen festgefahren in ihrer Ehefrau-und-Mutter-Rolle, dass ihr die Vorstellung, allein zu verreisen, so fernlag? Bo war enttäuscht, wenn auch nicht überrascht, und im Stillen dachte sie gereizt, dass sie nicht viel Solidarität von einer Frau erwarten konnte, die nicht arbeiten ging und deren Mann genug verdiente, um sich jedes Jahr zwei Wochen Ferien in Florida und eine Woche Skiurlaub leisten zu können.

Bo war sich zudem nicht sicher, ob Lauren mit ihrer Frage nicht nur versuchte, mehr über ihren Beziehungsstatus zu erfahren. Ben hatte sie ihrer Familie gegenüber nie erwähnt. Nicht, weil sie dachte, sie würden ihn nicht mögen – tatsächlich war sie sogar davon überzeugt, dass ihre Eltern von seinem sicheren, wortgewandten Auftreten begeistert wären –, doch Ben hatte nie irgendein Interesse an ihrer Familie gezeigt oder den Wunsch geäußert, sie mal kennenzulernen. Und im Hinblick darauf, dass sie ihre Beziehung im Wesentlichen geheim gehalten hatten, war es Bo unpassend vorgekommen, ein Treffen vorzuschlagen. Deshalb war es von Anfang an das Einfachste gewesen, das Thema Ben ihrer Familie gegenüber gar nicht erst zur Sprache zu bringen.

Da sie das Gefühl hatte, dass alles, was sie jetzt sagen könnte, die Situation nur noch verschlimmern würde, versank Bo in trotziges Schweigen, wodurch ihren Eltern nichts anderes übrig blieb, als die Themen Entlassung und Reisepläne aufzugeben. Also ließ Bo eine Stunde lang Small Talk über sich ergehen, bevor sie sich um siebzehn Uhr auf den Weg machte und darauf beharrte, dass sie ihren Zug erwischen müsse.

»Du weißt, du kannst jederzeit über Nacht bleiben«, sagte Barbara mit vielsagendem Blick, als Bo ihren Mantel anzog. Mit zusammengebissenen Zähnen rang Bo sich ein Lächeln ab und fügte sich in die Umarmung, die den Vorschlag ihrer Mutter begleitete.

»Danke, Mum, aber ich hab morgen einige Termine«, entgegnete sie. In Wahrheit musste sie nirgendwohin, doch wenn sie sich darauf einließ, die Nacht hier zu verbringen – und das in Anbetracht ihrer gerade verkündeten Neuigkeiten –, käme es ihr irgendwie so vor, als gäbe sie sich geschlagen, und das wäre erst der Anfang. Bo mochte vielleicht nicht genau wissen, was sie als Nächstes tun würde, aber sie war sich sicher, dass sie noch nicht dazu bereit war, ihr Leben in London aufzugeben.

Kapitel 8

Obwohl der Nachmittag mit ihrer Familie angespannt gewesen war, hatte er Bo zumindest dazu motiviert, ihnen zu zeigen, dass sie falschlagen und dass sie selbst sehr wohl imstande war, mit den Widrigkeiten umzugehen, mit denen das Leben sie konfrontiert hatte.

»Wieso bist du denn schon auf?«, fragte Kirsten mit einer Ladung Cheerios im Mund, als Bo am Montagmorgen um Viertel vor acht am Wohnzimmer vorbeiging.

»Viel zu erledigen heute«, flötete Bo, ohne auf ihrem Weg ins Bad anzuhalten.

Nachdem sie geduscht und sich angezogen hatte, setzte sie sich mit Tee und Toast an den Glastisch, der fast eine ganze Wand des Wohn-Ess-Zimmers ausfüllte. Während sie an ihrem Toast kaute, ließ sie den Blick über die staubigen Flächen um sie herum gleiten und beschloss, dass ihre erste Aufgabe des Tages darin bestehen würde, die Wohnung von oben bis unten durchzuputzen. Deshalb kramte sie, als der Frühstückstisch abgeräumt war, diverse Schwämme, Tücher und Sprühflaschen unter der Spüle hervor und zog sich anschließend die muffigen Gummihandschuhe über, die sich hinter den Wasserrohren versteckt hatten.

Die Wohnungseinrichtung hatte der Vermieter zur Verfügung gestellt, und Bos Meinung nach sahen die Möbel aus, als hätte er sie noch eilig auf einem Ramschmarkt erstanden. Das wuchtige Sofa mit dem Schottenmuster nahm eine komplette Wand des Wohnbereichs ein, und auf der anderen Seite des hübschen gusseisernen Kamins standen ein Rattansessel, der besser in einen Wintergarten gepasst hätte, und eine altmodische Anrichte aus Kiefernholz mit gerillten Regalbrettern, auf die man Teller hochkant stellen konnte. Als Bo und Kirsten eingezogen waren, hatten sie ihr Bestes getan, um der Wohnung einen persönlichen Touch zu verleihen – mit Dekoartikeln, die sie bei einer Tour zu Ikea mit dem Volvo-Kombi von Kirstens Eltern gekauft hatten. Doch die bunten Teppiche, Bilder, Vorhänge und Kissen trugen noch zusätzlich zu dem merkwürdigen, wild durcheinandergewürfelten – oder wie Kirsten ihn wohlwollend nannte »ästhetisch eklektischen« – Stil der Wohnung bei. Nach einigen Monaten hatte Bo allerdings aufgehört, sich Gedanken über die Einrichtung zu machen. Die meiste Zeit war sie sowieso auf der Arbeit oder unterwegs und selten lange genug zu Hause, um sich daran zu stören.

Sie stellte das Radio an und legte los. Irgendwie hatte es etwas Befriedigendes, den Morgen mit Putzen zu verbringen. *Definitiv angenehmer als das montagmorgendliche Teammeeting*, sagte sie sich mit einem Hauch von Genugtuung. Nachdem sie den ganzen Morgen Staub gewischt, geputzt und gesaugt hatte, tat ihr der Rücken weh, und ihre Hände stanken nach schweißigem Gummi, deshalb kam sie zu dem Schluss, dass sie das Limit ihres häuslichen Engagements erreicht hatte.

Zum Mittag machte Bo sich ein Sandwich, bevor sie ihren Laptop auf den Glastisch stellte und einige Stunden damit verbrachte, ihren Lebenslauf zu aktualisieren. Sie spielte so lange mit verschiedenen Schriftarten und Layouts herum, bis sie eine Vita erstellt hatte, die sie professionell, fleißig und sofort einstellbar wirken ließ. Im Anschluss belohnte sie sich mit einer Tasse Tee und einer Folge der Quizshow *Countdown*.

»Mein lieber Schwan, warst du aber fleißig!«, rief Kirsten, als sie an diesem Abend von der Arbeit nach Hause kam und die glänzenden Flächen und Staubsaugerspuren auf dem Teppich sah. »Ich glaube, ich hab diese Wohnung noch nie so sauber gesehen. Die Arbeitslosigkeit steht dir gut«, zog sie ihre Freundin auf.

»Hoffentlich nicht mehr lange«, antwortete Bo mit einem nervösen Lachen.

»Dafür hast du dir ein Glas Wein verdient«, verkündete Kirsten und zog eine Flasche aus der Plastiktüte mit dem Logo des örtlichen Weingeschäfts, doch Bo schüttelte den Kopf.

»Für mich nicht, danke. Ich entgifte gerade.«

Kirstens Augenbrauen schossen ungläubig in die Höhe. »Seit wann das denn?«

»Na ja, seit heute«, entgegnete Bo leicht verschämt. »Ich hatte in letzter Zeit zu viele Kater, und jetzt ist doch ein guter Zeitpunkt für einen Neuanfang.«

»Respekt«, befand Kirsten mit einem anerkennenden, wenn auch zweifelnden Nicken.

Trotz ihres anfänglichen Optimismus wurde Bo im Laufe der Woche immer entmutigter. Am Dienstag mailte sie ihren Lebenslauf an diverse Personalagenturen, doch ihre Initiativbewerbungen bewirkten nichts außer einigen automatischen Antwortmails, in denen man ihr ankündigte, dass sich jemand von der Agentur mit ihr in Verbindung setzen würde, sobald eine Stelle für sie infrage käme. Anscheinend konnte sie nichts tun, außer zu warten, und jetzt, da sie über so viel freie Zeit verfügte, fiel es ihr schwer, den Tag zu füllen.

Als Kirsten am Donnerstagabend nach Hause kam, fand sie Bo in deren Zimmer auf dem Boden kniend vor, den Inhalt ihres Bücherregals um sich herum auf dem Teppich verteilt.

»Schönen Tag gehabt?«, erkundigte sich Kirsten besorgt. Mit leicht manischem Gesichtsausdruck erklärte ihr Bo, sie könne sich nicht entscheiden, ob sie ihre Romane alphabetisch oder chronologisch ordnen solle.

»Was denkst du?«, wollte sie wissen.

Kirsten warf ihr einen eindringlichen Blick zu. »Bo, warst du diese Woche eigentlich irgendwann mal draußen?«, fragte sie.

Verlegen sah Bo auf den Boden. »Ich hab am Dienstag den Müll rausgebracht«, erwiderte sie.

»Okay, komm mit«, ordnete Kirsten in autoritärem Tonfall an. »Wir gehen aus.«

»Es ist der reinste Albtraum«, gab Bo zu, während sie und Kirsten bei ihrem örtlichen Griechen saßen und sich eine Auswahl an Vorspeisen schmecken ließen. Das Lokal war günstig und strahlte eine fröhliche Atmosphäre aus mit den gerahmten Bildern griechischer Inseln an den Wänden und den künstlichen Hängepflanzen in den Fenstern. »So langsam drehe ich durch. Ich kann nichts tun außer warten.«

»Es sind doch erst ein paar Tage«, munterte Kirsten sie auf und nahm sich ein großes Stück gegrillten Ziegenkäse. »Das dauert halt ein bisschen.«

In diesem Moment vibrierte Bos Handy, das auf dem Holztisch lag. Barbara hatte eine Nachricht geschickt: *Gibt's Neuigkeiten auf dem Arbeitsmarkt?* Bo verdrehte die Augen.

»Was sagtest du gerade?«, fragte sie grinsend und zeigte Kirsten das Display.

Schweigend setzten die beiden das Essen fort. »Hast du was von Ben gehört?«, erkundigte sich Kirsten schließlich. Bo schüttelte den Kopf. Seit dem Gespräch auf der Straße am vergangenen Freitagabend hatten sie nicht mehr miteinander gesprochen, und Bo nahm an, Ben hatte die Rolle des Gekränkten übernommen und wartete nun auf eine Entschuldigung von ihr.

»Und du hast ihn nicht angerufen, weil …«, bohrte Kirsten weiter, als könnte sie Bos Gedanken lesen.

»Wieso sollte ich?«, verteidigte sich Bo. »Schließlich bin *ich* entlassen worden, und er hat angeblich eine Kollegin angegraben. Also sollte nicht ich diejenige sein, die *ihn* anrufen muss! Wenn er ein richtiger

Freund wäre, hätte er sich schon längst gemeldet und gefragt, wie es mir geht. Oder nicht?« Es fühlte sich gut an, endlich etwas von dem Groll loszuwerden, der schon die ganze Woche an ihr nagte.

»Angeblich?«, wiederholte Kirsten und beäugte Bo über ihren gegrillten Fisch hinweg. Bo verstand die Frage nicht und runzelte verwirrt die Stirn. »Du hast gesagt, er hat *angeblich* eine Kollegin angegraben«, erläuterte Kirsten. »Das impliziert ein Element des Zweifels.«

Bo stöhnte. »Du lässt schon wieder die Anwältin raushängen«, beschwerte sie sich. Dann spießte sie ein Stück Calamari mit der Gabel auf und schob es sich in den Mund. »Er hat gesagt, es ist nichts passiert, aber …«

»Aber du glaubst ihm nicht?«, warf Kirsten ein.

»Ich weiß nicht mehr, was ich glaube«, gestand Bo. »Eigentlich war ich mir nie sicher, woran ich bei ihm bin. Im einen Moment kann er nicht genug von mir kriegen, und im nächsten will er davon nichts mehr wissen. Ich denke, ich bin einfach … ich bin's einfach leid.«

Tröstend lächelte Kirsten ihr zu. »Vielleicht solltest du mal wegfahren, damit du auf andere Gedanken kommst«, schlug sie aufmunternd vor.

»Lustigerweise hab ich meinen Eltern erzählt, dass ich darüber nachdenke, wegzufahren. Allein. Mum hat fast 'nen Herzinfarkt gekriegt«, erwiderte Bo, woraufhin Kirsten kichern musste. Sie war Barbara oft genug begegnet, um sich deren Reaktion auf die Ankündigung vorstellen zu können, dass ihre Tochter zu einem individuellen Abenteuerurlaub aufbrechen wollte. »Das Ding ist«, fuhr Bo seufzend fort, »ich will gar nicht wirklich allein irgendwohin fahren, und außerdem kann ich es mir auch nicht leisten. Nicht, solange ich keinen neuen Job in Aussicht hab.« Die Wahrheit war, dass sie Individualreisen schon immer als etwas beängstigend empfunden hatte. Die Urlaube, die diesen bisher am nächsten kamen, waren einige All-inclusive-Reisen mit ihren Freundinnen in den Semesterferien gewesen, und das zählte nicht wirklich. Bo trank einen Schluck Wasser und beäugte nicht zum ersten Mal an diesem Abend neidisch Kirstens Weinglas.

»Okay, ein Vorschlag«, verkündete ihre Mitbewohnerin in einem resolut enthusiastischen Tonfall. »Ich hab noch Jahresurlaub übrig – wir könnten einige Tage im Sommerhaus meiner Mutter in Dänemark verbringen. Ein Mädelsurlaub.« Bo warf ihr einen unsicheren Blick zu. »Das würde dich nichts kosten außer dem Flug, und um diese Jahreszeit ist der sicher nicht teuer«, fuhr Kirsten fort.

Bo schwankte, hin und her gerissen zwischen dem Wunsch, von hier abzuhauen, um den endlosen, quälenden Gedanken an Ben zu entkommen, und ihren Bedenken, dass es unverantwortlich wäre zu verreisen, solange sie sich eigentlich einen neuen Job suchen sollte.

»Ein Ortswechsel tut dir vielleicht ganz gut«, beharrte Kirsten. »Außerdem hast du selbst gesagt, dass du sowieso nichts anderes tun kannst, als abzuwarten.«

Bo fand es toll, dass Kirsten sich so viel Mühe gab, sie aufzuheitern, und sie wollte nicht undankbar sein. Aber in ihrer gedrückten Stimmung fiel es ihr einfach schwer, für irgendetwas Begeisterung aufzubringen. »Danke, Kirstie. Das ist echt lieb von dir, aber ich weiß nicht …«, entgegnete sie zögernd.

Ihre Unterhaltung wurde durch das Auftauchen des Restaurantbesitzers unterbrochen, eines beleibten, herzlichen Griechen, der den Tisch abräumen wollte. Redselig verwickelte er Bo und Kirsten in ein Gespräch und fragte in der für südländische Männer seines Alters so typischen Flirtmanier, ob sie in der Nähe wohnten, ob sie Schwestern seien und so weiter. Bo beantwortete seine Fragen so höflich wie möglich, während sie sich kurzzeitig fragte, wie er wohl reagieren würde, wenn sie ihm die Wahrheit erzählte: dass sie gerade ihren Job verloren hatte und vermutete, dass ihr Freund sie betrog – und dass sie keine Ahnung hatte, was sie mit ihrem Leben anfangen sollte.

Irgendwann schlenderte der Restaurantbesitzer beladen mit ihren leeren Tellern davon, und Kirsten verschwand auf die Damentoilette. Bo, die allein am Tisch zurückblieb, nahm sich ihr Handy, öffnete die Nachricht ihrer Mutter und tippte *Noch nicht* als Antwort ein. Dann, während sie auf Kirstens Rückkehr wartete, scrollte sie durch ihre Facebook-Timeline. Ein Stich durchfuhr sie, als sie sah, dass Ben auf einem Foto mit der Überschrift »Feierabend mit den Kollegen« markiert worden war. Es war ein lockerer Schnappschuss, den jemand in der Weinbar aufgenommen hatte, die sich neben der Firma befand. Ben stand an der Bar, umringt von den sechs anderen Account-Managern seiner Abteilung. Sie alle wiesen den gläsernen Blick und die ungehemmte Körpersprache auf, die auf einen feuchtfröhlichen Abend hindeuteten. Ben befand sich in der Mitte der Gruppe, strahlend und mit einem frechen Funkeln in den Augen, als wäre er gerade dabei, einen Witz zu erzählen. In der einen Hand hielt er ein halb leeres Bierglas, den anderen Arm hatte er lässig um die Schultern der zierlichen Frau neben ihm gelegt.

Bo spürte, wie ihr Puls zu rasen begann, während sie zwei Finger auf das Foto legte und das weibliche Wesen neben Ben heranzoomte. Das Gesicht der Frau war halb von einer Hand verdeckt, die jemand im Vordergrund des Bildes gehoben hatte, dennoch erkannte Bo den aschbraunen Pferdeschwanz und hellblauen Cardigan von Charlotte wieder. Mit dem Finger wischte sie übers Display, um einen genaueren Blick auf Bens Gesicht werfen zu können und zu versuchen, trotz der körnigen Vergrößerung seine Mimik zu entschlüsseln. Er wirkte betrunken, daran bestand kein Zweifel, aber ließ sich allein durch diesen Zustand seine lässige, intime Haltung erklären? Die dreiste, besitzergreifende Art, wie er den Arm um Charlottes Schultern gelegt hatte?

Leicht geschockt deponierte Bo ihr Handy auf dem Tisch. Als Kirsten von der Toilette zurückkam, starrte sie mit unbeweglichem, bleichem Gesicht vor sich hin.

»Alles okay?«, erkundigte sich ihre Mitbewohnerin, während sie erneut ihr gegenüber Platz nahm.

»Alles super«, antwortete Bo sofort. »Ich hab über Dänemark nachgedacht«, sagte sie dann entschlossen und sah Kirsten ernst an. »Lass uns fahren.«

Nach dem Aufwachen am nächsten Morgen war Bo sofort hellwach, als hätte sie kaum geschlafen. Einen Moment lang lag sie einfach nur da und starrte an die Decke, bevor sie sich schließlich auf die Seite drehte und nach ihrem Handy griff, um sich erneut das Facebook-Foto anzusehen. Falls da tatsächlich irgendwas zwischen Ben und Charlotte gelaufen wäre, überlegte sie, hätte er das doch sicher nicht in aller Öffentlichkeit demonstriert, oder? Wenn sie ihre eigene Situation als Maßstab nahm, würde Ben eine potenzielle Affäre mit Charlotte sicher geheim halten wollen. Bo starrte so lange auf das Foto, bis ihre Augen anfingen zu brennen, dann loggte sie sich kurz entschlossen aus Facebook aus, stellte das Handy ab und zog sich die Bettdecke über den Kopf.

Da ihr ein weiterer Tag allein in der Wohnung bevorstand, musste sie dringend etwas finden, um sich von dem hartnäckigen Bild von Bens Arm um Charlottes Schultern in ihrem Kopf abzulenken. Schließlich fand sie die perfekte Verdrängungsmethode: den bevorstehenden Mädelstrip nach Dänemark zu planen. Kirsten hatte nicht viel über den Ort erzählt, wo sich das Sommerhaus ihrer Familie befand, außer dass es in Nordjütland stand, in einem Ort am Meer namens Skagen. Wenn sie davon sprach, dann mit der gewissen Gleichgültigkeit einer Person, die unzählige Familienurlaube und Sommerferien als Teenager dort verbracht hatte, während sie sich gewünscht hatte, irgendwo anders zu sein, wo es wärmer und aufregender war. Das Gefühl kannte Bo nur allzu gut: Beim alljährlichen Familienurlaub in Devon im immer gleichen Cottage hatte sie sich während ihrer gesamten Jugendzeit genauso gelangweilt. Dennoch klang das Sommerhaus in Skagen für sie nach dem perfekten Gegenmittel für alles, was in ihrem Leben gerade schieflief: Es war einsam gelegen, ruhig und mehrere hundert Kilometer von Ben entfernt.

Am Samstagmorgen setzten sich Bo und Kirsten zusammen vor den Laptop.

»Wie ist denn das Wetter so da drüben?«, erkundigte sich Bo, während sie mit dem Cursor über die Website der Airline fuhr, die Kreditkarte griffbereit vor sich auf dem Tisch.

»Beschissen«, antwortete Kirsten ganz sachlich. »Im Vergleich dazu herrschen in London mediterrane Verhältnisse, und da wir November haben, wird's natürlich fünfzehn Stunden am Tag dunkel sein. Kauf dir auf jeden Fall noch warme Sachen, bevor wir fahren.« Bo nickte unbeeindruckt. »Ach, und übrigens: Es könnte sein, dass in der Zeit noch ein paar andere Leute im Haus sind«, fügte Kirsten hinzu. Erstaunt blickte Bo vom Laptop auf. »Nur einige ehemalige Studenten meiner Mum. Sie bietet ständig irgendwelchen Leuten das Haus an, weil sie meint, es sei Quatsch, wenn es den ganzen Winter über leer steht.«

Kirstens Mutter Pernille arbeitete als Dozentin für

Töpferkunst an einer Kunsthochschule im Süden Londons und sah aus wie ein Hippie mit ihrem Faible für bunten Schmuck und ihrem hennagefärbten Haar. Bo hatte zwar leichte Bedenken bei der Vorstellung, das Haus mit Fremden zu teilen, doch gleichzeitig war ihr klar, dass es undankbar wäre, jemand anderem dieselbe Gastfreundschaft zu missgönnen, die ihr selbst zuteilwurde. Außerdem: Auch wenn noch andere Leute im Haus wohnten, hieß das ja nicht, dass sie und Kirsten sich um diese kümmern mussten.

Einige Klicks später hatte Bo die Flüge gebucht. »Fertig!«, rief sie zufrieden. Wie zur Antwort piepte in diesem Moment ihr Handy und kündigte den Eingang einer Nachricht an: *Heute Abend schon was vor, Bluray? Essen gehen?*

Bo runzelte die Stirn, dann gab sie das Telefon an Kirsten weiter.

»Was denkst du?«, fragte sie, doch Kirsten zuckte nur diplomatisch die Schultern.

»Glaubst du, dem ist klar geworden, dass du das Foto auf Facebook gesehen hast?«, kam ihre Gegenfrage.

»Wahrscheinlich«, erwiderte Bo.

»Vielleicht will er was wiedergutmachen«, überlegte Kirsten.

»Vielleicht.« Bo rang sich ein schwaches Lächeln ab. »Ich schätze, es gibt nur eine Möglichkeit, das rauszufinden.« Mit einem tiefen Atemzug öffnete sie die Nachricht und klickte auf »Antworten«.

Okay, gab sie ein. *Woran hast du gedacht?*

Kapitel 9

Ben hatte einen Tisch in einem teuren Restaurant in Soho reserviert – eine Tatsache, die Bo fast den ganzen Nachmittag über beschäftigte. Sie fragte sich, ob es ein Zeichen dafür war, dass er ein schlechtes Gewissen hatte und etwas wiedergutmachen wollte, oder ob das Essen vielleicht sogar die Einleitung für eine Trennung war – eine verwöhnende Geste, damit Bo die bittere Pille, dass er eine andere hatte, besser schlucken konnte.

Bo wollte umwerfend aussehen, um Ben – falls er ihr tatsächlich sagte, dass er sie für Charlotte fallen ließ – wenigstens noch einmal zu zeigen, was er verpassen würde. Gleichzeitig durfte es nicht so wirken, als hätte sie sich besonders viel Mühe gegeben; auf keinen Fall sollte Ben denken, sie sei verzweifelt und wolle ihn zurückerobern. Dafür hatte sie zu viel Selbstrespekt, rief sie sich streng in Erinnerung, während sie ihre Haare mit dem Glätteisen bearbeitete. Um einen mühelos aussehenden verführerischen Look hinzubekommen, hatte sie den gesamten Inhalt ihres Kleiderschranks auf dem Bett ausgebreitet und alle Teile aussortiert, die entweder zu altbacken oder übertrieben sexy wirkten. Schließlich – nachdem sie zahlreiche Outfits anprobiert und wieder verworfen hatte – entschied sie sich für ihre besten Röhrenjeans und eine schwarze Bluse, gepaart mit kniehohen Stiefeln.

Mit geglättetem Haar und geschminkt machte Bo sich auf den Weg ins West End. Seit ihrem letzten Tag bei Aspect war erst eine Woche vergangen, dennoch fühlte sie sich unbehaglich und irgendwie ausgeschlossen, als wäre sie eine Fremde in einer Welt, die einmal ihr Zuhause gewesen war. Während sie durch das Straßenlabyrinth von Soho ging, ermahnte sie sich im Stillen, ruhig und unvoreingenommen zu bleiben, doch als sie beim Restaurant ankam, hatte sie sich in einen Zustand extremer Anspannung hineingesteigert und stieß die glänzende Eingangstür mit einer solchen Wucht auf, dass die Fensterscheiben erzitterten und mehrere Gäste, aufgeschreckt durch den Lärm, in ihre Richtung blickten.

Ben, der rechts neben dem Eingang an der Bar gesessen hatte, wandte den Kopf und blickte sie über die Schulter hinweg an. Er trug ein Hemd mit offenem Kragen unter einer gut geschnittenen, eng sitzenden Weste, deren dunkelgrauer Stoff an den Schultern spannte und dadurch seine durchtrainierten Muskeln betonte. Bo versuchte, die Schmetterlinge in ihrem Bauch zu ignorieren, und befahl sich streng, sich nicht von körperlicher Anziehung beherrschen zu lassen und deswegen ihre Prinzipien zu brechen. In diesem Moment sprang Ben von seinem Barhocker und kam lächelnd auf sie zu.

»Das nenne ich mal einen Auftritt«, raunte er ihr zu und lehnte sich vor, um sie zu küssen, doch Bo drehte das Gesicht weg. Sein minimales Zögern, bevor er mit den Lippen über ihre Wange strich, zeigte ihr, dass sie seinen Stolz verletzt hatte.

Ohne Umschweife bestellte Bo sich einen Gin Tonic an der Bar. Unterstützt von Kirsten hatte sie beschlossen, dass dieser Abend nicht zu denen gehören würde, die sie nüchtern durchstehen wollte. (Genau genommen hatte sie ihre Nerven bereits mit einem Wodka Tonic beruhigt, bevor sie das Haus verlassen hatte.) Ben setzte sich neben sie und nippte an seinem Whisky mit Ginger Ale, während sie beide dem Barkeeper dabei zusahen, wie er Bos Drink mixte. Das Restaurant strahlte eine dezent mondäne Atmosphäre aus, und das Ambiente wirkte wesentlich reifer als das der meisten anderen Lokale, die sie und Ben besucht hatten. Doch obwohl kein posierender Instagramer zu sehen war, fühlte Bo sich ein wenig unsicher und wusste nicht, was sie sagen sollte – was ziemlich untypisch für sie war.

»Und? Wie lebt es sich mit so viel Freizeit?«, eröffnete Ben das Gespräch, nachdem der Barkeeper Bos Drink vor ihr abgestellt hatte. Die Formulierung ließ Bo innerlich zusammenzucken, und sie ärgerte sich über die darin mitschwingende Andeutung, dass sie dank ihrer Entlassung nun Zeit habe, sich irgendwelchen Freizeitaktivitäten wie Blumenstecken oder Handarbeiten zu widmen. Um sich zu stählen, trank sie einen kräftigen Schluck aus dem hohen Glas, das neben ihrem Ellbogen stand.

»Ganz okay so weit«, entgegnete sie dann in gemäßigtem Ton, weil sie es als schroff empfand, Bens – wenn auch unpassend formulierte – Bemühungen abzuschmettern, Interesse an ihr zu zeigen. Außerdem war sie fest entschlossen, nicht zuzugeben, dass sie in Wahrheit eine extrem enttäuschende und entmutigende Woche hinter sich hatte.

»Ich hab ein paar Bekannte angehauen und einige gute Kontakte bekommen«, fuhr sie fort und hoffte, sie erweckte den Eindruck, dass ihre Entlassung für sie ein Klacks war; ein kleiner Rückschlag, der sich in Kürze erledigt haben würde. Sie griff nach ihrem Glas und trank einen weiteren Schluck, während sie Ben verstohlen aus dem Augenwinkel beobachtete und sich fragte, ob er ihr anmerkte, dass sie log.

»Irgendeine Firma greift garantiert bald zu, da bin ich mir sicher«, sagte Ben und ließ seine geraden weißen Zähne aufblitzen. Irgendetwas an seinem Tonfall löste in Bo den Verdacht aus, dass er ihren Versuch, möglichst gelassen zu wirken, durchschaut hatte. Angespannt erwiderte sie sein Lächeln, dann folgte eine etwas unangenehme Stille, während der sie beide an ihren Drinks nippten.

»Um ehrlich zu sein, kann ich sowieso nicht direkt irgendwo anfangen«, bemerkte Bo schließlich. »Nächste Woche fliege ich nämlich nach Dänemark.« Da sie noch einen Schluck Gin trinken wollte, hob sie ihr Glas an und stellte überrascht fest, dass es abgesehen von einem Berg aus Eiswürfeln leer war. Allerdings schwebte der aufmerksame Barkeeper sofort zu ihr herüber, um ihr Nachschub anzubieten. »Ja, gern«, erwiderte Bo, ohne zu zögern.

Fragend hob Ben eine Augenbraue. »Dänemark? Wie kommt's?«

»Ich fahre zusammen mit Kirsten, wir wohnen im Sommerhaus ihrer Eltern.«

Ben stieß einen Laut aus, der für Bos Empfinden etwas zu sehr nach einem spöttischen Kichern klang. »Ein Sommerhaus?«, wiederholte Ben und unterdrückte mühsam ein Gelächter. »In Dänemark? Im *November?* Dann vergiss mal besser nicht, dir Sonnencreme einzupacken.« Jetzt fing er tatsächlich an zu grinsen.

Bo spürte Wut in sich aufsteigen. »Ich fliege da ja nicht hin, um braun zu werden«, verteidigte sie sich. »Ich dachte nur, es täte mir mal ganz gut, ein bisschen rauszukommen, und dann hat Kirsten es angeboten und ...« Ben grinste immer noch, doch Bos Rechtfertigung wurde jäh unterbrochen, als ein befrackter Kellner neben ihnen auftauchte und sie in untergebenem Tonfall darüber informierte, dass ihr Tisch für sie bereit sei. Leicht taumelnd kletterte Bo von ihrem Barhocker und griff sich den Gin-Tonic-Nachschub, den der Barkeeper gerade vor ihr abgestellt hatte. Während sie schwankend hinter dem Kellner das dezent elegante Restaurant durchquerte, machte sich die Wirkung der Gin-Wodka-Mischung, die in ihrem ansonsten leeren Magen hin und her schaukelte, mehr als bemerkbar, und Bo vermutete, dass es ihr nicht besonders gut gelang, ihren Zustand zu verbergen.

Ihr Tisch befand sich in der Mitte einer Reihe bereits besetzter Tische, und die Tatsache, dass die meisten anderen Gäste ältere Paare waren, ließ sich kaum übersehen. Sämtliche Frauen trugen aufwendige Frisuren, für die sie sicher viel Geld bezahlt hatten, und ihre Handgelenke und Hälse waren mit schwerem Schmuck behangen. Auf einmal fühlte sich Bo wieder wie ein Kind, das man irrtümlicherweise in eine Veranstaltung für Erwachsene hereingelassen hatte, und sie wurde sich mehr als deutlich dessen bewusst, dass sie Klamotten aus dem Einkaufszentrum und einen mit künstlichen Perlen besetzten Choker von *Accessorize* trug. *Reiß dich zusammen*, mahnte sie sich im Stillen und bemühte sich, möglichst reif und gebildet zu wirken und nicht so wacklig und beschwipst, wie sie sich tatsächlich fühlte, als der Kellner einen Stuhl für sie zurechtschob.

Nachdem die üblichen Formalitäten wie das Studieren der Speisekarte und die Bestellung des Essens abgehakt waren, informierte Bo ihren Freund detailreich über ihre geplante Dänemarkreise – zum einen, weil sie ihm beweisen wollte, dass sie die Entscheidung bewusst getroffen hatte, zum anderen aber auch, weil sie noch nicht dazu bereit war, das Thema anzusprechen, welches eigentlich im Raum schwebte: das Foto auf Facebook.

»Der Ort heißt Skagen und liegt an der nördlichsten Spitze des Landes«, erklärte sie. »Das war mal ein Fischerdorf, aber jetzt ist es ein beliebter Urlaubsort der Dänen. Früher war Skagen wohl auch ein internationaler Künstlertreffpunkt, weil das Licht dort so gut ist. Deshalb nennt man die Gegend auch Land des Lichts.« Bo wusste, dass sie zu schnell redete, und vermutlich versorgte sie Ben auch mit mehr Einzelheiten als notwendig, aber sie wollte ihm schließlich etwas beweisen, und außerdem hatte der Gin ihre Zunge gelockert. Während sie erzählte, lehnte Ben sich in seinem Stuhl zurück und blickte sie leicht amüsiert an.

»Um diese Jahreszeit wohl eher Land der Kälte und Dunkelheit«, witzelte er. Sein Kommentar nahm Bo abrupt den Wind aus den Segeln.

»Hm, ja, wahrscheinlich schon. Aber darum geht es ja gar nicht«, murmelte sie trotzig. Die Unterhaltung verstummte, und in der Stille trank Bo einen großen Schluck von ihrem zweiten Gin Tonic. »Und? Was habe ich bei Aspect verpasst? Gab es noch mehr Entlassungen?«, fragte sie irgendwann mit erzwungener Leichtigkeit und probierte einen Bissen von ihrer gebratenen Jakobsmuschel, die der Kellner vor ihr abgestellt hatte. Ben zog eine Grimasse, als müsste er scharf nachdenken, bevor er schließlich bereitwillig die Namen einiger Techniker und eines Kollegen aus dem Vertrieb preisgab, die alle ihre Kündigung bekommen hatten.

»Was ist mit der Kundenbetreuung? Sind eure Jobs sicher?«, hakte Bo mit besorgter Miene nach, doch innerlich brannte sie vor Neugier, ob Hayley recht gehabt hatte, was Charlottes bevorstehende Entlassung anging.

»Bei uns gab es auch einige Veränderungen, ja«, antwortete Ben ausweichend.

»Oh, echt?« Ungeduldig nippte Bo an ihrem Weißwein, während sie darauf wartete, dass Ben seine Ankündigung näher erläuterte.

»Matt ist gegangen, zum Beispiel.« Überrascht riss Bo die Augen auf. Matt war nicht nur der Leiter der Kundenbetreuung, sondern auch einer der Firmengründer. »Er kann es sich leisten, aufzuhören. Deswegen ist er im Grunde genommen vorzeitig in Rente gegangen. Jetzt will er seine Zeit auf dem Golfplatz verbringen, der verdammte Glückspilz«, murmelte Ben mit einem Hauch von Bitterkeit in der Stimme.

»Haben sie denn schon einen Ersatz für ihn gefunden?«, erkundigte sich Bo, redlich bemüht, so zu klingen, als ginge ihr Matts Schicksal nahe, während sie in Wahrheit überlegte, wie sie am besten ihre Frage über Charlottes Zukunft formulieren konnte, ohne dass es zu auffällig war. Ben senkte den Blick auf seinen Teller und begann, sein Essen mit der Gabel hin und her zu schieben.

»Ja, das haben sie«, sagte er schließlich und wich Bos Blick aus.

Bo brauchte einige Sekunden, um Bens plötzliche, untypische Verlegenheit einzuordnen und deren Bedeutung zu verstehen. Dann, in einem Moment erstaunlicher Klarheit, tauchte das Facebook-Foto vor ihrem geistigen Auge auf – die Gruppe von Angestellten mit dem lachenden Ben in der Mitte, der seinen Arm besitzergreifend um seine Kollegin gelegt hatte wie ein König, der gerade Hof hielt. Auf einmal war alles offensichtlich: Der Anlass für das Foto war nicht nur das übliche Feierabendbier gewesen, sondern man hatte tatsächlich etwas zu feiern gehabt. Bo spürte, wie Röte ihren Hals hinaufkroch und in ihre Wangen stieg.

»Du hast den Job bekommen«, sagte sie. Es war mehr eine Feststellung als eine Frage. Durch eine Strähne seines welligen dunklen Haars, die ihm über das rechte Auge gefallen war, sah Ben zu ihr auf und nickte. Bo konnte fühlen, wie sich ihr Mund zu einem starren, künstlichen Lächeln verzog.

»Wow, herzlichen Glückwunsch«, gratulierte sie. »Account-Director mit neunundzwanzig. Das ist der Wahnsinn.«

Verschämt lächelte Ben. »Danke«, entgegnete er.

In diesem Moment kam Bo ein Gedanke. »Wie lange weißt du denn davon?«, fragte sie.

Erneut blickte Ben auf seinen Teller. »Matt hat schon länger über sein Entlassungspaket verhandelt. Ob ich eventuell seine Stelle übernehmen würde, haben sie mich das erste Mal vor einem Monat gefragt.« Es kostete Bo ihre gesamte Selbstbeherrschung, eine ruhige, höfliche Fassade aufrechtzuerhalten. Innerlich tobte sie jedoch. Nicht nur wegen der Ironie des Schicksals, dass sie sich fünf Jahre lang nach oben gearbeitet hatte, nur damit man ihr im Zuge der Effizienzsteigerung die Tür vor der Nase zuschlug, während Ben schon nach weniger als einem Jahr Firmenzugehörigkeit eine Riesenbeförderung bekam. In ihrem Innern braute sich eine feministische Wutrede zusammen, und sie freute sich schon darauf, nach Hause zu kommen und sich bei Kirsten auszukotzen, die sich als halbe Dänin hartnäckig für die Gleichberechtigung am Arbeitsplatz einsetzte. Was Bo jedoch am meisten zusetzte, war die Tatsache, dass Ben ihr seine Beförderung verschwiegen hatte.

»Du hast mir nie davon erzählt«, sagte sie möglichst gelassen und trank einen größeren Schluck Wein, als sie eigentlich beabsichtigt hatte.

Ben zuckte leicht mit den Schultern. »Na ja, es wurde erst diese Woche offiziell«, entgegnete er. »Und außerdem war es vertraulich und …«

»Und du hattest kein Vertrauen zu mir, dass ich das nicht im ganzen Büro rumtratsche«, unterbrach Bo ihn und fixierte ihn mit dem Blick.

Ben stieß ein leises, zittriges Lachen aus. »Natürlich, Süße, aber du weißt doch, wie das läuft. Wenn das irgendwie rausgekommen wäre, hätten die sofort gewusst, dass ich das weitererzählt habe. Und dann wäre der ganze Deal geplatzt.«

»Mmmhmm«, pflichtete Bo ihm bei und leerte ihr Weinglas in einem Zug. Gott bewahre, dass Bens ach so tolle Beförderung gefährdet gewesen wäre, weil er ihr – seiner Freundin – so weit vertraute, dass er ihr davon erzählte. In diesem Moment tauchte wieder der befrackte Kellner neben ihr auf, um ihre Vorspeisenteller abzuräumen.

»Könnten wir bitte noch eine davon bekommen?«, fragte sie mit zuckersüßer Stimme und hob die leere Weinflasche hoch.

»Selbstverständlich, Madam«, schnurrte der Kellner, bevor er auf die gleiche leise, geschmeidige Weise verschwand, wie er gekommen war.

»Und wann fängst du an?«, erkundigte sich Bo.

»Am Montag«, antwortete Ben.

Bo nickte langsam. »Stellen sie jemand Neues ein, um deine jetzige Stelle zu besetzen?«

»Nicht direkt«, erwiderte Ben, und Bo bemerkte sein Zögern. Offensichtlich wollte er das nur ungern näher ausführen, doch sie starrte ihn weiter erwartungsvoll an. »Charlotte übernimmt meine Kunden und alles, was täglich so anfällt«, sagte er schließlich.

»Klar macht sie das«, flüsterte Bo vor sich hin, und ein trauriges Lächeln umspielte ihre Mundwinkel. »Dann arbeitest du wohl ab jetzt ziemlich eng mit ihr zusammen. *Um sie einzuarbeiten.*« In ihre Augen trat ein hartes Funkeln, und den letzten Satz hatte sie mit unmissverständlichem Sarkasmus ausgesprochen.

Bens Gesicht verdunkelte sich leicht, während er die Stirn in Falten legte. »Also, wir machen eine Übergabe, wenn du das meinst«, rechtfertigte er sich. Unvermittelt stieß Bo ein wenig damenhaftes Grunzen aus, was das grauhaarige Paar am Nebentisch dazu veranlasste, sein Gespräch zu unterbrechen und zu ihr rüberzustarren.

»'ne Übergabe?«, sagte sie spöttisch. »Zzzugabe wär ja wohl passsender, oder?« Leicht benebelt nahm Bo wahr, dass sie etwas lallte, und die neugierigen Blicke der Gäste um sie herum ließen darauf schließen, dass sie vermutlich zu laut gesprochen hatte. Ben saß vollkommen bewegungslos da. Und obwohl noch die Hälfte seines Essens auf dem Teller lag, schien er jegliches Interesse daran verloren zu haben. »Schon satt?«, fragte Bo und deutete mit ihrem Messer auf seinen halb verzehrten Seebarsch.

»Kann man wohl sagen«, erwiderte Ben leise und legte sein Besteck ordentlich nebeneinander auf dem Rand seines Tellers ab.

»Oh, wo komm' Ssie denner?«, rief Bo beschwipst, als sie den Kellner bemerkte, der ein weiteres Mal an ihrem Tisch aufgetaucht war. Förmlich neigte er den Kopf, präsentierte ihr das Etikett der neuen Flasche Wein und wartete auf ihre Zustimmung. »Vorssüglich, vielen Dank«, sagte Bo in dem Versuch, charmant und kultiviert zu klingen. Der Kellner lächelte, entkorkte geschickt die Flasche, deren unterer Teil mit einer Leinenserviette umwickelt war, und goss Bo einen Schluck Wein ein, damit sie probieren konnte. Da Bo dieses ehrfurchtsvolle Weinritual so langsam zu nerven begann, machte sie eine ungeduldige, abwinkende Handbewegung. »Nnich nnötich, der is bschtimmt gut. Machenn Se ruhich voll!« Erneut neigte der Kellner den Kopf. Ben dagegen starrte finster auf die Tischdecke, während der Ober ihre Gläser auffüllte.

Als sie wieder allein waren, beugte Ben sich vor und legte Bo, die gerade ihr Glas an die Lippen setzen wollte, die Hand auf den Arm.

»Meinst du nicht, du solltest mal etwas langsamer machen, Bo? Der Wein kostet fünfzig Pfund pro Flasche, und du trinkst ihn, als wäre es Traubensaft.« Sein stichelnder Ton und die Andeutung, dass sie sich kindisch benahm, trafen Bo, aber sie war gerade nicht in der Stimmung, Kritik anzunehmen.

»'s is auch 'n *äußersst* vorssüglicher Wein«, befand sie grinsend. »Aussserdem dachte ich, der Leiter der Kund'nbetreuung kannes sich leissten, 'ne anschtändige Flasche Wein su schpendieren. Oder auch swei.« Sie zog den Arm unter seiner Hand weg und setzte das Weinglas an die Lippen. Bens Kiefermuskeln spannten sich an, doch er schwieg, bis Bo das Glas wieder auf dem Tisch absetzte.

»Hör mal«, sagte er dann ernst und lehnte sich vor, um Bo dazu zu bewegen, in einer etwas diskreteren Lautstärke zu sprechen. »Charlotte übernimmt nur meine Kunden, mehr nicht.« Er redete in einem so gleichförmigen, tiefen Tonfall, dass Bo sich kurzzeitig fragte, ob er sie hypnotisieren wollte.

»Hasdu ihr desswegen 'n Arm um die Schultern gelegt?« Mit mehr oder weniger festem Blick sah sie ihn an.

Ben stutzte kurz. »Falls du dich damit auf Dans Foto beziehst, das ist nicht das, wonach es aussieht«, erklärte er gepresst.

Bo legte den Kopf schief. »Ach, wirklich? Wasss war's 'n dann?«

»Gar nichts«, entgegnete er mit einem nahezu flehenden Blick, soweit Bo das durch ihre zunehmend verschwimmende Sicht beurteilen konnte. »Das war unser wöchentlicher Teamabend. Ich hab meinen neuen Job gefeiert, sie ihren. Wir waren einfach nur … aufgekratzt. Ich war besoffen … und Charlotte war … einfach nur da. Mehr nicht.«

»Klar, wennse einfach *nur da war*, is' das natürlich

okay …« Bo verstummte und lehnte sich in ihrem Stuhl zurück. Während sie provozierend einen weiteren Schluck Wein trank, sah sie Ben direkt in die Augen. Sein Gesicht war extrem angespannt: Dass er sich so unwohl fühlte, hatte sie noch nie miterlebt. Und obwohl sie sich immer sicherer war, dass sie die ganze Sache hier morgen früh bereuen würde, genoss sie die Situation zumindest für den Moment. Es fühlte sich gut an, einfach mal unbekümmert zu sein und zu sagen, was sie wirklich dachte, ohne sich über die Konsequenzen Gedanken zu machen. Als der Kellner wiederkam, um den Tisch abzuräumen und ihnen die Dessertkarten zu überreichen, lächelte Bo ihn herzlich an und lehnte sich dann erneut gegen die gepolsterte Stuhllehne, um ausgiebig die Karte zu studieren.

»Oh, guckma, Ben«, rief sie. »Die ham hier Schschokoladenbrownies auf'er Karte. Die magssst du doch so gern.« Sie warf ihm ein zuckersüßes Lächeln zu. Einen Moment lang hielt Ben ihren Blick, dann sah er auf die Uhr.

»Ich denke, wir lassen jetzt besser die Rechnung kommen«, sagte er säuerlich.

Wenig später saß Bo auf dem Rücksitz des Taxis, das Ben ihr gerufen hatte, und spürte, wie die Fahrt und das Summen des Motors sie gleichzeitig einschläferten und Übelkeit in ihr auslösten. Das Gefühl des Triumphs, das sie im Restaurant noch genossen hatte, löste sich langsam auf und wurde von der beklemmenden Furcht ersetzt, dass sie sich mit ziemlicher Sicherheit gerade wie eine Vollidiotin aufgeführt hatte. Angestrengt versuchte sie, sich die Einzelheiten der Unterhaltung in Erinnerung zu rufen – hatte Ben überzeugend abgestritten, irgendwas mit Charlotte am Laufen zu haben? Zu ihrem Ärger konnte sie sich nicht erinnern, und jetzt kam es ihr wie ein schwerer Fehler vor, dass sie ihn nicht zu einer deutlichen Antwort gedrängt hatte, wie auch immer die ausgefallen wäre.

Sie sank in einen leichten Schlummer und wurde erst wieder wach, als der Fahrer vor ihrem Haus anhielt. Taumelnd stieg sie aus dem Taxi und stolperte die wenigen Steinstufen zu ihrer Wohnungstür hinunter, wo sie mehrere Anläufe brauchte, bis sie den Schlüssel ins Schloss gesteckt hatte.

»Hi, Kirstie«, rief sie, als sie es endlich nach drinnen geschafft hatte. »Du wirssst nich' glauben, was fürn krass beschissnen Abend ich mit Ben hatte.« Doch obwohl das Licht brannte, schlug ihr nur Stille entgegen. »Kirstie?«, wiederholte Bo, zog sich den Mantel aus und warf ihn ungefähr in Richtung der Wandhaken, ohne zu bemerken, dass sie nicht traf und er als Haufen Stoff auf dem Boden landete. Stattdessen ging sie durch den Flur und schob die Tür zum Wohnzimmer auf, wo Kirsten zusammengerollt auf dem Sofa lag, schniefend und mit geröteten Augen.

»Oh, mein Gott.« Erschrocken keuchte Bo auf. »Was ist passiert?« Sofort war sie wieder nüchtern und setzte sich neben ihre Freundin. Kirstens Augen waren verquollen und ihr Gesicht mit roten Flecken übersät.

»Mein Opa«, sagte sie krächzend und wischte sich

mit einem Taschentuch über die Augen. »Er musste mit dem Rettungswagen ins Krankenhaus. Wahrscheinlich hatte er einen Schlaganfall.«

»Oh, das tut mir so leid«, murmelte Bo mitfühlend und strich ihrer Freundin sanft über die Schulter.

»Er liegt auf der Intensivstation«, fuhr Kirsten fort, und ihre Augen füllten sich erneut mit Tränen.

»Fährst du zu deinen Eltern?«, fragte Bo leise.

Kirsten nickte. »Morgen.« Geräuschvoll putzte sie sich die Nase, während Bo schweigend neben ihr saß und so langsam die volle Bedeutung der Neuigkeiten begriff. Ihrer Freundin schien der gleiche Gedanke durch den Kopf zu gehen, und aus ihren rot geränderten Augen blickte sie Bo ernst an. »Es kann sein, dass ich doch nicht mit nach Dänemark kommen kann.«

Teil zwei

Skagen

Kapitel 10

Am Montagmorgen saß Bo am Rand der riesigen Abflughalle des Gatwick Airport und trank Kaffee. Irgendwie kam es ihr vor, als hätte hier jemand die Umgebung so ungemütlich wie nur möglich gestalten wollen: Neonröhren sandten ihr kaltes Licht über diverse Reihen unbequemer Metallstühle, während sich um sie herum nichts als Fast-Food-Filialen und andere Läden befanden. Da Bo noch zwei Stunden Wartezeit bis zu ihrem Abflug überbrücken musste, hatte sie bereits zwei Runden durch die Duty-Free-Shops gedreht, in den Drogeriemarkt reingeschaut und sich eine Armladung Zeitschriften gekauft. Nun, da ihr die Beschäftigungsmöglichkeiten ausgegangen waren, hatte sie sich in das mehr oder weniger behagliche Ambiente eines Coffeeshops zurückgezogen.

Während sie an ihrem Cappuccino nippte und einen Bissen von ihrem labbrigen Croissant aß, ließ Bo den Blick über die roten Absperrseile hinweg durch die volle Abflughalle wandern. Wie vermutlich in jedem Flughafenterminal herrschte auch hier eine hektische Atmosphäre: Passagiere, die zu ihren Abfluggates eilten oder blicklos auf die Bildschirme mit den Gate-Nummern starrten. Allen war der gleiche Ausdruck kaum verhohlener Ungeduld zu eigen, das Bedürfnis, irgendwo anders zu sein als an diesem seelenlosen, unwirklichen Ort.

Seufzend wischte Bo sich die fettigen Finger an einer Papierserviette ab, bevor sie ihren Ärmel hochschob, um auf die Uhr zu sehen. Es war kurz nach halb zehn, und automatisch wanderten ihre Gedanken zu Aspect Solutions. Sie stellte sich vor, wie die ehemaligen Kollegen gerade ihren typischen Montagmorgenbeschäftigungen nachgingen: höfliches Geplauder über das Wochenende, erste Teerunde der Arbeitswoche, Teammeetings und E-Mails checken.

Natürlich war es auch Bens erster Tag als frischgebackener Account-Director. Bo stellte sich vor, wie er vom Fahrstuhl ins Büro stolzierte und sich im Glanz des Ruhms und der Macht sonnte, die mit seiner Beförderung einhergingen. Frances, die matronenhafte Sekretärin, die sämtliche Terminkalender der Abteilungsleiter verwaltete, würde den Kopf aus der Tür ihres gläsernen Büros stecken, um ihm ein heißes Getränk anzubieten, und Ben würde sein gewinnendes Lächeln aufsetzen und um eine Tasse Tee bitten, während er es genoss, den beruflichen Meilenstein erreicht zu haben, wo ihm von nun an jemand die Getränke bringen würde. Bo lief ein Schauder über den Rücken, und sie versuchte, dankbar dafür zu sein, dass ihr durch die Entlassung wenigstens die Tortur erspart blieb, Bens triumphale Amtseinführung live mit ansehen zu müssen.

Noch immer wusste sie nicht, was – und ob überhaupt etwas – zwischen Ben und Charlotte lief. Zwar hatte er ihr quasi sein Wort gegeben, dass in Milton Keynes nichts passiert war, aber da war nun mal dieses Bild auf Facebook ... War der Arm um Charlottes Schultern *wirklich* auf Bens angeheiterte Stimmung zurückzuführen? Auch wenn die Wahrheit vermutlich schmerzte, hätte Bo sie lieber auf irgendeine Art erfahren, als mit dieser nervigen Ungewissheit zu leben. Stattdessen stellte sie nun ihre eigene Urteilsfähigkeit infrage. Dass sie Bens Unschuld anzweifelte, mochte ein Zeichen ihrer Paranoia und Liebesbedürftigkeit sein, aber ihm zu glauben wäre möglicherweise ziemlich naiv.

Unschlüssig starrte sie auf ihr Handy, während sie innerlich mit sich diskutierte, ob sie Ben eine Nachricht schicken sollte oder nicht. Doch was sollte sie schreiben? Sollte sie sich für ihr Verhalten im Restaurant entschuldigen? Sich erkundigen, wie sein erster Tag im neuen Job lief? Oder ihn ganz direkt fragen, ob er auf Charlotte stand? Seufzend beschloss Bo, dass es wahrscheinlich am besten war, gar nichts zu tun. Sie hatte diesen Urlaub auch zum Teil deshalb organisiert, weil sie ein wenig Abstand zwischen sich und Ben bringen wollte und den Raum brauchte, um sich über ihre Gefühle klar zu werden. Ihm jetzt vom Flughafen aus zu schreiben würde bedeuten, dass sie schon an der ersten Hürde gescheitert wäre. Außerdem: Falls ihre Neugier doch zu groß wurde, konnte sie immer noch über die sozialen Medien herausfinden, was Ben so trieb. Und das, überlegte sie, ließ sich genauso leicht von Dänemark aus tun wie von London.

Entschlossen, sämtliche Gedanken an Ben aus ihrem Kopf zu verbannen, versuchte Bo, sich auf die bevorstehende Reise zu fokussieren. Um ehrlich zu sein, war sie eher beunruhigt als begeistert. Im Verlauf des Wochenendes hatte sie fast der Mut verlassen, und beinahe hätte sie die ganze Unternehmung abgeblasen. Als Kirsten Sonntag früh nach Godalming aufgebrochen war, blass und unter Tränen, hatte sie keine Ahnung gehabt, wie ernst der Zustand ihres Großvaters war. Bo hatte ihre eigenen Ängste für sich behalten: In so einer Krisensituation das Thema Urlaub anzusprechen wäre ziemlich unsensibel gewesen. Stattdessen hatte sie den Rest des Tages allein in der Wohnung verbracht und darauf gewartet, dass ihre Freundin sich meldete – nicht sicher, ob ihre Pläne ins Wasser fallen würden.

Als Kirsten am Sonntagabend endlich anrief, hörte Bo sofort die Erleichterung in ihrer Stimme. Ihr Großvater habe zwar tatsächlich einen Schlaganfall erlitten, erzählte sie, aber einen leichten. Die Ärzte wollten ihn zur Beobachtung im Krankenhaus behalten, waren jedoch zuversichtlich, dass er sich gut erholen würde.

»Gott sei Dank«, murmelte Bo und dachte dabei nicht nur an Kirstens Opa, sondern (egoistischerweise) auch an ihre Urlaubspläne.

»Dad möchte allerdings, dass ich bis zu Opas Entlassung hierbleibe.«

»Oh, okay«, entgegnete Bo und bemühte sich, ihre

Enttäuschung hinter einem fröhlichen Tonfall zu verbergen.

»Es sollte aber nur etwa einen Tag dauern, bis er Entwarnung bekommt«, fügte Kirsten hinzu. »Deswegen ist es Quatsch, wenn wir beide unsere Flüge umbuchen. Flieg du doch wie geplant morgen los, und ich komme in ein paar Tagen nach.«

Langsam stieß Bo den Atem aus und spürte Nervosität in sich aufsteigen. Als sie die Flüge gebucht hatte, war sie ganz unbekümmert davon ausgegangen, dass Kirsten all die nervigen, Angst einflößenden Dinge übernehmen würde, die eine Reise ins Ausland mit sich brachte: die Landessprache zu beherrschen, den Weg zu kennen oder mit den Gegebenheiten im Haus vertraut zu sein. Jetzt war Bo mit der Aussicht konfrontiert, allein zu dem entlegensten Winkel eines fremden Landes reisen zu müssen.

»Das Haus ist auf jeden Fall nicht leer, wenn du ankommst«, versicherte Kirsten, als spürte sie das Unbehagen ihrer Freundin. »Mum sagt, eine ihrer ehemaligen Studentinnen ist schon da.«

»Ah, und kennst du die?«, wollte Bo wissen.

»Irgendeine Florence. Eine Künstlerin. Bin ihr noch nicht begegnet. Aber sie hat schon mal in dem Haus gewohnt, kennt sich also sicher gut aus.«

Beim Gedanken an eine Künstlerin, die Florence hieß, tauchte das Bild einer Frau Anfang sechzig vor Bos geistigem Auge auf; Typ Ex-Hippie, gertenschlank und mit einer Vorliebe für gebatikte Kleider. Bo konnte sich nicht vorstellen, dass sie beide viel gemeinsam haben würden. Falls sie und Florence nicht miteinander auskamen, wie sollte sie sich dann bis Kirstens Ankunft beschäftigen, mitten im kalten, dunklen skandinavischen Winter in einer Stadt am Meer? Sie stellte sich schon die unangenehme Stille beim Abendessen vor – sie würde verzweifelt überlegen, ob ihr nicht irgendetwas Intelligentes zum Thema Kunst einfiele, während Florence sie nur überheblich anstarren würde.

Doch selbst wenn es unangenehm werden sollte, das Haus für ein oder zwei Tage mit einer Fremden zu teilen, was wäre die Alternative? Ihren Flug zu stornieren, ein neues Ticket zu kaufen und noch einen weiteren Tag in der leeren Wohnung zu hocken, um die Jobangebote zu checken und sich zwanghaft Gedanken darüber zu machen, ob zwischen Ben und Charlotte irgendwas lief? Nicht gerade eine angenehme Aussicht. Bo nahm einen tiefen Atemzug und forderte sich innerlich dazu auf, *ihren Mann zu stehen* – wie Ben zu sagen pflegte.

»Okay, das klingt nach einem guten Plan«, meinte sie zu Kirsten.

»Super«, antwortete die erleichtert. »Okay, ich gehe dann mal besser. Wir essen gleich. Hab eine gute Reise, ich halte dich auf dem Laufenden.«

Im Coffeeshop des Flughafens lehnte Bo sich angespannt in ihrem verblichenen Lehnstuhl zurück. Das hier würde nicht der entspannende Urlaub mit ihrer besten Freundin werden, den sie geplant hatte, zumindest nicht in den ersten ein bis zwei Tagen. Sie trank ihren Kaffee aus, wischte sich den Milchschaum von der Oberlippe und blickte erneut auf ihre Armbanduhr. Es war Viertel vor zehn. Aus einer plötzlichen Laune heraus nahm sie ihr Handy, suchte die Kontaktdaten einer der Personalagenturen heraus, bei denen sie sich beworben hatte, und wählte die Nummer. Während sie dem Tuten lauschte, trommelte sie unruhig mit den Fingern auf der Tischplatte herum.

»B&D Employment Services. Wie kann ich Ihnen helfen?«, drang eine schrille Stimme aus dem Hörer.

»Oh … äh … Hallo«, meldete Bo sich in erzwungen fröhlichem Tonfall. »Mein Name ist Bo Hazlehurst. Ich habe Ihnen letzte Woche meinen Lebenslauf geschickt und wollte nur mal nachfragen …«

»Bleiben Sie bitte dran«, unterbrach sie die Stimme mitten im Satz. Anschließend dröhnte ein Ausschnitt der Vier Jahreszeiten in Bos Ohr, bevor die Frau sich erneut meldete: »Können Sie mir bitte Ihren Namen sagen?«

»Bo Hazlehurst«, wiederholte Bo und bemühte sich, nicht verärgert zu klingen. Nach weiteren mit Vivaldi unterlegten Minuten – in denen Bo feststellte, dass es sich um die ersten acht Takte in Dauerschleife handelte – wurde sie endlich zu einer Mitarbeiterin durchgestellt, die nicht älter als achtzehn klang, sich jedoch als Beraterin vorstellte. Gut gelaunt informierte diese Bo darüber, dass sie deren E-Mail und Lebenslauf tatsächlich erhalten habe, es jedoch momentan keine Stelle gebe, die zu ihrem Profil passe. Sie werde sich aber *auf jeden Fall* melden, sobald sich etwas ändere.

»Okay, danke. Das ist sehr nett«, presste Bo durch zusammengebissene Zähne hervor.

Die Zeit bis zum Abflug zog sich schier endlos dahin, während sie nervös vor der Anzeige saß und auf die Nummer ihres Gates wartete. Dann endlich stand sie – Ausweis und Boardingpass griffbereit, aber todmüde – in der Schlange für das Flugzeug nach Aalborg, die sich durch den ellenlangen grauen Schacht zog, in dem sich die Abfluggates befanden.

Als Bo die Gesichter der anderen Passagiere in der Schlange betrachtete, stellte sie fest, dass die Mehrheit der Mitreisenden mit ziemlicher Wahrscheinlichkeit Dänen waren. Unter ihnen befanden sich erstaunlich viele große blonde Menschen und nur der eine oder andere Brite, den man daran erkannte, dass er stämmiger war, aschfarbenes Haar hatte und eine englische Zeitung bei sich trug. Mit leichtem Schrecken fiel Bo außerdem auf, dass die Dänen ohne Ausnahme Hightech-Kleidung oder Daunenjacken trugen. Ein wenig besorgt blickte sie auf ihren Wollmantel hinunter und fragte sich, ob sie Kirstens Warnungen bezüglich des strengen dänischen Winters mehr Beachtung hätte schenken sollen.

An Bord der Maschine arbeitete sie sich langsam und geduldig durch den Gang vor, verstaute ihren Trolley oben im Gepäckfach und quetschte sich dann in den engen, harten Sitz. Sie fragte sich, wie lange es wohl dauern würde, bis die wikingereske Kabinencrew mit dem Getränkewagen vorbeikam, doch dann erinnerte sie sich daran, dass sie nach dem erniedrigenden

Samstagabend beschlossen hatte, während des Urlaubs nur noch in Maßen zu trinken. Also zog sie ihre Plastikwasserflasche aus der Handtasche und nahm einen Schluck, während sie aus dem winzigen Flugzeugfenster starrte, wo die Gepäckleute gerade damit beschäftigt waren, Koffer in die Maschine zu laden. Gleichzeitig versuchte sie, nicht daran zu denken, wie sehr es sie nach einem Wodka Tonic gelüstete, um ihre Nervosität vor dem Abflug zu bekämpfen.

Zwei Stunden später stand Bo zitternd auf dem frostigen Rollfeld des Flughafens Aalborg und zog sich ihre gestrickte Pudelmütze über die Ohren, um sich gegen die eisigen Temperaturen zu schützen. So eine Kälte hatte sie noch nie erlebt. Ihre Lungen schmerzten bei jedem Atemzug, ihre Wangen fühlten sich ganz wund an, und der Wind schien direkt durch ihren untauglichen Mantel zu dringen. Obwohl es erst fünfzehn Uhr war, hatte bereits die Dämmerung eingesetzt. Bo nahm ihren Trolley und folgte den anderen Passagieren über den glänzenden Asphalt bis zum winzigen Flughafenterminal, das lediglich aus einem kleinen, einstöckigen Gebäude bestand, dessen Lichter in der einsetzenden Dunkelheit erstrahlten.

Im Innern schlug ihr sofort angenehme Wärme entgegen, dann erst nahm sie die ruhige, gemütliche Atmosphäre in sich auf. Dieser Flughafen war völlig anders als jeder in Großbritannien, auf dem sie schon gewesen war: Die polierten Holzfußböden und geschmackvollen Lampen ließen fast so etwas wie ein Gefühl von

Geborgenheit aufkommen. Überall spiegelte sich ein Sinn für gutes Design wider: von den Reihen aus Lederstühlen bis hin zu den schnittigen, ergonomischen Gepäckwagen. Und die Dänen schienen von einer Aura der Gelassenheit umgeben zu sein, die sich nicht im Geringsten mit der hektischen Anspannung der Passagiere in Gatwick vergleichen ließ. Sie wirkten weniger in Eile, weniger gestresst – ja, nahezu entspannt. Davon abgesehen waren sie alle, ohne Ausnahme, erschreckend groß. Bo war sich ihrer ein Meter fünfundsechzig mehr als deutlich bewusst, während sie von Männern wie auch Frauen überragt wurde und – wie sie zu ihrem Entsetzen feststellte – sogar von einigen Kindern.

Mit dem Shuttlebus fuhr sie vom Flughafen zum Bahnhof, wo ihr Anschlusszug nach Skagen (außen modern und silberfarben, innen komfortabel und geräumig) am Bahnsteig wartete. Der Waggon füllte sich bereits mit Fahrgästen, die ihre Koffer in die Gepäckfächer schoben und ihre Mäntel auszogen. Als Bo sich auf der Suche nach einem freien Platz einen Weg durch den mit Teppich ausgelegten Gang bahnte, streifte ihr Rollkoffer einen Laptop, den sein Besitzer gefährlich nahe an einer Tischkante abgestellt hatte, während er seine Jacke oben im Gepäckfach verstaute.

»Oh, tut mir leid«, rief Bo und griff geistesgegenwärtig nach unten, um den Laptop in eine sichere Position zu bringen, bevor er auf den Boden fallen konnte. Sein Besitzer, ein junger, gereizt wirkender Mann mit Beanie-Mütze, drehte sich zu ihr um und starrte sie finster an.

»Schon gut«, sagte er schroff in britischem Englisch und schob den Laptop von der Tischkante weg.

»Tut mir leid«, wiederholte Bo.

Leicht verärgert über sich selbst, weil sie sich entschuldigte, obwohl es schließlich nicht ihr Fehler war, dass der Laptop über den Tisch geragt hatte, setzte Bo ihren Weg durch den Waggon fort und fand schließlich ihren Platz. Pünktlich zur angegebenen Zeit fuhr der Zug ab, und Bo lehnte sich zurück, um das dämmrige Buschland von Nordjütland zu betrachten, das an ihrem Fenster vorbeiflog.

Etwa eine halbe Stunde nach der Abfahrt fiel Bo auf, dass sie ganz vergessen hatte, nach der Landung ihr Handy wieder einzuschalten. Sofort ertönte ein Piepsen, als mehrere Nachrichten ihrer Mutter eingingen, eine dringlicher als die andere: *Bist du gelandet? Bist du schon angekommen? Bo, BITTE melde dich.*

Flug war okay, bin jetzt im Zug. Bald da, tippte Bo ein.

Fast in derselben Sekunde kam die Antwort: *Gut. Ich rufe dich nachher an.*

Den Kopf gegen die Fensterscheibe gelehnt, döste Bo ein. Als sie aufwachte, war es dunkel draußen, und horizontale Streifen aus Regenwasser liefen über die Fenster. Prüfend betrachtete sie ihr Spiegelbild in der Scheibe und wischte sich die verschmierte Wimperntusche unter ihren Augen mit den Fingern weg. Während sie eingenickt war, hatte der Zug mehrmals gehalten, und nun war der Waggon fast leer. Als der Zug jetzt seine Fahrt verlangsamte und sich der Endstation

Skagen näherte, saßen nur noch drei weitere Fahrgäste im Abteil: ein freundlich aussehendes älteres Paar und der Mann mit der Beanie-Mütze, der mit stark konzentrierter Miene auf seinem Laptop herumtippte. Bo bemerkte, dass die älteren Leute ihre Sachen zusammenpackten, und tat es ihnen gleich: In Erwartung der eisigen Temperaturen, die ihr sicher draußen entgegenschlagen würden, zog sie ihren Mantel an und die Mütze über die Ohren.

Tatsächlich war die Luft hier sogar noch klarer und kälter als auf dem Flughafen. Ein beißender Nordwind blies vom Meer herüber, und von den dicken, eisigen Regentropfen waren Bos Wollmantel und Strickmütze schon nach kurzer Zeit völlig durchnässt. Deshalb rannte sie über den Vorplatz des Bahnhofs – einem hübschen Gebäude mit Balustraden und gelb verputzter Fassade – und stieg dankbar in ein Taxi. Sie zeigte dem Fahrer die Adresse des Sommerhauses und zog sich die feuchte Mütze vom Kopf, bevor sie sich in ihren Sitz sinken ließ und dem blechernen, irgendwie nicht hierher passenden Sound von Bruno Mars' »Uptown Funk« lauschte, der aus dem Radio kam, während das Taxi durch die dunklen, kopfsteingepflasterten Straßen rollte.

Fast acht Stunden, nachdem sie ihre Londoner Wohnung verlassen hatte, erreichte Bo endlich das Sommerhaus. Durch die heruntergelassenen Rollos drang einladendes, flackerndes Licht, und die Kombination aus gelben Mauern und steilem Spitzdach erweckte in Bo sofort den Gedanken an märchenhafte Cottages und Lebkuchenhäuser. Der gepflegte Vorgarten war von einem weißen Lattenzaun umgeben und stellte stolz den hölzernen Fahnenmast mit der rot-weißen Flagge Dänemarks zur Schau, die laut im Wind flatterte.

Bo drückte auf die Klingel. Drinnen entstand Bewegung, doch ein Geräusch hinter ihr brachte sie dazu, sich umzudrehen. Ein zweites Taxi war auf den Platz gefahren, den ihres gerade verlassen hatte, und der Fahrer war ausgestiegen, um Gepäck aus dem Kofferraum zu laden.

In diesem Moment wurde die Haustür aufgerissen, sodass Bo sich wieder in deren Richtung umdrehte. Im Eingang stand eine hübsche junge Frau und blickte sie lächelnd an. Sie schien um die dreißig zu sein, hatte lebhafte blaue Augen, eine leichte Stupsnase und blondes Haar mit einer flippigen, asymmetrischen Frisur – auf einer Seite über dem Ohr kurz rasiert und auf der anderen zu einem stark angeschrägten Bob geschnitten. Ihre verwaschene schwarze Jeans war an den Knien aufgerissen, dazu trug sie ein geringeltes Baumwollshirt.

»Hi.«

Das Geräusch rollender Räder brachte Bo dazu, erneut einen Blick über die Schulter zu werfen, woraufhin sie den Mann aus dem Zug über den Gartenweg in Richtung Haus kommen sah, seinen Rollkoffer hinter sich her ziehend. Die junge Frau stand immer noch in der Tür und hatte die Arme um den Oberkörper geschlungen, während sie sichtlich zitterte.

»Hallo«, sagte der Mann, als er neben Bo vor dem Eingang zum Stehen kam. »Ich bin Simon, und ich …«

»Können wir das bitte drinnen machen?«, unterbrach ihn die Frau zähneklappernd. »Ich frier mir sonst hier draußen die Titten ab.«

Folgsam traten Bo und Simon ins Haus, und als die Tür hinter ihnen ins Schloss fiel, gab sie ein beruhigendes *Schdong* von sich, wie die Tür eines Safes.

Kapitel 11

Die blonde Frau trat vor, streckte die Hand aus und sagte strahlend: »Ich bin Florence.«

»Ich bin Bo«, antwortete sie und musste sich innerlich eingestehen, wie sehr sie mit ihrer Vorstellung von Florence danebengelegen hatte.

»Simon«, stellte der Mann aus dem Zug sich vor und schüttelte Florence kurz die Hand.

Sie standen in einer geräumigen Wohnküche mit gebleichtem Holzboden und weißen Wänden. Verglichen mit den arktischen Verhältnissen draußen herrschten in diesem Zimmer angenehm tropische Temperaturen, und Bo spürte, wie sich in ihrem Nacken und unter ihren Armen Schweißtropfen bildeten. Deshalb begann sie, sich aus ihren äußeren Schichten zu schälen, während Simon neben ihr das Gleiche tat. Schweigend öffnete er den Reißverschluss seiner Jacke und zog sich Mütze und Stiefel aus. Erst jetzt fiel Bo auf, dass er ebenfalls um die dreißig sein musste und recht attraktiv aussah mit seinen leicht angegrauten Schläfen und den braunen Augen unter buschigen Augenbrauen, die anscheinend die Tendenz hatten, sich angestrengt zusammenzuziehen.

»Ich nehme an, ihr könnt beide einen Tee vertragen?«, bot Florence an.

»Oh ja, bitte«, erwiderte Bo dankbar. Als sie ihrer neuen Mitbewohnerin hinüber zum Holztisch folgte, konnte sie die Wärme der Fußbodenheizung durch ihre Socken spüren. Sie und Simon nahmen auf den Designerstühlen Platz, die unter zwei tief hängenden Lampen standen, deren Licht zwei gelbe Kreise auf den Esstisch malte. Florence ging in den Küchenbereich, der sich aus minimalistischen Schränken mit glänzend weißen Türen und Arbeitsflächen aus hellem Holz zusammensetzte, und schaltete den Wasserkocher ein. Dann lehnte sie sich gegen die Theke und sah lächelnd zu Bo und Simon hinüber. Sie hatte eine offene, freundliche Ausstrahlung, und Bo schloss sie sofort ins Herz.

»Schön, dass ich endlich mal Gesellschaft hab«, sagte Florence strahlend. »Ich geistere hier schon seit Tagen ganz allein herum.«

»Du bist Künstlerin, oder?«, erkundigte sich Bo.

Florence nickte. »Ich mache hauptsächlich Töpferkunst. Aber ich komme auch total gern zum Landschaftszeichnen hierher. Die Strände sind der Wahnsinn, selbst im Winter.«

Bo warf einen kurzen Blick in Simons Richtung, doch der hatte sein Handy herausgeholt und bekam offensichtlich nichts von der Unterhaltung mit, während er über das Display wischte.

»Pernille meinte, Kirsten kommt auch?«, fuhr Florence fort, anscheinend unbeeindruckt von Simons

Schweigen. »Ihr zwei seid Freunde von ihr, nehme ich an?« Erwartungsvoll blickte sie von Bo zu Simon.

In diesem Moment sah Simon unvermittelt von seinem Telefon auf. Er und Bo tauschten einen Blick, und die langsam wachsende Erkenntnis und Verlegenheit in seinen Augen spiegelte Bos eigene Gefühle wider: Florence hielt sie beide für ein Paar.

»Oh … ähm …«, stotterte Bo und spürte, wie ihre Wangen erröteten. »Ich schon, Kirsten ist meine Mitbewohnerin«, erklärte sie. »Ich weiß nicht, wie du …« Flüchtig sah sie zu Simon. »Wir sind nicht … Ich meine, wir …«

Florence fixierte sie mit dem gutmütigen und doch ungeduldigen Blick einer Lehrerin, deren Schülerin sich gerade mit einer Antwort abmühte.

»Wir sind nicht zusammen«, verkündete Simon direkt, was dazu führte, dass Bo gleichzeitig lächelte und sich innerlich wand.

»Wir sind uns gerade erst begegnet. Vor der Tür. Eben gerade«, fügte sie überflüssigerweise hinzu. Dann – in dem Bemühen, die unangenehme Atmosphäre im Raum aufzulockern – drehte sie sich zu Simon um und sagte: »Wobei … Ich glaube, wir waren im selben Flieger. Oder zumindest im selben Zug. Vom Flughafen aus. Du hattest einen Laptop dabei …«

Simon starrte sie an, als hätte sie nicht mehr alle Tassen im Schrank. »Ach, echt? Ist mir gar nicht aufgefallen …«, entgegnete er dann unbestimmt, und Bo merkte erneut, dass ihre Wangen zu brennen anfingen. In puncto Begrüßung war das hier eine von der Sorte, die sich von schlecht zu immer schlimmer entwickelte.

Zum Glück wurden ihr weitere Peinlichkeiten erspart, als Florence drei Tassen Tee auf den Tisch stellte und auf dem Stuhl am Kopfende Platz nahm. »Also, ihr seid genau zum richtigen Zeitpunkt angekommen«, sagte sie. »Draußen zieht ein Sturm auf.«

»Na, klar.« Bo kicherte, aber als sie Simons ernstes Gesicht bemerkte, bereute sie ihr naives Benehmen sofort. »Der ist doch aber nicht … gefährlich, oder?«, fragte sie beunruhigt.

Florence schüttelte den Kopf und trank einen großen Schluck von ihrem Tee. »Nein, Süße, überhaupt nicht«, erklärte sie. »Das bedeutet nur, dass wir möglicherweise einige Tage nicht aus dem Haus können. Ihr habt Glück, dass euer Flugzeug landen durfte. Wenn der Wind richtig heftig weht, müssen die den Flughafen nämlich dichtmachen.«

Einen Moment lang tranken sie schweigend ihren Tee und lauschten dem Regen, der mittlerweile gegen die Fenster prasselte, bis Florence schließlich fragte: »Und was ist mit dir, Simon? Kennst du Kirsten auch?«

Simon schüttelte den Kopf. »Pernille ist eine Freundin meiner Mutter«, antwortete er. Abwartend sahen Bo und Florence ihn an, doch er machte keinerlei Anstalten, mehr zu erzählen.

»Pernille war eine meiner Dozentinnen an der Kunsthochschule«, schob Florence das Gespräch wieder an.

»Ich habe Pernille noch nie getroffen«, verkündete Simon schlicht.

Florence nickte langsam, bevor sie sich wieder ihrem Tee zuwandte. Bo hatte den Eindruck, als fände ihre neue Mitbewohnerin Simon ebenfalls etwas schwierig, und plötzlich überkam sie ein Gefühl der Erleichterung, dass sie sich nicht allein mit dessen humorloser Art herumschlagen musste.

»Was hat euch beide denn nach Skagen geführt?«, erkundigte sich Florence als gute Gastgeberin.

»Ich will einfach nur Urlaub machen«, entgegnete Bo. »Kirsten hat das vorgeschlagen. Sie hatte noch Resturlaub, und da ich gerade gekündigt wurde …« Sie verstummte. Auf einmal machte die Erinnerung an den Anlass für ihre Reise sie traurig.

»… hast du dir überlegt, nach Skagen zu fahren, um den Kopf freizukriegen«, vervollständigte Florence den Satz.

»So was in der Art«, antwortete Bo. Auf der anderen Seite des Tisches hielt Simon sich die Hand vor den Mund, um ein Gähnen zu verbergen.

»Was ist mit dir, Simon? Machst du auch Urlaub hier?«

Unbehaglich rieb Simon sich über den Hinterkopf. »Nein, ich bin hierhergekommen, um zu arbeiten. Ich bin Schriftsteller.«

Gespannt sahen Bo und Florence ihn an, doch Simon ließ sich ein weiteres Mal von seinem Handy ablenken.

Wieder tranken sie schweigend ihren Tee, bis

Florence schließlich die Hände auf den Tisch legte, ihren Stuhl zurückschob und sagte: »Ich schätze, ich sollte euch mal das Haus zeigen.«

Damit führte sie ihre neuen Mitbewohner an der Treppe vorbei durch eine Doppeltür in ein Wohnzimmer, in dem sich schlichtes Design mit Gemütlichkeit vereinte, was – wie es Bo so langsam schwante – offensichtlich typisch dänisch war. An den weißen Wänden hingen, in Gruppen angeordnet, gerahmte abstrakte Bilder, und auf dem gebleichten Holzboden stand ein weißer Beistelltisch im Shabby Chic zwischen zwei stylischen Sesseln und einem Ledersofa. In einem zylinderförmigen Gussofen in der Ecke flackerte ein einladendes Feuer.

»Im Sommer kommt dieser Raum erst so richtig zur Geltung. Das Licht hier drin ist echt unglaublich«, berichtete Florence, während sie durchs Zimmer ging und das Rollo vor dem Fenster herunterließ, durch das Bo einen flüchtigen Blick auf eine etwas verloren aussehende Gruppe von Gartenmöbeln erhascht hatte, von denen der Regen tropfte. »Aber im Winter ist es hier erstaunlich gemütlich. Soll ich euch die obere Etage zeigen?«

Sie holten ihre Koffer aus dem Eingangsbereich und folgten Florence die Treppe hinauf in einen holzvertäfelten Flur.

»Da ganz hinten ist das Bad«, verkündete ihre Gastgeberin und zeigte auf eine Tür am Ende des Gangs. »Dies hier ist mein Zimmer«, fuhr sie fort und schob die erste Tür auf der linken Seite halb auf, sodass Bo eine riesige schwarze Zeichenmappe erspähen konnte, die an der Wand lehnte, und das Bett, auf das Florence achtlos ihre Klamotten geworfen hatte.

»Bo, nimm du doch dieses hier.« Florence deutete auf das Zimmer, das ihrem gegenüberlag. »Und Simon, du kannst das neben mir haben. Ich lasse euch dann mal auspacken, danach können wir was essen.«

Neugierig schob Bo ihre Tür auf und rollte ihren Koffer in den Raum hinein. Das kleine Schlafzimmer war genau wie der Rest des Hauses in Weiß gestrichen und zweckmäßig eingerichtet mit einem Einzelbett, einer schmalen Kommode und einem einfachen Schreibtisch mit Stuhl. Bo stellte ihren Koffer ans Bett und ging hinüber zum Fenster, wo sie sich dankbar auf die zusammengefaltete flauschige Decke sinken ließ und durch die regenbespritzte Scheibe auf die Dächer der Nachbarhäuser blickte.

Als sie auf die Uhr sah, wanderten ihre Gedanken sofort wieder zu Ben zurück. In London war es jetzt kurz vor achtzehn Uhr, also fast Feierabend. Vielleicht würden Ben und sein Team gleich was trinken gehen, um auf seinen ersten Tag im neuen Job anzustoßen. Vielleicht würden er und Charlotte sich ja auch zu einer etwas privateren Feier aufmachen, sich heimlich vor dem Bauzaun der S-Bahn-Station treffen und dann in Soho etwas essen gehen. *Verdammt, Bo, hör auf, dir das anzutun*, schimpfte sie mit sich selbst und kniff sich fest mit Daumen und Zeigefinger in den Nasenrücken.

Dann zog sie die Nase hoch, erhob sich mit einem energischen Ruck und fing an, ihre Kleidung in die

Kommode einzuräumen. Anschließend überprüfte sie ihr Äußeres im Spiegel, versuchte, ihre widerspenstigen Haare so gut wie möglich zu glätten, und tupfte sich etwas Concealer unter die Augen, bevor sie wieder nach unten ging. Dort traf sie Florence in der Küche an, die gerade damit beschäftigt war, die Spülmaschine auszuräumen. Simon war nirgends zu sehen, vermutlich packte er noch aus.

»Alles klar, Süße? Hast du Hunger?«, erkundigte sich Florence.

»Extremen Hunger«, gab Bo zu und ging hinüber, um Florence beim Verstauen des Geschirrs in den Schränken zu helfen. Dabei fiel ihr auf, wie sauber und aufgeräumt die Küche war und dass keine der Flächen mit einer klebrigen, fettigen Staubschicht überzogen war so wie in ihrer Wohnung.

Florence öffnete den Kühlschrank. »Ich hab ein bisschen Wurst und Käse da und ein paar Scheiben Brot, aber das ist auch schon alles, fürchte ich.« Entschuldigend blickte sie Bo an. »Eigentlich wollte ich heute zum Supermarkt gehen, aber das Wetter war echt beschissen.«

»Für mich klingt das nach der perfekten Mahlzeit«, sagte Bo dankbar.

»Leider gibt's auch nicht viel Alkohol im Haus«, fuhr Florence fort. »Der kostet hier nämlich ein Vermögen. Im Kühlschrank sind noch ein paar Bier, und falls du total verzweifelt sein solltest, findest du vielleicht noch eine alte Flasche Glögg im Schrank.«

Bo lächelte. Zu Hause hatten sie und Kirsten schon

mal einen denkwürdigen Abend mit Glögg verbracht, den man warm trank, mit Mandeln und Rosinen darin. Der Kater am nächsten Tag war besonders fies gewesen.

In diesem Moment hörten sie Simons Schritte auf der Treppe. »Perfektes Timing«, sagte Florence gut gelaunt, als er in der Küche auftauchte. »Wir wollen gleich essen.«

Gemeinsam setzten sie sich an den Tisch und bedienten sich an Wurst, Käse und Salat.

»Und, Simon, was für ein Buch schreibst du?«, begann Bo das Gespräch, während sie sich im Stillen fragte, ob Simon jetzt, da er sich häuslich eingerichtet hatte, etwas zugänglicher sein würde.

»Einen Roman.«

Es folgte eine Pause, in der Bo und Florence ihn aufmerksam ansahen. »Spielt der in Dänemark?«, erkundigte sich Florence schließlich, während sie eine Scheibe Roggenbrot mit Butter bestrich.

Geräuschvoll stieß Simon den Atem durch die Nase aus. »Ja. Zum Teil.« Dann biss er ein Stück von seinem Brot ab, offensichtlich nicht bereit dazu, weitere Einzelheiten preiszugeben.

»Okay. Und ...« Bo verstummte und entschied sich für eine andere Taktik. »Denkst du, es stimmt, was man so sagt – dass jeder einen Roman schreiben könnte?«

Simon schluckte seinen Bissen Brot hinunter. »Nein«, sagte er dann schlicht. »Das glaube ich nicht.«

Perplex konzentrierte sich Bo wieder auf ihr Essen. Ihrer Erfahrung nach liebten es Männer in der Regel, über ihre Arbeit zu sprechen – während ihrer

Tinder-Zeit hatte sie viele todlangweilige Abende damit verbracht, sich anzuhören, wie Männer sich stundenlang mit ihren ach so tollen Jobs gebrüstet hatten. Simon dagegen schien, was seinen Roman anging, geradezu gewollt unkommunikativ zu sein. Andererseits, erinnerte Bo sich, hatte sie bisher auch noch keinen Schriftsteller kennengelernt, von daher fehlte ihr jegliche Vergleichsmöglichkeit. Vielleicht waren Schriftsteller einfach per se mürrisch und unkommunikativ.

Im stillen Einverständnis, das Thema Roman ruhen zu lassen, führten sie ab diesem Moment nur noch höflichen Small Talk über das Haus und das Wetter, bis Bo beschloss, dass genug Zeit verstrichen war, um Müdigkeit vorzuschützen und sich in ihr Zimmer zurückzuziehen, ohne dass es unhöflich wäre.

Leise schloss sie die Tür hinter sich und stand einen Augenblick lang einfach nur da, um die Ruhe zu genießen, bis ein gedämpftes Summen sie aufschreckte. Sofort stürzte sie zum Bett hinüber, schnappte sich ihre Handtasche und wühlte zwischen den Servietten aus dem Flughafencafé, ihrer geknickten Bordkarte und leerem Bonbonpapier herum, bis sie endlich ihr Handy fand.

Mum ruft an, verkündete ihr Display.

»Hi, Mum«, meldete Bo sich seufzend und setzte sich in die Fensternische.

Es dauerte eine Sekunde, dann hörte sie: »Hallo, Schatz. Wie ist es in Dänemark?« Die Stimme ihrer Mutter hatte einen blechernen, weit entfernten Klang, und Bo stellte sich vor, wie gerade irgendwo im Kosmos über der Nordsee ein Satellit ihre Unterhaltung weiterleitete: vom Anwesen ihrer Eltern in Buckinghamshire zur windgepeitschten Nordspitze Dänemarks.

»Kalt. Düster. Und im Moment regnet's«, erwiderte Bo und starrte ihr Spiegelbild in der dunklen Fensterscheibe an. Sie sah blass aus und erschöpft.

»Oje. Ich hoffe, du hast genug warme Sachen eingepackt«, sagte Barbara gluckenhaft, und Bo konnte den besorgten Blick ihrer Mutter so deutlich vor sich sehen, als stünde diese direkt vor ihr.

»Ich komme schon klar, Mum«, entgegnete sie seufzend.

»Ist Kirsten auch da?«

Bo schwang die Beine auf die gefaltete Decke, drehte sich zur Seite und stemmte die Füße gegen die Nischenwand. »Noch nicht«, antwortete sie dann müde. »Ich hab dir doch gesagt, dass sie ihren Opa besucht. Aber sie kommt in ein, zwei Tagen nach.« Bo hatte den künstlich fröhlichen Tonfall angeschlagen, den sie immer draufhatte, wenn sie ihre Mutter beruhigen wollte. »Ich bin auch nicht allein im Haus«, fügte sie hinzu. »Zwei Bekannte von Kirstens Mum sind hier.«

»Oh, ach so«, sagte Barbara knapp. Sie hatte Pernille einmal getroffen, bei Bos und Kirstens Abschlussfeier an der Uni. Die elegante und in ein schlichtes beigefarbenes Kaschmir-Ensemble gekleidete Barbara hatte entsetzt und mit zusammengekniffenen Lippen Pernilles klobigen Schmuck und das leuchtend rote Haar begutachtet und auf der Rückfahrt im Auto ihre Geringschätzung mit der Bemerkung »Die ist aber sehr *extravagant*« kundgetan.

»Was sind denn das für Bekannte?«, erkundigte sich Barbara nun auch argwöhnisch. »Bestimmt Künstler, richtig?« Bos Eltern waren von Natur aus misstrauisch gegenüber Künstlern, als würden Menschen, die von kreativer Arbeit lebten, irgendwie das System betrügen und sich vor den Pflichten drücken, die andere, *normale* Leute zu erfüllen hatten.

»Irgendwie schon. Na ja, die eine macht Töpferkunst und war Studentin bei Pernille. Der andere ist Schriftsteller.« Wieder trat eine Pause ein. Bo war sich ziemlich sicher, dass Schriftsteller nach Ansicht ihrer Mutter in dieselbe Kategorie fielen wie Künstler.

»Es ist alles okay, Mum«, sagte sie deshalb, weil sie Barbaras Zwiespalt spürte. »Die sind total nett.« Um ihre Mutter nicht in Panik zu versetzen, hatte Bo beschlossen, besser nicht zu erwähnen, dass Simon ziemlich wortkarg, um nicht zu sagen: unfreundlich war.

»Ach so?«, gab Barbara zurück und schaffte das Kunststück, gleichzeitig erleichtert und enttäuscht zu klingen. »Haben die dir was zu essen gegeben?«

»Sie sind nicht dafür zuständig, mich zu versorgen, Mum«, erwiderte Bo und seufzte erneut. »Außerdem sind sie auch nur zu Gast hier. Aber ja, wir haben gerade Abendbrot gegessen.«

Beruhigt, dass Bo nicht verhungern würde und von den Künstlertypen offensichtlich keine akute Gefahr ausging, fuhr Barbara damit fort, Bo auf den neuesten Stand zu bringen, was den Hallux Valgus ihres Vaters, die möglicherweise anstehende Beförderung von Laurens Mann und die Zaunlatten betraf, die vor Kurzem bei einem Sturm umgeknickt waren. Als sie sich schließlich von Bo verabschiedete, beschwor sie diese: »Halt mich auf dem Laufenden, ja? Und zieh dich warm an.«

»Mach ich, Mum«, versprach Bo. »Danke. Tschüss.« Ihre Mutter legte auf. Gähnend starrte Bo eine Weile lang aus dem Fenster. Dann griff sie erneut nach ihrem Handy und schickte Kirsten eine Nachricht:

Bin angekommen. Florence ist hier (total sympathisch!) und so ein Typ namens Simon (ein Schriftsteller – redet nicht viel. Glaube, er hält mich für bescheuert). Wünschte, du wärst hier. xx

Bo stand auf, nahm ihren Kulturbeutel vom Bett und tapste durch den Flur zum Bad.

Zwanzig Minuten später zog sie die Bettdecke zurück, legte sich darunter und schaltete das Licht aus. Lauschend lag sie in vollkommener Dunkelheit da und genoss es, dass weder Sirenengeheul noch Verkehrslärm von draußen hereindrangen. Das einzige Geräusch kam vom Regen. Er klang anders als der Regen in London, hart und unerbittlich. Trotzdem hatte es etwas seltsam Beruhigendes, die Tropfen aufs Dach und gegen die Scheiben prasseln zu hören, während man drinnen im gut isolierten Sommerhaus lag. Bo musste an die zugige Wohnung in Holloway denken, mit den faulenden Fensterrahmen aus Holz und dem feuchten Fleck an der Flurdecke. Die Dänen, dachte sie bewundernd, wussten definitiv, wie man sein Zuhause gegen die Elemente schützte.

Als wenige Minuten später Kirstens Antwort eintraf – *Super! Kann's kaum erwarten, nachzukommen. Simon kenne ich nicht. Klingt aber, als hätte er dein wahres Wesen erkannt ;-)* –, war Bo schon fest eingeschlafen.

Kapitel 12

Die Regentropfen sprangen immer noch ausgelassen vom Fensterbrett, als Bo am nächsten Morgen aus einem erholsamen Schlaf erwachte. Schwungvoll hob sie die Beine über die Bettkante, rieb sich übers Gesicht und ging zum Fenster hinüber. Es war schon neun Uhr, aber die Dämmerung schien sich weiterhin über den Himmel zu ziehen, grau und halbherzig und von so viel Dunkelheit begleitet, dass die Straßenlaternen brannten. In einiger Entfernung, zwischen den roten Ziegeldächern der Nachbarhäuser, konnte Bo eben so ein dreieckiges Stück vom blaugrauen Meer erkennen, das kaum vom stahlgrauen Himmel zu unterscheiden war.

Sie zog ihren Morgenmantel über, band ihr Haar zu einem losen Pferdeschwanz zusammen und ging dann die Treppe hinunter. Simon stand mit einem grauen T-Shirt und einer verwaschenen Schlafanzughose bekleidet an der Küchentheke und schnitt sich eine Scheibe Roggenbrot von dem Rest ab, der von gestern noch übrig war.

»Morgen«, murmelte Bo und verknotete die Kordel ihres Morgenmantels vor dem Bauch.

»Alles okay?«, entgegnete Simon mit einem flüchtigen Nicken. An seinem Hinterkopf stand ein Büschel seines braunen Haars ab, was ihm eine jungenhafte Ausstrahlung verlieh, die irgendwie nicht zu seinem distanzierten Verhalten passte.

»Morgen, Süße, gut geschlafen?«, erkundigte sich Florence. Sie saß mit einer Tasse Kaffee am Esstisch und hatte einen Skizzenblock und einen Kasten Bleistifte vor sich ausgebreitet.

»Wie ein Baby«, erwiderte Bo und goss sich ebenfalls einen Kaffee ein. Auf dem Weg zum Tisch lugte sie Florence über die Schulter und betrachtete die Zeichnung auf deren Block. Es war die Bleistiftskizze einer Muschel, deren aufwendige Spiralform Florence mit viel Liebe zum Detail auf dem Papier festgehalten hatte.

»Wow, das ist ja der Wahnsinn«, murmelte Bo voller Bewunderung.

»Danke schön.« Florence war sichtlich erfreut. »Eigentlich hatte ich gehofft, ich könnte heute ein wenig draußen zeichnen, aber das Wetter hat mir einen Strich durch die Rechnung gemacht.«

Den ganzen Morgen über trommelte der Regen weiter auf das Sommerhaus ein, und schon bald machte sich innerhalb der Gruppe eine gewisse Verdrossenheit breit. Florence bastelte an ihren Zeichnungen herum, während Simon seinen Laptop am anderen Ende des Tisches aufstellte und kurze Zeit später mit zwei Fingern auf seiner Tastatur herumtippte, vollkommen vertieft in seine Arbeit. Um die beiden nicht zu stören, ging Bo durch die Doppeltür ins Wohnzimmer. Dort machte sie Feuer im Ofen, ließ sich in einen der Sessel sinken und fotografierte ihre in Socken steckenden Füße vor den tanzenden orangefarbenen Flammen. Da sie nichts anderes zu tun hatte, postete sie die Bilder anschließend auf Instagram unter den Hashtags #gemütlich und #Dänemark.

Zum Mittag bediente sich jeder an den schrumpfenden Inhalten des Kühlschranks. (Simon hatte das Brot für sein Frühstück verbraucht, also blieb ihnen nichts anderes übrig, als Cracker mit den Resten ihres Wurst- und Käseaufschnitts zu belegen.) Die Atmosphäre war angespannt, was vermutlich normal war, wenn drei Fremde auf unbekanntem, engem Terrain zusammenwohnten. Simon war genauso reserviert und unkommunikativ wie sonst auch, aber selbst Florence wirkte ein wenig niedergeschlagen. Ob ihr das Wetter die Laune verdorben hatte oder Simons mürrische Art, konnte Bo nicht sagen.

Nach dem Mittagessen spähte sie aus dem Fenster. Die Terrasse glänzte vom Regenwasser, und der Himmel war immer noch dunkelgrau, aber zumindest hatte es aufgehört zu regnen. Draußen sah es zwar nicht gerade einladend aus, doch so langsam empfand Bo die Atmosphäre im Sommerhaus als klaustrophobisch. Hinter ihr am Tisch hatte Simon erneut seinen Laptop aufgeklappt und wirkte so, als hätte er vor, auch den Nachmittag mit Tippen und Stirnrunzeln zu verbringen.

»Ich glaube, ich gehe mir mal die Stadt ansehen. Dann kann ich auch ein bisschen was fürs Abendessen einkaufen. Möchte jemand mitkommen?«, fragte Bo, drehte sich zu den anderen um und sah, wie Simon die Kiefermuskeln anspannte.

»Danke, ich muss arbeiten«, sagte er, ohne den Blick vom Bildschirm zu heben.

Florence stieß einen Seufzer aus und schloss den Deckel ihres Bleistiftkastens. »Ja. Ich denke, ich könnte auch einen Ortswechsel vertragen«, verkündete sie und richtete den Blick demonstrativ in Richtung Simon. Der hatte gerade sein unermüdliches Tippen mit zwei Fingern fortgesetzt und bekam gar nicht mit, welche Auswirkungen seine Stimmung auf seine beiden Mitbewohnerinnen hatte. »Im Stadtzentrum gibt es einen kleinen Supermarkt«, berichtete Florence. Sie hielt kurz inne, dann grinste sie. »Und auf dem Rückweg könnten wir am Hafen ein Stück Kuchen essen.«

Bo brauchte zwanzig Minuten, um sich gegen die eisigen Temperaturen zu wappnen, die sie vor der Tür erwarteten. Sie zog so viele Schichten über, wie sie konnte: Thermo-Unterhemd und Leggins, gefolgt von einem Strickpulli und einem aus Fleece oben drüber, Jeans und zwei Paar Socken. Als sie anschließend die Arme in ihren Mantel zwängte, spürte sie, wie die Säume nachgaben, während der Stoff Mühe hatte, die zusätzliche Masse unterzubringen. Zum Abschluss zog Bo noch ihre Mütze so tief über die Ohren, wie es ging, und wickelte sich ihren Schal um Hals und Gesicht, bis nur noch die Augen herausguckten. Beim Blick in den Spiegel befand sie, dass sie aussah wie die Karikatur eines unbeholfenen Bankräubers.

Neidvoll beäugte sie Florence' knielange Daunenjacke, als sie endlich beide abmarschbereit waren. Die Köpfe gesenkt, um sich vor dem beißenden Wind zu schützen, suchten sie sich einen Weg um die Pfützen herum in Richtung Innenstadt. Skagens Einkaufsmeile bestand aus einer gepflasterten Durchfahrtsstraße, gesäumt von hübschen Gebäuden mit gelben und roten Fassaden, die das gesamte Stadtbild prägten. Die malerische, farbenfrohe Szenerie erinnerte an eine Spielzeugstadt, fast so, als wäre der Ort aus Legosteinen erbaut worden. Da jedoch die meisten der Boutiquen, Kunsthandwerksläden und Cafés geschlossen hatten, die Schaufenster verdunkelt und die Türen verriegelt waren, strahlte der Ort zugleich etwas Trauriges, Verlassenes aus.

»Wo sind denn die ganzen Leute?«, fragte Bo, während sie angestrengt versuchte, ihre Kapuze im Wind festzuhalten.

»Viele Geschäfte sind nur im Sommer geöffnet«, erklärte Florence und zupfte sich eine blonde Haarsträhne aus dem Mund, die ihr dorthin geweht war. Konzentriert darauf, nicht auf dem nassen Kopfsteinpflaster auszurutschen, gingen sie weiter, bis Florence ihre behandschuhten Finger hob und auf eine Seitenstraße deutete, in der Bo die hell erleuchtete Fassade eines Supermarkts erkennen konnte, die sich von den dunklen Fenstern der Nachbarläden abhob.

Als sie durch die automatischen Türen traten, schlug ihnen ein warmer Windzug aus der Lüftung entgegen, der Bos Ohren und Nase zum Kribbeln brachte.

Florence, die sich gut in dem Markt auszukennen schien, ging systematisch durch die Reihen und füllte den Einkaufskorb mit allem Lebensnotwendigen, das sie durch die nächsten Tage bringen würde. Bo schlenderte hinter ihr her und genoss es, die Regale voller geheimnisvoller, fremder Produkte zu durchstöbern.

Nach dem Einkauf liefen sie mit ihren Taschen zum Hafen hinunter, auf der Suche nach Kaffee und Kuchen zur Belohnung für ihre Anstrengungen. Sie kamen an einem riesigen Ladekai mit Lagerhallen vorbei, an dem unzählige Fangschiffe ankerten, und setzten ihren Weg bis zum angrenzenden Jachthafen fort, wo einige einsame Fischerboote im Wind hin und her schaukelten und kreischende Möwen über ihnen ihre Kreise zogen. Der gewundene Pier des Jachthafens wurde von niedlichen roten Häusern mit Giebeldächern gesäumt. Bo versuchte, sich den Ort im Sommer vorzustellen, wenn die Segelschiffe und Ausflugsboote am Kai festmachten und Horden von Urlaubern sich vor den Bars und Restaurants drängten. Jetzt, im tiefsten Winter, lagen der Fußweg und die Picknickplätze verlassen da.

Ihr Ziel war das letzte Haus in der Reihe. Neugierig schob Bo die Tür auf, und als sie den Blick durch das volle Café schweifen ließ, stieg ihr das verführerische Aroma von warmem Gebäck und Kaffee in die Nase.

»Worauf hast du Lust?«, fragte Florence sie vor dem Verkaufstresen. Bo starrte auf die köstlich aussehenden Gebäckteilchen, die ordentlich aufgereiht hinter der Glasscheibe lagen, und war für einen kurzen Augenblick wie gelähmt von der reichen Auswahl. Schließlich zeigte sie auf ein mit Zimt bestäubtes Plunderteilchen, das wie ein Schneckenhaus aufgerollt war.

»Eine *Snegl*. Gute Wahl«, sagte Florence und bedeutete der nordisch aussehenden Blondine hinterm Tresen, dass sie gerne zwei hätten.

Mit ihren Teilchen und Kaffeebechern, die sie auf Holztabletts vor sich her balancierten, schlängelten sie sich an den besetzten Tischen vorbei zu einem freien Platz am Fenster.

»Es ist total schön hier«, murmelte Bo, während sie den Reißverschluss ihres Mantels öffnete und die schlichte Eleganz der Einrichtung samt flackernden Kerzen auf den Tischen in sich aufnahm.

»Bisschen gemütlicher als in 'nem Backshop, was?«, kommentierte Florence mit einem Grinsen.

Gespannt biss Bo in ihre *Snegl* und stellte fest, dass dieses Teilchen irgendwie das Kunststück vollbrachte, gleichzeitig wunderbar knusprig und doch weich zu sein. »MmmhohmeinGott, ist das gut«, befand sie mit vollem Mund, bevor sie sich die Zimt-Zucker-Mischung von den Fingerspitzen leckte.

»Die machen hier echt das beste Gebäck«, stimmte Florence zu und trank einen Schluck Kaffee.

Nach dem angespannten Morgen im Sommerhaus war das gemütliche Ambiente des Cafés eine wahre Wohltat. Die Geräuschkulisse aus Stimmengemurmel, klirrendem Besteck und dem Zischen der Kaffeemaschine war wesentlich angenehmer für eine entspannte Unterhaltung als das unregelmäßige Tippen Simons.

Zwischen Kaffee und Kuchen fand Bo heraus, dass

Florence neunundzwanzig war, allein in einer Wohnung in Hove lebte und ihre Zeichnungen und Töpferkunst hauptsächlich auf lokalen Märkten und in einer kleinen Galerie in Brighton verkaufte.

»Nebenher unterrichte ich auch ein wenig, um über die Runden zu kommen. Landschaftsmalerei am Strand und so was.«

»Das klingt idyllisch«, sagte Bo neidvoll und musste an das Leben denken, das sie hinter sich gelassen hatte: das tägliche Pendeln ins Londoner Stadtzentrum und die vielen Stunden, die sie in einem sauerstoffarmen Großraumbüro verbracht hatte.

Als Florence einen weiteren Bissen von ihrem Teilchen nahm, bildete sich eine kleine Falte zwischen ihren Augenbrauen. »Keine Ahnung, ob das wirklich so idyllisch ist«, sagte sie nüchtern, »aber mir macht es Spaß.«

Die Unterhaltung hatte Bos Gedanken erneut auf ihre Arbeitslosigkeit gelenkt, und niedergeschlagen stieß sie einen Seufzer aus.

»Alles klar?«, erkundigte sich Florence, und in ihre blauen Augen trat Besorgnis.

»Alles gut. Wirklich«, versicherte Bo mit Nachdruck und zwang sich zu einem Lächeln. »Mir ist nur wieder eingefallen, dass ich gerade arbeitslos bin. Das ist alles.« Freudlos lachte sie auf.

»Du findest bestimmt bald was Neues, da bin ich mir sicher«, entgegnete Florence aufmunternd. Bo starrte aus dem Fenster auf den winterlich grauen Hafen und beobachtete die Möwen, die über dem unruhigen Meer auf und ab flogen.

»Hmm, vielleicht«, sagte sie dann nachdenklich. »Im Marketing einer IT-Firma zu arbeiten war nur nicht gerade mein Lebenstraum«, fuhr sie fort. »Es ist einfach irgendwie passiert. Und dann hab ich mich nie getraut, den sicheren Job an den Nagel zu hängen.«

Florence nickte verständnisvoll, und einen Moment lang hingen die beiden schweigend ihren Gedanken nach.

»Wusstest du immer schon, dass du als Künstlerin arbeiten willst?«, fragte Bo schließlich.

Gedankenvoll zog Florence die Nase kraus. »Ich schätze, so mit ungefähr sechzehn, ja«, erwiderte sie. »Aber falls es dich irgendwie beruhigt, ich hab auch diverse Scheißjobs gehabt.« Fragend hob Bo eine Augenbraue. »Hm, lass mich mal überlegen ...«, begann Florence und kniff vor lauter Konzentration die Augen zusammen. »Als ich an der Kunsthochschule war, hab ich bei einem ziemlich schmierigen Imbiss in Camberwell in der Küche gejobbt. Jedes Wochenende Schwimmen in Bratfett, yay. Dann hab ich sechs Monate Telefonmarketing für einen Büroartikelversand in Worthing gemacht und versucht, gelangweilten Sekretärinnen Klarsichtfolien und Briefumschläge mit Fenstern anzudrehen.«

Bos Gesichtsausdruck schwankte irgendwo zwischen Belustigung und Mitleid, doch Florence war noch nicht fertig.

»Danach hab ich einen ganzen Sommer lang im Wonder-Woman-Kostüm ein Werbeschild rumgetragen, für das All-you-can-eat-Büfett eines Mexikaners an irgend ’ner Kreuzung auf der A23.«

Bo zog eine Grimasse. »Du bist definitiv eine Frau mit vielen Talenten.«

»Nicht wahr?«, entgegnete Florence voller Sarkasmus. »Und lass mich dir einen kostenlosen Rat geben, Süße: Trag nie ein Cape aus Polyester über einem Bustier und Hot Pants. Das endet nur in Tränen. Du bist ständig elektrisch aufgeladen!«, flüsterte sie theatralisch und machte ein entsetztes Gesicht.

»Ich versuche, mich daran zu erinnern, wenn ich das nächste Mal eins meiner Cosplay-Kostüme auswähle«, versprach Bo kichernd. »Nur Naturfasern.«

Florence nickte ernst. »Aber wenn man ganz ehrlich ist: Man macht halt das, was nötig ist, um zu überleben, stimmt’s?«, sagte sie philosophisch. »Diese ganzen Scheißjobs haben meinen Entschluss, mir meinen Lebensunterhalt als Künstlerin zu verdienen, noch gefestigt. Wenn ich meine Töpferwaren nicht hätte, würde ich wahrscheinlich immer noch an dieser Ampel stehen und mir die Sternenunterhose aus der Arschritze ziehen.«

Belustigt prustete Bo los. »Also, nachdem ich deine Zeichnungen gesehen habe, würde ich sagen: ein Verlust für die A23, aber definitiv ein Gewinn für die Kunstszene.«

»Vielen Dank, vielen Dank«, sagte Florence voller Pathos und presste sich eine Hand aufs Herz.

»Es muss toll sein, wenn man so eine Begabung hat«, überlegte Bo wehmütig und ließ den Blick wieder in

Richtung Meer gleiten. »Etwas, für das man so richtig brennt.«

»Jeder hat irgendeine Begabung, Schatzi«, erwiderte Florence. »Vielleicht ist deine … die PR für eine IT-Firma zu machen.«

Bo lachte, doch dann flüsterte sie entsetzt: »Oh Gott, ich hoffe nicht!« Einen Moment lang schwiegen sie beide, bevor Bo leise fortfuhr, als würde sie gerade etwas Peinliches gestehen: »Weißt du, als Kind hab ich immer davon geträumt, irgendwas mit Essen zu machen.«

»Ach, echt?«, erkundigte sich Florence neugierig. »Was denn genau?«

»Na ja, so was wie das hier wahrscheinlich«, erklärte Bo und hielt den letzten Bissen ihrer Zimt-*Snegl* hoch. »Ich hab schon immer total gern gebacken. Torten für Partys oder Hochzeiten vielleicht. Ich weiß es nicht genau.«

Vor Bos geistigem Auge tauchte eine ungebetene Erinnerung an das erste (und einzige) Mal auf, als sie ihren kulinarischen Berufswunsch ihren Eltern gegenüber angesprochen hatte. Das war an einem lauen Sommerabend während ihres letzten Schuljahrs gewesen, und sie hatten gerade auf der schattigen Terrasse ihres Elternhauses zu Abend gegessen. Bo erwähnte, dass sie eine Ausschreibung für eine Konditorausbildung an einer Fachschule für Gastronomie gesehen habe, die ihr zusagte. Sofort verdunkelte sich das Gesicht ihres Vaters, und er murmelte etwas in der Art von: *Jemand mit deinen Fähigkeiten kann ja wohl was Besseres aus sich machen.* Ihre

Mutter stimmte ihm entschieden zu und erinnerte Bo daran, dass ihr mit ihrer Schulausbildung und Herkunft *die ganze Welt offenstünde*, und außerdem kenne sie, Barbara, sich mit dem Thema aus, da ihre Cousine Jeanette in der Gastronomie gearbeitet habe.

»Das ist keine familienfreundliche Branche. Sehr unmenschliche Arbeitszeiten«, verkündete sie in mahnendem Tonfall. »Du musst abends und an den Wochenenden arbeiten …« Mit einem gequälten Gesichtsausdruck verstummte Bos Mutter, die genau wusste, dass dieses Argument besonders viel Durchschlagskraft haben würde bei einer feierfreudigen Siebzehnjährigen, der die Abende und Wochenenden heilig waren.

Bo spürte, dass sie mit starkem Widerstand würde rechnen müssen, und beschloss deshalb, das Thema Gastronomiefachschule fallen zu lassen. Vielleicht hatten ihre Eltern ja recht, und das war nur eine Phase, die vorübergehen würde – die jugendliche Entsprechung ihres Kindheitstraums, Primaballerina beim Royal Ballet zu werden (der mit acht Jahren grausam zerstört worden war von einer gestrengen Ballettlehrerin, die ihr mitgeteilt hatte, dass sie *niemals auf Spitze würde tanzen können*). Von daher war es wohl besser, auf Sicherheit zu setzen und dem Rat ihrer Eltern und Lehrerin zu folgen: ein gutes Abitur zu machen und anschließend zu studieren.

Niedergeschlagen seufzte Bo und tupfte mit der Daumenspitze die letzten Krümel ihres Plunderteilchens vom Teller. »Manchmal kommt einem halt irgendwie ... das Leben dazwischen«, sagte sie wehmütig. »Nach meinem Uniabschluss hab ich den ersten Job genommen, den man mir angeboten hat. Zufällig war der nun mal im Marketing. Und wo stehe ich jetzt ...?« Sie stockte. »Arbeitslos mit sechsundzwanzig«, beantwortete sie sich die Frage dann schonungslos selbst.

Florence trank ihren Kaffee aus. »Na ja, Süße«, entgegnete sie gut gelaunt. »Du brauchst nur was zu sagen, dann suche ich dir gerne die Nummer vom Mexikaner raus. Die können da immer eine neue Wonder-Woman gebrauchen.«

Lächelnd blickte Bo in ihre Kaffeetasse. »Danke, ich behalte das mal im Hinterkopf.«

Draußen vor dem Fenster waren drohende Regenwolken am Himmel aufgezogen, und die Boote im Hafen schaukelten heftig hin und her.

»Wir sollten uns besser auf den Rückweg machen. Sieht aus, als würde es gleich wieder schiffen«, sagte Florence düster.

»Was hältst du eigentlich von Simon?«, erkundigte sich Bo, während sie ihre Sachen zusammensuchten. Schon die ganze Zeit über hatte sie Florence nach ihrer Meinung über den Mitbewohner befragen wollen, und da sie das Gefühl hatte, dass im Zuge ihrer Unterhaltung so etwas wie ein schwesterliches Verhältnis zwischen ihnen beiden entstanden war, fand sie es nicht mehr unangenehm, diese Frage zu stellen.

»Stummfisch Simon?«, entgegnete Florence mit einem frechen Grinsen und band die Schnüre ihrer Kapuze unterm Kinn fest.

»Der ist schon irgendwie verspannt, oder?«, meinte Bo nachdenklich. »Um nicht zu sagen muffelig. Oder liegt das an mir?«

Florence schüttelte den Kopf. »*Definitiv* nicht!«, bestätigte sie grinsend und verdrehte die Augen.

»Trotzdem würde ich zu gern wissen, was er da schreibt«, gestand Bo und wickelte sich ihren Schal um den Hals. »Bestimmt einen skandinavischen Thriller. Mit griesgrämigen Ermittlern, düsterer Umgebung und skrupellosen Serienkillern.«

»Vielleicht ist es auch die blutige Beschreibung, wie er uns beide umbringt und die Leichen versteckt«, mutmaßte Florence unbekümmert.

»Er zerstückelt uns und verbrennt uns im Ofen«, überlegte Bo mit einem breiten Grinsen.

»Oder er schmeißt uns ins Meer«, schlug Florence vor und starrte sinnierend auf die grauen Wellen in der Ferne.

»Ich glaube, er mag uns nicht besonders, oder was denkst du?«, wollte Bo wissen.

Florence zuckte nur die Schultern. »Soll ich dir mal was sagen, Süße?«, meinte sie dann mit einem verschlagenen Gesichtsausdruck. »In puncto Männer hat mich schon immer die Herausforderung gereizt.«

Verstehend nickte Bo ihr zu und zog den Reißverschluss ihres Mantels hoch. So gewappnet gingen sie auf den Ausgang des Cafés zu und machten sich auf den Rückweg – hinaus in die Dämmerung, die über dem Hafen lag.

Kapitel 13

Als Florence und Bo beim Sommerhaus ankamen, saß Simon noch immer am Esstisch und tippte – beleuchtet vom blauen Lichtschein seines Computerbildschirms – vor sich hin. Beim Geräusch der sich öffnenden Haustür blickte er abrupt um die Ecke, so als ärgerte er sich über die Störung.

»Hi«, grüßte Florence und knipste die Lampen an. »Wie läuft das Schreiben?«

Überrascht von der plötzlichen Helligkeit kniff Simon die Augen zusammen. »Langsam«, antwortete er dann, bevor er sich wieder seinem Bildschirm zuwandte und über die Bartstoppeln an seinem Kinn rieb.

Bo und Florence tauschten einen kameradschaftlichen Blick aus und gingen an ihm vorbei zur Küchentheke.

»Tee irgendjemand?«, erkundigte sich Florence, während Bo die Einkaufstüten auspackte.

»Ja, bitte«, murmelte Bo und verstaute die Zutaten fürs Abendessen im Kühlschrank. Simon hatte anscheinend nichts gehört.

»Simon?«, wiederholte Florence, und in ihrer Stimme schwang jetzt ein provozierender Unterton mit.

»Hmm, sorry, was?«, fragte Simon nuschelnd und riss widerwillig den Blick von seinem Laptop los.

Hart starrte Florence ihn an. »Ich fragte, ob du einen Tee magst.«

»Oh ... okay. Danke«, antwortete er, begleitet von einem märtyrerhaften Seufzen, als wäre es eine schwere Bürde, eine Tasse Tee angeboten zu bekommen.

Schweigend räumte Bo weiter die Einkäufe weg, während Florence Tee kochte und dabei die ganze Zeit die Lippen kräuselte.

»Hier, bitte«, sagte sie einige Minuten später säuerlich, als sie eine Tasse neben Simons Laptop auf dem Tisch abstellte.

Bo schlenderte durch die Doppeltür ins Wohnzimmer, schnappte sich eine der Zeitschriften vom Couchtisch und ließ sich anschließend in einen der ergonomischen Designersessel sinken. Das Magazin hatte eine seichte Mischung aus Promitratsch und Mode anzubieten – eine Kombination, die Bo normalerweise unwiderstehlich fand, doch heute konnte sie sich beim besten Willen nicht auf den Inhalt konzentrieren. Sie war einfach nicht in der Lage, sich für ein Interview mit einem Reality-TV-Sternchen zu begeistern, das sich kürzlich von ihrem fremdgehenden Freund getrennt hatte. Und der Artikel über die *Heißesten Looks für die Firmenfeier* erinnerte sie nur daran, dass sie dieses Jahr zu keiner Weihnachtsfeier gehen würde.

Frustriert warf Bo das Magazin zurück auf den Couchtisch und griff nach ihrem Handy, auf dem sie eine ungelesene Nachricht von Kirsten vorfand.

Versuche, einen Flug zu buchen – keine Plätze mehr! Alle Flüge nach Aalborg wegen Sturm gecancelt!

Bo wandte ihren Blick in Richtung Fenster. Draußen war es dunkel, aber sie konnte den Regen hören, den der Wind ums Haus peitschte.

Oje. Hier ist es tatsächlich etwas stürmisch. Hoffe, du kriegst bald einen Platz. xx

Bo versuchte, gegen die aufkeimende Enttäuschung anzukämpfen, als ihr klar wurde, dass Kirsten nicht so bald würde fliegen können. Sie wollte ihre Freundin endlich bei sich haben, nicht zuletzt deshalb, weil deren Anwesenheit sicherlich dazu beitragen würde, die wachsende Spannung zwischen Florence und Simon aufzulösen.

Um sich irgendwie zu beschäftigen, schrieb Bo eine weitere Nachricht.

Hi Hayley, vermisse euch alle. Was gibt's Neues in der Firma?

Bos Daumen verharrte über dem *Senden*-Icon. Hayley war immer so heiß auf Dramen, dass sie sich die Gelegenheit, ihre ehemalige Kollegin mit dem neuesten Büroklatsch und -tratsch zu versorgen, garantiert nicht entgehen lassen würde. Doch was, wenn es dabei um Ben und Charlotte ging – wollte Bo das wirklich hören? Die erwachsene Vorgehensweise wäre vermutlich, die Nachricht zu löschen und jegliche Gedanken an Ben aus ihrem Kopf zu verbannen. Schließlich war das einer der Gründe, warum sie überhaupt nach Dänemark geflogen war. Allerdings – wie Bo schon diverse Male festgestellt hatte – fiel es ihr nicht gerade leicht, sich erwachsen zu verhalten. Mit einer Mischung aus Furcht und Aufregung gab sie dem Impuls nach und drückte auf »Senden«.

Anschließend öffnete sie ihr Mailprogramm, um nachzusehen, ob sich eine der Personalagenturen gemeldet hatte. Doch in ihrem Posteingang befand sich nichts außer einer Reihe von Werbemails, die sie daran erinnerten, unbedingt deren »zeitlich begrenzte Angebote« zu nutzen. Einmal hatte Bo sich tatsächlich von einem solchen Angebot verführen lassen und sich im örtlichen Beauty Spa für acht Behandlungen in der Bräunungsdusche zum Preis von sechs angemeldet. Damals hatte sie sich eingeredet, ein Schnäppchen gemacht zu haben, war dann jedoch nur ein einziges Mal dort gewesen; die Erfahrung, sich bis auf die Unterhose auszuziehen, um dann zu dröhnender Popmusik in einer mit Neonlicht beleuchteten Kabine zu stehen, war extrem deprimierend, und das von Anfang bis Ende.

Resolut löschte Bo die E-Mails aus ihrem Postfach, ohne sie geöffnet zu haben. Was auch immer man ihr anbot – hier, an diesem abgeschiedenen, regengeplagten Ferienort am Meer, konnte sie das ganz sicher nicht gebrauchen.

Gerade als sie sich bei Facebook einloggen wollte, blinkte eine Nachricht von Hayley auf ihrem Display auf.

Hi Bo, schön, von dir zu hören. Viel passiert, seit du weg bist … Sitzt du?

Beunruhigt zuckte Bo zusammen. Sie konnte die Schadenfreude in Hayleys Worten geradezu heraushören, und plötzlich sah sie sich im Geiste an ihrem alten Schreibtisch sitzen, während Hayley breit grinsend über die blaue Trennwand blickte – bereit, die neuesten Gerüchte zum Besten zu geben.

Tue ich tatsächlich. Was ist los?, fragte Bo zurück.

Angespannt starrte sie auf die knisternden, orange glühenden Holzscheite im Ofen und versuchte gleichzeitig, das nervöse Flattern in ihrem Magen unter Kontrolle zu bringen, bis schließlich ein brausendes Geräusch den Eingang einer weiteren Nachricht auf ihrem Handy verkündete.

Matt ist in Rente gegangen, und Ben hat seinen Job übernommen. Hätte ich nicht gedacht!

»Ich auch nicht«, murmelte Bo vor sich hin.

Wie sich rausstellt, lag ich auch falsch damit, dass sie Charlotte absägen. Der haben sie nämlich Bens Kunden übertragen.

Seufzend scrollte Bo mit dem Daumen die Nachricht durch und fragte sich, ob Hayley einfach nur das wiederholen würde, was sie selbst schon von Ben erfahren hatte. Dann fiel ihr allerdings weiter unten im Text etwas ins Auge, das ihr Herz für einen Moment aus dem Takt brachte.

UND ..., fuhr Hayley fort und demonstrierte – gewandt wie sie war – ihre Begeisterung noch zusätzlich durch Großbuchstaben. *DAS IST TOP SECRET, ALSO HALT DICH FEST: Nicht Ben hat Charlotte in Milton Keynes angegraben, sondern Matt!*

Fassungslos starrte Bo auf ihr Display.

Nicht wahr!, tippte sie ein. *Woher weißt du das?*, fügte sie hinzu. Bevor sie das, was sie da gerade gelesen hatte, wirklich glauben konnte, brauchte sie Beweise. »Mach schon, Hayley«, murmelte sie und beobachtete ungeduldig die drei Punkte, die auf ihrem Handy aufblinkten, während Hayley schrieb.

Dann gab ihr Telefon erneut ein Brausen von sich.

Charlotte hat's mir selbst erzählt! Gestern waren wir zusammen mittagessen, da hat sie's mir gestanden. Die drei wurden kurzfristig nach MK beordert. Der Kunde da hat wohl ziemlich getobt. Abends haben sie sich dann in der Hotelbar volllaufen lassen. Als Ben weg war, um die nächste Runde zu holen, hat Matt Charlotte plötzlich unterm Tisch ans Knie gefasst und versucht, ihr die Zunge in den Hals zu stecken! Ben musste Matt praktisch von ihr runterzerren! Da kann ich nur sagen: #krasspeinlich.

Bo stellte die Füße auf die lederne Sitzfläche des Sessels und umarmte ihre Knie. Ihr Herz raste.

Iiiih! Arme Charlotte, schrieb sie zurück und verspürte einen Hauch von schwesterlichem Mitgefühl für ihre ehemalige Kollegin. Es gab so vieles, was sie Hayley noch gern gefragt hätte, aber sie wollte nicht riskieren, ihr auf irgendeine Weise zu verraten, in welchem Ausmaß sie selbst in dieses ganz spezielle Bürodrama verstrickt war. Davon abgesehen brauchte sie Zeit, um die Neuigkeiten zu verarbeiten. Anstatt zu versuchen, noch mehr Einzelheiten aus Hayley herauszubekommen, beendete sie deshalb ihre Antwort mit einem unverbindlichen: *Muss los. Vermisse euch alle. xx*

Danach legte sie das Handy auf die Sofalehne und starrte ausdruckslos in das flackernde Feuer, während sie irgendwo tief in ihrem Unterbewusstsein das Geräusch von Simons Getippe wahrnahm, das durch die Doppeltür drang. Wieso hatte Ben ihr nicht die Wahrheit über die Ereignisse in Milton Keynes erzählt, als sie ihn damit konfrontiert hatte? Verbot es ihm vielleicht irgendein komischer Ehrenkodex unter Männern, seinen Chef als geilen Bock zu outen? Welche Gründe er auch immer gehabt hatte, Bo war trotzdem sauer auf ihn, weil er sie in dieses Minenfeld der Schuldzuweisungen hatte treten lassen, anstatt ihr gleich die Wahrheit zu sagen. Allerdings änderte das nichts an der Tatsache, dass sie ihn zu Unrecht des Fremdgehens beschuldigt hatte. In diesem Punkt hatte sie tatsächlich einen Fehler gemacht – das ließ sich nicht leugnen.

Langsam stieß Bo den Atem aus, während sie erneut nach ihrem Handy griff und eine Nachricht an Ben eingab, sie wieder löschte und noch mal neu formulierte, bis sie schließlich die richtigen Worte gefunden hatte: *Ich glaube, ich muss mich bei dir entschuldigen.*

An diesem Abend, als sie zu dritt im kreisrunden Lichtschein der Hängelampen Spaghetti mit Fleischbällchen aßen, startete Florence erneut den Versuch, mit Simon ins Gespräch zu kommen.

»Also, Simon, falls du eine zweite Meinung brauchst,

ich lese mir gerne durch, woran auch immer du gerade arbeitest«, bot sie ihm an.

Unbehaglich verzog Simon das Gesicht. »Danke, aber ich glaube, das ist nicht nötig«, entgegnete er. Bo bemerkte die leichte Enttäuschung, die in Florence' Augen aufblitzte. Simon dagegen schien nichts davon mitzubekommen.

»Wohnst du eigentlich in London?«, fragte Florence hartnäckig.

Blinzelnd sah Simon sie an. »Ja. In Streatham«, antwortete er dann, während er mit der Gabel seine Spaghetti aufdrehte. Für einen Moment trat Stille ein, in deren Verlauf es Simon offensichtlich dämmerte, dass es nur höflich wäre, die Gegenfrage zu stellen. »Und du?«

»Hove«, gab Florence zurück. »Ich bin zwar in Sheen aufgewachsen, aber nach dem Kunststudium runter nach Sussex gezogen und seitdem dort geblieben.« Nach einer kurzen Pause fuhr Florence etwas gezwungen beiläufig fort: »Und lebst du allein, Simon? Oder mit jemand ...« Abrupt wurde sie von einem eiskalten Windstoß unterbrochen, der die Hängelampen in Schwingungen versetzte und die Rollos gegen die Fensterscheiben klappern ließ.

Bo warf einen Blick über die Schulter und erspähte einen Mann, der gerade die Haustür hinter sich schloss. Optisch schien er um die dreißig zu sein; er war blond, trug eine Daunenjacke, enge Jeans und eine Brille mit Metallgestell, und er strahlte etwas typisch Dänisches aus.

»Hej, hej«, grüßte er, als er die drei überraschten Gesichter bemerkte, die ihn vom Esstisch aus anstarrten. »Ich bin Emil. Tut mir leid, dass ich euch beim Essen störe«, entschuldigte er sich auf Englisch mit kaum merklichem Akzent.

»Kein Problem, Süßer. Ich bin Florence. Freut mich«, hieß Florence ihn willkommen, bevor sie ihren Stuhl zurückschob und hinüberging, um dem Neuankömmling die Hand zu schütteln. »Du bleibst länger, nehme ich an?«, fragte sie mit einem Blick auf den kleinen Koffer zu seinen Füßen.

»Ja. Ein paar Tage«, entgegnete Emil. »Pernille hat gemeint, das wäre okay. Hat sie … äh … euch gesagt, dass ich komme?«, erkundigte er sich besorgt, während er sich die nassen Stiefel auf der Fußmatte abtrat. Seine höfliche Art und seine Bemühungen, niemanden zu stören, hatten etwas sehr Liebenswertes an sich, dachte Bo im Stillen.

»Mir hat sie's nicht erzählt, aber das macht nichts«, versicherte Florence ihm. »Je mehr Leute, desto spaßiger, oder?«, fügte sie fröhlich und mit einem Seitenblick auf Simon hinzu, dessen Verhalten weit entfernt von spaßig war.

Bo stand auf und ging ebenfalls zur Tür hinüber, während sie gedanklich die Schlafzimmer im oberen Stockwerk durchzählte und sich leicht beunruhigt fragte, ob es genügend waren, um noch einen weiteren Gast unterzubringen. Sie konnte sich schon Simons entsetzte Reaktion vorstellen, wenn Florence ihm eröffnete, dass er und der Neue sich ein Zimmer teilen müssten.

»Hi, ich bin Bo«, grüßte sie und streckte dem Fremden die Hand entgegen.

»Bo – das ist ein dänischer Name, oder?«, erkundigte sich Emil und wandte sich ihr lächelnd zu. Bo kam nicht umhin zu bemerken, dass er ziemlich attraktiv war, auf typisch skandinavische Weise: Das blonde Haar trug er an den Seiten kurz, aber oben länger, und er hatte hellblaue Augen und einen leichten Dreitagebart, der seine Kieferpartie bedeckte. Offenbar hatte sich seine Körpertemperatur noch nicht an die Wärme im Haus angepasst, denn als er Bo die Hand gab, fühlte sich seine Haut ganz kalt an.

»Ich glaube nicht«, erwiderte Bo und bemerkte einen Hauch von Enttäuschung in Emils Augen. »Das ist die Kurzform von Boughay«, erklärte sie, als könnte dies die Tatsache ausgleichen, dass der Name nicht dänischen Ursprungs war.

»Freut mich, Boughay«, sagte Emil und kniff leicht die Augen zusammen, sodass sich in den Winkeln kleine Fältchen bildeten. Scheu lächelte Bo zurück und hob aus einem Reflex heraus die andere Hand, um sich das Haar glattzustreichen.

In dem Bewusstsein, dass Simon herübergekommen war und nun wartend hinter ihr stand, brach sie den Blickkontakt zu Emil wieder ab und trat zur Seite.

»Ich bin Simon«, sagte der schroff und schüttelte Emil kurz, aber energisch die Hand.

»Möchtest du was mitessen, Emil?«, erkundigte sich Florence und war schon auf dem Weg zur Küchentheke. »Wir haben noch Spaghetti, falls du Hunger hast.«

Emil zog den Reißverschluss seiner bauschigen Jacke auf und hängte diese an die überquellende Garderobe. »Danke. Es duftet wirklich gut«, befand er höflich. Nur sein Sprachrhythmus – seine Betonung an eher ungewöhnlichen Satzstellen – verriet, dass Englisch nicht seine Muttersprache war. Bo kehrte an ihren Platz zurück, beobachtete jedoch aus dem Augenwinkel heraus, wie Emil sich herunterbeugte und die Schnürsenkel seiner Stiefel löste. Er war schmal gebaut und hatte lange Gliedmaßen, womit – wie Bo bereits neidvoll festgestellt hatte – anscheinend viele Dänen gesegnet waren.

Nachdem Emil sich seiner äußeren Schichten entledigt hatte, folgte er den anderen zum Esstisch. Als er sich auf den Platz neben Simon setzte, fiel Bo eine kaum merkliche Veränderung in dessen Körpersprache auf; er lehnte sich in seinem Stuhl zurück und faltete die Hände hinter dem Kopf. Diese Pose hatte Bo schon viele Male bei Ben beobachtet, wenn der versuchte, Überlegenheit gegenüber seinen männlichen Kollegen zu demonstrieren. Fühlte Simon sich etwa bedroht durch die Anwesenheit eines männlichen Rivalen?

»Und? Was führt dich nach Skagen, Emil?«, fragte Bo, während sie ihre Spaghetti mit der Gabel aufdrehte. »Besuchst du hier Verwandte?«

»Nein, nicht direkt«, antwortete Emil. »Meine Mutter ist verstorben. Vor zwei Monaten.«

Bo, die gerade die Gabel in Richtung Mund gehoben hatte, erstarrte.

»Oh«, flüsterte sie erschüttert.

»Sie wollte … Ich habe sie hierher zurückgebracht … ähm …«

Bo war wie gelähmt vor lauter Unbehagen, und sie befürchtete schon, Emil würde ihnen gleich eröffnen, dass sich der Sarg seiner Mutter draußen vor der Tür befände. Aus dem Augenwinkel konnte sie Florence an der Küchentheke stehen sehen: Die war gerade dabei gewesen, Fleischbällchen für Emil in eine Schüssel zu füllen, schien jedoch mitten in der Bewegung innegehalten zu haben. Selbst Simon blickte bestürzt drein.

Florence gewann als Erste die Fassung wieder. »Bist du hier, um ihre Asche zu verstreuen?«, fragte sie, während sie sanft die Schüssel Spaghetti vor Emil auf dem Tisch abstellte.

»Ja, genau«, bestätigte der zu jedermanns spürbarer Erleichterung.

Wenn es einen Gesprächskiller gab, stellte Bo fest, dann war es der, zu erfahren, dass dein neuer Hausgast die Asche seiner Mutter im Gepäck hatte. Simon fingerte mit dem Besteck auf seinem leeren Teller herum, während die anderen sich angestrengt auf ihr Essen konzentrierten – froh, eine Entschuldigung zu haben, um nicht reden zu müssen.

»Früher, als ich noch ein Kind war, bin ich mit meiner Familie jeden Sommer nach Skagen gefahren«, erklärte Emil, als spürte er das allgemeine Unbehagen. »Meine Eltern haben dort ein Sommerhaus gemietet, ähnlich wie dieses hier. Kennt ihr Grenen?«, wollte er wissen und ließ den Blick in die Runde schweifen.

Simon und Bo sahen ihn ausdruckslos an, doch

Florence' Miene erhellte sich. »Das ist doch nicht weit von hier, oder?«, fragte sie.

»Ja, genau«, bestätigte Emil. »Ist ziemlich bekannt hier in Dänemark.«

Er beschrieb einen schmalen Streifen Sandstrand, der aus der Nordspitze des Landes herausragte, wo Nord- und Ostsee aufeinanderprallten.

»Die Landschaft da hab ich schon ganz oft gezeichnet«, schob Florence ein. »Die ist echt schön.«

Emil nickte. »Meine Mum wollte, dass dort ihre Asche verstreut wird. Aber ich warte besser, bis es aufgehört hat zu regnen. Mum hat Regen immer gehasst.«

Über den Tisch hinweg fing er Bos Blick auf und lächelte ihr schüchtern zu. Bo erwiderte das Lächeln, während sie sich das Hirn zermarterte nach passenden Worten für diese Situation; irgendetwas, das taktvoll und ermutigend klang und ... erwachsen. Doch ihr fiel nichts ein. Sie kannte niemanden in ihrem Alter, der bereits ein Elternteil verloren hatte, erst recht keinen attraktiven Dänen, dem sie erst vor fünf Minuten begegnet war.

Die anderen waren alle mit dem Essen fertig, und die Unterhaltung schien zum Stillstand gekommen zu sein.

Schließlich stand Emil auf und ging zu seinem Rucksack hinüber, den er gegen die Tür gelehnt hatte. Alle sahen zu, wie er den Reißverschluss öffnete und anfing, in der Tasche herumzukramen. *Oh, bitte*, dachte Bo, *bitte zeig uns nicht die Asche deiner Mutter*. Doch statt einer Urne holte Emil eine Glasflasche heraus, die mit einer leuchtend gelben Flüssigkeit gefüllt war.

»Mag jemand einen Schnaps?«, fragte er.

Am Tisch wurde ein kollektiver, fast hörbarer Seufzer der Erleichterung ausgestoßen.

»Grandioser Vorschlag, Emil. Ich sehe, wir verstehen uns«, rief Florence, stand vom Tisch auf und durchquerte die Küche, um vier Schnapsgläser aus einem der Schränke zu holen, während Bo und Simon die schmutzigen Teller abräumten. Emil entfernte den Stöpsel von der Flasche und stellte diese in die Mitte des Tisches.

»Der ist selbst gemacht, aus Wacholderbeeren …«, setzte er an.

»Emil-Schatzi, du hast mich schon bei ›Schnaps‹ überzeugt«, unterbrach Florence ihn mit todernstem Gesicht und legte ihm eine Hand auf die Schulter, während sie ein Schnapsglas vor ihm abstellte. Bo war sich zwar nicht ganz sicher, aber für einen Moment glaubte sie zu sehen, dass Simon die Geste mit einem angesäuerten Blick quittierte.

Emil füllte die winzigen Schnapsgläser auf. »Skål«, prostete er ihnen herzlich zu und streckte die Hand mit dem Glas aus, um mit ihnen anzustoßen.

»Skål«, wiederholten sie. Vorsichtig setzte Bo das Glas an die Lippen. Der Schnaps roch nach Kiefernnadeln, schmeckte angenehm würzig und süß und glitt warm ihre Kehle hinunter.

»Und was machst du so beruflich, Emil?«, erkundigte sich Florence freundlich, bevor sie ihr Glas zurück auf den Tisch stellte.

»Ich bin Koch. In Kopenhagen.«

»Wieso hast du das denn nicht gleich gesagt?«, schimpfte Florence und verdrehte übertrieben die Augen, womit sie anschaulich die enthemmende Wirkung des Schnapses demonstrierte. »Hätten wir das gewusst, hätten wir dich das Abendessen kochen lassen.«

Demütig hob Emil die Hände zu einer Entschuldigung. »Das mache ich sehr gern. Vielleicht morgen?«

Von ihrem Platz gegenüber bemerkte Bo, wie Simons Blick zwischen Florence und Emil hin und her schoss, und ihr ging der Gedanke durch den Kopf, dass ihr Mitbewohner ein wenig pikiert wirkte, seit Emil im Zentrum von Florence' Aufmerksamkeit stand. Vielleicht war es Simon doch wichtiger, was Florence von ihm hielt, als er sich nach außen hin anmerken ließ.

»Simon schreibt an einem Roman, der in Dänemark spielt«, verkündete Bo hinterhältig, weil sie neugierig war, ob Simon unter dem Einfluss des Schnapses mehr von seiner Arbeit preisgeben würde.

»Ach, echt?« Neugierig blickte Emil seinen neuen Mitbewohner an.

»Oh, der wird dir nichts darüber erzählen. Es ist *geheim*«, erklärte Florence und betonte das letzte Wort mit einem sarkastischen Unterton, bevor sie den Rest ihres Schnapses hinunterkippte. »Bestimmt ist das ein total skandalöser Roman«, zog sie Simon auf. »Voller sexueller Gewalt und Folter.«

Stirnrunzelnd schüttelte Simon den Kopf und schien irgendwo zwischen Verärgerung und Belustigung gefangen zu sein.

»Völlig falsch«, sagte er dann leise, und der Hauch

eines Lächelns umspielte seinen Mund. Bo hatte den Verdacht, dass er die Aufmerksamkeit insgeheim genoss.

»Okay, warum erzählst du uns dann nichts darüber?«, bohrte Florence beharrlich nach. »Es sei denn ...« Sie stieß ein dramatisches Keuchen aus, und ihre Augen weiteten sich. »Es sei denn, du arbeitest gar nicht wirklich an was, sondern tust nur so, als ob. In Wirklichkeit schreibst du die ganze Zeit den gleichen Satz, wie Jack Nicholson in diesem Film ... Wie hieß der noch mal ... Was war das bloß ...?« Verwirrt schnipste Florence mit den Fingern.

»*Shining?*«, schlug Bo vor und sah zu, wie Emil Florence' Glas auffüllte.

»Genau der!«, kreischte Florence. »Er tut so, als würde er ein Buch schreiben, dann dreht er durch und will seine Frau umbringen.«

Gelassen schaute Simon sie über den Tisch hinweg an. »Ich bin *nicht* wie Jack Nicholson in *Shining*. Und ich schreibe wirklich ein Buch.« Dann fixierte er Florence mit einem intensiven Blick. »Aber falls ich beschließen sollte, irgendwen umzubringen«, sagte er geheimnisvoll und hob sein Glas an die Lippen, »bist du die Erste, die es erfährt.«

Finster kniff Florence die Augen zusammen, als hätte sie seine Bemerkung nicht als Kompliment interpretiert, sondern als einen geworfenen Fehdehandschuh.

»Hiermit mache ich es zu meiner Mission«, verkündete sie mit düsterer Stimme, »dafür zu sorgen, dass

Simon nicht seine gesamte Zeit in Skagen mit Arbeit verbringt.« Der verdrehte genervt die Augen und trank seinen Schnaps aus. »Keine Widerrede, Simon. Das ist nur zu deinem Besten. Und ich finde, wir sollten sofort damit loslegen. Wer hat Lust, ein Spiel zu spielen?«, fragte sie in die Runde, und in ihren Augen lag ein freches Funkeln.

»Das ist eine großartige Idee«, sagte Emil begeistert.

Simon wirkte eher skeptisch, als würde er Florence' wahren Absichten misstrauen. »Du willst aber nicht *Flaschendrehen* spielen, oder so was?«, fragte er argwöhnisch.

Bo kicherte, doch Florence warf Simon nur einen unschuldigen Blick zu. »Natürlich nicht. Wir sind doch keine vierzehn mehr. Und bevor du fragst, ich will auch nicht *Wahrheit oder Pflicht* spielen.« Damit stemmte sie sich am Tisch hoch und ging leicht schwankend zum Schrank unter der Treppe.

»Keine Sorge, ich finde schon was *intellektuell Förderliches* und *pädagogisch Wertvolles* für uns, Simon. Ich weiß doch, du hältst nichts von *Spaß*.« Simon hatte zwar die Kiefermuskeln angespannt, aber in seinen Augen glaubte Bo, Belustigung zu erkennen.

Mit Schwung öffnete Florence die Tür des Schranks und fing an, geräuschvoll darin herumzukramen. »Das hier ist wie eine Schatzkammer voller Spiele für draußen!«, rief sie aus dem Innern. Dann flogen ein Drachen, ein Kricketset und eine Dose mit Federbällen hinter der Tür hervor und landeten scheppernd auf den Holzdielen. »Kann man echt gut gebrauchen um diese

Jahreszeit … bei strömendem Regen!«, beschwerte sie sich. Weitere schabende Geräusche und ein gedämpftes Krachen drangen aus dem Schrank, als irgendetwas umfiel. »Mist!«, hörte man Florence schimpfen.

»Aha!«, rief sie schließlich. »Das hier ist genau das Richtige.« Auf den Knien rutschte sie aus dem Schrank heraus, einen rechteckigen Karton unterm Arm. »Das perfekte Spiel, wenn man in einem Haus eingesperrt ist, zusammen mit einem Schriftsteller, der möglicherweise ein Psychopath ist«, verkündete sie und kam schwankend auf die Füße. »Scrabble!«

Innerlich stöhnte Bo auf. Ihrer Erfahrung nach ging Scrabble oft über Stunden, wohingegen ihre Begeisterung schon wesentlich früher nachließ. Außerdem mangelte es ihr sowohl an den geistigen Fähigkeiten als auch an der Geduld dafür, sich Worte zu überlegen, die viele Punkte einbrachten.

Während Florence das Spielbrett in der Tischmitte ausbreitete, stöpselte Bo ihr iPod an die Lautsprecher auf der Küchentheke an, in der Hoffnung, die Tortur mit ein bisschen Hintergrundmusik erträglicher zu machen.

Als sie an ihren Platz zurückkehrte, reichte Emil ihr das grüne Stoffsäckchen mit den Buchstabenplättchen weiter. Bo zog sieben und stellte sie auf ihr schmales Plastikbänkchen. Dann runzelte sie die Stirn. Dies war die dänische Ausgabe des Spiels, und sie hatte ein H, ein L und eine unnütze Auswahl verschiedener Vokale mit seltsamen Akzenten gezogen, einschließlich dreier Varianten des Buchstabens A.

Missmutig sah sie zu, wie die anderen die erste Runde von Wörtern legten, und hoffte, dass ihr beim Warten irgendeine Inspiration kommen würde. Vergeblich. Als sie schließlich an der Reihe war, legte sie zögernd das Wort *æro* aufs Brett.

»Ich glaube, das macht sieben Punkte«, murmelte sie enttäuscht. Simon dagegen wirkte irgendwie unruhig. Nachdenklich beugte er sich vor und tippte sich dabei mit der Spitze seines Zeigefingers gegen die Lippen. Bo, die seine krause Stirn bemerkt hatte, wappnete sich innerlich gegen seinen Einspruch.

»*Aero?*«, fragte Simon dann auch mit einem kleinlichen Unterton.

Bo nickte. »Ich dachte«, sie deutete auf den Buchstaben *æ*, »das würde als *a* und *e*, also doppelt zählen, da es kein englischer Buchstabe ist.«

Zustimmend lächelte Emil ihr zu. »Das klingt fair«, befand er.

Doch Simon gab ein Knurren von sich. »Darum geht's mir gar nicht. *Aero* ist kein Wort.« Verständnislos blickten die anderen ihn an.

»Das ist wohl ein Wort«, protestierte Bo und bemühte sich, dabei nicht trotzig zu klingen.

Widersprechend schüttelte Simon den Kopf. »Man benutzt es nur bei der Bildung von Komposita. *Aero*nauten. *Aero*mechanik. Es kann nicht allein stehen.«

»Kann es doch, Simon«, mischte Florence sich ein, und in ihren Augen lag ein herausforderndes Feuer. »Es ist ein Substantiv. *Aero* ist doch eine Schokolade, oder nicht?«

Bos Gesicht hellte sich auf. »Guter Einwand«, sagte sie triumphierend, aber Simon kräuselte immer noch die Lippen.

»Bei Scrabble dürfen keine Markennamen gelegt werden«, stellte er ruhig fest, woraufhin Bo die Schultern sinken ließ.

»Ich finde, wir sollten abstimmen«, schlug Florence breit grinsend vor. »Alle, die denken, dass *Aero* ein Wort ist, heben die Hand.« Sofort schoss ihr Arm in die Höhe, und Bo sah gerührt zu, wie Emil ebenfalls die rechte Hand hob. Unwillkürlich lächelte sie ihn an, und er hielt ihren Blick eine Sekunde länger als nötig. Während sie spürte, wie Hitze ihren Hals hinaufkroch, streckte auch sie ihre Hand nach oben. »Da siehst du's«, verkündete Florence resolut. »Sorry, Simon, aber du bist überstimmt. *Aero* ist ein Wort.«

Unterlegen erkannte Simon das Abstimmungsergebnis an und notierte Bos bescheidene Punktzahl auf dem Spielblock.

»Brauchst gar nicht so zu gucken, als hättest du in eine Zitrone gebissen. Du führst immer noch«, zog Florence ihn auf. Als Simon an der Reihe war, starrte er unentschlossen auf seine Plastikplättchen und verzog gequält das Gesicht. »Jetzt mach endlich«, fuhr Florence ihn an. »Es geht nur um ein Wort, nicht um einen verdammten Roman. So schwer kann das ja wohl nicht sein.«

Schließlich lehnte Simon sich vor und legte *Zygote* auf ein Feld mit dreifachem Wortwert. Stöhnend verdrehte Florence die Augen, während Simon seine

Punkte zusammenrechnete. »Ich glaube, wenn man den doppelten Buchstabenwert beim Z dazu addiert, ergibt das … achtundvierzig Punkte.« Bo ließ sich nach vorn sinken, stemmte die Ellbogen auf den Tisch und stützte das Kinn in die Hände. Das würde ein langer Abend werden.

Im Hintergrund wurden die Sugababes von Atomic Kitten abgelöst.

»Bo, hast du auch noch was anderes auf deinem iPod als Girlbands aus den Zweitausendern?«, fragte Simon in gespieltem Ernst, während er seine Buchstabenbank auffüllte.

Getroffen blickte Bo auf. »Was hast du gegen Atomic Kitten?«, entgegnete sie beleidigt, aber sie merkte, dass Florence ein Lachen zu unterdrücken versuchte und Emil konzentriert auf das Spielbrett starrte, während er diplomatisch schwieg. Bo sah zu Florence hinüber und warf ihr einen verletzten Blick zu.

»Sorry, Schatzi«, sagte Florence ehrlich bedauernd. »Es ist nur … Hast du seit 2004 mal irgendwas zu deiner Playlist hinzufügt?«

»Stell dir vor, das hab ich«, gab Bo trotzig zurück. »Da ist auch was von Taylor Swift drauf.« Aus Simons Richtung ertönte ein spöttisches Grunzen. »Mit der Musik bin ich groß geworden. Tut mir leid, wenn sie dir nicht *hip* genug ist«, sagte sie gereizt.

Für ihre musikalischen Vorlieben hatte Bo schon öfter den Spott ihrer Freunde geerntet, weil sie hartnäckig am Mainstream-Pop festhielt. Als Ben einmal die Playlist auf ihrem iPod durchgegangen war, hatte er ihr lachend den musikalischen Geschmack einer Neunjährigen bescheinigt. Selbst während ihrer Teenagerzeit hatte Bo nie das Bedürfnis verspürt, sich die ausgefalleneren, alternativen Bands anzuhören, auf die alle cooleren Mädels standen. Was sie betraf, reichte es, wenn ein Lied eine eingängige Melodie und einen Rhythmus hatte, zu dem sie tanzen konnte. Und daran war doch wohl nichts auszusetzen.

Das Spiel zog sich in die Länge. Simons Sieg war nie in Gefahr, aber im Laufe des Abends wurde er weniger verbissen und kleinlich, was vielleicht auch auf den Schnaps zurückzuführen war. Als Florence mit einem kaum verhohlenen Grinsen das Word *Psycho* legte, notierte er ihre Punkte, ohne das Thema Komposita anzusprechen.

Während Bo an diesem Abend die Treppe zu ihrem Schlafzimmer hochging, fiel ihr auf, dass sie zum ersten Mal seit ihrer Ankunft in Skagen richtig entspannt war. Sie war sich zwar nicht sicher, ob das an der Gegenwart von Emil lag, an der Wirkung des Schnapses auf die allgemeine Stimmung oder vielleicht sogar am Scrabble – auf jeden Fall hatte sie den ganzen Abend lang nicht ein Mal an Ben, Charlotte oder ihre Entlassung gedacht. Leise schloss sie die Zimmertür hinter sich und knipste die Schreibtischlampe an, bevor sie zur Fensternische hinübertapste und ihr Handy aus der Handtasche holte.

Ihre gute Laune verflog sofort, als sie eine Nachricht von Ben entdeckte: *Entschuldigen wofür?*

Kapitel 14

Hey, Blu-ray.« Bens pixeliges Gesicht erschien über Skype auf Bos Handydisplay. Er lag auf dem Sofa in seiner Wohnung und hatte immer noch seine Bürokleidung an.

»Hi. Wie geht's dir?«, meinte Bo, rollte sich in der gemütlichen Fensternische zusammen und stopfte sich ein Kissen hinter den Kopf.

»Bin total geschlaucht«, antwortete Ben und verbarg ein Gähnen hinter seinem Handrücken. Man sah es ihm auch an: Um seine Augen zeichneten sich graue Schatten ab, sein Teint war blass und das wellige Haar durcheinander und ungekämmt. Im Hintergrund konnte Bo das blecherne Murmeln seines Fernsehers hören, und hinter dem Sofa auf dem Esstisch entdeckte sie die Reste seines Abendessens: eine zerknüllte braune Papiertüte, mit Soße bespritzte Aluminiumbehälter und einen schmutzigen Teller.

»Wie läuft es im neuen Job?«, erkundigte sich Bo pflichtschuldig. Ben zog die Stirn kraus und trank einen großen Schluck aus einer Bierflasche. Bo sah, wie sein Adamsapfel sich hob und senkte, während er schluckte; auf seinem Hals waren kleine Schnittwunden vom Rasieren und ein übler Ausschlag zu sehen.

»Stressig«, erwiderte Ben und wischte sich mit der Handkante über den Mund. »Als Account-Director bist du für jeden Scheiß in der Abteilung zuständig.« Er klang bitter. »Im Wesentlichen bin ich der Prügelknabe für sämtliche Kunden, die irgendein Hühnchen mit uns zu rupfen haben.«

Dicht vor seinem Fenster ertönte das wütende Hupen eines Autos, sodass Bo erschrocken zusammenzuckte; Ben dagegen schien es gar nicht zu bemerken. Im Vergleich zu der natürlichen Ruhe in Skagen wirkte die Geräuschkulisse der Stadt schrill und disharmonisch.

»Oje. Ich bin mir sicher, das beruhigt sich bald. Du machst den Job ja erst seit zwei Tagen«, tröstete Bo ihn höflich.

Ben reagierte mit einem spöttischen Lachen. »Na, da bin ich ja mal gespannt.« Er nahm noch einen Schluck von seinem Bier und blickte Bo dann direkt durch die Kameralinse an. »Ich hab deine Nachricht gelesen«, begann er wachsam. »Wofür musst du dich entschuldigen?«

Geräuschvoll zog Bo die Luft durch die Nase ein. »Für das, was ich über Charlotte gesagt habe«, erklärte sie dann ausdruckslos. »Wegen Milton Keynes. Hayley hat das offensichtlich missverstanden, und als ich das Foto auf Facebook gesehen habe, bin ich einfach davon ausgegangen …«

Auf ihrem Display verzog Ben das Gesicht. »Mhm … Ich hab ja versucht, dir zu sagen, dass da nichts passiert ist, falls du dich erinnerst. Und außerdem waren wir auf dem Foto alle besoffen. Gerade du müsstest eigentlich verstehen, dass man manchmal blöde Sachen macht, wenn man was getrunken hat.« Er lallte ein wenig, und Bo fragte sich, wie viel Bier er bereits intus hatte.

»Ich weiß. Es tut mir leid«, gab sie reumütig zurück. »Ich hab einfach die falschen Schlüsse gezogen. Ich …«

»Vergiss es«, unterbrach Ben sie und rieb sich über die Augen. »Ist nicht tragisch.«

»Doch, das ist es. Ich habe dir vorgeworfen, dass du mich betrogen hast. Bist du denn gar nicht sauer auf mich?« In der Ecke ihres Displays konnte sie das daumengroße Abbild ihres verblüfften Gesichts sehen. Offenbar hatte sie die Lippen unbewusst zu einem Schmollmund verzogen.

»Um ehrlich zu sein, Blu-ray, hab ich derzeit schon genug Scheiß bei der Arbeit, der mich aufregt.« Freudlos lächelte er ihr zu. »Und ich hab echt nicht die Energie, mich jetzt auch noch über dich aufzuregen.« Bo war sich nicht sicher, was sie von dieser Bemerkung halten sollte, deswegen schwieg sie.

»Wie ist es denn so in Dänemark?«, wechselte Ben abrupt das Thema und setzte erneut die Bierflasche an die Lippen.

Bo blickte durch die vom Regen gesprenkelte Fensterscheibe neben sich in die schwarze Nacht hinaus. »Kalt, dunkel und nass«, antwortete sie dann ehrlich. »Aber irgendwie auch erfrischend.«

»Klingt … skandinavisch«, gab Ben leicht benommen

zurück. »Und? Hast du seit deiner Ankunft schon irgendwas Spannendes erlebt?«

Bo überlegte einen Moment. »Äh … nicht viel. Heute Nachmittag bin ich zum Jachthafen spaziert und hab mir dort in einem Café was Süßes gegönnt. Und abends haben wir Scrabble gespielt.«

»Du und Kirsten, ihr wisst echt, wie man sich amüsiert«, zog Ben sie auf, aber es klang eher liebevoll als boshaft.

»Ach so, Kirsten ist noch gar nicht hier«, erzählte Bo schnell. »Ihr Opa hatte am Samstag einen Schlaganfall. Sie kommt nach, sobald das Wetter besser ist.«

»Oh …« Fragend hob Ben eine Augenbraue. »Und mit wem hast du dann Scrabble gespielt?«

Bo zögerte. »Eine Bekannte von Kirstens Mum wohnt auch hier. Sie heißt Florence«, erklärte sie dann in lockerem, beiläufigem Tonfall.

»Aha.« Über Bens Augen legte sich ein glasiger Schimmer, und erneut riss er den Mund auf, um ausgiebig zu gähnen. Ein Weilchen unterhielten sie sich noch. Bo stellte unverfängliche Fragen zu Bens neuer Stelle, was allerdings nur dazu führte, dass er ein weiteres Mal seinen Jobfrust bei ihr abließ. Geduldig hörte Bo ihm zu, spürte jedoch auch, wie sich ein enges Band um ihre Brust legte und ihr Magen sich zusammenzog, als würde sie Bens Stress körperlich aufsaugen. »Das sind doch alles Vollidioten«, beendete er seine Schimpftirade schließlich voller Verachtung und schüttelte seine leere Flasche, bevor er sie in einen Papierkorb neben dem Sofa warf.

»Das tut mir leid«, murmelte Bo.

Lächelnd wischte Ben sich das Haar aus der Stirn. »Es ist aber schön, dich zu sehen, Blu-ray«, sagte er dann. »Ohne dich ist es im Büro einfach nicht mehr dasselbe.«

Als Bo kurze Zeit später in ihrem Bett lag, eingehüllt in die undurchdringliche Dunkelheit, spielte sie in ihrem Kopf noch einmal die Unterhaltung durch. Das Gespräch war nicht annähernd so gelaufen, wie sie es erwartet hatte. Sie hatte mit sarkastischen und gehässigen Bemerkungen gerechnet, weil sie dem Bürotratsch geglaubt und daraus falsche Schlüsse gezogen hatte. Stattdessen hatte Ben ihr gesagt, er habe keine Lust, sauer auf sie zu sein. Sie wusste, eigentlich sollte sie froh darüber sein, aber tatsächlich kam sie sich irgendwie veralbert vor.

Sie nahm einen tiefen Atemzug und sog den Kieferndu ft ihrer Bettdecke ein, bevor sie langsam die Luft ausstieß und versuchte, die gereizte Stimmung loszuwerden, die sie von Ben übernommen hatte. Sein salopper Kommentar darüber, wie sie ihre Zeit in Dänemark verbrachte, hatte ihr einen Stich versetzt, sie allerdings auch nicht überrascht. An einem Ort wie Skagen würde Ben vor lauter Langeweile durchdrehen, ohne den ganzen Trubel der Großstadt mit ihren Restaurants, Bars, Partys und lockeren Flirts. Wie käme er wohl damit klar, hier im Sommerhaus eingesperrt zu sein und als einzige Abwechslung ein Scrabble-Spiel zu haben? Bo konnte sich seine Reaktion so richtig ausmalen:

»Verdammt, ist das langweilig«, würde er vor sich hin grummeln, auf und ab tigern und durchs Fenster in den Regen hinausstarren. Dann würde er irgendeinen Witz darüber machen, dass dies der Grund sei, warum es in Skandinavien so viele Serienmörder gebe, weil man, wenn man jemanden umbringe, wenigstens was zu tun habe. Bei dieser Vorstellung musste Bo lächeln.

Schon bald begannen ihre Gedanken abzuschweifen, und sie wusste, es würde nicht mehr lange dauern, bis sie einschlief und Ruhe vor ihren verwirrenden Gefühlen hatte, zumindest eine Zeit lang. Der letzte Gedanke, der ihr bewusst durch den Kopf ging, war die Frage, warum sie Ben nichts von Simon und Emil erzählt hatte. Was steckte hinter ihrer Verschwiegenheit?, überlegte sie schlaftrunken. Immerhin hatte sie doch nichts zu verbergen. Bevor sie sich allerdings eine Antwort darauf überlegen konnte, zerstreuten sich ihre Gedanken, und sie sank ins Reich des Vergessens.

Als Bo am nächsten Morgen nach unten tappte, hatten sich die anderen bereits um den Esstisch versammelt. Simon arbeitete an seinem Laptop, Florence spitzte Bleistifte, und Emil trank Kaffee, während er eine Zeitung durchblätterte. Bei ihrem Eintreten blickte er auf.

»Guten Morgen, Boughay«, begrüßte er sie lächelnd. Irgendetwas an der Tatsache, dass er sie mit ihrem vollen Namen ansprach, machte Bo unerklärlicherweise verlegen. Gleichzeitig fand sie es angenehm höflich und altmodisch und – wie sie zugeben musste – wesentlich schöner, als Blu-ray genannt zu werden.

»Morgen«, murmelte sie in Emils ungefähre Richtung, ohne ihm in die Augen zu sehen. Seit dem Gespräch mit Ben letzte Nacht war sie sogar noch zerstreuter und unruhiger als vorher, und sie hatte den leisen Verdacht, dass die Anwesenheit von Emil zusätzlich zu ihrer Verwirrung beitrug.

Nachdenklich machte sie sich einen Kaffee und setzte sich dann auf den leeren Platz gegenüber von Emil. Simons gequält konzentrierter Gesichtsausdruck vermittelte den anderen das Gefühl, nicht reden zu dürfen, und da Bo irgendetwas zu tun brauchte, checkte sie ihre E-Mails auf dem Handy. Ein leichtes Flattern machte sich in ihrer Magengegend bemerkbar, als sie sah, dass sie eine Nachricht von einer Personalagentur bekommen hatte, die sie über eine potenzielle Jobmöglichkeit informierte. Bei genauerer Betrachtung stellte sich allerdings heraus, dass es sich um eine niedere Position im Marketing einer Firma in Staines handelte, wo man ihr ein wesentlich geringeres Gehalt anbot als das, was sie bei Aspect verdient hatte. Deshalb schickte sie eine höfliche Absage an die Agentur. Anschließend legte sie das Handy mit einem Seufzer der Enttäuschung zurück auf den Tisch.

Im Laufe des Morgens wurde das Wetter immer schlechter, der Regen verwandelte sich in Graupel und zwischendurch sogar in Schnee. Simons Getippe und das gelegentliche sanfte Klackern, wenn Florence einen gespitzten Bleistift in ihren Blechkasten warf, waren die einzigen Geräusche im Zimmer.

»Zieht dich dieses dänische Wetter eigentlich nicht

manchmal runter, Emil?«, fragte Florence, als sie sich alle gemeinsam an die Zubereitung des Mittagessens machten.

Emil sah hinaus in den Regen, der am Fenster vorbeiwehte. »Hier in Dänemark haben wir ein Sprichwort: Es gibt kein schlechtes Wetter, nur schlechte Kleidung.«

»Das kann ich bezeugen«, jammerte Bo und dachte an ihren kläglich versagenden Wollmantel, der seit ihrem letzten Streifzug durchs dänische Wetter immer noch feucht war. In dem Bemühen, der Düsternis etwas entgegenzusetzen, lehnte sie sich über den Tisch und zündete eine Reihe von Teelichtern an.

»Aber selbst mit der richtigen Kleidung kann man bei dem Wetter nicht sonderlich viel machen«, bemerkte Simon, der an der Arbeitsplatte stand und Brot in Scheiben schnitt.

Emil nickte. »Ja, das stimmt. Deshalb haben wir ja auch *Hygge.*« Von ihren verschiedenen Plätzen aus blickten die anderen ihn mit verständnislosen Mienen an.

»Hü ... was?«, wiederholte Florence. Emil schrieb etwas auf einen Post-it-Block und hielt diesen hoch, sodass die anderen lesen konnten, was er notiert hatte: HYGGE.

»Higge?«, las Florence mit zusammengekniffenen Augen vor.

»Man spricht es Hügge aus«, erklärte Emil. »Das ist die Bezeichnung für das, was wir Dänen im Winter machen. Wir verbringen die Zeit zu Hause und machen es uns mit der Familie und Freunden gemütlich. Und wir meiden das Wetter«, fügte er scherzend hinzu und presste das Post-it leicht gegen die Kühlschranktür.

»Genau das mache ich, seit ich hier bin – offensichtlich bin ich ziemlich gut in Hygge«, witzelte Bo und schüttelte ihr brennendes Streichholz, um die Flamme zu löschen.

»Vielleicht bist du doch halb dänisch«, sagte Emil anerkennend, und Bo spürte, wie sie unwillkürlich errötete.

»Also mit anderen Worten«, stellte Simon klar und setzte den herablassenden Ausdruck auf, den Bo insgeheim als sein Scrabble-Gesicht bezeichnete. »Wenn man schon wochenlang im Haus eingesperrt ist, kann man es sich genauso gut gemütlich machen.«

»Richtig«, entgegnete Emil fröhlich.

»Na dann mal los, Emil«, forderte Florence ihn auf, stellte einen Teller mit Wurstaufschnitt auf den Tisch und setzte sich. »Was sollen wir machen, während wir auf besseres Wetter warten? Wie verschaffen wir uns ein bisschen Hygge?«

Nachdenklich zog Emil die Nase kraus und blickte sich im Raum um. »Wir haben eine perfekte hyggelige Umgebung«, befand er dann. »Ein gemütliches Haus, Feuer im Ofen, Kerzenschein …«

»Also geht es im Wesentlichen bei Hygge nur um die Einrichtung«, sagte Simon mit einem hinterhältigen Grinsen. Da war es wieder, sein Scrabble-Gesicht.

»Ich glaube, du hast den Sinn des Ganzen nicht verstanden, Simon«, bemerkte Florence, schickte ein missbilligendes »Ts« hinterher und warf ihm einen strengen Blick zu.

»Nicht nur um die Einrichtung«, antwortete Emil geduldig. »Bei *Hygge* geht es um Wohlbefinden, um ein Gemeinschaftsgefühl; dass man genießt, was man tut, und gern mit den Menschen zusammen ist, mit denen man es tut.« Bo blickte zu Simon und rechnete halb mit einer scherzhaften Bemerkung darüber, dass Hygge für ihn nicht infrage käme, wenn er dafür die Gesellschaft der anderen genießen müsste. Doch falls ihm dieser Gedanke tatsächlich durch den Kopf ging, äußerte er ihn zumindest nicht laut.

Emil, der offenbar die allgemeine Skepsis spürte, fuhr fort: »Gestern Abend haben wir alle gemeinsam ein Spiel gespielt. Das war sehr hyggelig. Heute könnten wir zusammen was kochen.«

»Kochen? Zusammen?«, wiederholte Simon mit einem skeptischen Unterton. »Wir alle?«

»Warum nicht?«, wollte Emil wissen. »Wenn wir hyggelig sein wollen, müssen wir das zusammen machen. Bei Hygge geht es um die gemeinsame Erfahrung, nicht um das Endergebnis.«

»Ich finde die Idee großartig«, verkündete Florence entschlossen. »Das klingt nach Spaß. Und außerdem«, fügte sie mit einem verschlagenen Grinsen in Richtung Simon hinzu, »kann dein blutrünstiger skandinavischer Thriller auch noch ein paar Stunden warten.« Simon warf ihr einen finsteren Blick zu, ließ die Bemerkung jedoch unkommentiert.

»Was sollen wir denn kochen, Emil?«, erkundigte

sich Bo und verspürte fast so etwas wie kindliche Vorfreude bei dem Gedanken, eine Beschäftigung für den Nachmittag zu haben.

Emil überlegte einen Moment. »Um hyggelig zu sein, sollte es etwas Einfaches sein, das eine Weile braucht. Bei Hygge darf man nicht hetzen. Wie wäre es mit geschmortem Schweinebraten und dazu vielleicht Sellerie-Kartoffel-Püree?«

»Klingt gut«, sagte Bo voller Enthusiasmus.

»Finde ich auch«, pflichtete Florence ihr bei. »Die letzten Tage hab ich mich fast nur von Roggenbrot mit Käse ernährt. Was hältst du von geschmortem Schweinebraten, Simon?«

Der kultivierte gerade das bockige Gehabe eines Teenagers, den man gegen seinen Willen zu irgendeiner Familienunternehmung mitschleifen wollte. Missmutig kaute er auf einem Stück seines Butterbrotes herum und zuckte die Schultern, um anzudeuten, dass er keine Meinung zu geschmortem Schweinebraten hatte.

»Bevor wir mit dem Kochen anfangen, müssen wir aber noch die Zutaten einkaufen«, sagte Emil. In einer synchronen Bewegung wandten sich alle zum Fenster um und guckten in den Regen hinaus, der mit neuer Energie gegen die Scheiben trommelte.

»Ich finde, wir sollten alle gehen. Das wäre doch das Gerechteste, oder?«, schlug Bo schließlich vor. Emil nickte. Simon dagegen brütete weiter düster vor sich hin.

»Los, komm schon, Simon«, sagte Florence hartnäckig, pustete die Teelichter aus und stand vom Tisch auf. »Seit du hier bist, hast du noch nicht ein einziges Mal das Haus verlassen. Du brauchst frische Luft. Es dauert ja nicht lange, und außerdem macht es Spaß«, erklärte sie gut gelaunt.

Da die anderen sich bereits auf der Fußmatte versammelten und auf ihn warteten, blieb Simon nichts anderes übrig, als sein Butterbrot aufzuessen und der Aufforderung Folge zu leisten.

Der Spaziergang zum großen Supermarkt am Stadtrand erwies sich als eine eiskalte, windige Angelegenheit, während der sie abwechselnd von Regen, Graupel und sogar einem kurzen Schneeschauer heimgesucht wurden. Auch im Supermarkt behielt Simon seine saure Miene bei und lief drei Schritte hinter ihnen her, um seinen Groll darüber zu demonstrieren, dass sie ihn gezwungen hatten, für *so was hier* seine Schreibzeit zu opfern. Doch Emil fand die Zutaten für sein Gericht schnell, sie bezahlten an der Kasse, und innerhalb einer Stunde kamen sie schon wieder beim Haus an, beladen mit Einkaufstüten.

»Siehst du, war doch gar nicht so schlimm, oder, Simon?«, zog Florence ihn auf, während sie sich die nassen Stiefel auf der Fußmatte abtrat. Bos Wollhandschuhe waren vollkommen durchnässt, und ihr Büromantel – wie sie beim Ausziehen leicht panisch feststellte – nahm langsam einen muffigen Geruch an.

In der Küche war Emil bereits dabei, sich eine Schürze umzubinden und hinter dem Rücken zu verknoten, bevor er den anderen eine kurze Einweisung gab. »Auf dänische Art zu kochen bedeutet, dass wir uns die Aufgaben teilen. Hier geht es darum, zusammenzuarbeiten.« Er stellte die Tüte mit dem Gemüse auf den Tisch.

»Ja, Chef«, witzelte Florence, während sie die Besteckschublade durchwühlte.

»Nein, eben nicht Chef«, korrigierte Emil sie.

Sofort setzte Florence ein reumütiges Gesicht auf. »Ich will damit nur sagen, dass du der einzige Chefkoch hier bist. Und damit bist du quasi der Chef, ob's dir nun gefällt oder nicht. Womit ich die Bedeutung meines Postens als Chef-Schälerin keineswegs kleinreden will«, fügte sie hinzu, holte den Sparschäler aus der Schublade und stieß diese anschließend mit der Hüfte zu.

Florence und Simon setzten sich einander gegenüber an den Esstisch, um Gemüse zu schälen und klein zu schneiden, während Emil die Schweinebäckchen anbriet. Da Bo aus einem spontanen Entschluss heraus noch Zutaten für Schokoladenmuffins in den Einkaufswagen gepackt hatte, stand sie nun an der Arbeitsfläche und verrührte Eier mit Zucker in einer großen Schüssel.

»Was meinst du, Emil?«, fragte Florence und hielt einen geschälten Sellerie zu seiner Begutachtung hoch. »Würdest du mir einen Job in deinem Restaurant geben?«

Emil lächelte. »Na ja, zuerst mal ist es nicht *mein* Restaurant«, stellte er klar. »Ich bin nur Souschef. Aber ich finde, deine Schälfähigkeiten sind … beeindruckend.« Auf Florence' Gesicht breitete sich ein Strahlen aus.

»Macht ihr solche Gerichte auch im Restaurant?«, erkundigte sich Bo und hob den Schneebesen hoch, um die Konsistenz der schaumigen Eimischung zu prüfen.

Emil schüttelte den Kopf. »Nein, im Restaurant bieten wir neue nordische Küche an.«

Fragend runzelte Simon die Stirn. »Neue nordische Küche?«, wiederholte er, einen Hauch von Skepsis in den Augen. »Ist das nicht bloß ein neumodischer Begriff dafür, dass ihr in Wirklichkeit so komische Sachen wie lebende Ameisen oder Moos anbietet?«

Ein geduldiges Lächeln überzog Emils Gesicht; anscheinend hörte er diese Frage nicht zum ersten Mal. »Wir haben noch nie lebende Ameisen angeboten, aber unser Konzept ist es, natürliche und saisonale Zutaten auf innovative Art zu verarbeiten. Und ja, manchmal gibt es auch Moos in unseren Gerichten.«

Simon wirkte nicht überzeugt, doch Florence antwortete an seiner Stelle: »Also, ich finde, das klingt fantastisch, Schatzi. Und egal, was du kochst, ich würde es essen, selbst Ameisen auf einem Bett aus Moos.«

»Wolltest du schon immer Koch werden?«, fragte Bo ihn. Sie hatte gerade Kakao und geschmolzene Butter unter die Mischung gerührt und sah nun zu, wie die Farbe des Teigs sich in ein glänzendes Braun verwandelte.

»Ich hab schon immer gern gekocht«, antwortete Emil. »Aber am meisten Spaß macht es mir, wenn ich für Freunde koche.«

»Hygge-Kochen meinst du?«, meldete sich Florence zu Wort und wirkte sehr zufrieden mit sich.

»Ganz genau. In einer Restaurantküche herrscht eine klare Befehlshierarchie – selbst in Dänemark«, erklärte Emil lächelnd. »Man arbeitet zwar an seinem Gericht, aber man weiß nicht, wer es isst … Für mich liegt der Spaß in dem Prozess, zu kochen und sich dabei zu unterhalten und anschließend gemeinsam zu essen.«

Nachdenklich hörte Bo ihm zu, während sie behutsam einen zerbröselten Daim-Riegel unter den Teig hob. »Ich glaube, ich verstehe, was du meinst, Emil«, sagte sie. »Mir geht es genauso beim Backen. Ich will die Gesichter der Leute sehen, wenn sie das, was ich gebacken habe, probieren. Was hat das Ganze sonst für einen Sinn?«

Unwillkürlich fiel ihr der Brownie ein, den sie Ben ins Büro mitgebracht hatte – an dem Tag, an dem sie unerwartet entlassen worden war. Am Ende hatte sie den Brownie in den Papierkorb unter ihrem Schreibtisch geschmissen, weil sie ihm irgendwie die Schuld für alles gegeben hatte, was an diesem Tag schiefgelaufen war. Heute, wurde ihr soeben bewusst, backte sie zum ersten Mal seit dieser Sache wieder. Einige Momente lang hing sie ihren Gedanken nach, und als sie aufblickte, bemerkte sie, dass Emil sie intensiv anschaute.

»Ja, genau das meine ich«, sagte er leise.

Bo gab die Mischung in Muffinförmchen und schob diese anschließend in den Ofen. Während sie Wasser für den Abwasch in die Spüle einließ, sah sie Emil aus dem Augenwinkel dabei zu, wie er eine Flasche Bier über dem Fleisch und Gemüse ausleerte, sodass es in der heißen Pfanne zischte und spritzte. Gegen ihren

Willen ertappte sich Bo dabei, dass sie Emil mit Ben verglich. Und je länger sie darüber nachdachte, desto gegensätzlicher kamen ihr die beiden vor. Das lag nicht allein daran, dass Emil gerne kochte, während Ben stolz darauf war, schon Schwierigkeiten mit dem Kochen eines Eies zu haben. Nein, es ging um etwas viel Grundlegenderes. Emil wirkte um einiges gelassener, als müsste er sich nichts mehr beweisen; bei Ben dagegen schwelte immer ein gewisses Konkurrenzdenken unter der Oberfläche – das Gefühl, dass er sich ewig mit den Menschen in seiner Umgebung verglich und seinen Erfolg an dem der anderen maß. Bo fiel auf, wie angespannt sie jedes Mal deswegen war, wenn sie sich trafen, weil er ihr damit das Gefühl vermittelte, ständig beweisen zu müssen, dass sie seiner würdig war. Erst jetzt, mit dem Abstand zwischen ihnen, erkannte sie, wie anstrengend das gewesen war.

Während die Schweinebäckchen vor sich hin schmorten, machte Simon Tee, und jeder suchte sich einen der noch ofenwarmen Muffins aus, die sie mit ins Wohnzimmer nahmen. Bo ließ sich in den Sessel am Ofen sinken, schob die Füße unter ihren Po und probierte ihre eigene Kreation. Der Muffin war angenehm weich und fluffig, und die knusprigen Karamellstückchen aus dem Daim-Riegel machten Lust auf mehr.

»Oh, mein Gott, Bo, der war echt genial«, befand Florence, die ihr leeres Muffin-Papierförmchen zerknüllte und die Krümel von ihren Lippen wischte. Sie saß neben Simon auf dem Sofa und blickte nun zu ihm, um seine Zustimmung einzufordern.

Er nickte. »Wirklich gut, Bo«, verkündete er mit vollem Mund.

Eine Weile lang herrschte Stille im Raum, abgesehen von dem prasselnden Regen draußen, den knackenden Holzscheiten im Ofen und dem gelegentlichen Schlürfgeräusch, wenn sie an ihrem Tee nippten. Durch die Doppeltüren wehte der Duft von geschmorten Schweinebäckchen aus der Küche herüber.

»Weißt du was, Emil, ich finde, dieses Hygge-Prinzip hat echt was«, sagte Bo irgendwann und kuschelte sich gemütlich in die gepolsterten Kurven ihres Sessels.

»Ach, ja?«, entgegnete er, und im schummrigen Licht konnte Bo die Spiegelung des flackernden Feuers in seinen Brillengläsern sehen.

»Mhm. Ich meine, das Wetter ist zwar immer noch beschissen, und seitdem ich hier bin, hab ich nichts anderes gemacht, als vor dem Feuer rumzulümmeln. Und zu schlafen. Und zu essen. Aber ich muss zugeben, das hat echt was Wohliges, Entspannendes.«

Bo starrte in die Flammen, und plötzlich überkam sie eine bleierne Müdigkeit. Sie hatte das Gefühl, als forderten die tägliche Pendelei und das hektische Leben in London, das sie seit fünf Jahren führte, mit einem Mal ihren Tribut. Sie wurde von einem überwältigenden Bedürfnis erfüllt, ruhiger zu werden und … innezuhalten. Aber wenn sie es sich tatsächlich erlaubte, innezuhalten, dachte sie im Stillen, würde sie dann je wieder damit aufhören wollen?

Auf der anderen Seite des Zimmers lag Simon ausgestreckt auf dem Sofa. Neben ihm hatte Florence die

Schuhe ausgezogen und sich auf die Seite gedreht, die nackten Füße aufs Lederpolster gestellt und die Knie an die Brust gezogen. Mit einem leichten Stirnrunzeln ließ sie den Blick durch den Raum wandern. »Jetzt schaut uns mal an, Leute. Wie im Seniorenheim«, witzelte sie.

»Das ist Hygge, Florence«, erklärte Simon schläfrig und ohne den Kopf von dem Kissen zu heben, das er sich in den Nacken gestopft hatte. »Die dänische Lebensart. Versuch gar nicht erst, dagegen anzukämpfen. Andere Länder … Du weißt schon.«

Erneut zog Florence die Stirn kraus und sah auf ihre Uhr. »Soll ich euch mal was sagen, wir haben noch Zeit für ein Spiel, bis das Fleisch fertig ist. Wer hat Lust?« Hoffnungsvoll blickte sie von einem zum anderen.

Bo stieß ein langes, tiefes Stöhnen aus. »Kein Scrabble mehr, bitte«, jammerte sie.

»Na schön. Dann schaue ich mal, was ich sonst noch so im Schrank finde«, verkündete Florence, sprang vom Sofa auf und ging durch die Doppeltüren. Die anderen hörten es knarzen, als sie die Tür des Schranks unter der Treppe öffnete.

»Hier gibt's Monopoly«, rief sie. Innerlich stöhnte Bo erneut auf. Ihrer Erfahrung nach war Monopoly noch schlimmer als Scrabble, weil die Zeit, die das Spiel dauerte, dessen Spaßfaktor um Stunden übertraf. »Cluedo? Das könnte dir gefallen, Simon. Vielleicht kriegst du dadurch neue Ideen für deinen skandinavischen Thriller.« Kopfschüttelnd verdrehte Simon die Augen.

Florence spähte durch die Tür. »Ees warr Herre

Johansson, in demm Billiarrdzimmerr mit die Bleirrohrr.«

Bo kicherte. »Sollte das etwa ein dänischer Akzent sein, Florence?«, fragte sie. »Es klang nämlich eher Italienisch. Mit einem Hauch Afrikaans.«

Fremdschämend vergrub Simon das Gesicht in den Händen. »Kann sie bitte jemand zum Schweigen bringen?«, flehte er.

Florence tauchte wieder in den Schrank ab. »Das einzige andere Spiel hier drin«, rief sie wenig begeistert, »ist irgendwas, das sich Daldøs nennt. Mit komischen rechteckigen Würfeln und irgend so ’nem Ding, das aussieht wie ein Spielzeugboot mit Löchern.«

»Du machst uns richtig Bock drauf«, sagte Simon scherzhaft.

Emil lachte. »Ja, ich kenne Daldøs. Das hab ich ständig mit meinem Bruder gespielt. Leider geht das nur zu zweit.«

»Na, Gott sei Dank«, sagte Florence sofort und schob die Teile zurück in die Pappschachtel. »Hm, in diesem Fall bleibt uns leider keine andere Wahl.« Mit einem Knall schloss sie die Schranktür, und die anderen sahen zu, wie sie zielstrebig am Wohnzimmer vorbei in die Küche marschierte. Einen Moment später kam sie zurück, ein Bündel Bleistifte und den Post-it-Block schwenkend.

»Dann müssen wir wohl das Post-it-Spiel spielen.« Strahlend wedelte sie ihnen mit dem orangefarbenen Block vor der Nase herum. Simon schüttelte erneut den Kopf und verdrehte die Augen.

»Also, ich hab Lust drauf«, sagte Bo und richtete sich in ihrem Sessel auf. Das war eher ein Spiel nach ihrem Geschmack: etwas Albernes, Spaßiges, das keine überragende Intelligenz erforderte und bei dem man nicht stundenlang warten musste, bis die Mitspieler endlich ihren Zug machten.

Florence teilte die Stifte und Haftzettel aus, und hinter vorgehaltener Hand schrieb jeder von ihnen einen Namen darauf – so wie Schulkinder, die während eines Tests wachsam die eigenen Antworten vor den Augen der Klassenkameraden schützten.

Schließlich drehte Florence sich zu Simon um. »Nicht gucken!«, warnte sie, während sie ihm den Zettel an die Stirn klebte. *Jack Nicholson in Shining* stand in ihrer krakeligen Handschrift darauf. Bo kniete sich auf ihren Sessel und beugte sich zu Emil hinüber, der zum Glück die Brille abgenommen hatte, damit sie das Post-it an seinem Kopf befestigen konnte.

»Jetzt bist du dran«, sagte Emil, und Bo hielt sich das Haar aus der Stirn. Durch das Papier konnte sie die Wärme seiner Fingerspitzen spüren, und als sie die Augen wieder öffnete, sah sie, dass er sie anlächelte. Jegliche Intimität, die in diesem Moment vielleicht hätte zwischen ihnen entstehen können, wurde allerdings durch die leichte Situationskomik zerstört, dass auf Emils Stirn der Name *Caitlyn Jenner* prangte. Kichernd wandte Bo sich Florence zu, über deren Nasenwurzel nun *Miss Marple* zu lesen war.

»Alle bereit?«, fragte Florence und klatschte in die Hände. »Ich fange an.«

»Oh, jetzt hör aber mal auf, Simon. Du bist so ein schlechter Verlierer«, schimpfte Florence. Sie saßen am Tisch, aßen die Schweinebäckchen mit Püree und tranken Wein dazu. Bo hatte noch mehr Teelichter in einer Küchenschublade gefunden und sie in einer Reihe aufgestellt, sodass sie eine Lichtsäule aus tanzenden Flammen auf die Tischmitte warfen.

»Ich bin überhaupt kein schlechter Verlierer«, wehrte sich Simon säuerlich. »Ich weise lediglich darauf hin, dass die Regeln des Post-it-Spiels ...« Florence öffnete den Mund, um zu protestieren, doch Simon redete einfach weiter: »... und ja, es *gibt* Regeln.« Mit großem Gehabe schloss Florence den Mund und verschränkte die Arme vor der Brust – ihr Hinweis, dass sie ihm großzügig erlaubte, weiterzusprechen.

»Die Regeln besagen«, fuhr Simon dann auch in pedantischer Manier und mit eindeutigem Scrabble-Gesicht fort, »dass man entweder eine Figur aus Film und Fernsehen aussuchen darf oder ...«, er legte eine bedeutsame Pause ein, »... eine real existierende Person.« Herausfordernd blickte Florence ihn an. »*Jack Nicholson in Shining* kombiniert beides, Schauspieler und Figur, deshalb ist das technisch gesehen gegen die Regeln.«

»Mein Gott, Simon, vergiss doch mal deine verfluchten Regeln«, entgegnete Florence gereizt. »Mir ist einfach nicht mehr eingefallen, wie er in dem Film hieß. Und am Ende bist du doch draufgekommen, oder nicht? Okay, ich gebe zu: Du hast dreimal so viele Fragen dafür gebraucht wie alle anderen.« Verzweifelt schüttelte

Simon den Kopf. »Außerdem«, fügte Florence unbeeindruckt hinzu, »lenkst du mit deiner Mitleidstour nur von der rechtmäßigen Gewinnerin ab. Nicht wahr, Taylor Swift?« Florence hob ihr Glas, um Bo zuzuprosten, die huldvoll nickte.

Anschließend widmeten sie sich wieder dem Essen und wischten die Soßenreste mit Roggenbrotstückchen vom Teller auf. Während der eintretenden Gesprächspause bemerkte Bo, dass der Regen, der seit dem Morgen unaufhörlich gegen die Scheiben geprasselt hatte, nicht mehr zu hören war. Nachdenklich blickte sie von ihrem Teller auf und starrte abwesend vor sich hin.

»Was ist los, Schnucki?«, fragte Florence und trank einen Schluck Wein.

»Ich glaube, es hat aufgehört zu regnen«, erwiderte Bo. Sie stand auf und ging zum Fenster hinüber, wo sie das Rollo ein wenig zur Seite schob. »Seht euch das an«, rief sie so aufgeregt wie ein kleines Mädchen, das auf den Weihnachtsmann wartete. »Ein klarer Himmel!« Am tiefschwarzen, mit Sternen übersäten Himmelszelt hing ein silbern leuchtender, runder Mond. Begeistert blickte Bo über die Schulter zu den anderen. »Wenn es morgen auch so klar ist, kriegen wir vielleicht sogar ein bisschen Sonne zu sehen.«

Später, als sie den Abwasch erledigten, wandte Bo sich zu Emil um. »Und? Wie hyggelig war es heute auf einer Skala von eins bis zehn?«

»Definitiv eine Zehn«, erwiderte Emil.

Und dem konnte Bo nur zustimmen.

Kapitel 15

Unsicher balancierte Bo das Tablett mit den Muffins auf den Fingerspitzen ihrer linken Hand. Mit der rechten hielt sie ihr Handy umklammert. Sie erwartete einen wichtigen Anruf, und während sie vor der Fußgängerampel stand, blickte sie ständig auf ihr Display. Als endlich das grüne Männchen aufblinkte, setzte sie sich in Bewegung, bis sie plötzlich losrannte. Ihr war nämlich bewusst geworden, dass sie zu spät zum Meeting kommen würde. Hastig schlängelte sie sich zwischen den mürrisch dreinblickenden Pendlern auf der Oxford Street hindurch und steuerte auf das Bürogebäude von Aspect zu, während sie gleichzeitig die Muffins daran zu hindern versuchte, vom Tablett auf den Bürgersteig zu fallen. Im Büro angekommen, hetzte sie in den Besprechungsraum, wo Ben und Emil am Tisch saßen und Scrabble spielten.

»Oh, hi, Blu-ray«, begrüßte Ben sie. »Du kommst zu spät.«

»Shit«, murmelte Bo und fuhr abrupt aus dem Schlaf hoch – das verstörende Bild von Ben und Emil beim gemeinsamen Scrabble-Spiel immer noch vor Augen.

Erschöpft ließ sie sich ins Kopfkissen zurückfallen und wartete, bis sich ihr rasender Herzschlag wieder beruhigt hatte. Sie brauchte einige Momente, um zu begreifen, dass an den Seiten ihres Rollos die Sonne schräg in ihr Zimmer hineinschien. Leicht benommen stieg Bo aus dem Bett und ging taumelnd zum Fenster, um das Rollo hochzuziehen.

»Wow«, stieß sie hervor, während sie durch die Scheibe spähte. Ein strahlend blauer Himmel füllte die Lücken zwischen den Dächern, und in der Ferne funkelte das Meer.

Unten im Erdgeschoss ergoss sich der Sonnenschein durchs Fenster auf den Esstisch, wo die anderen bereits frühstückten. Rasch kamen sie auf ihre Pläne für den Tag zu sprechen.

»Wart ihr schon mal bei der Råbjerg Mile?«, wollte Emil wissen. Seine Frage wurde mit fragenden Gesichtern beantwortet. »Man nennt sie auch die dänische Wüste«, erläuterte er. »Das ist eine Wanderdüne im Inland. Glaubt mir, die wollt ihr sehen.« Zustimmendes Gemurmel erhob sich.

»Falls wir Zeit haben, würde ich auch gerne ans Meer«, sagte Bo.

»Das sollten wir eigentlich beides schaffen. Hat Pernille immer noch Fahrräder hier?«, erkundigte sich Emil.

»Ich denke schon«, meinte Florence, kramte in einer der Küchenschubladen und holte einen Schlüsselbund heraus. Dann zog sie ihre Stiefel an, schnappte sich ihre Jacke und ging nach draußen auf die Terrasse, wo sie den Schuppen aufschloss.

»Ich glaube, ich werfe da auch mal einen Blick drauf«, verkündete Simon entschlossen und stand vom Tisch auf, um Florence zu folgen. »Ich verstehe ein bisschen was von Fahrrädern.«

Mit einem Knall fiel die Terrassentür hinter Simon ins Schloss, und plötzlich fand sich Bo allein mit Emil wieder.

»Magst du auch einen Tee?«, fragte sie und starrte verlegen auf den Wasserkocher. Es war zwar vollkommen irrational, aber sie hatte Angst, Emil könnte ihr am Gesicht ablesen, dass sie heute Nacht von ihm geträumt hatte.

»Danke, sehr gerne«, antwortete er, und in den Winkeln seiner blauen Augen bildeten sich kleine Lachfältchen.

Bo kochte zwei Tassen Tee und brachte Emil eine davon an den Tisch. Als er ihr die Tasse abnahm, berührten sich ihre Hände, und Bo wandte sich schnell ab, um die Röte zu verbergen, die ihr in die Wangen stieg. *Mein Gott, Bo, reiß dich mal zusammen*, mahnte sie sich im Stillen und verfluchte innerlich den Traum, der offensichtlich bewirkte, dass sie sich wie ein schüchternes Schulmädchen aufführte. Um sich weitere Peinlichkeiten zu ersparen, ging sie zum Fenster hinüber. Auf der Terrasse hatte sich Simon über eins der umgedrehten Fahrräder gebeugt und fummelte an dessen Kette herum. Florence stand mit verschränkten Armen und ungeduldigem Gesicht daneben.

»So langsam kommen mir die beiden wie ein altes Ehepaar vor«, sagte Bo trocken. Emil stand von seinem

Stuhl auf und gesellte sich zu ihr, um ebenfalls aus dem Fenster zu sehen. Dabei stellte er sich so dicht hinter Bo, dass sie fast seinen Atem in ihrem Nacken spüren konnte. Simon überprüfte soeben den Luftdruck der Reifen, bevor er das Rad wieder richtig herum hinstellte und methodisch zum nächsten überging. Mit einem genervten Kopfschütteln drehte Florence sich um und stampfte auf das Haus zu.

Wenig später schwang die Hintertür auf, und ihre Mitbewohnerin kam herein, zitternd und mit geröteten Wangen. »Simon überprüft die Räder auf ihre *Straßentauglichkeit*«, erzählte sie grummelnd.

Nachdem Simon sich davon überzeugt hatte, dass die Fahrräder sämtlichen Anforderungen genügten, zogen sie ihre Jacken und Stiefel an und packten etwas zu essen in einen Rucksack. Als Bo ihre Wollhandschuhe aus der Manteltasche zog, wurde ihr abrupt klar, dass sie vergessen hatte, sie nach dem Spaziergang Richtung Supermarkt zum Trocknen aufzuhängen, woraufhin sie zu einem muffigen Knäuel zusammengewachsen waren.

»Iiih«, rief sie angeekelt, als sie die Handschuhe auseinanderzog und den leicht nach Schaf riechenden Gestank der feuchten Wolle einatmete.

»Warte mal«, forderte Emil sie auf. Im nächsten Moment sprang er die Treppe hoch, und Bo konnte seine Schritte durch die Decke hören, während er den Flur entlang in sein Zimmer hastete. Wenig später war er bereits wieder unten. »Wenn du magst, kannst du dir die hier ausleihen. Das ist mein Ersatzpaar«, erklärte er und reichte ihr ein Paar wasserdichter Thermohandschuhe.

Anschließend schoben sie die Fahrräder den Gartenweg hinunter bis zum Eingang, wo sie aufsaßen und dann im Konvoi ihre Fahrt durch das ruhige Wohngebiet in Richtung Hauptstraße begannen. Bo war nicht mehr Rad gefahren, seit sie in London wohnte. Durch die abgasverseuchten Straßen der Hauptstadt zu radeln und schutzlos den ungeduldigen Taxifahrern und Diesel schleudernden Bussen ausgeliefert zu sein, hatte sie noch nie gereizt. Die flachen, leeren Straßen von Nordjütland dagegen schienen wie fürs Fahrradfahren gemacht zu sein, und während Bo mit klopfendem Herzen hinter Emil her strampelte, überkam sie eine nahezu kindliche Aufregung.

Anderthalb Kilometer außerhalb der Stadt erhob sich eine ungefähr zwölf Meter hohe Wand aus weißem Sand dramatisch aus dem flachen, grasbedeckten Buschland. Emil fuhr an den Straßenrand und stieg ab.

»Das ist Råbjerg«, verkündete er mit einem Hauch patriotischen Stolzes.

»Krasser Scheiß«, kommentierte Florence und lehnte ihr Rad gegen eine Bank. »Wieso ist mir das nie aufgefallen?«

»Ihr müsst euch unbedingt den Ausblick von oben anschauen«, drängte Emil seine Mitbewohner.

Sie ließen die Räder an der Bank stehen und begannen, die Düne hinaufzuklettern. Da der feine weiße Sand unter ihren Füßen nachgab, hielten sie sich wie Kindergartenkinder an den Händen, um den steilen

Hang nicht wieder hinunterzurutschen. Bo bildete den Schluss der Kette und umklammerte Emils behandschuhte Finger, während sie Mühe hatte, hinterherzukommen, und der Sand ihr in die Stiefel sickerte.

Als sie den Kamm der Düne erreichten, zwang ein plötzlicher Windstoß Bo dazu, die Augen zuzukneifen, um sie vor dem Sand zu schützen, der durch die Luft wirbelte, sich auf ihre Lippen legte und wie eine Staubschicht ihre Haut überzog. Doch sie drehte dem Wind den Rücken zu und öffnete dann vorsichtig die Lider. Sie und die anderen befanden sich auf dem höchsten Punkt im Umkreis mehrerer Kilometer. Ein Stück entfernt konnte man die roten Dächer von Skagen sehen, die Lagerhallen und Fangschiffe im Hafen und das glänzende blaugraue Meer dahinter. Durch das grasige Buschland schlängelten sich mehrere kleine Flüsse hin zum Meer, und entlang der Küstenlinie zählte Bo fünf Leuchttürme. Simon holte seine Kamera aus der Jackentasche und fing an, den Ausblick zu fotografieren.

»Das ist der Wahnsinn!«, rief Florence. »Als ob jemand an der falschen Stelle einen Strand abgeworfen hätte.«

»Genau das ist auch passiert«, entgegnete Emil lachend. »Die Düne wird seit Hunderten von Jahren von der Küste in Richtung Inland geweht und wandert immer noch.« Er deutete auf ein Gebilde aus weißem Stein mit stufenförmigem Giebeldach, das sich in einiger Entfernung auf einem Stück Buschland befand. »Seht ihr das da?«, fragte er, woraufhin sich alle umdrehten und seinem Blick folgten. »Das ist *den Tilsandede Kirke*, die versandete Kirche. Man hat sie aufgegeben, nachdem sie vom Sand begraben wurde. Jetzt ist nur noch die Turmspitze übrig.«

Sie wanderten so lange über den Kamm der Düne, bis ihre Stiefel voller Sand waren und es fast unmöglich wurde, weiterzugehen. Dann machten sie sich halb rennend, halb rutschend auf den Rückweg den Hang hinab bis zur grasbewachsenen Böschung neben der Straße. Es war so, als würde man in einer riesigen Sandgrube spielen, und Bo überkam das kindische Bedürfnis, zu kreischen und sich den Hügel hinunterrollen zu lassen. Zurück auf festem Boden schüttelten sie sich den Sand aus den Klamotten und Haaren, zogen die Stiefel aus und kippten sie um, sodass weißer Sand auf den Boden floss.

»Was denkst du, Simon?«, fragte Florence und stupste ihn mit der Schulter an, während sie auf der Bank saßen und ihre Butterbrote aßen. »Eine wandernde Wüste. Eine versandete Kirche. Das ist doch der perfekte Ort für einen Thriller, findest du nicht?«

Simon warf ihr einen vernichtenden Blick zu. »Super Idee. Schreib doch einen«, entgegnete er trocken. Bo lachte und wischte sich mit dem Ärmel über den Mund, um die salzige Sandschicht zu entfernen, die erneut ihre Lippen bedeckte.

»Ich hab gesehen, wie viele Fotos du gemacht hast«, stichelte Florence weiter. »Jetzt erzähl mir nicht, dass du dir da in deinem Grübelhirn nicht gerade irgendwas zusammenfantasierst.«

Stumm trank Simon einen Schluck aus seiner

Wasserflasche, gestattete sich jedoch ein kaum merkliches Lächeln. »Das ist nur zur Recherche, mehr nicht«, sagte er schließlich.

Nachdem sie gegessen hatten, stiegen sie erneut auf ihre Räder und fuhren zurück in Richtung Skagen, radelten jedoch um die Stadt herum und schlugen den Weg zur Ålbæk-Bucht ein. Als sie dort ankamen, war die Sonne schon fast im Begriff unterzugehen, und abgesehen von einigen Leuten, die ihre Hunde Gassi führten, lag der Strand verlassen da. Simon öffnete seinen Rucksack und holte den Drachen heraus, der im Schrank unter der Treppe verstaut gewesen war.

»Du hast den Drachen mitgenommen?«, fragte Florence erstaunt.

»Yep«, antwortete Simon lässig. »Neidisch?«

»Nein«, sagte sie. »Nur überrascht. Ich hätte gedacht, Drachensteigen wäre ein bisschen zu … viel Spaß für dich.«

»Ich hab nichts gegen Spaß«, rief er zurück, während er auf sehr methodische Weise die Schnüre vom Plastikgriff befreite: Behutsam legte er den Drachen auf den Sand und rollte dann im Gehen die Leinen ab. »Vielleicht hast du Glück, und ich lasse dich auch mal ran«, sagte er und wandte sich grinsend zu Florence um. Mit einem Ruck am Griff zog er die Leinen stramm, sodass der Drachen flatternd zum Leben erwachte und hoch in den Himmel schoss. Strahlend lief Simon über den Strand davon, während sein neues Spielzeug über ihm an den Schnüren riss und zerrte.

»Pass auf, ich komme vielleicht drauf zurück«, rief

Florence ihm hinterher, bevor sie leiser und in einem leicht lasziven Tonfall hinzufügte: »Und wenn ich damit fertig bin, nehme ich mir vielleicht auch den Drachen vor.«

Bo kicherte. Nichtsahnend rannte Simon in vollem Tempo weiter den Strand entlang und zog dabei an den Leinen des Drachens, um ihn in einen Sinkflug zu schicken.

Die anderen sahen ihm eine Weile zu, bis Florence schließlich seufzte. »Okay, ich muss mich an die Arbeit machen«, verkündete sie. »Sonst ist das Licht weg.« Sie löste die Gurte, mit denen sie ihren Klapphocker auf dem Gepäckträger ihres Fahrrads befestigt hatte, und schnappte sich den Rucksack mit ihren Zeichenutensilien. »Ich gehe da rüber«, sagte sie und deutete auf einen geschützten Platz weiter entfernt im Windschatten eines grasigen Dünenhangs. »Bis später, Leute.«

Eine eiskalte Windböe vom Meer ließ Bo frösteln, und sie schlang schützend die Arme um ihren Oberkörper.

»Sollen wir ein Stück spazieren gehen?«, fragte Emil.

Während sie über den nassen Sand wanderten, warf die untergehende Sonne lange Schatten neben sie. Die Verlegenheit, die Bo schon an diesem Morgen verspürt hatte, kehrte zurück, begleitet von dem unangenehmen Gefühl, sich wie ein unbeholfenes Schulmädchen bei der ersten Verabredung vorzukommen. Im Laufe des Spaziergangs warf sie Emil immer wieder Seitenblicke zu und fragte sich, ob er sich genauso unbehaglich fühlte oder nur seinen Gedanken nachhing.

»Warst du als Kind auch hier an diesem Strand?«, erkundigte sich Bo irgendwann.

Emil nickte. »Jedes Jahr. Im Sommer ist hier wesentlich mehr los.«

»Ja, das kann ich mir vorstellen«, entgegnete Bo lächelnd.

Sie gingen weiter, Seite an Seite, ließen jedoch eine Anstandslücke zwischen sich. Simon war am Ufer stehen geblieben und hatte die Arme abgespreizt, um die Spannung in den Drachenleinen zu halten. Selbst aus der Entfernung konnte Bo den angestrengt konzentrierten Ausdruck auf seinem Gesicht erkennen, während er nach oben blickte. Dann zog er abrupt an einer der Leinen und zwang den Drachen damit zu einer Drehung, die in einen steilen Sturzflug mündete. Das Spielgerät sauste nach unten und landete in einem zerknautschten Haufen etwa zehn Meter von Simon entfernt auf dem Boden. Der senkte den Kopf und spurtete dann zur Rettung des einsamen Drachens los, hob ihn vom nassen Sand auf wie einen verwundeten Vogel und staubte ihn sanft ab.

»Armer, kleiner Simon«, murmelte Bo mitfühlend.

Vom Meer drang ein tosender Wind herüber, der Bo für einen Moment zum Stehenbleiben zwang. Fest kniff sie die Augen zusammen und schob die Lippen vor.

»Alles klar bei dir?«, erkundigte sich Emil.

Als Bo die Augen öffnete, stand er vor ihr und blickte sie besorgt an. »Alles okay, sorry«, murmelte sie und kam sich irgendwie idiotisch vor. »Es ist nur … Der Wind fährt mir direkt in die Knochen.«

Spielerisch zog Emil am Ärmel ihres Mantels. »Wie ich schon sagte: Es gibt kein schlechtes Wetter …«

»Nur schlechte Kleidung. Denkst du, das hab ich noch nicht kapiert?«, unterbrach Bo ihn halb lachend, halb verzweifelt. »Die Handschuhe helfen allerdings«, sagte sie, hob die Hände mit den geborgten Handschuhen und wackelte mit den Fingern. »Die sind richtig schön muckelig«, fügte sie hinzu.

Verwirrt sah Emil sie an. »Muckelig?«, wiederholte er.

»Ich meinte, meine Hände haben es schön warm und gemütlich«, erklärte sie. »Sehr hyggelig, könnte man sagen. Kann man hyggelige Hände haben?«

Emils Gesichtsausdruck ließ darauf schließen, dass er überlegte, wie er auf höfliche Art Nein sagen könnte. »Nicht wirklich«, entgegnete er dann diplomatisch. »Aber ich glaube, ich verstehe, was du meinst.«

Er schenkte ihr ein Lächeln, das sie erwiderte, und als sie ihren Spaziergang fortsetzten, spürte Bo, wie ihre Verlegenheit langsam abebbte. Automatisch nahm sie Emils Tempo an und dachte nicht mehr darüber nach, ob sie zu dicht neben ihm ging oder irgendetwas sagen sollte, um die Stille zu füllen.

»Echt erstaunlich, wie viel mehr man die Sonne zu schätzen weiß, wenn die Tage so kurz sind«, stellte Bo fest.

»*Das* ist sehr hyggelig«, sagte Emil anerkennend. »Zu schätzen, was man hat. Im Moment zu leben und dankbar zu sein.«

Bo blickte zu ihm hinüber, und wie aus dem Nichts

kribbelte es in ihren Augen. Unvermittelt wurde ihr bewusst, wie viel Schmerz dahintersteckte, wenn Emil über Dankbarkeit sprach, nachdem er gerade erst seine Mutter verloren hatte. Da sie jedoch nicht wollte, dass er ihre Rührung bemerkte, wandte sie den Blick in Richtung Meer.

»Also, Simon scheint definitiv im Moment zu leben«, kommentierte sie lachend. Nach mehreren gescheiterten Versuchen hatte Simon es schließlich geschafft, den Drachen einen Looping fliegen zu lassen, und reckte begeistert die Faust in die Luft.

Bo und Emil gingen weiter, bis sie am Rand der Düne eine Ansammlung windgeschützter Felsen entdeckten. Als Bo auf dem größten Platz nahm, setzte Emil sich neben sie. Mehr als deutlich war sie sich der Tatsache bewusst, dass seine Beine ihre berührten, aber sie unternahm keinen Versuch, von ihm abzurücken, und er auch nicht. Hinter ihnen näherte sich die Sonne immer dichter dem Horizont und überzog den Himmel mit einem leuchtenden Rosa. In behaglichem Schweigen saßen sie einfach da und starrten auf die sich brechenden Wellen, versunken im Augenblick.

»Wenn ich dich das fragen darf, Emil«, begann Bo irgendwann. »Wie kommt es, dass du die Asche deiner Mum ganz allein verstreust?«

Über diese Frage grübelte sie schon die ganze Zeit nach, seit Emil ihnen vom Grund seiner Reise erzählt hatte, aber bisher hatte sie das Gefühl gehabt, es sei taktlos, ihn danach zu fragen. Angespannt blickte sie zu ihm hinüber, um seine Reaktion abzuschätzen, und hoffte, er empfände ihre Worte nicht als aufdringlich. Doch wenn überhaupt, wirkte er erleichtert.

»Mein Bruder lebt in Deutschland, und als unsere Mutter im Krankenhaus war, hat er sich lange Urlaub genommen. Deshalb musste er nach der Beerdigung zurück.« Er klang traurig, aber in seinen Worten schwang kein Ärger mit.

»Und was ist mit deinem Dad?«, hakte Bo sanft nach. »Ist der ... Lebt er noch?«

Emil nickte. »Er wohnt in Aarhus. Meine Eltern haben sich scheiden lassen, als ich noch ein Kind war«, erklärte er sachlich.

Eine Welle von Mitgefühl überkam Bo und eine tiefe Traurigkeit, weil Emil so einen großen Verlust erlitten und man ihn mit der Aufgabe allein gelassen hatte, sich von seiner Mutter zu verabschieden. Trotzdem konnte sie nicht anders, als ihn für seine stoische Gelassenheit zu bewundern und auch für die Tatsache, dass er nach allem, was er durchgemacht hatte, nie in Selbstmitleid verfiel.

»Ich bin fertig.« Florence' Stimme, die wie aus dem Nichts zu kommen schien, riss Bo aus ihren Gedanken. Zeitgleich drehten sie und Emil sich um und sahen, wie Florence über den in Dämmerlicht getauchten Strand auf sie zumarschierte, den Zeichenblock unter den Arm geklemmt und den zusammengeklappten Hocker an dessen Gurt über die Schulter gehängt. »Hier draußen ist es einfach zu scheißkalt, um weiterzumachen. Wo steckt Simon?«

Bo winkte in Richtung Meer. »Der macht Kunststückchen mit dem Drachen«, erklärte sie.

Florence blickte zum immer dunkler werdenden Wasser hinüber, genau in dem Moment, als es Simon gelang, den Drachen eine Acht fliegen zu lassen. »Wer hätte gedacht, dass er so was kann?«, bemerkte sie trocken.

Als spürte er, dass sie gerade über ihn redeten, holte Simon den Drachen ein und kam über den Sand auf sie zugerannt. Atemlos und beschwingt erreichte er die Felsengruppe. Seine Augen funkelten vor jungenhafter Begeisterung, und seine Wangen hatten eine rosige Farbe angenommen. »Hab's geschafft«, verkündete er stolz, während er die Schnüre um den Plastikgriff wickelte. Dann fragte er mit einem Blick auf Florence: »Habt ihr das gesehen?«

»Natürlich haben wir das, Schatzi«, gurrte Florence.

»Müssen wir schon zurück?«, erkundigte sich Bo widerstrebend. Sie wollte nicht, dass der gemeinsame Tag zu Ende ging.

Doch die anderen nickten. Unwillig stand Bo auf und klopfte sich den Sand von der Hose, während Simon behutsam den Drachen wieder in seinen Rucksack packte. Unter dem violetten Himmel gingen sie gemeinsam den Strand entlang, diskutierten, was sie heute zum Abendessen kochen wollten, und stritten darüber, wer als Erstes duschen durfte, wenn sie zu Hause ankamen.

»Wartet mal!«, rief Bo, als sie sich dem Dünenweg näherten. »Gruppen-Selfie!«

Mit dem Rücken zum Meer drängten sie sich aneinander, sodass der Sonnenuntergang im Hintergrund lag. Bo hielt ihr Handy in der ausgestreckten Hand und rief: »Und jetzt sagt mal alle: ›Hygge!‹«

»Hygge!«, brüllten sie gleichzeitig, und Bo drückte auf den Auslöser.

Paarweise wanderten sie anschließend durch die Dünen zu ihren Fahrrädern zurück. Bo verringerte nicht bewusst ihr Tempo, aber irgendwann fiel ihr auf, dass sich der Abstand zu Florence und Simon vergrößert hatte. Vor ihnen verschwanden die beiden gerade hinter einer Wegbiegung, und in diesem Moment hielt Emil neben ihr inne.

»Kann ich dich mal was fragen, Bo?«, setzte er an.

Bo blieb ebenfalls stehen und wandte sich zu ihm um. »Klar kannst du das«, meinte sie. Zum ersten Mal lag eine unübersehbare Traurigkeit in seinen hellblauen Augen.

»Morgen würde ich gerne nach Grenen fahren, um die Asche meiner Mutter zu verstreuen.« Er schwieg einen Augenblick, und Bo musste den Drang bekämpfen, näher zu treten und ihm über die Wange zu streichen. »Würdest du mitkommen?«

Eine Welle unterschiedlichster Gefühle stieg in Bo auf, und sie spürte, wie ihre Kehle eng wurde.

»Natürlich, es wäre mir eine Ehre«, antwortete sie dann. In Emils Augenwinkeln bildeten sich kleine Fältchen, als er lächelte, und einen Moment lang standen sie sich einfach stumm auf dem sandigen Pfad gegenüber, unsicher, was sie als Nächstes tun sollten.

»Kommt endlich, ihr zwei!« Ein ganzes Stück vor ihnen stand Florence in einer Lücke zwischen den Dünengräsern und winkte ihnen ungeduldig zu.

»Ja«, rief Bo zurück und blickte zu Emil. Der lächelte schüchtern, und bevor Bo noch darüber nachdenken konnte, schob sie ihre behandschuhten Finger in seine.

Auf dem Rückweg legten Bo und Emil einen Zwischenstopp im Hafen ein, um frischen Fisch für das Abendessen zu kaufen. Als sie beim Sommerhaus ankamen, war es dunkel draußen, und auf dem Asphaltweg, über den sie die Räder schoben, glitzerte bereits der Frost.

In den Fenstern brannte kein Licht. »Sind die beiden noch nicht wieder zurück?«, wunderte sich Bo und drehte den Haustürschlüssel im Schloss.

»Vielleicht sind sie noch irgendwo einen Kaffee trinken gegangen«, vermutete Emil achselzuckend.

Drinnen im Haus war es dunkel und still.

Bo knipste das Licht an. »Ihre Sachen sind hier«, stellte sie fest. Florence' Daunenjacke hing an der Garderobe, und Simons Rucksack stand auf dem Boden.

Emil zog seine Stiefel und die Jacke aus. »Ich gehe vor dem Essen noch unter die Dusche«, verkündete er und sprang die Treppe hoch.

Bo legte den Fisch in den Kühlschrank, stellte den Wasserkocher an und blickte sich im Raum um. Sie war das erste Mal allein hier, ohne dass Simon auf seinem Laptop herumtippte oder Florence quatschend an ihren Zeichnungen arbeitete. Nachdem Bo sich einen Tee gemacht hatte, ließ sie sich steif auf einen der

Stühle sinken. Die Anstrengungen des Tages machten sich bemerkbar: Von der Kombination aus Radfahren und Dünenklettern taten ihr sämtliche Knochen weh. Während sie an ihrem Tee nippte, konnte sie das Rauschen der Dusche durch die Zimmerdecke hören, und sie ertappte sich dabei, dass ihre Gedanken zu Emil zurückkehrten und zu dem, was am Strand passiert war. Aber was war denn eigentlich passiert? Sie hatten nebeneinander auf einem Felsen gesessen, und Bo hatte einige Minuten lang seine Hand gehalten, als sie zu ihren Rädern zurückgekehrt waren. Körperlich gesehen war das geradezu kindlich unschuldig gewesen. Und trotzdem: Er hatte sie gefragt, ob sie ihn begleiten würde, wenn er die Asche seiner Mutter verstreute, was doch sicher auf eine wachsende Form von Intimität zwischen ihnen hindeutete, oder?

Gähnend rieb Bo sich über die Augen. Sie hatte keine Lust, über ein Thema nachzugrübeln, das so voller Komplikationen und Verwirrungen steckte. Deshalb nahm sie ihre Teetasse und ging schlurfend über die Holzdielen auf die Doppeltür zu, um vor dem Abendessen noch den Ofen anzuheizen.

Eine Bewegung im dunklen Wohnzimmer ließ sie erschrocken zusammenfahren, und sie stieß ein überraschtes »Oh!« aus.

Instinktiv tastete sie nach dem nächsten Lichtschalter und knipste die Stehlampe in der Ecke an. Ein Schwall aus gelbem Licht ergoss sich über das Ledersofa und beleuchtete Florence, die rittlings auf Simon saß und die Arme um dessen Hals geschlungen hatte.

Blinzelnd von dem plötzlichen Licht richtete Florence sich auf.

»Oh, hi, Bo.«

Wie erstarrt blieb Bo stehen, hin und her gerissen zwischen dem Schock über das, was sie da gerade sah, und dem peinlichen Gefühl, unabsichtlich in die Rolle der Voyeurin geraten zu sein.

»Oh, mein Gott, tut mir leid!«, quiekte sie. Da sie keine Ahnung hatte, was sie sonst tun sollte, knipste sie das Licht wieder aus und machte einen Schritt rückwärts in Richtung Küche. In der Dunkelheit ertönte Florence' Kichern.

»Ist schon okay, Süße. Du kannst das Licht ruhig wieder anmachen. Wir sind noch angezogen!«, sagte sie lachend.

Bo setzte einen Gesichtsausdruck auf, der – wie sie hoffte – möglichst gleichgültig aussah, und betätigte dann erneut den Lichtschalter.

»Tut mir leid«, wiederholte sie verlegen. »Ich wusste nicht, dass ihr hier drin seid.«

»Kein Problem«, erwiderte Florence freundlich, als wäre sie beim Kreuzworträtseln gestört worden. Dann trat eine Pause ein, während der Bo verzweifelt nach Worten suchte, bis sie sich schließlich für das Banalste entschied, das ihr einfiel.

»Ich hab mir gerade Tee gemacht. Wollt ihr auch einen?«

»Nö, für mich nicht, danke, Schnucki«, antwortete Florence. »Möchtest du einen Tee?«, fügte sie an Simon gewandt hinzu, als hätte der Bos Frage nicht gehört.

Simon drehte den Kopf so, dass er Bo über die Sofalehne hinweg anschauen konnte. »Nein, danke, für mich auch nicht.«

In der Erwartung, so etwas wie Scham oder auch Entsetzen in seinen Augen zu sehen, starrte Bo ihn an. Doch Simon wirkte weit entfernt von Entsetzen. Tatsächlich grinste er wie ein Honigkuchenpferd, wie ihre Mutter es ausgedrückt hätte.

Es verging ein Moment, dann zog Bo die Nase hoch und sagte geschäftig: »Okay, ich glaube, ich nehme dann mal meinen Tee und … verziehe mich … nach oben. In mein Zimmer. Für 'ne Weile.« So lässig wie möglich drehte sie sich um und verließ den Raum, bevor sie betont fest die Türen hinter sich schloss. Einen Augenblick lang stand sie einfach nur da, hielt ihre dampfende Teetasse in den Händen und starrte vor sich hin, bevor sie schließlich die Treppe hinauf in ihr Zimmer ging.

Kurze Zeit später, nachdem Bo geduscht und sich den Sand aus sämtlichen Poren gewaschen hatte, kuschelte sie sich im Morgenmantel in die Fensternische, öffnete die Galerie ihres Handys und vergrößerte das Gruppenfoto, das sie in der Ålbæk-Bucht gemacht hatte. Sie alle hatten ein breites Lächeln im Gesicht, rosige Wangen und vom Wind zerzaustes Haar. Hinter ihnen glitzerte das Meer unter einem von rosa Streifen durchzogenen Himmel.

»Wir sehen so *glücklich* aus«, sagte Bo laut vor sich hin. Aus einem sentimentalen Gefühl heraus schickte sie Kirsten das Bild. *Der Regen hat aufgehört! Haben es heute an den Strand geschafft! Wünschte, du wärst hier!*

Als ein Summen Kirstens Antwort verkündete, föhnte Bo sich gerade die Haare. *Ihr seht aus wie direkt aus dem Katalog entsprungen! Ist das Emil Jenssen? Den hab ich ja seit ewig nicht gesehen!*

Als Bo wieder nach unten kam, traf sie Emil in der Küche, wo er an der Arbeitsplatte stand und Fisch filetierte. Im Vorbeigehen warf sie einen verstohlenen Blick durch die Doppeltür ins Wohnzimmer, doch der Raum war leer.

»Hast du die anderen gesehen?«, fragte sie Emil betont beiläufig.

»Die sind, glaube ich, nach oben gegangen«, antwortete er, und seinem gelassenen Tonfall nach zu urteilen hatte er keine Ahnung von den Dingen, die sich abgespielt hatten, während er unter der Dusche stand.

Bo goss sich ein Glas Wasser ein und lehnte sich gegen die Spüle. »Kann ich was helfen?«, bot sie an und trank einen Schluck. »Es ist nicht sehr hyggelig, wenn du alleine kochen musst.«

Emil blickte zu ihr herüber und lächelte dankbar. »Wenn du magst, kannst du Zwiebeln schneiden und Kartoffeln schälen.«

»Jawoll, Chef«, witzelte Bo und tippte sich spielerisch salutierend an die Stirn. Dann stellte sie sich mit dem Schneidebrett neben ihm. »Hättest du gern irgendwann dein eigenes Restaurant?«, erkundigte sie sich, während sie die papierartigen Außenschichten der Zwiebeln abpellte.

Emil straffte die Schultern und sah nachdenklich vor

sich hin. »Vielleicht«, sagte er schließlich bescheiden. »Eines Tages.«

»Hat deine Mum mal bei dir im Restaurant gegessen?« Bo ließ den Blick auf ihre Hände gerichtet und hoffte, ihm mit dieser Frage nicht die Stimmung zu verderben.

»Ja, ein paarmal. Sie hat auch gern gekocht, bevor sie Krebs bekam …« Er verstummte, und eine schmerzerfüllte Stille legte sich über den Raum.

»Sie war bestimmt sehr stolz auf dich«, sagte Bo sanft und warf ihm einen Seitenblick zu.

Emil hatte den Kopf gesenkt, sodass sein blondes Haar nach vorne fiel und seine Augen bedeckte. »Ja. Das war sie«, entgegnete er leise.

Bo spürte, wie sich eine überwältigende Traurigkeit in ihr ausbreitete. Je mehr sie über Emils Situation erfuhr, desto mehr Mitgefühl hatte sie für ihn. Doch neben ihrer Traurigkeit empfand sie auch große Ehrfurcht davor, wie er sein Schicksal akzeptierte – und das anscheinend ohne jegliche Wut oder Bitterkeit. Bo musste an ihre eigene Familie denken, an Barbara und Clive mit ihrem luxuriösen Haus in Buckinghamshire. Sie hatte es immer als gegeben hingenommen, dass ihre Eltern da waren; mit jener Selbstgefälligkeit, die aus einer privilegierten, von tragischen Ereignissen oder Verlusten verschonten Kindheit heraus entstand. Für einen Moment flammte ein Gefühl der Entschlossenheit in ihr auf, alles anders zu machen, wenn sie wieder zu Hause war – dankbarer zu sein, sich zu bemühen, Lauren öfter zu sehen, und mehr Geduld für ihre

Eltern aufzubringen. Sich erwachsener zu verhalten. Angestrengt starrte sie auf das Brett, froh darum, dass die rohen Zwiebeln ihr eine Entschuldigung für ihre tränennassen Augen lieferten.

Gerade, als sie dabei war, die geschnittenen Zwiebeln und Kartoffeln in einer Schüssel aufzuschichten, tauchte Florence am Ende der Treppe auf – frisch geduscht, mit feuchtem Haar und angenehm duftend. Lässig kam sie in die Küche geschlendert und holte vollkommen ungezwungen eine Flasche Wein aus dem Kühlschrank.

»'n Abend«, grüßte sie und strahlte dabei wie die Gastgeberin einer Cocktailparty. »Emil-Schatzi, das sieht ja toll aus«, schwärmte sie und stützte sich mit einer Hand auf seiner Schulter ab, um sich ein Glas aus dem Schrank über ihm zu holen. Während sie sich Wein einschenkte, fing Bo ihren Blick auf und hob fragend eine Augenbraue, doch das Geräusch von Simons Schritten auf der Treppe hielt Florence davon ab, irgendetwas zu sagen.

»Alles klar, Leute?«, fragte Simon in einem Tonfall, der geradezu gut gelaunt klang.

Als Bo zu ihm hinübersah, fielen ihr seine entspannte Haltung und die runzelfreie Stirn auf.

Florence trank einen Schluck aus ihrem Weinglas. »Möchte noch jemand einen?«, erkundigte sie sich.

»Ja, bitte«, antwortete Emil.

»Ach, was soll's, aber nur ein kleines Glas«, stimmte Bo zu und fand sich damit ab, dass sie mit ihrer Befragung noch würde warten müssen.

Florence verteilte den Wein und setzte sich dann Simon gegenüber an den Esstisch.

»Sollen wir ein bisschen Musik anmachen?«, fragte Bo und wischte sich die Hände an einem Handtuch ab, bevor sie sich in Richtung Tisch umwandte. »Es muss ja nichts von meiner Playlist sein«, fügte sie vorbeugend hinzu, als sie den spöttischen Blick bemerkte, den Florence und Simon miteinander tauschten.

»Na, Gott sei Dank«, zog Simon sie auf. »Ich glaube, heute Abend würde ich die Greatest Hits von Atomic Kitten nicht durchstehen.« Grinsend blickte Florence in ihr Weinglas.

»Schon okay, Simon«, gab Bo zurück. »Dann hören wir heute doch mal deine Musik. Ich bin schon ganz gespannt darauf, welche Höhepunkte du so auf deiner Playlist hast. Ich tippe auf Heavy Metal. Irgendwas richtig Aggressives. Vielleicht Slipknot?«

Tatsächlich stellte sich Simons Musiksammlung als angenehm friedlicher Mix aus Rhythm-and-Blues-Klassikern heraus. Während Emil die Fischfilets in Knoblauch-Kräuter-Butter briet, sangen sie alle die Hits von Aretha Franklin und Smokey Robinson mit.

Anschließend aßen sie bei flackerndem Kerzenschein zu Abend und tranken Wein, und nach dem Abwasch holte Bo ihr Handy aus der Hosentasche.

»Hier, schaut mal«, forderte sie die anderen auf und zeigte ihnen das Gruppen-Selfie, das sie am Strand von Ålbæk gemacht hatten.

»Mein Gott, wir sehen ja richtig bilderbuchmäßig aus!«, befand Florence kichernd und nahm Bo das

Handy aus der Hand. »Wie eins dieser Fotos, die sie immer in den Nachrichten zeigen.« Sie setzte ein verdrießliches Gesicht auf und nahm den ernsten Tonfall eines Kriminalreporters an. »Vier junge, attraktive Leute …« Sie verstummte kurz, bevor sie sich berichtigte: »Mehr oder weniger attraktive Leute, die einen fröhlichen Tag am Strand verleben. Sie hatten keine Ahnung, welch schreckliche Ereignisse in Kürze über sie hereinbrechen würden …«

Simon kniff die Augenbrauen zusammen. Er wusste, was gleich kommen würde.

»… dass einer von ihnen in Wirklichkeit ein psychopathischer Serienkiller war, der einen Mord plante …«

»Das schon wieder«, murmelte Simon vor sich hin. »Wirst du eigentlich je damit aufhören?«

»Nicht, bevor du uns nicht endlich deinen Roman lesen lässt, Simon«, antwortete Florence mit der Stimme einer Schuldirektorin, »und damit den Beweis erbringst, dass du nicht doch insgeheim einen Plan ausheckst, wie du uns alle umbringen kannst.«

Genervt verdrehte Simon die Augen. »Du darfst ihn lesen, wenn er fertig ist«, sagte er dann ergeben. »Ich schicke dir eine Kopie. Okay?« Breit grinsend hob Florence ihr Weinglas an die Lippen.

Da Bo ihr Handy in die Runde gegeben hatte, damit alle das Foto bewundern konnten, befand es sich noch in Emils Händen, als es summte. Für einen kurzen Moment fiel sein Blick auf das Display. »Du hast eine Nachricht«, verkündete er dann und reichte Bo das Telefon über die Reihe von Teelichtern hinweg.

»Oh, danke«, erwiderte sie, und ihre Hand zitterte vor Anspannung, als sie das Handy entgegennahm.

Die Nachricht war von Ben. *Hast du Zeit? Könnte ein bisschen Aufmunterung gebrauchen.*

Ein unbehagliches Gefühl ließ Bo erschauern, so als würde gerade ein eisiger Wind durch den Raum ziehen. Den ganzen Tag lang war es ihr, wenn auch mit einiger Anstrengung, gelungen, die Gedanken an Ben zu verdrängen, und jetzt war sie absurderweise sauer auf ihn, weil er sie störte. Stirnrunzelnd blickte sie aufs Display, während sie gegen die widerstreitenden Gefühle ankämpfte, die in ihrem Innern tobten. Zu wissen, dass Ben mit ihr sprechen wollte, verschaffte ihr zwar eine nicht zu leugnende Genugtuung, aber es graute ihr davor, sich erneut sein Gemecker über den Job anzuhören. Und dann war da noch die kleine Sache mit Emil am Strand …

Während sie die Nachricht anstarrte, spürte sie Emils Blick auf sich ruhen. Mit einem Hauch von schlechtem Gewissen stellte sie das Handy aus und legte es mit dem Display nach unten auf den Tisch.

Kapitel 16

Bo lag im Bett und starrte auf den breiten Lichtstrahl, den die Morgensonne an ihre Zimmerwand malte. Sie hatte Bens Nachricht nicht beantwortet und ihr Handy über Nacht ausgestellt. Ihr war klar, dass sie irgendwann zurückschreiben musste, aber momentan fühlte sie sich einfach nicht dazu in der Lage, sich eine passende Antwort zu überlegen – als wären ihre Gedanken vollkommen von den Ereignissen in Skagen besetzt, und es gäbe keinen Raum für irgendetwas anderes.

In Wahrheit war Bo sich nicht sicher, wie es ihr angesichts des bevorstehenden Tages ging. Sie hatte sich dazu bereit erklärt, zu einer abgelegenen Sandbank an der Nordspitze des Landes zu radeln, mit einem Mann, den sie gerade mal seit ein paar Tagen kannte, um die Asche seiner Mutter zu verstreuen. Wenn sie darüber nachdachte, klang das Ganze irgendwie absurd. Was sollte sie zu Emil sagen? Was um Himmels willen sollte sie tun, wenn er anfing zu weinen? Während es Bo gestern am Strand noch völlig natürlich erschienen war, ihn zu begleiten, überkam sie jetzt die Befürchtung, dass es ziemlich unangenehm und peinlich werden könnte. Zwar fühlte sie sich geschmeichelt, weil Emil sie gebeten hatte, mitzukommen, gleichzeitig machte sie sich jedoch auch Sorgen, dass sie sich – wenn es Zeit war, die Asche zu verstreuen – wie ein Störenfried in einem eigentlich privaten Moment fühlen würde.

Als Bo sich schließlich aus dem Bett quälte und nach unten ging, stellte sie fest, dass Simon und Florence nicht da waren. Emil stand an der Spüle und füllte den Wasserkocher auf, und obwohl er Bo mit seinem üblichen »Guten Morgen, Boughay« begrüßte, wirkte er irgendwie abwesend. Seine nachdenkliche Stimmung trug noch zusätzlich zu Bos Unbehagen bei, und während sie beide schweigend durch die Küche tigerten, um das Frühstück zu machen, warf sie Emil immer wieder flüchtige Blicke zu.

»Wie fühlst du dich?«, erkundigte sie sich schließlich, als Emil ihr gegenüber am Tisch Platz nahm.

»Ganz okay«, antwortete er. »Ich bin bereit. Es ist der richtige Zeitpunkt.«

Bo schwieg einen Moment, dann holte sie tief Luft. »Und du bist dir wirklich sicher, dass ich mitkommen soll? Wär's dir nicht lieber, wenn du … allein wärst?«, fragte sie vorsichtig für den Fall, dass er seine Meinung geändert hatte.

Scheu lächelte er. »Nein … Ich meine, ja … Was ich sagen will, ich bin mir sicher, dass ich dich dabeihaben möchte. Mir wäre es lieber, nicht allein zu sein.« Bo sah, wie seine Augen sich mit Tränen füllten, und als Reaktion darauf fingen ihre Augen ebenfalls an zu kribbeln.

»Heute ist ein schöner Tag dafür«, bemerkte sie, als sie den leuchtend blauen Himmel vor dem Fenster sah.

Erneut überschattete ein nachdenklicher Ausdruck Emils Gesicht. »Ich möchte es gern bei Sonnenuntergang machen«, sagte er dann leise. »Lass uns nach dem Mittagessen losfahren.«

Bo blickte auf ihre Armbanduhr. Es war halb zehn, also lag noch ein langer Morgen vor ihnen. »Hättest du Lust, vorher zum Hafen zu fahren? Wir könnten dort einen Kaffee trinken und Kuchen essen«, schlug Bo in einem bewusst fröhlichen Tonfall vor.

Doch Emil schüttelte den Kopf. »Ich glaube, ich bleibe lieber hier.« Er wirkte so traurig, dass Bo am liebsten über den Tisch gegriffen und seine Hand genommen hätte.

»Wir könnten was zusammen backen, wenn du magst«, bot sie ihm an. »Mir hilft das immer, um mich abzulenken.«

Nach einem kurzen Blick in die Schränke, um herauszufinden, welche Zutaten ihnen zur Verfügung standen, verbrachten sie den Morgen damit, *Saltkringler* – also Salzbrezeln – zu backen. Dabei unterhielten sie sich und tauschten ganz gewöhnliche Dinge über ihr Leben aus – ihre Lieblingsbücher, frühesten Kindheitserinnerungen oder was sie im Fernsehen schauten (dank Bos Begeisterung für dänische Krimiserien hatten sie viel Gesprächsstoff) –, und all das in stillschweigendem Einvernehmen, nicht über das bevorstehende Begräbnis zu sprechen. Bo bereitete nicht allein der Gedanke an den Ausflug nach Grenen Bauchschmerzen, sondern auch die Frage, was danach passieren würde. Emil war nur zu einem einzigen Zweck nach Skagen gekommen: um die Asche seiner Mutter zu verstreuen. Wenn er das getan hatte, gab es für ihn keinen Grund mehr, noch länger im Sommerhaus zu bleiben.

Bisher hatte Bo es vermieden, ihn auf seine Abreise anzusprechen, und er umging das Thema ebenfalls. Irgendwann allerdings, als Emil die Brezeln in den Ofen schob, lehnte Bo sich gegen die Arbeitsfläche und fragte: »Wann musst du eigentlich nach Kopenhagen zurück?« Sie hielt die Stimme bewusst ausdruckslos und den Blick gesenkt, um ihm nicht in die Augen sehen zu müssen.

Schwer stieß Emil den Atem aus. »Ich hab am Wochenende abends Schicht im Restaurant«, antwortete er traurig, schlug die Ofentür zu und richtete sich auf. »Also muss ich morgen schon zurück.« Bo nickte und versuchte, eine möglichst neutrale Miene aufzusetzen, aber sie spürte Bedauern in sich aufsteigen, gepaart mit der Erkenntnis, dass sie nicht mehr viel Zeit hatten und sie sich noch nicht von ihm verabschieden wollte.

Nach dem Mittagessen schoben sie ihre Räder den Gartenpfad hinunter und nahmen dann den Fernradweg in Richtung Norden. Die blasse Sonne stand bereits tief, und ihre Räder warfen lange, schräge Schatten auf den Asphalt. Schon bald tauchte das Meer am Horizont auf, glitzernd unter einem unendlich scheinenden Himmel.

Der Parkplatz von Grenen war riesig und dazu gebaut, die Menschenmassen unterzubringen, die im

Sommer an den Strand strömten, doch heute standen nur wenige Autos auf der Teerfläche. Bo und Emil lehnten die Räder gegen die Umzäunung und folgten dem Pfad durch die Dünen, der in ein scheinbar grenzenloses Areal aus Sand mündete.

»Das ist ja gewaltig«, rief Bo und blickte sich ehrfürchtig um.

»Im Sommer fährt hier ein Traktorbus, der die Leute bis zur Spitze bringt«, erklärte Emil leicht entschuldigend. »Um diese Jahreszeit müssen wir laufen, fürchte ich.«

Bo wickelte sich ihren Schal um den Hals und hakte sich entschlossen bei Emil unter. »Also dann«, sagte sie. »Bist du bereit?« Mit einem Nicken zog Emil die Gurte seines Rucksacks fester, dann marschierten sie los über den leeren Strand.

Allmählich wurde die Sandfläche immer schmaler und drängte sie in Richtung Wasser. In der Ferne konnte Bo die auf und ab schaukelnden Köpfe von Seehunden ausmachen; über ihnen kreisten Möwen in der Luft oder stürzten sich hinab in die Fluten. Sie gingen immer weiter, bis der breite Strand hinter ihnen lag und nur noch ein etwa zehn Meter langer Streifen aus weißem Sand übrig war, der ins Meer ragte und sich wie der Knauf eines Jagdmessers bog. Unerbittlich brachen sich die Wellen auf beiden Seiten, und Bo hatte das seltsame Gefühl, als teilte sich das Meer, um einen Weg für sie freizumachen, und sie könnte, wenn sie weiterging, direkt übers Wasser laufen.

Schaudernd kuschelte sie sich enger an Emil, und

gemeinsam sahen sie zu, wie die Sonne auf den welligen Horizont zusteuerte und den Himmel in Rosa und Violett tauchte. Die Möwen waren verstummt, und in Erwartung der bald hereinbrechenden Nacht waren auch die Seehunde verschwunden. An ihrer Seite spürte Bo, wie Emil tief einatmete, bevor er den Rucksack von den Schultern nahm, in die Hocke ging und vorsichtig einen grauen, vasenartigen Behälter auspackte.

Dann richtete er sich wieder auf und lief einige Schritte voraus, bis er an der äußersten Spitze stand. Bo sah zu, wie er den Deckel abschraubte; einen Moment lang hielt er das Gefäß gerade, dann neigte er es zur Seite. Ein Schwall silbriger Asche flog hinaus und schwebte einen kurzen Augenblick scheinbar unbeweglich in der rosa getränkten Luft, bevor er von einer Windböe erfasst und über den Wellen in Tausenden von Partikeln verstreut wurde.

»*Farvel, mor*«, sagte Emil. »Auf Wiedersehen, Mama.«

Bo trat hinter ihn, und während sie ihm über den Arm strich, traten ihr Tränen in die Augen. Blinzelnd sah sie in den Sonnenuntergang hinein und versuchte, dem Verlauf der winzigen Aschepartikel zu folgen, doch die waren längst irgendwo im Äther verschwunden.

»Okay, das war's dann«, sagte Emil schließlich, bevor er die leere Urne in seinen Rucksack steckte und sich zu Bo umdrehte. Seine Lippen waren blass und seine Augen feucht. Ohne darüber nachzudenken, schlang Bo die Arme um seinen Hals und zog ihn an sich – ob sie das tat, um ihn zu trösten oder weil sie selbst Trost brauchte, wusste sie nicht genau. Emil kam ebenfalls näher, sodass sie seinen warmen Atem an ihrem Ohr und seine Arme um ihre Taille spüren konnte.

Während die Wellen zu ihren Füßen an den Strand platschten, hielten sie sich gegenseitig fest und genossen die Berührung des anderen. Als sie sich schließlich aus der Umarmung lösten, streifte Emils Wange die ihre, und bevor Bo wusste, was geschah, fanden ihre Lippen seine, und sie küssten sich. Sein Atem vermischte sich mit ihrem, und plötzlich nahm sie weder die rauschenden Wellen noch den dunkler werdenden Himmel wahr – nur das Gefühl von Nähe, als wären sie irgendwie miteinander verschmolzen und eins mit dem Himmel und dem Meer. Irgendwann ließ Bo die Fersen wieder auf den Boden sinken, umfasste Emils Wangen mit ihren behandschuhten Fingern und blickte ihn aufgewühlt an.

»Es tut mir leid«, murmelte sie. »Das hatte ich nicht geplant. Ich hoffe, du bist nicht …«

»Das muss dir nicht leidtun«, entgegnete er, schlang seine Arme noch enger um ihre Taille und zog sie fest an sich, um sie erneut zu küssen.

»Heute Nacht scheint der Mond besonders hell zu sein«, sagte Bo, als sie sich schließlich voneinander lösten. Die Sonne war untergegangen und der Himmel mittlerweile dunkel, doch oberhalb von Emils Schulter schimmerte ein heller, weißer Lichtschein am Horizont. Emil wandte sich um, und gemeinsam blickten sie nach oben, doch es ging nicht der Mond auf, sondern der Schimmer dehnte sich zu beiden Seiten aus und nahm einen grünlichen Farbton an. In ehrfürchtigem Schweigen beobachteten sie, wie das Leuchten sich verstärkte und in einen glitzernden grünen Bogen verwandelte, der direkt über dem Horizont von Ost nach West verlief.

Voller Staunen keuchte Bo auf. »Ich wusste nicht, dass es hier Nordlichter gibt«, flüsterte sie.

»Ich hab noch nie welche gesehen«, erwiderte Emil.

»Schau mal, die bewegen sich«, murmelte Bo wie hypnotisiert von dem glühenden Band aus grünem Licht, das zu schwingen angefangen hatte und hin und her wogte wie ein Vorhang im Wind.

Regungslos standen sie da, aneinandergeschmiegt, sein Arm um ihre Schultern. »Ich frage mich, wie das entsteht«, wisperte Bo.

»Ein dänisches Volksmärchen sagt, das seien Schwäne«, erklärte Emil.

»Schwäne?«, wiederholte Bo und blickte verwundert zu ihm auf.

»Die Schwäne hatten einst einen Wettstreit, wer von ihnen am weitesten nach Norden fliegen könne«, sagte Emil und drückte sie noch enger an seine Brust. »Dabei froren einige Vögel am Eis fest und versuchten, sich zu befreien. Mit ihren flatternden Flügeln erzeugten sie so die Wellenbewegung der Nordlichter.«

»Oh«, entgegnete Bo mit erstickter Stimme. »Das ist

aber traurig.« Ihre Gesichtsmuskeln spannten sich an, und sie senkte den Kopf.

»Warum weinst du?«, fragte Emil, hob ihr Kinn und wischte die Tränen weg, die ihr über die Wangen liefen.

»Wegen der armen Schwäne!«, erwiderte sie undeutlich und blickte ihn durch die sich kringelnden Haarsträhnen an, die sich aus ihrem Pferdeschwanz gelöst hatten und ihr ins Gesicht wehten. Emil lachte und schob ihr die Locken sanft hinter die Ohren.

»Das ist doch nur ein Märchen«, sagte er mit einem aufmunternden Lächeln. »Ich bin mir ziemlich sicher, die Wissenschaft hat eine andere Erklärung dafür.«

Bo lächelte und verzog gleichzeitig verschämt das Gesicht. »Ich weiß«, gab sie schniefend zurück, »aber es ist trotzdem so traurig.«

»Ja, das ist es wohl«, stimmte Emil ihr zu, zog ihren Kopf an seine Schulter und rieb ihr über den Rücken wie ein Vater, der sein weinendes Kind tröstete. Bo kramte ein Taschentuch aus ihrer Manteltasche und putzte sich die Nase, erleichtert, dass ihre Tränen endlich zu versiegen schienen.

»Vielleicht hat aber auch jemand da oben beschlossen«, fuhr Emil fort und betrachtete den schimmernden Himmel, »meiner Mama eine Show zu bieten.« Seine Worte sorgten dafür, dass Bo erneut zitternd den Atem einsog, während ihre Augen sich ein weiteres Mal mit Tränen füllten.

»Oh Gott!«, brachte sie kläglich hervor und schlug sich mit der Hand vor den Mund, um ein Schluchzen zu unterdrücken. »Es tut mir so leid, Emil. Eigentlich sollte ich *dich* trösten, nicht umgekehrt!«

Emil stieß ein kehliges Lachen aus und vergrub die Nase in ihrem Haar. »Das ist schon okay«, beruhigte er sie.

Bo fragte sich, ob sie noch irgendetwas sagen sollte, doch das schien gar nicht nötig zu sein. Deswegen schlang sie nur die Arme um Emils Taille, und schweigend sahen sie sich den schimmernden Lichtbogen an, bis ihnen so kalt war, dass sie ihre Füße nicht mehr spürten.

»Sollen wir nach Hause fahren?«, fragte Emil irgendwann, und Bo nickte. Damit wandten sie sich ab, ließen den leuchtenden Horizont hinter sich und traten den langen Rückweg zu ihren Rädern an.

Als Bo die Tür zum Sommerhaus aufschloss, waren die Rollos heruntergelassen, und der Gesang von Otis Redding schallte ihnen entgegen. Florence und Simon befanden sich in der Küche, doch keiner von beiden hörte, dass Bo den Schlüssel umdrehte oder dass sie und Emil sich die Schuhe an der Fußmatte abwischten. Während Florence am Herd stand und ein Glas Wein trank, kramte Simon im Gemüsefach des Kühlschranks herum.

»Simon-Schatzi, was suchst du?«, fragte Florence ungeduldig und rührte den vor sich hin köchelnden Inhalt der Pfanne um, die auf dem Herd stand.

»Fenchelsamen«, gab Simon brummend zurück.

»Na, da drin findest du die jedenfalls nicht«, klärte

Florence ihn auf und ging einige Schritte zur Seite, um ein Glas aus dem Schrank zu holen.

»Danke«, murmelte Simon, als er das Gefäß entgegennahm.

»Hier riecht's aber gut«, sagte Bo erfreut, und erst jetzt stellte sie fest, dass ihr Magen knurrte.

Erschrocken zuckte Florence zusammen, bevor sie über die Schulter blickte und Bo und Emil entdeckte. »Simon kocht heute das Abendessen«, verkündete sie stolz und marschierte durch die Küche zum Lautsprecher hinüber, um die Musik leiser zu drehen. Hinter ihrem Rücken zog Simon eine entsetzte Grimasse und umklammerte seinen Hals mit einer Hand, um einen Erstickungsanfall vorzutäuschen.

»Ihr kommt genau richtig«, fügte Florence hinzu. »Wir haben schon gedacht, ihr wärt abgehauen.«

»Nee, gar nicht«, entgegnete Bo, zog sich die Handschuhe aus und stopfte sie in ihre Manteltaschen. »Wir sind nach Grenen gefahren, um …« Mitten im Satz hielt sie inne, weil sie plötzlich das Gefühl hatte, dass es ihr nicht zustand, den Grund für ihren Ausflug zu erläutern.

»Ich hab die Asche meiner Mutter verstreut«, erklärte Emil schlicht.

Florence' Gesichtszüge wurden weicher. »Oh, Schatz, das tut mir leid«, sagte sie aufrichtig.

»Ist schon gut, wirklich«, erwiderte Emil. »Eigentlich war es sogar sehr schön. Und außerdem war ich ja nicht alleine.« Als er das sagte, tauschten er und Bo ein verlegenes Lächeln aus, und instinktiv berührte Bo ihn am Arm.

Florence bemerkte die Geste, und ihre scharfsinnigen Augen huschten zwischen ihnen hin und her. »Na, wenn das so ist …« Mit einem bedeutsamen Blick in Richtung Bo verstummte sie.

Bo spürte, dass sie kurz davor war zu erröten, und wechselte schnell das Thema. »Habt ihr den Himmel gesehen?«

»Den Himmel?«, wiederholte Florence, und zwischen ihren Augenbrauen bildete sich eine irritierte Falte. Simon stellte das Glas mit den Fenchelsamen auf der Küchentheke ab, dann ging er zum Fenster hinüber, riss das Rollo hoch und enthüllte damit den leuchtend grünen Himmel.

»Mein Gott!«, rief er, während er durch die Scheibe spähte. Florence tappte durch den Raum, stellte sich neben ihn und starrte mit offenem Mund nach draußen.

»Bo, Süße«, sagte sie, ohne den Blick von der Aussicht abzuwenden, »kannst du mir mal bitte meine Jacke geben?«

Zitternd standen sie kurz darauf alle im Vorgarten, die Gesichter zum leuchtenden Himmel erhoben, ihr Atem sichtbar in der eiskalten Luft. Als Bo bemerkte, dass Emil sich hinter ihr befand, lehnte sie sich instinktiv zurück und legte den Kopf an seine Brust, woraufhin er leicht das Kinn auf sie stützte und seine Arme um ihre Taille schlang.

»Wunderschön, oder?«, sagte Bo, während sie einen Blick zu den anderen warf und sich an deren ehrfürchtigem Staunen erfreute.

»Ich bin echt sprachlos«, meinte Florence.

Ein Moment verging, bevor Simon scherzhaft anmerkte: »Na, das wäre das erste Mal«, woraufhin ihm Florence mit dem Ellbogen einen scharfen Seitenhieb in die Rippen versetzte.

Eine Weile standen sie noch draußen, paarweise eng aneinandergekuschelt, bis Florence sich schließlich zu Simon umwandte. »Schatzi, hast du eigentlich den Herd ausgemacht?«, erkundigte sie sich.

»Verdammt«, entfuhr es Simon, bevor er abrupt den Gartenweg hinaufrannte und im Haus verschwand. Einige Sekunden später schwang erneut die Haustür auf. »Ich glaube, wir haben ein Problem«, verkündete er kleinlaut. »Die Soße ist irgendwie angebrannt. Sie klebt an der Pfanne fest, und es schwimmen schwarze Bröckchen darin herum.« Florence schüttelte missbilligend den Kopf, während Bo Mühe hatte, ein Kichern zu unterdrücken.

»Soll ich mir das mal ansehen?«, schlug Emil vor. »Da kann man sicher noch was retten.« Er löste sich aus Bos Umarmung und folgte Simon nach drinnen.

»Was hast du denn mit dem gemacht?«, zog Bo Florence auf, nachdem die Tür mit einem lauten Knall ins Schloss gefallen war. »Der ist ja wie ausgewechselt.«

Florence zuckte nur die Achseln. »Ich hab gar nichts gemacht, ich schwör's«, erwiderte sie gespielt beleidigt. »Außerdem könnte ich dich das Gleiche fragen«, fügte sie trocken hinzu. »Das sieht ja ein Blinder mit Krückstock, dass da in Grenen zwischen dir und Emil was gelaufen ist.«

Verschämt lächelte Bo. »Ich habe das nicht geplant. Es ist einfach so … passiert«, stammelte sie.

»Keine Sorge, Süße, ich bin keine Richterin«, versicherte Florence ihr. »Wie romantisch. Sich das erste Mal unter den Nordlichtern zu küssen …« Sie verschränkte die Hände vor der Brust und tat so, als fiele sie vor Verzückung in Ohnmacht.

Bo wandte den Blick ab, froh, dass Florence ihre geröteten Wangen in der Dunkelheit nicht sehen konnte. »Es war tatsächlich romantisch«, stimmte sie zu, »aber ich hab keine Ahnung, wie es jetzt weitergehen soll. Er fährt morgen nach Kopenhagen zurück.«

Mit einem Seufzer kam Florence zu ihr hinüber und hakte sich bei ihr unter. »Ich weiß, wie du dich fühlst, Süße«, murmelte sie teilnahmsvoll. »Aber hey, ihr habt noch heute Nacht«, fügte sie dann hinzu und stupste Bo bedeutungsvoll in die Seite.

Beim Abendessen war die Stimmung gedrückt. Auch wenn keiner von ihnen es laut aussprach, wussten sie alle, dass dies ihr letzter Abend zu viert war. Während im Hintergrund leise Musik spielte, aßen sie Simons Schmorgericht bei flackerndem Kerzenschein.

»Das ist echt lecker, Simon«, befand Bo.

»Ich finde auch, die schwarzen Bröckchen geben dem Ganzen das gewisse Etwas«, entgegnete Simon trocken.

Neben ihm verdrehte Florence die Augen. »Da sind überhaupt keine schwarzen Bröckchen mehr drin, Schatzi«, versicherte sie ihm in leicht genervtem Tonfall. »Emil hat die Soße doch gerettet, oder etwa nicht?«

»Schmeckt trotzdem noch angebrannt«, murmelte Simon düster. Die anderen protestierten zwar, doch er wirkte nicht gerade überzeugt.

»Irgendwann müssen wir dich mal alle in deinem Restaurant besuchen, Emil«, sagte Florence voller Begeisterung.

»Das wäre toll«, meinte Emil und schenkte Bo ein Lächeln.

Bos Herz machte einen Satz, aber sie sagte nichts. Seit dem Moment, als sie und Emil nach Grenen aufgebrochen waren, hatte sie sich gezwungen, sich auf den Augenblick zu konzentrieren. Die Zukunft bot nur Unsicherheit, und es kam ihr vor, als hätte sie in ihrem Kopf die Schotten heruntergelassen, um alles andere außer dem Hier und Jetzt auszusperren. Natürlich war ihr klar, dass das *richtige* Leben – womit sie London, Arbeitslosigkeit und Ben verknüpfte – am Rande ihres Bewusstseins lauerte. Aber sie gab ihr Bestes, es zu ignorieren, genau so, wie sie schon den ganzen Tag über ihr Handy ignorierte, das immer noch ausgeschaltet in ihrem Zimmer lag. Das richtige Leben bestand aus Enttäuschungen, Schmerz und Gewissensbissen. Sie würde es nicht bis in alle Ewigkeit ausklammern können, aber noch war sie einfach nicht dazu bereit, sich ihm zu stellen.

Das richtige Leben musste warten.

Die Morgensonne schien schräg durchs Fenster und breitete ihre Strahlen über das schmale Bett aus. Bo hatte sich eng an Emil gekuschelt und ihren Kopf in seine Schulterbeuge geschmiegt.

»Um wie viel Uhr musst du los?«, flüsterte sie schläfrig.

»Um elf geht mein Zug«, antwortete er und strich ihr zärtlich mit den Fingern durchs Haar. Sie hob den Kopf und blickte auf die Armbanduhr, die sie neben seiner Brille an den Rand ihres Schreibtischs gelegt hatte. Ihnen blieben nur noch wenige gemeinsame Stunden. Bo lief ein furchtvoller Schauder über den Rücken, als stünde die Außenwelt vor der Tür und versuchte, sich gewaltsam Einlass zu verschaffen.

»Erzähl mir von deinem Leben in Kopenhagen«, sagte sie deshalb und stützte sich erwartungsvoll mit dem Ellbogen auf. Plötzlich hatte sie das dringende Bedürfnis, so viel wie möglich über Emil zu erfahren und nicht die wenige Zeit zu verschwenden, die sie noch hatten.

Emil wandte ihr den Kopf zu, um sie anzusehen, und runzelte verwirrt die Stirn. »Was möchtest du denn wissen?«, erkundigte er sich.

»Alles«, entgegnete Bo mit ernstem Gesicht, bis ihr bewusst wurde, wie unsinnig das war. Stöhnend ließ sie sich zurück aufs Kissen fallen.

»Im Moment besteht mein Leben nur aus dem Restaurant«, antwortete Emil bedauernd. »Ich arbeite jeden Abend und jedes Wochenende.«

»Das klingt aber nicht sehr hyggelig«, befand Bo.

»Ist es auch nicht«, stimmte er ihr zu.

»Und wo verbringst du Weihnachten?«, fragte Bo weiter und verspürte einen kummervollen Stich bei dem Gedanken, dass er vielleicht allein feiern würde oder arbeiten musste.

»Wahrscheinlich besuche ich meinen Dad in Aarhus«, erwiderte Emil. »Und du?«

»Oh, ich feiere bei meinen Eltern.« Bo bemerkte durchaus, wie ihre Stimmung bei der Vorstellung sank, Weihnachten schon wieder in Buckinghamshire zu verbringen und all den Frust aushalten zu müssen, den das mit sich brachte. Doch dann erinnerte sie sich an Emils Schicksal. *Du hast Glück. Sei dankbar*, ermahnte sie sich.

»Und was ist mit Ben? Triffst du dich mit ihm, wenn du wieder in London bist?«

Bo erschauerte, als wäre die Temperatur im Zimmer abrupt gefallen. Emil sah sie eindringlich an, und in seinen Augen blitzte irgendetwas auf – Angst vielleicht oder Eifersucht.

Bo wandte das Gesicht ab. »Du hast seine Nachricht gelesen, nehme ich an?«, fragte sie leise.

»Ich wollte es nicht, aber ja«, gab er zu. »Ben ist dein Freund, richtig?«

Langsam stieß Bo den Atem aus. »Ja … also … gewissermaßen. Es ist kompliziert.« Bisher hatte sie es, so gut es ging, vermieden, über diese Frage nachzudenken. »Um ehrlich zu sein, ich weiß es nicht genau, und er, denke ich, auch nicht«, erklärte sie schließlich und wusste durchaus, dass ihre Antwort alles andere als zufriedenstellend war. Aber sie entsprach der Wahrheit. Bo war sich nie ganz sicher gewesen, ob sie und Ben eine richtige Beziehung führten, und nun stellte sie fest, dass in ihrem Kopf genauso wenig Klarheit darüber herrschte, ob sie sich getrennt hatten.

Fest kniff sie die Augen zusammen und versuchte, die kindliche Stimme in ihrem Verstand zu unterdrücken, die protestierend einwarf, dass Bo doch nur nicht in ihr altes Leben zurückkehren wolle – zurück zu der Angst und Unsicherheit und dem ständigen Gefühl, nicht zu wissen, wo sie stand. Und außerdem täte sie die ganze Zeit bloß so, als wäre sie erwachsen.

Oh, wie gern würde sie tatsächlich hier in dem behaglichen Sommerhaus bleiben, zusammen mit dem großen blonden Dänen, der neben ihr im Bett lag. Bei Emil kam ihr irgendwie alles einfacher vor, aufrichtiger, als gäbe es gar keinen Grund, vorzugeben, jemand anderes zu sein. Aber Emil würde in ein paar Stunden nach Kopenhagen abreisen und sie in einigen Tagen nach London. Was auch immer sie für ihn empfand, aus ihnen konnte ja sowieso nichts werden. Oder doch?

Eine Weile später gingen sie nach unten, wo Simon und Florence schon in der Küche auf sie warteten, um sich zu verabschieden. Draußen war bereits das Taxi vorgefahren und parkte mit laufendem Motor. Als Emil Simon die Hand entgegenstreckte, zog der ihn in eine ungestüme Umarmung.

»Bis bald, Kumpel«, sagte er und klopfte seinem Mitbewohner kräftig auf den Rücken.

»Mach's gut, Simon«, antwortete Emil freundschaftlich.

»Ciao, Emil«, verabschiedete sich Florence und schlang die Arme um ihn. »Wir sehen uns in

Kopenhagen. In deinem Restaurant«, ergänzte sie mit Nachdruck. »Und wir hätten gern den besten Tisch des Hauses.«

»Ich hab dir doch schon gesagt, es ist nicht mein Restaurant«, erinnerte er sie lachend. »Aber ich sorge dafür, dass ihr einen schönen Platz bekommt.«

Draußen vor dem Tor drückte der Taxifahrer auf die Hupe. Diskret traten Florence und Simon beiseite, sodass Bo sich auf die Zehenspitzen stellen und die Arme um Emils Hals schlingen konnte.

»Mach's gut, Boughay«, sagte er, und sie konnte seinen Atem in ihrem Haar spüren.

Es gab so vieles, was sie ihm noch sagen wollte, doch jetzt, da der Moment gekommen war, fiel ihr das Sprechen schwer, und ihre Kehle war wie zugeschnürt.

»Du solltest besser los«, murmelte sie schließlich in seine Schulter hinein. Als sie sich voneinander lösten, starrte sie angestrengt auf den Reißverschluss seiner Jacke und zwang sich, die Tränen zurückzudrängen. Emil schwang seinen Rucksack über die Schulter und griff nach seinem Koffer.

»Oh, vergiss die hier nicht!«, rief Bo, holte die Handschuhe, die Emil ihr geborgt hatte, aus den Taschen ihres Mantels und streckte sie ihm entgegen. Einen Moment lang starrte er nur darauf.

»Nein, behalt sie«, sagte er dann. »Du wirst sie brauchen, solange du hier bist.«

Bo stand in der Tür und blickte ihm nach, als er den Gartenweg hinunterging. Oberhalb von ihr jagten tief hängende Wolken über den Himmel, und der Wind hatte zugenommen. Es sah nach Regen aus. Emil verstaute sein Gepäck im Kofferraum, bevor er ins Taxi stieg. Florence und Simon gesellten sich zu Bo, und gemeinsam winkten sie, während das Taxi davonfuhr.

Als es schließlich nicht mehr zu sehen war, trat Florence näher und legte den Arm um Bos Schulter.

»Alles okay, Süße?«, erkundigte sie sich besorgt. Bo nickte, hielt den Blick jedoch starr auf den Punkt gerichtet, wo das Taxi verschwunden war.

»Was für ein lieber Kerl. Ich werde ihn vermissen«, sagte Florence, während sie Bo tröstend über den Arm rieb.

»Ich auch«, flüsterte Bo und wischte sich die einsame Träne weg, die ihr über die Wange lief.

Den Rest des Vormittags konnte Bo sich zu nichts aufraffen. Sie spürte, dass Florence und Simon sich Sorgen um sie machten, und bemerkte deren diskrete Bemühungen, zu entschlüsseln, ob Bo lieber allein bleiben oder Gesellschaft haben wollte. Die Wahrheit war, dass sie einfach nur vor sich hin trauern und den bittersüßen Gefühlen von Euphorie und Qual freien Lauf lassen wollte, die in ihrem Innern gegeneinander kämpften.

Da sie jedoch irgendwann kurz davor war zu schreien, wenn sie noch länger im Haus eingesperrt blieb, zog sie ihren Mantel an und machte sich auf den Weg nach Skagen. Sie hoffte, ein Spaziergang an der frischen Luft würde ihr den Kopf frei machen und ihr eine Pause von ihrem Gefühlschaos verschaffen, aber je länger sie unterwegs war, desto mehr plagte sie die Überzeugung, dass sie möglicherweise etwas Wunderschönes hatte von dannen ziehen lassen.

Als Bo wieder beim Sommerhaus ankam, dämmerte es bereits, und der Anblick des Lichtscheins, der einladend durch die Rollos nach draußen drang, tröstete sie, während sie den Gartenweg hinaufging.

Gedankenverloren trat sie ins Haus, und es dauerte einen Moment, bis sie erkannte, dass am Küchentisch *drei* Leute saßen.

Florence, die neben Simon Platz genommen hatte, blickte lächelnd auf.

»Hi, Schatzi«, sagte sie.

»Hi«, antwortete Bo automatisch.

In diesem Augenblick drehte sich die Frau, die den anderen gegenübersaß, in ihrem Stuhl um und strahlte Bo freudig an.

»Überraschung!«, rief Kirsten. »Ich bin endlich da. Was hab ich verpasst?«

Entgeistert starrte Bo ihre Freundin an und versuchte, ihre Gesichtsmuskeln zu einem Lächeln zu bewegen, doch stattdessen brach sie in Tränen aus.

Teil drei

London

Kapitel 17

Bo öffnete die Wohnungstür und atmete die kühle, abgestandene Luft ein, die ihr aus dem Flur entgegenströmte.

»Willkommen zu Hause«, rief Kirsten mit einem Seufzer und wuchtete ihren Koffer über die Türschwelle.

Bo bückte sich, um den chaotischen Haufen aus Flyern, Briefen und kostenlosen Zeitungen aufzusammeln, der sich während ihrer Abwesenheit auf der Fußmatte aufgetürmt hatte. Als sie dabei in den Flur blickte, nahm sie die Wohnung plötzlich mit ganz anderen Augen wahr. Waren die Decken immer schon so niedrig gewesen? Und die Raufasertapete an den Wänden so schmutzig? Vor Bos geistigem Auge tauchte das Bild des Sommerhauses auf mit seinen sauberen, geräumigen Zimmern, den eleganten Designermöbeln und der angenehmen Beleuchtung, und es schüttelte sie regelrecht, als sie jetzt ihr schäbiges Zuhause betrachtete.

Die Rückreise von Dänemark hatte lange gedauert; ihr Flug hatte Verspätung gehabt, und mit jeder Stunde, die verstrich, war Bo immer tiefer in einen Zustand von Niedergeschlagenheit und Mutlosigkeit gesunken. Sie flog zurück in eine ungewisse, verwirrende Zukunft, sowohl was ihr Privatleben als auch ihren Beruf anging. Anstatt sich Klarheit über ihre Beziehung zu Ben zu verschaffen, war ihr Liebesleben durch die Zeit in Skagen nur noch komplizierter geworden – in Gestalt von Emil. Bei ihrer Abreise nach Dänemark war sie sich nicht sicher gewesen, wo sie mit dem einen Mann stand; nun, da sie zurückkehrte, ging es ihr mit zwei Männern so. Und dann gab es da noch die winzige Kleinigkeit, dass sie sich einen neuen Job suchen musste …

Als das Fahrwerk des Flugzeugs mit einem Ruck auf der Landebahn in Gatwick aufgesetzt hatte, hatte der Gedanke an das, was vor ihr lag, ein angsterfülltes Ziehen in Bos Magen und leichte Übelkeit ausgelöst. *So viel zum Thema erwachsen sein*, hatte sie gedacht, während Kirsten und sie sich entlang der Sitzreihen zum Ausgang des Flugzeugs vorgearbeitet hatten.

Mit Schwung beförderte Bo den Papierhaufen von der Fußmatte ins Flurregal und gähnte.

»Tee?«, fragte sie, zog den Reißverschluss ihres Mantels auf und marschierte in Richtung Küche.

»Das wäre toll, aber wir haben keine Milch mehr«, entgegnete Kirsten, die gerade die Schnürsenkel ihrer Stiefel löste.

Stöhnend drehte sich Bo wieder in Richtung Wohnungstür um. »Dann gehe ich mal kurz los und hole welche«, verkündete sie und schnappte sich ihre Schlüssel.

Als sie die Steintreppe zum Gehweg hochstieg, wurde die Nachmittagssonne bereits blasser. Es war Anfang Dezember, und an mehreren Häusern ihrer Straße hingen schon Lichterketten oder blinkten Weihnachtsbäume in den Fenstern. Die festliche Dekoration passte nicht so richtig zum milden Londoner Wetter: An den Zweigen der Bäume hingen noch die Blätter, und auf einem Dach zwitscherte eine Amsel, als Bo daran vorbeiging. Verglichen mit dem rauen dänischen Winter war es ziemlich sommerlich und wirkte fast so, als weigerte sich die Natur anzuerkennen, dass Weihnachten vor der Tür stand. Bo ging es ganz genauso, deshalb kaufte sie im Laden an der Ecke nur Milch, ein günstiges Schnittbrot und eine große Packung Schokokugeln; das Angebot an Weihnachtsgebäck und Adventskalendern an der Kasse ignorierte sie dagegen.

Nach ihrer Rückkehr machten sie und Kirsten es sich auf dem Schottensofa gemütlich und stellten die Packung Schokokugeln zwischen sich auf das verblichene Polster. Während Bo an ihrem Tee nippte, ließ sie im gleißenden Licht der Deckenlampen den Blick durchs Wohnzimmer wandern und betrachtete den staubigen Rost im unbenutzten Kamin, die abblätternden Holzrahmen der Fenster, den hässlichen Esstisch aus Glas und die Plastikstühle. *Hier in dieser Wohnung ist nichts hyggelig,* dachte sie verdrossen.

Neben ihr sortierte Kirsten auf effiziente Art die Post, indem sie sie auf der Sofalehne zu drei hübschen Häufchen aufschichtete: Der Müllstapel war mit Abstand der höchste und bildete einen ungeordneten Turm aus

Speisekarten von Pizzalieferanten und Flyern von Immobilienmaklern. Schließlich überreichte Kirsten ihrer Mitbewohnerin einen kleinen Stapel Briefe, legte die Füße auf den Couchtisch und steckte sich eine Schokokugel in den Mund.

»Na, freust du dich, dass du wieder zu Hause bist?«, erkundigte sie sich, bevor sie geräuschvoll die Kugel zwischen den Zähnen zermalmte.

Bo lehnte sich ins Polster zurück und starrte auf den langen Riss an der Decke, der sich von der Lampe bis zur Randleiste über dem Fenster zog. »Nicht wirklich«, antwortete sie ehrlich.

Schlürfend trank Kirsten einen Schluck von ihrem Tee. »Vermisst du Skagen schon?«, fragte sie. Dann, nach einer kurzen Pause, fügte sie leise hinzu: »Oder vermisst du vielleicht eher einen gewissen Emil?«

Tage zuvor, an Kirstens erstem Abend im Sommerhaus, saßen sie im Wohnzimmer vor dem Ofen und tranken Wein, während Simon und Florence das Abendessen kochten. Unter Tränen erzählte Bo ihrer Freundin, was in deren Abwesenheit passiert war. Kirsten lauschte dem Bericht mit offenem Mund und erfuhr so von Emils unerwarteter Ankunft, von der wachsenden Vertrautheit zwischen ihm und Bo während des Ausflugs nach Råbjerg und Ålbæk und dem dramatischen Höhepunkt, als sie sich unter den Nordlichtern geküsst hatten.

»Mein Gott, Bo! Da hast du aber ganz schön viel in die paar Tage reingepackt«, bemerkte Kirsten mit offenkundiger Bewunderung.

Bo verzog das Gesicht. »Das kann man wohl sagen.«

»Ich fasse es nicht, dass ich den ganzen Spaß versäumt habe«, beschwerte sich ihre Mitbewohnerin. »Und wenn ich daran denke, dass ich Emil nur um Stunden verpasst habe … Den hab ich das letzte Mal in meiner Kindheit gesehen.« In ihrer Stimme schwang ehrliches Bedauern mit. Sie trank einen Schluck Wein, bevor sie mit zärtlich-nostalgischem Gesicht fortfuhr: »Als ich vierzehn war, hab ich mal mit seinem Bruder rumgeknutscht«, woraufhin Bo trotz allem kichern musste.

Durch die Doppeltür konnten sie hören, wie Florence und Simon sich in der Küche kabbelten.

»Die beiden scheinen gut zusammenzupassen«, meinte Kirsten.

»Man sagt ja, Gegensätze ziehen sich an«, stimmte Bo amüsiert zu und zuckte die Schultern. Als sie in einem Nachsatz erwähnte, dass Florence und Simon sich vor ihrem Aufenthalt im Sommerhaus noch gar nicht gekannt hatten, schlug sich Kirsten ungläubig mit der Hand gegen die Stirn.

»Anscheinend tun die hier in der Gegend irgendwas ins Wasser!«, rief sie entrüstet.

Da Simon am nächsten Tag nach Hause flog und auch Florence abreiste, hatten Kirsten und Bo das Haus schließlich ganz für sich. Und auch wenn Bo versuchte, es sich nicht anmerken zu lassen, fühlte sie sich jetzt, nachdem die anderen weg waren, so, als hätte jemand die Luft aus einem Ballon gelassen. Das Sommerhaus wirkte leer und still, und sie vermisste Florence' übersprudelnde Energie und Simons trockenen Humor.

Am meisten fehlte ihr allerdings Emil. Es kam ihr vor, als quälte das Sommerhaus sie absichtlich mit Erinnerungen: Wo immer sie auch hinging, tauchten Bilder von Emil vor ihrem geistigen Auge auf. Sie sah ihn beim Kochen in der Küche, ausgestreckt auf dem Sofa liegend und lesend oder wie er am Tisch saß und Schnaps eingoss. Und ihr Kummer verschlimmerte sich noch durch das lähmende Gefühl, nicht zu wissen, was nun, nach seiner Abreise, aus ihnen beiden werden sollte. Wie ging man auf erwachsene Weise mit dem um, was zwischen ihnen passiert war?

Kurz nachdem Emil abgereist war, hatte Bo ihm geschrieben, um ihm eine gute Fahrt zu wünschen. Erst spät am Abend hatte er ihr geantwortet: Es habe ihn gefreut, sie kennenzulernen, und er hoffe, sie habe noch eine schöne Zeit in Skagen. Seine Wortwahl kam Bo zwar aufmerksam, aber auch sehr förmlich vor, und sie fragte sich, ob sein leicht distanzierter Ton andeutete, dass er sich bereits emotional zurückzog oder gar bedauerte, was zwischen ihnen geschehen war.

Kirsten hatte ihre Sorgen als unbegründet abgetan und versucht, sie davon zu überzeugen, dass sie die Nachricht sicher falsch interpretierte.

»Wahrscheinlich ist er einfach nur müde, Bo«, sagte sie aufmunternd. Doch nachdem der Zweifel einmal gesät worden war, konnte Bo nicht verhindern, dass sie sich in eine richtige Krise hineinsteigerte.

Sie musste die Möglichkeit in Betracht ziehen, dass Emil und sie sich nur durch Zufall begegnet waren – sie war lediglich zur richtigen Zeit am richtigen Ort gewesen, und er hatte Trost bei ihr gesucht, weil er niemand anderen hatte. In ihrer Erinnerung sah Bo die raue Schönheit von Grenen vor sich, die Wellen, die sich auf der Sandbank brachen, die Asche seiner Mutter, funkelnd im rosa Licht der untergehenden Sonne. Sie hatten zusammen Nordlichter gesehen, verdammt! War es da verwunderlich, wenn sie sich von der Romantik des Augenblicks hatten mitreißen lassen?

Bos letzte Tage in Skagen wurden von widerstreitenden Gefühlen bestimmt: von der Sehnsucht, Emil wiederzusehen, während sie gleichzeitig am liebsten aus dem Sommerhaus mit all seinen bittersüßen Erinnerungen geflüchtet wäre.

Jetzt, zurück in London, kam es ihr fast so vor, als hätte sie die Erlebnisse in Skagen nur geträumt. Vielleicht war es erwachsen, sich einzugestehen, dass die Sache mit Emil nur eine Schwärmerei gewesen war, eine Urlaubsromanze – spaßig, solange sie dauerte, aber dazu verdammt, im Sande zu verlaufen, sobald man wieder im wirklichen Leben angekommen war.

Bos sentimentale Träumereien wurden durch Kirsten unterbrochen, die auf dem Sofa neben ihr krachend die nächste Schokokugel zerbiss.

»Hast du vor, Emil zu besuchen? In Kopenhagen?«, hakte sie nach, als könnte sie Bos Gedanken lesen.

»Mal sehen«, sagte Bo nur.

Um nicht länger über das Thema Emil nachdenken zu müssen, lenkte sie sich ab, indem sie ihre Post durchging. Sie ignorierte die Kreditkartenabrechnungen und

Kontoauszüge und widmete sich stattdessen einem weißen Umschlag mit Londoner Poststempel, den sie in erwartungsvoller Anspannung aufriss.

»Hiermit ist mein Arbeitsverhältnis offiziell beendet«, verkündete sie ohne Umschweife, legte die Bescheinigung auf die Armlehne des Sofas und faltete das Begleitschreiben auseinander. »Und meine Abfindung wurde auch abgesegnet«, las Bo. »Das Geld soll in den nächsten Tagen überwiesen werden.«

»Dann kannst du ja jetzt einen ausgeben«, witzelte Kirsten.

Mit einem matten Lächeln griff Bo nach ihrer Teetasse und war – sofern das überhaupt ging – noch deprimierter als vorher. Natürlich konnte sie das Geld gut gebrauchen, aber es läutete zugleich das definitive Ende ihrer Karriere bei Aspect ein, und irgendwie hatte es etwas Kaltes, Unpersönliches an sich, wenn fünf Jahre eines Lebens einfach so mit einer Steuerbescheinigung und Abfindung beendet wurden.

Auch in den folgenden Tagen besserte sich Bos Laune nicht. Da Kirsten wieder arbeiten ging, verbrachte sie die Zeit allein zu Hause und hatte nicht viel anderes zu tun, als über die Ereignisse in Skagen nachzugrübeln. Verglichen mit dem Sommerhaus kam ihr die Wohnung zugig und eng vor, und ihr fehlte die urwüchsige Landschaft Dänemarks: die endlosen Dünen, der weite Himmel und das aufgewühlte Meer. Sogar den Klang des Regens, der gegen die Fenster schlug, vermisste sie.

Wenn Bo nicht zwanghaft über die Sache mit Emil

nachdachte, quälte sie sich mit Gedanken an Ben. Und an beiden Fronten wollte sich keine Klarheit einstellen. Stattdessen schien sich tief in ihrem Innern ein dicker Klumpen aus Verwirrung und Gewissensbissen eingenistet zu haben, wie eine unverdaute Mahlzeit. Noch immer hatte sie nicht auf Bens letzte Nachricht geantwortet, die sie in Dänemark erhalten hatte, und seit ihrer Rückkehr nach London hatte noch keiner von ihnen versucht, den anderen zu kontaktieren. Eigentlich hätte sie sich wegen der Sache mit Emil schuldig fühlen müssen; nachdem sie Ben irrtümlich vorgeworfen hatte, sie zu betrügen, war ihr jetziges Verhalten ziemlich heuchlerisch. Trotzdem protestierte da eine Stimme in ihr, dass es nicht so simpel war. Schließlich hatten sie und Ben ihre Beziehung nie klar definiert. Zählte die Tatsache, dass sie mit Emil geschlafen hatte, auch dann als Betrug, wenn sie sich nie sicher gewesen war, ob Ben sie tatsächlich als seine feste Freundin betrachtete?

In der Hoffnung, dass sie beim Backen bessere Laune bekommen würde, beschloss Bo, ein Blech Brownies zu machen. Während sie den Teig rührte, wurde ihr plötzlich bewusst, dass sie gerade versuchte, sich das Hygge-Gefühl zurückzuholen: die Mischung aus Gemütlichkeit, Kameradschaft und Zusammengehörigkeit, die das gemeinsame Kochen in Skagen begleitet hatte. Hier, allein in der winzigen Küche in Holloway, war es Bo allerdings nicht möglich, auch nur annähernd das Gefühl von hyggeliger Zufriedenheit herzustellen.

Bo schob das Blech mit der Brownie-Mischung in den Ofen und knallte die Tür genau in dem Moment zu, als das Vibrieren ihres Handys einen eingehenden Anruf ankündigte. Hastig schnappte sie sich das Telefon und setzte ein Lächeln auf, als sie den Namen einer Personalagentur auf dem Display sah.

»Hallo?«, meldete sie sich.

»Hi, Bo, hier ist Shelley von Marsh Recruitment, wie geht es dir?«, drang eine zwitschernde Stimme an Bos Ohr. Im Hintergrund konnte sie die typische Geräuschkulisse eines Büros hören: Telefonklingeln, körperlose Stimmen und kreischendes Gelächter in der Ferne.

»Mir geht's gut, danke, Shelley. Und dir?«, imitierte Bo die vertrauliche Wortwahl ihrer Gesprächspartnerin, obwohl sie beide sich noch nie persönlich begegnet waren und auch bisher nie miteinander gesprochen hatten.

»Gut, danke. Hör mal ...« Jetzt, da sie den erforderlichen Small Talk hinter sich gebracht hatte, kam Shelley direkt aufs Geschäftliche zu sprechen. »... gerade haben wir ein *fantastisches* Jobangebot reinbekommen, das genau zu dir passen könnte.«

Sofort verspürte Bo instinktiven Widerwillen, antwortete jedoch trotzdem mit gekünstelter Begeisterung: »Ah, wie schön.«

»Eine Stelle als Marketingkoordinatorin mit guten Konditionen und Aufstiegschancen. Bei einer richtig *großen* Firma mit Sitz im Stadtzentrum, in der Nähe von Euston«, schwärmte Shelley. »Allerdings wäre es eine ganz andere Branche. Könntest du dir vorstellen, im Lebensmittelbereich zu arbeiten?«

Kapitel 18

Bo saß in der U-Bahn Richtung Stadtmitte, auf dem Weg zu ihrem ersten Vorstellungsgespräch seit fünf Jahren. Sie trug High Heels zu ihrem eleganten grauen Hosenanzug und hatte sich mühevoll das Haar glatt geföhnt, sodass ihr gepflegt professioneller Look nicht durch abtrünnige Locken zerstört werden konnte. High Heels hatte sie schon seit Monaten nicht mehr getragen, und so spürte sie bereits seit Betreten der U-Bahn-Station an der Holloway Road das verräterische Pochen einer Blase an ihrer linken Ferse. Während sie ihr Spiegelbild im Wagenfenster gegenüber anstarrte, machte sie sich eine gedankliche Notiz, sich bei der nächstbesten Gelegenheit Pflaster zu kaufen, um sich die Peinlichkeit zu ersparen, humpelnd beim Bewerbungsgespräch aufzutauchen.

Als sie die U-Bahn in Euston verließ, hatte sie noch vierzig Minuten Zeit bis zu ihrem Termin. Draußen vor dem Ausgang der Station stand ein Wagen, an dem man Kaffee und Waffeln kaufen konnte: ein süßer, himmelblauer Oldtimer-Kleinbus mit Wellblechkarosserie und einer Durchreiche mit Holztheke. Bei seinem Anblick hatte Bo sofort Bilder von sonnenbeschienenen Marktplätzen in Südfrankreich vor Augen. Sie kaufte einen Kaffee von der lächelnden Frau hinterm Tresen und ging damit zu einer Bank in der Nähe. Dort saß sie eine Weile, nippte an ihrem Getränk und sah den Fahrzeugschlangen zu, die sich im Schritttempo über die Euston Road bewegten.

Um Punkt elf Uhr schob Bo sich durch die Drehtür eines anonymen Betonbürogebäudes und nahm den Aufzug in den dritten Stock. Oben angekommen, bedeutete ihr eine gelangweilt wirkende junge Frau mit fuchsiafarben lackierten Nägeln, Platz zu nehmen, woraufhin sie sich gehorsam in einen blauen Sessel neben dem Wasserspender sinken ließ.

Mühsam versuchte sie, das ungute Gefühl zu unterdrücken, das sich während des Wartens in ihr breitmachte. Dabei ging es nicht nur darum, dass sie eine instinktive Aversion gegen diese stickige, nichtssagende Büroetage verspürte, sondern auch um die Tatsache, dass sie sich in der Firmenzentrale von Petits Pains befand, einer Gastronomiekette, die Filialen in Flughäfen und Bahnhöfen betrieb. In den Shops wurden vorverpackte Baguettes und aufgebackene Croissants an Kunden verkauft, die es zu eilig hatten, um sich eine appetitlichere Alternative zu suchen. Normalerweise machte Bo schon aus Prinzip einen großen Bogen um solche Läden.

Doch während sie auf die müde aussehende Topfpflanze starrte, die neben ihrem Sessel auf dem Boden stand, ermahnte sie sich im Stillen, offen zu bleiben.

Zugegeben, im Marketing einer Backshop-Kette zu arbeiten war nicht gerade die Erfüllung ihres gastronomischen Jugendtraums, aber sie musste auch realistisch bleiben. Die Abfindung würde nicht ewig reichen, und sie brauchte einen Job.

In einem gesichtslosen Besprechungsraum, durch dessen Fenster man die Euston Road überblicken konnte, trank Bo Wasser aus einem Plastikbecher, während die Marketingchefin, eine mollige Blondine namens Karen, sie zu ihrer Berufserfahrung und ihren Karrierezielen befragte. Bo erzählte von ihrer Arbeit bei Aspect und machte dabei deutlich, wie sehr sie sich für die Entwicklung, Planung und Umsetzung von Marketingkampagnen begeisterte. Karen lächelte und nickte anerkennend, und so trat Bo schon fünfundvierzig Minuten später wieder in den strahlenden Dezembertag hinaus – zufrieden, weil sie sich gut präsentiert hatte, und gleichzeitig leicht deprimiert bei dem Gedanken, dass sie den Job tatsächlich bekommen könnte.

Sie hatte sich mit Hayley zum Mittagessen in Soho verabredet, und während sie durch die eleganten Straßen von Bloomsbury schlenderte, dachte sie über ihre Optionen nach. Hatte die Arbeit im Marketing einfach nur ihren Pep verloren, oder befand sie sich etwa mitten in einer ausgewachsenen beruflichen Krise?

Emil, Florence und Simon hatten alle ihre kreativen Leidenschaften zum Beruf gemacht, und vielleicht hatte sie ja per Osmose etwas von deren Energie aufgenommen. Die Zeit in Dänemark hatte ihr einen schmerzhaften Einblick in einen ganz anderen

Karriereweg gewährt als den, den sie bisher gekannt hatte, und das hatte sie zum Nachdenken angeregt. Vielleicht war es doch nicht so verrückt zu glauben, dass man von einer Arbeit leben konnte, die man liebte. Es fühlte sich an, als wäre ein Funken in ihr entzündet worden, doch es würde nicht mehr lange dauern, bis die harte Realität des Lebens – und die Tatsache, dass sie zügig Geld verdienen musste – ihn auslöschen würde.

Auf dem gesamten Weg von Bloomsbury nach Soho, wo sie mit Hayley verabredet war, beherrschte Bos berufliches Dilemma ihre Gedanken, bis sie schließlich die Tür zu dem Chinarestaurant in der Wardour Street aufschob. Dort setzte sie sich auf einen der Hocker an der Fensterbar und wartete auf ihre frühere Kollegin. Eine eifrige Kellnerin mit glänzender schwarzer Bobfrisur reichte ihr eine Speisekarte, die sie träge durchstöberte, während sie die trendigen Medienleute beobachtete, die an der getönten Fensterscheibe vorbei den Gehsteig entlanghasteten. Nach einigen Minuten schwang neben ihr die Tür auf, und ein kalter Luftzug blies durch den warmen, leicht dunstigen Gastraum.

»Hi, Hayley.« Bo sprang von ihrem Platz auf und gab ihrer Ex-Kollegin einen Begrüßungskuss auf die Wange.

Hayley schälte sich aus ihrer Jacke und hängte diese über die Lehne eines Barhockers. Sofort tauchte die Kellnerin wieder auf, gab Hayley eine Speisekarte und blieb wartend in der Nähe stehen, um ihre Bestellung aufzunehmen.

»Und? Wie war das Vorstellungsgespräch?«, fragte

Hayley interessiert, nachdem sie bestellt hatten und die Kellnerin davongetrippelt war.

»Ganz okay, glaube ich«, erwiderte Bo ganz unverbindlich.

»Klingt für mich so, als ob es gut gelaufen wäre«, meinte Hayley aufmunternd.

Bo zuckte die Achseln. »Schätze schon«, murmelte sie.

Verblüfft sah Hayley sie an. »Willst du den Job etwa nicht?«

Sie wurden durch das erneute Erscheinen der Kellnerin unterbrochen, die ihre Getränke brachte, und Bo war dankbar für die Ablenkung. Ihr war klar, wenn sie Hayley mit deren Hang zum Tratschen von ihren Zweifeln erzählte, würde bis zum Ende des Tages jeder Mitarbeiter von Aspect über ihre berufliche Krise Bescheid wissen.

»Ach, ich weiß nicht«, murmelte sie deshalb ausweichend. »Ich will mir einfach nur sämtliche Optionen offenhalten, das ist alles.« Verständnisvoll sah Hayley sie an, bevor sie einen Schluck aus ihrem Glas trank.

»Wie läuft's denn eigentlich im Büro?«, erkundigte sich Bo, um das Thema endlich von sich abzulenken.

Hayley wickelte sich das Ende ihres Pferdeschwanzes um den Finger und verdrehte die Augen gen Himmel. »Es ist der totale Albtraum«, beschwerte sie sich bitter. »Demnächst ist Messe, und unsere Herren Geschäftsführer wollen keinen Cent für zusätzliche Hilfskräfte ausgeben. Sogar Claire hat zugegeben, dass es ihr zu viel wird.« Bo zog eine mitfühlende Grimasse.

»Nächste Woche ist Weihnachtsfeier, und ich hatte noch nicht mal Zeit, mir ein Outfit zu kaufen«, fügte Hayley hinzu, doch das kaum wahrnehmbare Zucken in Bos Gesicht brachte sie abrupt zum Schweigen. »Oh, tut mir leid«, murmelte sie verschämt. »Ich wollte nicht …«

»Kein Problem«, unterbrach Bo sie mit erzwungener Fröhlichkeit. »Ich hab nicht mit 'ner Einladung gerechnet.«

Ein Moment der Stille trat ein, in dessen Verlauf die Kellnerin zurückkam und zwei rechteckige Teller mit dampfenden Klößen vor ihnen auf dem Tresen abstellte.

»Dieses Jahr fällt die Feier etwas kleiner aus«, fuhr Hayley in dem ziemlich durchschaubaren Versuch fort, ihre frühere Kollegin aufzuheitern. »Nur ein Büfett und Getränke. Sparmaßnahmen, du weißt schon …«

Bo nickte, ohne eine Miene zu verziehen. Es überraschte sie ein wenig, dass der Gedanke, die Weihnachtsfeier von Aspect zu verpassen, nicht mal mehr einen Hauch von Traurigkeit in ihr auslöste.

Hayley schluckte das Stück Kloß hinunter, das sie sich gerade in den Mund gesteckt hatte. »Dafür bin ich allerdings sehr zuversichtlich, dass uns dieses Jahr in Sachen heiße Affären einiges geboten wird«, verkündete sie und blickte Bo aus dem Augenwinkel heraus an. Es verging ein Moment, bis Bo verstand, dass Hayley offensichtlich auf einen Kommentar ihrerseits wartete.

»Oh, echt? Auf wen hast du gewettet?«, fragte sie deshalb und hielt ihren Tonfall bewusst gelassen.

Hayley zog die Nase kraus und blies die Backen auf,

als erforderte die Antwort auf diese Frage höchste Konzentration.

»Hm«, begann sie schließlich. »Dev aus der Technik hat sich gerade von seiner Verlobten getrennt, also ist er schon mal ein heißer Kandidat. Und Lorraine macht's auch mit jedem, wenn sie ein paar Bier intus hat.«

Sie verstummte und trank einen Schluck von ihrer Cola, bevor sie nachträglich hinzufügte: »Aber Ben würde ich auch nicht von der Liste streichen. Der war ja in Sachen Büroaffären schon immer ein heimlicher Kandidat, nicht wahr?«

Bos Magen krampfte sich vor Schreck zusammen. Sie öffnete den Mund, um etwas zu sagen, schloss ihn jedoch gleich darauf wieder, weil sie Hayleys Laserstrahl-Blick auf ihrem Gesicht spürte.

»Außerdem hat Ben neulich was ziemlich Seltsames zu mir gesagt«, plapperte Hayley wie beiläufig weiter und widmete sich erneut ihrem Essen, während Bo die Augen starr auf die Fensterscheibe gerichtet hielt.

»Ach, echt?«, erwiderte sie mit leicht zittriger Stimme.

»Yep. Wir waren nach Feierabend zusammen in der Küche, um uns ein Bier zu holen. Ich hab den ganzen Tag wie 'ne Blöde an der Broschüre für die Messe rumgebastelt und gewitzelt, dass du echt froh sein kannst, raus aus der Nummer zu sein, und wahrscheinlich mega viel Spaß in Dänemark hast.«

Bo verzog den Mund zu einem schmalen Lächeln und nippte an ihrem Getränk.

»Jedenfalls«, setzte Hayley ihren Bericht fort, »hat

Ben aufgelacht, so wie er das immer macht, wenn er was Sarkastisches sagen will, und meinte dann: ›Na ja, wenn du Scrabble spielen für mega viel Spaß hältst …‹«

Abrupt schob Hayley ihren Teller von sich und wandte sich erneut Bo zu. »Also hab ich ihn gefragt: ›Woher weißt du denn, dass sie Scrabble spielt, Ben?‹ Und dann hat er mich so angesehen … na ja … ein bisschen so wie du gerade.«

Bo, die sich zu Hayley umgedreht hatte, spürte, wie ihre Wangen anfingen zu brennen. Die Minuten zogen sich in die Länge, während sie sich stumm in die Augen sahen. Schließlich senkte Bo den Blick, stieß langsam den Atem aus und schob ebenfalls ihren Teller von sich.

»Um ehrlich zu sein, überrascht es mich, dass du es nicht schon früher gemerkt hast«, sagte sie leise und starrte auf ihr Besteck.

»Na ja, den Verdacht hatte ich schon«, gab Hayley zu, »aber ich hab mir gedacht, das geht mich nichts an.«

Erstaunt hob Bo die Augenbrauen.

»Ich weiß, ich tratsche gern, aber auch ich kann diskret sein«, entgegnete Hayley gespielt beleidigt. »Wie lange geht das denn schon?«, fragte sie dann vorsichtig.

»Seit Februar«, gab Bo zurück, bevor sie hastig ergänzte: »Aber ganz ehrlich, ich bin mir nicht sicher, ob es überhaupt noch läuft. Seit ich von Aspect weg bin, ist das Ganze irgendwie … etwas kompliziert geworden.« Sie sah zu Hayley hinüber und rechnete halb damit, das Funkeln in deren Augen zu sehen, das für gewöhnlich immer dann auftauchte, wenn die Kollegin eine Neuigkeit erfuhr. Stattdessen zeigte Hayleys Miene jedoch eher Anteilnahme.

»Aus den Augen, aus dem Sinn, hm?«, meinte sie sanft.

Bo legte die Stirn in Falten. »Ja, so was in der Art.«

»Also, wenn es dich irgendwie tröstet, dein Geheimnis ist auf jeden Fall sicher bei mir. Von mir erfährt niemand ein Sterbenswörtchen.« Hayley legte Daumen und Zeigefinger aneinander und tat so, als versiegelte sie ihre Lippen mit einem Reißverschluss.

Bo lächelte. »Danke, Hayley. Aber wie ich schon sagte: Wahrscheinlich gibt es gar kein Geheimnis mehr, das du bewahren müsstest.«

Sie quatschten noch ein wenig über die Arbeit und ihre jeweiligen Pläne für Weihnachten, bis Hayley schließlich auf die Uhr blickte und seufzte. »Ich gehe besser wieder ins Büro«, sagte sie düster.

Die beiden rutschten von ihren Barhockern und zogen sich ihre Mäntel an. »Nur aus Interesse«, begann Bo, während sie den Reißverschluss hochzog, »was hat uns verraten, Ben und mich? Haben wir uns so offensichtlich angestellt?«

Lächelnd sah Hayley sie an, und in ihren Augen leuchtete ein winziges Fünkchen Befriedigung auf. »Deine Reaktion bei deinem Ausstand, als ich dir die Sache mit Milton Keynes erzählt hab.«

»Meine Reaktion?«, wiederholte Bo stirnrunzelnd.

Nur mit Mühe gelang es Hayley, sich ein Grinsen zu verkneifen. »Bo, du warst plötzlich kreideweiß im Gesicht, und fünf Minuten später bist du von deinem eigenen Umtrunk abgehauen. Dreißig Sekunden danach ist Ben wie der Blitz hinter dir hergerannt. Das war schon ein bisschen auffällig.«

Bo zog eine Grimasse. »Oh Gott, erinnere mich nicht daran.«

Gemeinsam gingen sie nach draußen und machten sich auf den Weg zur Oxford Street, wo sie sich mit einer Umarmung verabschiedeten. Bo sah zu, wie Hayley über einen Fußgängerüberweg hastete und dann hinter einer Reihe wartender Busse verschwand. Erst dann bog sie links ab und schlenderte in Richtung U-Bahn-Station Oxford Circus.

Irgendwie lag in dem, was gerade passiert war, eine gewisse Ironie: dass ihre Beziehung mit Ben, die sie unter so großen Anstrengungen geheim gehalten hatten, genau zu dem Zeitpunkt aufgeflogen war, als sie zu zerbrechen drohte. Jetzt, da das Ganze herausgekommen war, klang es ziemlich klischeehaft – eine heimliche Büroaffäre, die gar nicht so heimlich gewesen war. Trotzdem: Während Bo sich einen Weg durch die Massen von Shoppenden bahnte, verspürte sie kein Bedauern darüber, dass sie und Ben aufgeflogen waren, sondern eher so etwas wie Erleichterung. Schließlich betraf es sie nicht mehr, ob irgendwer bei Aspect von ihrer Beziehung wusste und was die Kollegen davon hielten. Früher hätte ihr das vielleicht etwas ausgemacht, aber jetzt ganz sicher nicht mehr. Für sie war nur wichtig, was Ben und sie füreinander empfanden, und um sich darüber Klarheit zu verschaffen, musste sie sich mit ihm treffen.

Kapitel 19

Als Bo in die Wohnung zurückkam, kickte sie ihre High Heels von den Füßen, zog ihren bequemsten Trainingsanzug an und ließ sich aufs Sofa fallen, einen selbst gemachten Brownie in der einen Hand und ihr Handy in der anderen. Sie hatte beschlossen, Ben eine Nachricht zu schicken und ein Treffen vorzuschlagen, aber sie musste ihre Worte sorgfältig auswählen, sodass sie weder feindselig noch bedürftig klangen. Nach langem Nachdenken entschied sie sich für: *Hi Ben, sorry, dass ich mich nicht mehr aus Dänemark gemeldet habe. Hast du Lust, am Wochenende was zu machen? Will doch wissen, was es Neues gibt. Bo xx*

Halb rechnete sie schon damit, dass er sie mit einer Ausrede abspeisen würde, doch seine Antwort – *Wo möchtest du denn gerne hin?* – war zwar kurz, aber freundlich. Bo wollte kein Abendessen zu zweit in einem Restaurant vorschlagen. Damit wären bestimmte romantische Erwartungen verknüpft, und außerdem bestand ein gewisses Risiko, dass der Abend zu einer peinlichen Wiederholung ihres letzten Dates führen könnte. Deswegen schlug sie ein Mittagessen auf einem neu eröffneten Street-Food-Markt in Southwark vor.

Klingt gut. Bis dann, antwortete Ben.

Am Samstag war es kalt und frisch draußen, doch die Luft war klar. Bo stellte ein Outfit mit einer deutlichen Botschaft zusammen: dass sie sich dazu entschieden hatte, etwas Bequemes anzuziehen und nicht etwas, um Ben zu beeindrucken. Jeans mit Rollkragenpulli, UGG-Boots und die Daunenjacke, die sie auf dem Rückweg von Dänemark am Flughafen Aalborg gekauft hatte.

Der Street-Food-Markt fand auf einem ausgedehnten Gelände vor dem Hintergrund eines Eisenbahnviadukts statt, im Schatten des Shard-Wolkenkratzers, und in der Ferne konnte man die Züge hören, die quietschend im Bahnhof London Bridge zum Stehen kamen. Den Markt hatte man in einem formlosen, fast schon maroden Stil gestaltet: in einem Mix aus festen Lokalen, die man in die Bögen der Eisenbahnbrücke gebaut hatte, und mobilen Stellplätzen auf den gepflasterten Außenbereichen.

Da Bo schon früh angekommen war, schlenderte sie zwischen den Buden hindurch und war nicht nur von dem verlockenden kulinarischen Angebot fasziniert – es gab alles von der Holzofenpizza bis hin zu Ramen, türkische Köfte und Burritos –, sondern auch von den Verkäufern selbst, die meist nicht älter aussahen als sie selbst. Die Vielfalt an Fahrzeugen, in denen die Speisen verkauft wurden, begeisterte Bo: umgebaute Eiswagen, Oldtimer und Airstream-Wohnwagen.

Einige der Verkäufer hatten ihre Fahrzeuge individuell bemalt oder die Geschichte ihres Geschäfts mit Kreide auf eine Tafel geschrieben. Das verlieh dem Markt ein künstlerisches, festivalähnliches Ambiente, in dem die Verkäufer sich genauso wohlzufühlen schienen wie die Kunden.

Bei einem Mann in einem lilafarbenen Wohnmobil kaufte Bo sich einen Kaffee und ging damit zu einem der Sitzbereiche hinüber, der sich unter einem der Brückenbögen befand. Die langen Sitzgruppen vermittelten den Eindruck, als befände man sich in einem Gemeinschaftsraum, in dem alle gleich waren und wo man sich, auch dank der warm glühenden Paraffinöfen, behaglich und willkommen fühlte – ja, fast schon hyggelig. *Das würde Emil gefallen*, dachte Bo, während sie aus dem Brückenbogen heraus die wachsende Menge aus Hipstern, urban gekleideten Mittzwanzigern und jungen Familien beobachtete. Gerade als sie den Rest ihres Kaffees ausgetrunken hatte, entdeckte sie Bens hochgewachsene Gestalt im Gedränge. Er schlenderte über den Markt, hatte die Hände in den Taschen einer grauen Wolljacke vergraben und sich einen gestreiften Schal um den Hals geschlungen. Bo stand auf und ging ihm entgegen.

»Hi, Blu-ray. Lange nicht gesehen.« Er schenkte ihr ein jungenhaftes Lächeln, und automatisch hielt Bo ihm die Wange zu einem Begrüßungskuss hin. Als seine Lippen über ihre Haut strichen, versetzte es ihr einen Stich, und sie spürte etwas, das sie nicht ganz einordnen konnte – Sehnsucht vielleicht oder Bedauern –, doch sie erstickte die Gefühle sofort im Keim.

»Schöne Jacke. Ist die neu?«, erkundigte sich Ben, während er anerkennend den Blick über ihren Körper schweifen ließ.

»Danke. Die hab ich in Dänemark gekauft«, antwortete Bo, machte eine Vierteldrehung und nahm eine witzige, modelhafte Pose ein. »Die Dänen sagen, es gibt kein schlechtes Wetter, nur schlechte Kleidung. Wie sich herausgestellt hat, ist da was dran«, erzählte sie lachend.

»Nicht wahr«, entgegnete Ben trocken, allerdings ohne Boshaftigkeit.

Dann standen sie schweigend da und blickten sich an, mitten im Trubel des Marktes. Bo fühlte sich so unbehaglich, als wäre dies ihr erstes gemeinsames Date, und sie wusste nicht, was sie sagen sollte.

»Langsam wird's voll hier«, bemerkte sie schließlich unnötigerweise. »Sollen wir was essen?«

Nebeneinander, aber ohne sich zu berühren, machten sie einen Rundgang entlang der Stände und verschafften sich einen Überblick über die verschiedenen Gerichte, bevor sie irgendwann an einem Wagen stehen blieben, an dem vietnamesische Reispfanne mit Huhn- und Schweinestreifen angeboten wurde. Verführerisch brutzelten die Fleischstückchen auf einer offenen Grillplatte vor sich hin.

Mittlerweile herrschte deutlich mehr Betrieb im Essbereich unter dem Bogen, und die meisten Plätze waren bereits besetzt. Deshalb quetschten Bo und Ben sich an den Rücken der anderen Gäste vorbei und nahmen zwei leere Stühle in Beschlag, die an einem der langen Gemeinschaftstische nebeneinanderstanden.

»Das riecht aber gut«, befand Bo, als sie den Plastikdeckel von ihrem Gericht entfernte und den köstlich nach süß-saurer Soße duftenden Dampf einatmete.

Während des Essens war Bo sich deutlich der Tatsache bewusst, wie nah sie bei den anderen Leuten um sie herum saßen und wie die Akustik des von Mauern umschlossenen Raums die Lautstärke der Gespräche noch verstärkte. Irgendwann begann sie sich zu fragen, ob ihr Vorschlag, sich hier zu treffen, ein Fehler gewesen war, wenn man bedachte, worüber sie miteinander reden mussten.

»Und?«, setzte Bo schließlich vorsichtig an. »Wie läuft's bei der Arbeit?«

»Besser«, antwortete Ben mit erleichtertem Gesicht. »Zumindest rasten die Kunden derzeit nicht aus. Ich glaube, so langsam kapieren sie, dass ich kein totaler Vollidiot bin.« Er stieß ein kehliges Lachen aus, doch Bo war überrascht von der Unsicherheit, die hinter seinem Kommentar steckte. Sie sah zu, wie er mit seiner Holzgabel ein Stück Hühnerfleisch aufspießte. »Es ist aber trotzdem noch ein verdammt harter Job«, setzte Ben nachdenklich hinzu. »Diese Woche war ich jeden Tag der Letzte im Büro.« Damit steckte er sich das Fleisch in den Mund und kaute darauf herum.

Aufmunternd lächelte Bo ihn an. »Ich bin überzeugt, du machst den Job richtig gut«, versicherte sie ihm. Schüchtern erwiderte er ihr Lächeln und murmelte ein »Danke« vor sich hin. Einen flüchtigen Moment lang erhaschte Bo einen Blick auf den kleinen Jungen in ihm, der nicht genau wusste, ob er sich nicht mehr auf den

Teller geladen hatte, als er essen konnte. Es kam nicht häufig vor, dass Ben diese verletzliche Seite von sich zeigte, und irgendwie hatte das etwas merkwürdig Liebenswertes. Zu Bos Erstaunen ertappte sie sich dabei, dass sie den Drang bekämpfte, seine Hand zu streicheln.

Da sie plötzlich verlegen wurde, konzentrierte sie sich wieder auf ihr Essen, während sich auf den Plätzen gegenüber zwei attraktive junge Frauen an den Tisch quetschten. Die beiden steckten mitten in einer Unterhaltung und bemerkten gar nicht, wie Ben automatisch und anerkennend den Blick über ihre Figuren gleiten ließ, als sie ihre Mäntel auszogen. Abrupt löste sich Bos Bedürfnis, ihn zu trösten, in Luft auf. Stattdessen rammte sie die Gabel in ein Stück Huhn.

»Ich hatte übrigens diese Woche ein Vorstellungsgespräch«, sagte sie in einem gereizteren Tonfall als beabsichtigt.

»Ah, okay. Für welchen Job?«, erkundigte sich Ben und ließ den Blick zu ihr zurückkehren. Bo trank einen Schluck Wasser, während sie überlegte, ob sie ihrem Bericht über das Bewerbungsgespräch eine positive Richtung geben sollte – gute Firma, anständige Konditionen – oder Ben lieber ehrlich von ihren Bedenken erzählte.

»Marketingkoordinatorin. In einem Lebensmittelunternehmen«, sagte sie schließlich ausdruckslos, doch noch während sie sprach, bemerkte sie, wie Bens Blick erneut zu den Frauen gegenüber huschte. Dank der Hallraumakustik unter dem Brückenbogen konnte Bo jedes Wort von deren Unterhaltung hören.

»Der war die ganze Zeit bei Tinder«, erzählte die langhaarige Brünette geschockt.

»Was für ein Arschloch«, entgegnete die Freundin.

Ben hatte das Gespräch offensichtlich ebenfalls belauscht, denn seine Reaktion auf Bos Antwort dauerte eine Sekunde zu lang.

»In welchem Unternehmen?«, wollte er wissen.

»Petits Pains. Du weißt schon, diese Backshops, die es in jedem Bahnhof gibt.«

Ein amüsiertes Grinsen umspielte Bens Lippen. »Mmh, Drei-Sterne-Gastronomie also«, spottete er.

»Das ist bloß 'ne Stelle im Marketing, Ben. Dafür muss ich ja nicht deren Sachen essen«, entgegnete Bo schnippisch.

»Dein Glück.« Er stieß ein abfälliges Lachen aus. Bo spürte, wie in ihrem Innern ein vertrautes Gefühl von Ärger zu köcheln begann. Es war so typisch, dass er, wenn es um seinen Job ging, immer Mitgefühl von ihr erwartete, aber umgekehrt für ihre Arbeit keinen Respekt übrig hatte.

Verbittert schwieg sie und aß weiter. Dabei hörte sie, wie die Brünette von gegenüber sagte: »Ich hab jetzt seine Nummer geblockt«, woraufhin ihre Freundin böse kicherte.

»Wie war's denn in Dänemark?« Bens Frage ließ Bo zusammenzucken. Gedankenvoll schabte sie die letzten klebrigen Reiskörner vom Boden des Plastikbehälters.

»Hm, na ja … Die ersten Tage hat's nur geschüttet, deshalb konnten wir quasi nicht raus. War aber okay –

das Sommerhaus war nämlich echt gemütlich. Und danach haben wir Radtouren gemacht, sind am Strand spazieren gegangen, haben einen Drachen steigen lassen und zusammen gekocht.« Sie redete sehr schnell, und Bens irritierter Gesichtsausdruck legte die Vermutung nahe, dass sie ziemlich nervös wirkte – oder so, als ob sie sich verteidigen müsste. Bo spürte, dass sie sich gerade in gefährliche Gewässer vorwagte. »An einem Abend haben wir Nordlichter gesehen, das war total schön«, plapperte sie trotzdem weiter.

In Bens Miene flackerte ein Funken von Eifersucht auf. »Wow. Das klingt toll«, sagte er ausdruckslos.

»War es auch«, stimmte Bo zu. »Und in Dänemark sieht man die nur sehr selten. Wir hatten echt Glück.«

»Wer war noch mal außer dir mit im Haus?«, fragte Ben. Sein Blick war starr auf ihr Profil gerichtet, und zum ersten Mal, seit sie sich an den Tisch gesetzt hatten, war Bo sich sicher, dass sie seine volle Aufmerksamkeit hatte – wobei sie in diesem Moment lieber darauf verzichtet hätte. Stirnrunzelnd blickte sie in ihren leeren Reisbehälter.

»Oh, also zuerst einmal Florence, die Künstlerin, von der ich dir erzählt habe. Kirsten ist am Wochenende angekommen. Und zwei Freunde von Kirstens Mum waren auch noch da.« Aus dem Augenwinkel heraus konnte Bo sehen, dass Ben sie intensiv musterte, und sie spürte das Misstrauen, das von ihm ausging.

»Waren das auch Künstler?«

»Wer?«, versuchte Bo, Zeit zu gewinnen.

»Die anderen Freunde.«

»Ähm … nein«, entgegnete sie vage. »Einer war Schriftsteller. Der andere Koch.« Bens Miene war vollkommen unbewegt, wie eine Maske, und Bo konnte fühlen, wie sich Hitze in ihrem Hals ausbreitete und nach oben wanderte.

»Und wie hießen die beiden?«

»Simon. Das ist der Schriftsteller. Und Emil.« Als sie den Namen aussprach, ließ sie instinktiv den Blick sinken.

»E-Mail?«, spottete Ben. »Was ist denn das für ein Name?«

»Nicht E-Mail. Emil. Er ist Däne.« Ein Hauch von Empörung flammte in ihr auf, und sie bemerkte durchaus, dass sie nun vom Hals bis zu den Wangen errötete. Ben hatte es ebenfalls bemerkt – da war sie sich sicher.

»Und Emil ist Koch, ja?«, erkundigte er sich emotionslos.

Bo nickte. »In Kopenhagen.«

Das Geschepper von Besteck, das jemand auf den Steinboden hatte fallen lassen, bot eine willkommene Unterbrechung, und automatisch wandte Ben den Kopf in Richtung des Lärms.

Als er sich wieder zu Bo umdrehte, sagte er kalt: »Klingt, als hättet ihr da im Haus richtig Party gemacht.«

»Wohl kaum«, protestierte Bo und bemühte sich, möglichst locker zu klingen. »Wie ich schon sagte, wir sind spazieren gegangen, haben ein paarmal zusammen gekocht, Gesellschaftsspiele gespielt – du hättest dich bestimmt zu Tode gelangweilt.« Sie lachte auf, doch Bens Miene blieb steinern.

»Na, dafür hattest *du* ganz offensichtlich eine gute Zeit, da du mich nicht zurückgerufen hast.«

Bo öffnete den Mund, kurz davor, die Schuld auf das schwache Telefonnetz von Skagen zu schieben, doch dann schoss ihr ungebeten der Gedanke *Sag's ihm einfach* durch den Kopf.

»Hör mal, Ben«, begann sie leise. »Ich glaube, ich muss dir da was sagen.« Ihr Blick fiel auf die Tischplatte neben ihrem leeren Reisbehälter, wo ein Wasserfleck zu sehen war. »Ich hatte ... da was mit ... jemandem ... in Dänemark.« Als sie kurz zu Ben hinüberschaute, sah sie, wie er ganz langsam die Augen schloss.

»Du hattest was mit jemandem?«, wiederholte er. »Was genau?«

Bo schluckte. »So was wie ... eine Affäre«, erklärte sie dann und verfluchte sich innerlich dafür, dass sie so ausweichend antwortete, wie ein Kind, das sich vor einem Anschiss drückte.

Ben verengte die Augen. »Mit wem? Dem Schriftsteller oder dem Koch?« In seiner Stimme schwang ein harter Unterton mit.

»Emil. Dem Koch«, flüsterte Bo und fixierte erneut den Wasserfleck.

»Aha.«

Bo erlaubte sich erneut einen flüchtigen Blick in Bens Richtung. Der hatte die Kiefermuskeln angespannt und starrte düster vor sich hin.

»Nur um das klarzustellen«, sagte er schließlich. Er sprach jetzt lauter als vorher, und seine Stimme hatte einen leicht ungläubigen Klang angenommen. »Nachdem du mal eben so an den Arsch der Welt geflogen bist und dich unter den erstbesten Dänen gelegt hast«, Bo verzog das Gesicht, doch Ben redete einfach weiter, »schreibst du mir und entschuldigst dich dafür, dass du mir fälschlicherweise vorgeworfen hast, *ich* wäre fremdgegangen. Und dann, als ich deine Entschuldigung annehme, zeigst du mir wieder die kalte Schulter, reagierst nicht auf meinen Anruf, und ich höre erst eine ganze Weile, nachdem du wieder hier bist, etwas von dir.« Er stieß ein verächtliches Grunzen aus. »Super gemacht, Blu-ray. Echt super.« Verschämt zog Bo den Kopf ein. Ben gab sich keine Mühe, die Stimme zu senken, und sie war sich deutlich der Tatsache bewusst, dass die Frauen gegenüber ihr Gespräch unterbrochen hatten und ihnen lauschten.

»So war das nicht«, wisperte sie kleinlaut. Doch Ben verdrehte nur die Augen. »Du sagst das so, als hätte ich das alles nur gemacht, um es dir heimzuzahlen!«, warf sie protestierend ein.

»Tja, hast du das nicht?«, gab er bissig zurück. Etwas weiter unten am Tisch blickte ein Mann mit Hipster-Vollbart über die Schulter zu ihnen herüber.

»Nein!«, widersprach Bo vehement. Sie senkte die Stimme und sagte in einem leiseren, gemäßigteren Tonfall: »Als ich nach Dänemark geflogen bin, war ich mir nicht mal mehr sicher, ob wir überhaupt noch zusammen sind, so wie das vorher zwischen uns gelaufen ist.

Die ganze Sache mit Charlotte, falls du dich erinnerst.« Erneut grunzte Ben verächtlich. »In Milton Keynes. Und das Foto auf Facebook. Was sollte ich denn da denken?« Trotzig funkelte sie ihn an.

Ben warf einen finsteren Blick zurück. »Vielleicht hättest du darüber nachdenken sollen, wem du mehr vertraust – mir oder irgend so einer wichtigtuerischen Bürotratsche wie Hayley«, entgegnete er gehässig. »Und ich hab dir gesagt, dass an dem Abend, als das Foto gemacht wurde, nichts passiert ist. Aber du musstest ja gleich nach Dänemark fliegen und mir eins auswischen, indem du mit dem erstbesten Mann vögelst, der dir über den Weg läuft.«

Erschöpft gab Bo sich geschlagen und sackte auf ihrem Stuhl zusammen. »Ich habe das nicht getan, um dir eins auszuwischen. Ich habe das auch nicht geplant. Es ist einfach so passiert.« Sie ärgerte sich über die Art und Weise, wie er absichtlich ihre Worte verdrehte, um sie als nachtragend und rachsüchtig dastehen zu lassen.

Ben starrte jetzt erneut vor sich hin, den Mund zu einem höhnischen Grinsen verzogen. »Eine Urlaubsromanze. Wie schön für dich. Während ich zu Hause saß und mir den Arsch wundgeschuftet habe.« Nun hatte er auf die Selbstmitleidsschiene gewechselt, und von einer Sekunde auf die andere verflüchtigte sich Bos Rest von schlechtem Gewissen. Stattdessen machte sich Empörung in ihr breit.

»Es ist nicht meine Schuld, dass du in deinem neuen Job hart arbeiten musst«, entgegnete sie. »Ich bin nur weggefahren, weil man mich entlassen hat, du erinnerst dich? Während du eine dicke Beförderung erhalten hast. Du Armer«, sagte sie in sarkastischem Tonfall. Ben warf ihr einen frostigen Seitenblick zu. »Und davon abgesehen – wir hatten schließlich nie eine *richtige* Beziehung. Praktischerweise vergisst du nämlich gerade, dass du das mit uns immer geheim halten wolltest.«

Entnervt verdrehte Ben die Augen, als wollte er sagen: *Nicht schon wieder die Leier.* Zwischen ihnen hatte sich eine unwillige Atmosphäre ausgebreitet, voll von gegenseitigen Anschuldigungen, und sie verfielen in Schweigen. Bo spielte mit ihrer Wasserflasche, während Ben sein Handy herausholte und aufs Display starrte.

So saßen sie eine Weile da, bis Ben irgendwann das Handy auf den Tisch legte und sagte: »Ich nehme an, du fliegst bald wieder nach Dänemark, um deinen Wikinger zu besuchen.«

Bo musste sich mühsam beherrschen, nicht auf die Stichelei einzugehen. »Weiß ich noch nicht«, erwiderte sie schlicht.

»Und dann auch noch ein Koch. Ziemlich guter Fang für eine Feinschmeckerin wie dich.«

»Das stimmt«, gab sie bissig zurück. »Jetzt, wo ich darüber nachdenke: Er arbeitet genau in der Art von Restaurant, die du so gerne magst. Michelin-prämiert. Und teuer.« Bo hasste ihren zickigen, spitzen Tonfall, doch mittlerweile hatten sie beide den Punkt erreicht, von dem es kein Zurück mehr gab, und jetzt war es zu spät, sich so etwas wie Würde zu bewahren.

»Na, in dem Fall brauchst du mich ja wohl nicht mehr, um dich zum Essen einzuladen«, murmelte Ben und trank seine Wasserflasche aus.

Einen Moment lang starrte Bo ihn intensiv an, dann sagte sie leise: »Nein, ich schätze nicht.«

Kapitel 20

Bo warf sich aufs Bett und starrte an die Decke. Vermutlich sollte sie jetzt weinen, aber es kamen keine Tränen; statt traurig zu sein, fühlte sie sich eher leer und wie betäubt. Ihr Blick fiel auf ein Spinnennetz an der Deckenleiste, und während sie mit den Augen das Muster der staubigen Fäden nachfuhr, ging sie im Kopf noch einmal ihre Unterhaltung mit Ben auf dem Street-Food-Markt durch. Obwohl sie keinerlei Zweifel daran hatte, dass ihre Beziehung vorbei war, wusste sie nicht genau, wer von ihnen beiden sie eigentlich beendet hatte. Es war, als ob die gegenseitigen Kränkungen und der verletzte Stolz zu einer Pattsituation geführt hätten und die Trennung nicht nur eine bewusste Entscheidung gewesen war, sondern auch der einzige Weg, das Gesicht zu wahren.

Auf ihren Streit war eine qualvolle Stille gefolgt, während der sie am vollen Tisch unter dem Brückenbogen sitzen geblieben waren, weil sie nicht gewusst hatten, was sie als Nächstes tun sollten. Bo war hin und her gerissen gewesen zwischen dem Drang, einfach wutschnaubend davonzustampfen, und dem

Wunsch, im Guten auseinanderzugehen. Am Ende waren sie gemeinsam aufgestanden und schweigend über den Markt gelaufen. Als sie die Hauptstraße erreicht hatten, hatte Ben gemurmelt: »Dann bis irgendwann mal«, und ihr einen flüchtigen Kuss auf die Wange gegeben, den Bo mit einem gepressten Lächeln und einem oberflächlichen »Mach's gut« beantwortet hatte. Was Trennungen betraf, war diese weder katastrophal noch freundschaftlich, sondern einfach nur unangenehm und unbefriedigend.

Bo schloss die Augen und versuchte, das Bild, wie Ben sich von ihr entfernte, aus ihrem Kopf zu vertreiben. Die Trennung mochte unerfreulich gewesen sein, aber eigentlich sollte ihr Leben dadurch einfacher werden. Zumindest konnte sie sich jetzt Gedanken darüber machen, welche Gefühle sie für Emil hatte, ohne ständig ein schlechtes Gewissen zu haben, weil sie Ben betrog. Bo rollte sich zur Seite, setzte sich auf und holte ihr Handy heraus.

Hey Emil, tippte sie ein. *Wie geht es dir? Ich hab sehr oft an dich gedacht, seit ich wieder zu Hause bin. Hoffe, bei dir ist alles gut. Bo xx*

Ihr Daumen schwebte über dem *Senden*-Icon, aber irgendeine innere Stimme mahnte sie zur Vorsicht. Es ging nicht allein darum, dass es ihr opportunistisch und gefühllos vorkam, Emil so kurz nach ihrer Trennung von Ben zu kontaktieren. Da war auch diese nagende Befürchtung in ihr, dass sie vielleicht zu viel in das, was in Dänemark passiert war, hineininterpretierte; dass sie sich von den Ereignissen hatte mitreißen lassen wie ein liebeskrankes Schulmädchen und dass Emil sich mittlerweile bei ihr gemeldet hätte, wenn er tatsächlich glaubte, es könne mehr aus der Sache zwischen ihnen werden.

Seit Bos Rückkehr nach London waren fast zwei Wochen vergangen, und je mehr Zeit verstrich, desto unsicherer wurde sie, was ihre Gefühle für Emil anging. Im Grunde genommen kannte sie ihn ja gar nicht gut. Sie hatten lediglich einige Tage miteinander verbracht, und auch wenn manche ihrer Erinnerungen an ihn noch genauso klar waren, als wären sie erst gestern passiert: Über sein Leben in Kopenhagen – sein *wirkliches* Leben – wusste sie nur wenig bis gar nichts. Sie kannte weder seine Wohnung noch seine Freunde, und sie hatte auch keine Ahnung, womit er seine Freizeit verbrachte. Noch weniger wusste sie, wie er auf eine Nachricht von ihr reagieren würde. Würde er sie einfach ignorieren oder – schlimmer noch – sich verpflichtet fühlen, ihr eine höfliche Antwort à la *Danke, aber ich bin nicht interessiert* zurückzuschicken? Bo drückte auf *Löschen* und ließ ihr Handy auf die Bettdecke plumpsen.

Während der folgenden Tage versank sie in einer Mischung aus Traurigkeit und Selbstmitleid. Deprimiert schlurfte sie im Pyjama durch die Wohnung – schließlich ergab es keinen Sinn, sich anzuziehen, wenn man nirgendwo hinmusste und niemanden hatte, mit dem man sich treffen könnte. Geradezu zwanghaft grübelte sie abwechselnd über ihre zwei Lieblingsthemen, Ben und Emil, nach – mal verärgert, mal mit dem Gefühl, ungerecht behandelt worden zu sein. Dann wieder putzte sie sich runter, weil sie sich die Suppe selbst eingebrockt hatte. Einige ihrer Freunde hatten sie über einen WhatsApp-Gruppenchat mit dem Titel *Frohe WEIN-nachten!!!* in eine Bar eingeladen, doch die Aussicht, sich bis ins West End zu schleppen, um dort den Abend mit erzwungener guter Laune in irgendeinem überteuerten Lokal zu verbringen, erfüllte Bo nicht gerade mit Begeisterung. Außerdem wusste sie, dass irgendwann die Sprache auf ihr Liebesleben und ihre Entlassung kommen würde, und die Vorstellung, sich in beiden Punkten mit der Empörung und dem Mitgefühl ihrer Freunde auseinandersetzen zu müssen, schreckte sie ab.

Als Kirsten allerdings anfing, Tüten voller Geschenke und Weihnachtspapier ins Haus zu schleppen, und sie taktvoll fragte, ob sie schon alles für die Feiertage eingekauft habe, wurde Bo klar, dass sie sich nicht länger in Selbstmitleid suhlen konnte. Ein paar Geschenke für ihre Familie hatte sie bereits aus Dänemark mitgebracht: mehrere Flaschen Aalborg Aquavit für ihren Vater und ihren Schwager sowie Duftkerzen mit Aromen aus der Natur Skandinaviens für ihre Mutter und Lauren. Da sie jedoch nur noch eine Woche bis Weihnachten hatte, musste sie trotzdem noch einiges besorgen.

Bo hatte schon immer gern Weihnachtseinkäufe gemacht. Sie liebte es, vor den Schaufenstern stehen zu bleiben; die Vorstellung, durch die Anschaffung einiger Luxusartikel sein Leben ändern zu können, hatte etwas Verlockendes. Dieses Jahr allerdings – als sie ziellos und uninspiriert durch die Geschenkeabteilung von John Lewis schlenderte – kam ihr das Ganze hohl und extrem materialistisch vor. Sie wurde immer genervter, während sie an den verschwenderischen Auslagen vorbeiging – unfähig, sich für irgendetwas, das sie sah, zu begeistern. Alles wirkte so unoriginell und vorhersehbar: Kosmetiksets, sinnfreies Schreibtischzubehör oder skurrile Geschenke rund um Themen wie Gartenarbeit oder Golf.

Deshalb hatte Bo die Hoffnung, noch irgendetwas Schönes zu finden, schon fast aufgegeben, als sie auf ihrem Weg durch die Haushaltswarenabteilung ein Regal mit Vorratsgläsern entdeckte. Gepackt von einer Idee, traf sie eine Auswahl und legte die Gläser anschließend in ihren Einkaufskorb. Anstatt irgendwelche typischen, klischeehaften Geschenke zu kaufen, würde sie selbst gebackene dänische Süßwaren verschenken – schlicht und einfach, aber mit Liebe gemacht. Kombiniert mit dem Aquavit und den Kerzen aus Dänemark war es so, als würde sie Hygge verschenken. Dieser Gedanke brachte sie zum Lächeln, während sie mit den anderen erschöpften Geschenkekaufenden in der langen Schlange stand, die sich in Richtung Kassen wand.

Als Kirsten an diesem Abend von der Arbeit nach Hause kam, wurde sie von dem betörenden Duft verschiedener Gewürze und Zucker empfangen – und von Taylor Swift, die aus dem Lautsprecher dröhnte. Bo stand, mit einer mehlverschmierten Schürze bekleidet, an der Küchenspüle und sang lautstark zu »We Are

Never Ever Getting Back Together«, während sie Geschirr abwusch.

»Meine Güte, du warst aber fleißig«, bemerkte Kirsten und ließ den Blick über die Reihen von walnussgroßen Keksen schweifen, die auf mehreren Rosten zum Kühlen ausgelegt waren. »Sind das etwa *Pebernødder*?«, fragte sie ungläubig. »Die hab ich seit Jahren nicht mehr gegessen.«

Bo blickte über die Schulter und nickte. »Ich hab einen Blog mit dänischen Rezepten gefunden. Probier mal«, drängte sie ihre Freundin. Gehorsam steckte Kirsten sich einen Keks in den Mund und kaute, während Bo sie nervös beobachtete – wie die Teilnehmerin einer Backshow, die auf das Urteil der Jury wartete.

»Genau so, wie ich sie in Erinnerung hatte«, befand Kirsten anerkennend.

Am nächsten Tag machte Bo *Romkugler* – mit Kokosflocken bestreute Schokoladentrüffeln, die nach Rum schmeckten. Genau wie die *Pebernødder* waren auch sie typisch dänisch: schlicht und einfach, aber so köstlich, dass man mehr davon wollte. Behutsam füllte Bo die Trüffeln und Kekse in die Gläser, an denen sie selbst gemachte Etiketten mit rotem Schleifenband befestigte. Zufrieden nahm sie sich einige der übrig gebliebenen Trüffeln und trug sie zusammen mit einer Tasse Tee hinüber ins Wohnzimmer. Da draußen bereits die Abenddämmerung eingesetzt hatte und den Raum ins Halbdunkel tauchte, betätigte Bo mit dem Ellbogen den Lichtschalter, während sie in den Händen ihren Tee und den Unterteller mit den Trüffeln balancierte.

Das brutale Licht der Deckenlampe löste sofort ein Gefühl von Scham in ihr aus, weil das Zimmer so schäbig und heruntergekommen aussah. Überall lagen alte Zeitungen herum, auf dem Couchtisch standen leere Tassen, und seit Wochen hatte hier niemand mehr Staub gewischt. Schnell und methodisch räumte Bo auf, trug die schmutzigen Tassen in die Küche, warf den Papiermüll in den Korb und richtete die Sofakissen zurecht. Dann – aus dem spontanen Bedürfnis heraus, dem Raum eine »dänischere« Atmosphäre zu verleihen – ging sie zurück in die Küche, kramte eine Packung Teelichter aus der Schublade und fand außerdem neun Auflaufförmchen in einem der Schränke, die irgendjemand zu bedrohlich wankenden Türmchen aufgestapelt hatte. Bei heruntergelassenen Rollos und ausgeknipster Deckenlampe, eingehüllt in den flackernden Schein der Teelichter in ihren improvisierten Kerzenhaltern, wirkte das Wohnzimmer wesentlich gemütlicher und hyggeliger. Das sanfte gelbe Kerzenlicht machte den Staub unsichtbar und dämpfte die grellbunten Farben des Schottensofas. Zufrieden mit ihren hausfraulichen Fähigkeiten ließ Bo sich in die Polster sinken und legte die Füße auf den Tisch.

Wie aus dem Nichts tauchte eine Erinnerung an Skagen in ihrem Kopf auf: der Moment, als Emil ihnen das Konzept von Hygge erläutert und dem skeptischen Simon erklärt hatte, dass es dabei nicht nur um eine gemütliche Einrichtung ging, sondern auch darum, sich Zeit zu nehmen, um all das wertzuschätzen, was man hatte; dankbar zu sein und über die Dinge nachzudenken, die wirklich wichtig waren. Freizeit war das Erste, was ihrem Londoner Lifestyle zum Opfer gefallen war, wurde Bo schmerzlich bewusst. Ihr Leben war so hektisch geworden, so fokussiert darauf, sich in ihrem Job zu beweisen, dass sie es sich gar nicht gestattet hatte, einmal darüber nachzudenken, ob sie die Lebensweise, der sie hinterherjagte, überhaupt wirklich wollte. Jetzt, da sie dank ihrer Entlassung mehr als genug Zeit zur Verfügung hatte, wuchs in ihr die Überzeugung, dass sie eigentlich längst wusste, was sie glücklich machte – dass sie es immer schon gewusst hatte, es aber irgendwo auf dem Weg aus den Augen verloren hatte. Sie wollte mehr vom Leben, als ihr Dasein in einem Büro zu fristen. Sie wollte eine Arbeit, die sie herausforderte und beflügelte, bei der sie mit Leuten in Kontakt kam, denen sie eine Freude machen konnte – und sei es auch nur eine kleine.

Das elektronische Trillern ihres Handyklingeltons brachte ihre Überlegungen abrupt zum Stillstand. *Marsh Recruitment – Shelley* leuchtete auf dem Display auf. Ein unbehagliches Gefühl befiel Bo, und sie stellte ihre Teetasse auf dem Sofatisch ab.

»Hi, Shelley«, meldete sie sich, bemüht, ihre Anspannung zu verbergen.

»Hi, Bo. Ich hab gute Neuigkeiten«, zwitscherte Shelley fröhlich durchs Telefon. Im Hintergrund hörte Bo erneut die Geräuschkulisse der Agentur: Stimmengemurmel und Telefonläuten. »Gerade hat mich Karen von Petits Pains angerufen. Sie möchte dir gerne die Stelle anbieten!«

In der darauffolgenden Stille merkte Bo, wie die Klarheit, die sie noch Sekunden zuvor verspürt hatte, sich langsam in Luft auflöste.

»Wow, echt?«, sagte sie in dem Versuch, Zeit zu gewinnen. »Ich hab gar nicht damit gerechnet, dass die Entscheidung noch vor Januar fällt.«

»Na, dann hast du sie offensichtlich begeistert, wenn sie sich so schnell entschieden haben«, gurrte Shelley in einem schmeichelnden Tonfall.

»Wow«, wiederholte Bo ausdruckslos und fühlte sich ziemlich unbehaglich – als würde sie Shelley enttäuschen, weil sie nicht die gleiche Begeisterung wie sie demonstrierte. Und Shelley spürte offenbar, dass zum Abschluss des Deals noch irgendetwas fehlte, denn sie begann jetzt, Bo eine Zusammenfassung der Konditionen vorzulesen – Gehalt, Urlaubsanspruch und Bonusplan –, während Bo schweigend zuhörte und dabei blicklos vor sich hin starrte.

»Muss ich denen noch vor Weihnachten Bescheid geben?«, erkundigte sie sich, als Shelley fertig war. Durch die Leitung drang Stille, und man konnte Shelleys Überraschung und Enttäuschung darüber, dass Bo die Stelle nicht sofort annahm, geradezu mit Händen greifen. Als sie schließlich antwortete, klang ihre Stimme einige Nuancen tiefer als vorher.

»Das wäre ganz gut«, entgegnete sie kühl.

Nachdem Bo versprochen hatte, sich in den nächsten Tagen zu melden, beendete sie das Gespräch und ließ sich ins Polster zurückfallen. In ihrem Kopf herrschte ein Nebel aus Zweifeln und Unentschlossenheit. Die

Teelichter flackerten immer noch in ihren Förmchen, aber die Wohnung fühlte sich nicht mehr hyggelig an, sondern klaustrophobisch. Bo ging zum Fenster hinüber und schob das Rollo ein Stück zur Seite, um hinauszuspähen. Draußen war der Himmel von einem Stahlgrau überzogen, und bald würde es dunkel werden. Trotzdem überkam sie ein plötzliches Verlangen, rauszugehen, um in der kalten Winterluft den Kopf freizubekommen. Sie blies die Kerzen aus, zog ihre Daunenjacke und Emils Handschuhe über und machte sich auf den Weg hinaus ins düstere Nachmittagslicht.

Vereinzelt begannen die Laternen orangefarben zu leuchten, und Autoscheinwerfer huschten vorbei, während Bo durch die Straßen der Nachbarschaft schlenderte. Sie hatte kein bestimmtes Ziel, nur die Hoffnung, dass die Bewegung ein wenig Ordnung in ihre Gedanken bringen würde. Noch vor wenigen Minuten war sie sich sicher gewesen, genau zu wissen, was sie beruflich machen wollte, doch jetzt, da man ihr eine Wahlmöglichkeit gegeben hatte, fing ihr Selbstvertrauen an zu bröckeln. Sie war hin und her gerissen, ob sie lieber die Sicherheit des Vertrauten wählen oder ihren Instinkten folgen und versuchen sollte, ihren eigenen Weg zu gehen. Langsam wuchs ihre Überzeugung, dass diese Situation so eine Art Mutprobe war; eine Chance, ihre Reife unter Beweis zu stellen. Das Problem war nur, sie hatte überhaupt keine Ahnung, welche die erwachsenere Entscheidung war: das Jobangebot anzunehmen und an einer Unternehmenskarriere zu arbeiten oder ein Risiko einzugehen und ihren Traum zu verfolgen?

Kapitel 21

Um sechzehn Uhr an Heiligabend ging Bo die ansteigende Einfahrt ihrer Eltern hinauf und hielt vor der Haustür inne, an der ein festlicher Kranz aus Stechpalmenzweigen hing. Trotz ihrer leisen Befürchtungen angesichts der bevorstehenden vier Tage im Kreise ihrer Familie war Bo erleichtert, endlich mal aus London rauszukommen und all die damit verbundenen Zwänge und Verpflichtungen hinter sich zu lassen. Während sie sich im Stillen ermahnte, dankbar zu sein und ihre Familie nicht als selbstverständlich zu betrachten, atmete sie tief ein und drückte auf die Klingel.

Barbara öffnete die Tür, lässig-elegant in einen Lammwollpullover und eine weit geschnittene Hose gekleidet.

»Hallo, Schatz«, begrüßte sie Bo, gab ihr einen Kuss und beugte sich vor, um ihrer Tochter den Koffer abzunehmen. Bo zog sich Mantel und Schuhe auf der Veranda aus, bevor sie ins Haus trat.

»Hier sieht's ja toll aus«, lobte sie, da sie wusste, wie viel Zeit und Mühe ihre Mutter jedes Jahr in die Weihnachtsdekoration steckte. Wie immer hatte sie das Haus mit ihrem geschmackvollen Stil so verwandelt, dass es aussah wie aus einem Einrichtungskatalog. Um die Säulen des Treppengeländers hatte sie eine Girlande aus Kiefernzweigen geschlungen, und als Bo an der Tür des vorderen Wohnzimmers vorbeikam, erhaschte sie einen Blick auf den wunderschönen Weihnachtsbaum, der mit Lichterketten und Kugeln in Lila und Gold behangen war.

»Die Sachen vom Supermarkt wurden gerade geliefert«, erzählte Barbara, bevor sie mit bedeutungsvoller Stimme hinzufügte: »Die haben einen anderen Portwein für deinen Vater eingepackt.«

Bo grinste. »Oh Gott. Wie kommt er damit klar?«

»Er wird's überleben«, erwiderte ihre Mutter knapp.

In der geräumigen Küche fanden sich die Beweise für die kürzlich erfolgte Supermarktlieferung. Jede der Arbeitsflächen stöhnte unter der Last der traditionellen Zutaten für die weihnachtliche Völlerei: ein gewaltiger, in Plastikfolie eingeschweißter Truthahn, mehrere Pakete Räucherlachs, Gewürzgläser, Familienpackungen mit Keksen und diverse Käsestücke. Mitten in einem Berg aus Plastiktüten saß Clive auf einem Hocker an der Kücheninsel und studierte misstrauisch das Etikett einer Portweinflasche.

In dem Moment, als er Bo sah, stellte er die Flasche jedoch sofort weg und fing an zu strahlen. »Da ist sie ja«, rief er, erhob sich von seinem Hocker und lehnte sich über eine Schachtel Panettone hinweg, um seiner Tochter einen Kuss auf die Wange zu geben.

»Hi, Dad«, begrüßte Bo ihn.

»Wein?«, fragte er, ganz der gute Gastgeber.

»Wenn ich ehrlich bin, hätte ich lieber einen Tee.« Ihr Vater wirkte leicht enttäuscht, so als wäre sein eigenes Verlangen nach Alkohol schwerer zu rechtfertigen, wenn Bo nichts trank. Dennoch trug er pflichtbewusst den Wasserkocher zur Spüle hinüber und begann, die Utensilien für den Tee zusammenzusuchen.

»Wie war's denn in Dänemark?«, erkundigte er sich, nachdem er mit Barbara und Bo an der Insel Platz genommen hatte, wo sie gemeinsam Tee tranken.

»Toll, danke«, erwiderte Bo und brach ein Stück von Barbaras selbst gebackenem Früchtekuchen ab. Dann erzählte sie ihren Eltern in einem bilderbuchmäßigen Bericht von den Höhepunkten ihrer Reise: vom gemütlichen Sommerhaus, der Wanderdüne von Råbjerg, dem Zusammenprall von Nord- und Ostsee in Grenen und den Nordlichtern, wobei sie es bewusst vermied, die Ereignisse mit Emil zu erwähnen.

»Das klingt wundervoll«, sagte Barbara seufzend, bevor sie aufstand und sich eine Schürze über den Kopf zog, um mit den Vorbereitungen für das Weihnachtsessen loszulegen. Clive blickte leicht skeptisch drein und murmelte etwas von astronomischen Steuersätzen und teuren Alkoholpreisen in Dänemark – als handelte es sich dabei um große Missstände, die man im Hinterkopf behalten sollte.

Sobald Barbara angefangen hatte, die Kartoffeln zu schälen, goss Clive sich ein Glas Merlot ein und gab eine Anekdote über die Weihnachtsfeier des Golfclubs zum Besten, die er am vorangegangenen Wochenende moderiert hatte. Nachsichtig lächelte Bo ihren Vater an, während der mit leuchtenden Augen beschrieb, wie er eine Rede für den in Ruhestand gehenden Clubpräsidenten gehalten hatte und der Abend fast in einer Katastrophe geendet hätte, weil die Batterien seines Mikrofons versagt hatten. Es klang, als hätte er die Geschichte schon öfter erzählt, und Barbaras gelangweiltem Gesichtsausdruck nach zu urteilen, den sie mehr schlecht als recht verbarg, hatte sie das Ganze mittlerweile schon mehrfach gehört.

Bo trank ihren Tee aus, schnappte sich einen Sparschäler aus der Besteckschublade und ging hinüber zur Arbeitsplatte, um ihrer Mutter mit dem Berg Kartoffeln zu helfen. »Wann kommt denn eigentlich Lauren morgen?«, wollte sie wissen.

»Gegen elf«, entgegnete Barbara. »Sie fahren los, wenn die Zwillinge ihre Weihnachtsstrümpfe aufgemacht haben. Lauren meinte, die beiden hätten die ganze Woche kaum geschlafen«, warnte sie.

Clive, der bereits sein zweites Glas Wein angefangen hatte, machte ein gespielt entsetztes Gesicht. »Ich hoffe, du hast dir Ohrstöpsel eingepackt«, witzelte er an Bo gewandt. Mit einem Hauch von schlechtem Gewissen, weil sie sich so illoyal gegenüber ihrer Nichte und ihrem Neffen verhielt, schnitt Bo eine gequälte Grimasse.

Nachdem sie den Abend eingekuschelt auf dem Sofa verbracht und ein Historiendrama im Fernsehen geschaut hatte, wünschte Bo ihren Eltern eine gute Nacht und ging nach oben. Wie immer war das Gästezimmer blitzsauber und aufgeräumt und duftete leicht nach Maiglöckchen. Wieder hier in ihrem alten Kinderzimmer zu sein hatte etwas instinktiv Beruhigendes: das vertraute Ticken des abkühlenden Heizkörpers, das Gefühl der dicken Baumwollbettwäsche auf der Haut, die komfortable, gemütliche Einrichtung. Bo war kurz vor dem Einschlafen, als sie ein leises Knarzen hörte. Im nächsten Moment öffnete sich die Tür einen Spaltbreit, und die kleine schwarze Katze ihrer Eltern tigerte in besitzergreifender Manier durchs Zimmer, den Schwanz zum Gruß erhoben.

»Hallo, Nancy«, murmelte Bo und klopfte einladend auf ihre Bettdecke. Mit einem Maunzen sprang die Katze aufs Bett und drehte sich ein paarmal um die eigene Achse, bevor sie sich zu einem formschönen Halbmond neben Bo zusammenrollte. Bo knipste die Nachttischlampe aus, ließ eine Hand auf dem warmen Körper der schnurrenden Katze ruhen und war schon bald darauf fest eingeschlafen.

Am Weihnachtsmorgen wurde Bo von dem Geräusch der Dusche im Bad ihrer Eltern geweckt. Sie legte den Arm neben sich aufs Bett, doch die Katze war während der Nacht verschwunden und hatte nur eine runde Vertiefung in der Decke hinterlassen, an der Stelle, wo sie geschlafen hatte. Es war acht Uhr, und obwohl Bo versucht war, einfach weiterzudösen, zwang sie ihr töchterliches Pflichtbewusstsein dazu, das Bett zu verlassen und den Flur hinunter ins Bad gehen.

Als sie geduscht und angezogen nach unten in die

Küche kam, war eine gestresst aussehende Barbara gerade dabei, Räucherlachsscheiben auf winzigen braunen, in Dreiecke geschnittenen Brotscheiben zu verteilen, während Clive mit viel Aufhebens neues Feuerholz aus dem Garten hereinbrachte, um damit seine Hilfsbereitschaft zu demonstrieren.

»Kann ich irgendwas tun, Mum?«, fragte Bo und goss sich einen Kaffee aus der Filtermaschine ein.

»Zitronen achteln«, entgegnete Barbara geistesabwesend, während sie schwarzen Pfeffer über den Räucherlachs mahlte. Gehorsam fischte Bo eine Zitrone aus der Obstschale, schnitt sie in Stücke und verteilte diese um den Rand einer ovalen Servierplatte, die ihre Mutter sofort mit Frischhaltefolie abdeckte und in den Kühlschrank stellte.

Clive stellte den Weidenkorb mit dem Feuerholz vor dem Küchenkamin ab, bevor er – mit dem selbstgerechten Auftreten von jemandem, der seinen Beitrag geleistet hatte – eine Flasche Champagner aus dem Kühlschrank holte.

»Du fängst aber früh an, Dad. Es ist doch erst halb zehn«, zog Bo ihn auf.

»Nur ein Schluck, um meine Nerven zu beruhigen, bevor die zwieträchtigen Zwillinge da sind«, entgegnete er mit stoischem Gesichtsausdruck. Barbara, die an der Arbeitsplatte stand und energisch die Füllung in den Truthahn stopfte, schnalzte missbilligend mit der Zunge.

»Du trinkst doch einen mit?« Flehend sah Clive seine Tochter an.

Da Bo spürte, dass ihr Vater moralische Unterstützung brauchte, ließ sie sich erweichen. »Also gut, es ist schließlich Weihnachten.«

Strahlend gab Clive Würfelzucker in zwei Champagnerflöten, fügte einen Schuss Bitterlikör hinzu und füllte das Ganze mit Schaumwein auf. Dann stießen sie an, und Bo probierte einen Schluck. Der sprudelnde Cocktail fühlte sich angenehm kalt in ihrem Hals an.

Um kurz nach elf fuhren Lauren und Familie in ihrem Volvo 4x4 vor. Die Zwillinge stürzten geradezu aus dem Wagen und rannten schnurstracks aufs Haus und damit die Geschenke zu, die sie drinnen erwarteten. Bo musste zur Seite springen, als die beiden an ihr vorbeisausten.

Sofort eilte Barbara hinter ihnen her. »Amelie, Freddy, vergesst nicht, die Schuhe auszuziehen!«, rief sie den beiden nach.

»Du siehst gut aus, Schwesterchen. Mir gefallen die Locken«, sagte Lauren und versetzte Bos Haar einen spielerischen Stoß, als die beiden sich in der Einfahrt umarmten.

»Danke. Ich dachte mir, ich probiere mal eine Weile den natürlichen Look aus und gönne dem Glätteisen eine Pause. – Frohe Weihnachten, Nick. Wie geht's dir?«, erkundigte sich Bo, an ihren Schwager gewandt, der gerade eine schier endlose Ansammlung von Koffern und Taschen aus dem Kofferraum des Wagens lud.

»Ganz gut, danke, Bo. Frohe Weihnachten«, murmelte er abgelenkt.

Im Haus hatte sich Clive in die Küche geflüchtet, um noch eine Runde Champagnercocktails zu mixen, während die Zwillinge mit vor Aufregung geröteten Wangen durchs Erdgeschoss tobten und die Versuche von Barbara und Lauren ignorierten, sie durch eine Kombination aus Verwarnungen und Ablenkung zur Ruhe zu bringen. Als das Auto endlich ausgeladen war, die Zwillinge dem Bad einen Besuch abgestattet hatten und sämtliche Erwachsenen mit Cocktails versorgt waren, versammelten sich alle im vorderen Wohnzimmer.

»Würde hier vielleicht gern jemand ein paar Geschenke auspacken?«, fragte Barbara in die Runde und klatschte in die Hände wie eine enthusiastische Lehrerin. Unter lautem Kreischen und Quieken sprangen die Zwillinge vom Sofa, und innerhalb von wenigen Minuten war der beigefarbene Teppich unter einer Schicht aus zerrissenem Geschenkpapier verschwunden.

Mitten in dem Chaos verteilten die Erwachsenen ihre eigenen Geschenke untereinander. Bos hyggelige Köstlichkeiten wurden mit großer Begeisterung aufgenommen; anerkennend wurde an den Duftkerzen und dem Aquavit geschnuppert, und für die Gläser mit den selbst gebackenen Leckerbissen gab es Komplimente und Bewunderungsrufe. Als Bo ihr Geschenk von Lauren auspackte, brach sie in ein breites Grinsen aus.

»Eine *Æbleskiver*-Pfanne! Danke!«, rief sie und hielt eine tiefe Pfanne mit runden Einbuchtungen hoch.

»Sehr gerne«, antwortete Lauren ein wenig verblüfft. »Was macht man denn überhaupt damit? Die Bedienungsanleitung ist nur auf Dänisch.«

»Teigbällchen«, klärte Bo sie auf. »Man nimmt dafür Eier …«

»Uh, das klingt aber schmerzhaft.« Vom Kamin her, wo Clive in seinem Sessel saß, ertönte ein Kichern. Barbara warf ihm einen pikierten Blick zu.

»Im Prinzip sind das runde Krapfen mit Apfelfüllung«, erklärte Bo eifrig. »Ich hab ein Rezept dafür in einem Back-Blog gefunden. Seitdem wollte ich sie unbedingt mal ausprobieren.«

Das Mittagessen fand an einem prunkvoll gedeckten Tisch statt, mit silbernen Kerzenleuchtern, roter Damasttischdecke und Barbaras bestem Porzellanservice. Nachdem jeder sein Knallbonbon geöffnet hatte, wurden die Gläser neu aufgefüllt und Platten herumgereicht, die zum Bersten voll waren mit Truthahn und Beilagen. Als alle anfingen zu essen, senkte sich eine angenehme Stille über den Raum. Selbst die Zwillinge verstummten in ihren Kinderstühlen, während sie sich zufrieden Bratkartoffeln und Truthahnstückchen in den Mund stopften.

»Und, Bo? Was gibt's Neues in Sachen Job?«, erkundigte sich Nick und zwinkerte ihr über den Tisch hinweg zu. Obwohl Bo wusste, dass das Thema Arbeit irgendwann während ihres Besuchs aufkommen würde, hatte sie gehofft, es wenigstens bis nach dem Weihnachtsessen umgehen zu können. Trotzdem ärgerte sie Nicks Frage weniger, als sie es wahrscheinlich getan hätte, wenn sie nicht zwei Champagnercocktails und ein Glas Wein getrunken hätte.

»Na ja, letzte Woche hab ich ein Jobangebot bekommen«, antwortete sie zögerlich.

»Das ist ja großartig, Schatz. Warum hast du uns denn noch gar nichts davon erzählt?«, fragte Barbara und wirkte gekränkt und erleichtert zugleich. Entschuldigend zuckte Bo mit den Schultern und wappnete sich innerlich für das, was gleich kommen würde.

»Was für ein Job ist es denn?«, wollte Lauren wissen, die auf der anderen Seite des Tisches saß und gerade mit einer Serviette Bratensoße von Freddys Kinn abwischte.

»Marketingkoordinatorin bei Petits Pains, dem Lebensmittelunternehmen«, erwiderte Bo.

»Das sind ja tolle Neuigkeiten, Bo. Herzlichen Glückwunsch«, gratulierte Clive stolz von seinem Platz am Kopfende aus und hob sein Weinglas in ihre Richtung. Reflexartig wollten die anderen ebenfalls zu ihren Gläsern greifen.

»Um ehrlich zu sein, habe ich die Stelle abgelehnt«, sagte Bo schnell, bevor ihre Familie noch auf sie anstieß. Am Tisch verfiel man in Schweigen, bis auf die Zwillinge, die sich nun, da sie ihre Portion aufgegessen hatten, um eine Papierkrone aus einem der Knallbonbons stritten.

»Wieso?«, fragte Lauren schließlich und hielt Freddys Hand fest, als der gerade Amelie ins Haar greifen wollte.

»Weil … Der Job war irgendwie nicht der richtige für mich«, antwortete Bo vorsichtig. Nick, der offenbar von dem eskalierenden Konflikt zwischen seinen Kindern nichts mitbekam, setzte einen Ausdruck schwägerlicher Besorgnis auf.

»Hältst du das für eine weise Entscheidung?«, fragte er wichtigtuerisch. Bo sah, dass Laurens Bein zuckte, als sie ihrem Mann unterm Tisch einen Tritt versetzte, doch der ignorierte den Wink mit dem Zaunpfahl. »Momentan ist es ziemlich tough da draußen auf dem Arbeitsmarkt. Lieber den Spatz in der Hand ... Na, du weißt schon.«

Bo spürte, wie ihre Maske aus freundlicher Gelassenheit langsam zu bröckeln begann. Zur Stärkung nahm sie noch einen Schluck Wein. »Eigentlich denke ich über einen Berufswechsel nach«, verkündete sie dann, woraufhin sich in ihrem Magen ein aufgeregtes Kribbeln erhob. Erwartungsvoll starrten die Erwachsenen sie an, und da Freddy sofort merkte, dass seine Mutter abgelenkt war, lehnte er sich zur Seite, griff nach der Papierkrone in Amelies Hand und riss sie dabei in der Mitte durch.

»Ich möchte zwar im Lebensmittelbereich arbeiten, aber eher praktisch«, erläuterte Bo zurückhaltend und war sich durchaus der verblüfften Blicke bewusst, die um sie herum ausgetauscht wurden. Da sie aber nun schon mal so weit gegangen war, beschloss sie, dass sie genauso gut auch alles offenlegen konnte – schließlich hatte sie nichts zu verlieren.

»Ich überlege, mich im Street-Food-Bereich selbstständig zu machen.«

»Im Street-Food-Bereich?«, hakte Barbara misstrauisch nach. »Heißt das, du willst einen Imbisswagen betreiben?«

Bo kicherte nervös. »Nein, keinen Imbisswagen, Mum. Kaffee und Kuchen. Gebäck. Brownies. So was in der Art. Ich möchte backen, nicht Burger braten.«

In Erwartung hitziger Reaktionen blickte Bo in die Runde, doch ihr begegnete nur blankes Unverständnis. Die betäubende Stille wurde erst unterbrochen, als Amelie zornig ihrem Bruder mit dem Plastikbecher eins über den Schädel zog. Das darauf folgende Wutgeheul verschaffte Bo eine willkommene Ruhepause von den prüfenden, besorgten Blicken ihrer Familie. Lauren schimpfte mit den Zwillingen, während Barbara verzweifelt in dem Papiergewühl auf dem Tisch nach zwei Ersatzkronen suchte.

Es dauerte einige Minuten, bis die Zwillinge besänftigt waren, und als die Erwachsenen schließlich die Unterhaltung wiederaufnahmen, wechselten sie – wie in stummem Einvernehmen – das Thema und sprachen über Laurens und Nicks bevorstehenden Skiurlaub.

Nach dem Mittagessen lagen die Zwillinge eingekeilt zwischen ihren dösenden Großeltern auf dem Sofa und schauten einen Weihnachtsfilm, während Nick auf dem Boden knallbuntes Plastikspielzeug zusammenbaute, winzige Drähte aus Pappverpackungen pulte und über Bedienungsanleitungen fluchte. Wie es die Familientradition vorschrieb, nahmen Bo und Lauren sich das Schlachtfeld auf dem Esstisch vor.

»Wie lange planst du denn diese Street-Food-Sache schon?«, erkundigte sich Lauren, während sie das Spülbecken in der Küche mit schaumigem Wasser füllte.

»Noch nicht lange«, erwiderte Bo zurückhaltend. Sie war gerade damit beschäftigt, die schmutzigen Teller in die Spülmaschine zu stellen. »So richtig ernsthaft darüber nachgedacht habe ich erst, seit ich aus Dänemark zurück bin.«

Lauren wirkte sehr interessiert. Behutsam ließ sie die erste Runde fettiger Auflaufformen in den Schaum sinken und begann, sie mit dem Spülschwamm zu bearbeiten. »Und wo willst du arbeiten?«, fragte sie und klang eher neugierig als skeptisch.

Bo schlug die Tür der Spülmaschine zu und schnappte sich ein sauberes Geschirrhandtuch. »Mittlerweile gibt es zig Street-Food-Märkte überall in London. Aber ich stehe ja erst ganz am Anfang. Ich muss mich da noch genauer erkundigen.«

Lauren spülte die Auflaufform unter heißem Wasser ab und reichte sie an Bo weiter. »Klingt nach viel Arbeit«, bemerkte sie.

Bo zuckte die Achseln. »Ich denke, das schaffe ich schon. Ich weiß, es ist riskant, aber mir ist klar geworden, dass ich nicht mehr in einem Büro arbeiten will.«

In nachdenklichem Schweigen standen sie nebeneinander an der Spüle, während Lauren Geschirr schrubbte und Bo abtrocknete. Aus dem Fernseher im Wohnzimmer drang der Klang einer sentimentalen Disney-Ballade zu ihnen herüber, und im Hintergrund hörte man Clives brummendes Schnarchen.

Laurens unerwartete Offenheit hatte in Bo ein Gefühl der Verbundenheit ausgelöst, und so wagte sie sich langsam aus ihrer Deckung.

»Weißt du eigentlich, dass ich dich echt beneide?«, gestand sie schließlich. »Es muss so schön sein, wenn man nicht diesen Druck hat, sich entscheiden zu müssen, was man im Leben machen will. Wenn man sich keine Sorgen darüber machen muss, wie man eine Lücke im Lebenslauf erklären soll oder ob man nächsten Monat noch die Miete zahlen kann.«

»In meinem Leben herrscht auch nicht nur eitel Sonnenschein«, sagte Lauren gepresst. »Versteh mich nicht falsch, Nick und ich haben ein schönes Leben, aber Mutter von Zwillingen zu sein ist wirklich nicht einfach.« Starr richtete Lauren ihren Blick in die Spüle, und Bo spürte, dass ihre Schwester den Tränen nah war.

»Oh, das weiß ich. Ich wollte damit auch nicht sagen, dass …«

»Seit drei Jahren schlafe ich keine fünf Stunden pro Nacht«, unterbrach ihre Schwester sie. Bo fiel auf, dass Laurens Hände zitterten. »Und das nicht nur montags bis freitags, sondern *jeden* Tag. Ich kann nicht mal zur Toilette gehen, ohne dass einer von beiden gegen die Tür hämmert und rein will.« Als sie sich zu Bo umdrehte, waren ihre Wangen gerötet. »Davon, spontan allein in den Urlaub zu fahren, kann ich nur träumen.«

Die Anspielung auf ihre Reise nach Dänemark versetzte Bo einen Stich, und ihr erster Impuls war, darauf hinzuweisen, dass sie nur weggefahren war, weil sie ihren Job verloren hatte, und Lauren daran zu erinnern, dass sie und Nick demnächst für eine Woche in die Alpen fliegen würden. Doch stattdessen entgegnete sie sanft: »Das war mir gar nicht klar. Bei dir sieht immer alles so einfach aus.«

Laurens Schultern sackten herunter, und sie senkte den Kopf. »Manchmal wünsche ich mir, jeden Morgen in ein Büro zu gehen«, erklärte sie. »Acht Stunden am Tag am Schreibtisch zu sitzen, mich mit Erwachsenen zu unterhalten und mir nicht *Peppa Wutz* in Dauerschleife anhören zu müssen – und dann auch noch für den Luxus bezahlt zu werden! Für mich klingt das paradiesisch.« Freudlos lachte sie auf.

Stumm und beschämt trocknete Bo eine der Auflaufformen ab. »Es tut mir echt leid. Ich schätze, ich habe nie so richtig darüber nachgedacht.« Aufmunternd rieb sie Lauren über den Arm, und ihre Schwester lächelte sie mit feuchten Augen an. Eine kleine Weile standen sie einfach nur so da, in schwesterlichem Schweigen.

»Ich finde, du solltest es versuchen«, sagte Lauren schließlich.

»Was versuchen?«, fragte Bo verwirrt, und für den Bruchteil einer Sekunde dachte sie, Lauren spräche vom Kinderkriegen.

»Das mit dem Street-Food-Wagen«, erklärte ihre Schwester.

»Echt?« Überrascht sah Bo sie an.

»Wenn du es jetzt nicht tust, kriegst du vielleicht nie wieder die Chance dazu«, sagte Lauren auffordernd. »Warte nicht, bis du Kinder hast und gebunden bist.«

Wie aus dem Nichts stieg ein Schluchzer in Bos Brust auf, doch die Tränen, mit denen sich ihre Augen plötzlich füllten, waren Tränen der Dankbarkeit, nicht der Trauer.

An diesem Abend ging Bo hochmotiviert durch ihr Gespräch mit Lauren ins Bett. Dass sie ihr Vorhaben laut ausgesprochen hatte, half ihr dabei, ihre Gedanken zu klären, und allmählich hatte sie das Gefühl, dass ihre Geschäftsidee tatsächlich Realität werden könnte und nicht nur eine Fantasie bleiben würde. Zum ersten Mal hatte sie eine klare Vorstellung davon, wie sie ihr Unternehmen gestalten wollte. Inspiriert durch ihre Erfahrungen in Dänemark, würde ihr Geschäft auf den Werten Gemütlichkeit, Schlichtheit und Zeit für die kleinen Freuden des Lebens basieren. Ihre Mission würde darin bestehen, den Menschen mitten in der Hektik der Hauptstadt eine Kostprobe von Hygge anzubieten. Dieser Gedanke zauberte ihr ein Lächeln ins Gesicht. Emil wäre sicher begeistert von der Idee.

Bo schloss die Augen, und plötzlich tauchte in ihrem Kopf ein Bild von ihr und Emil auf der Sandbank in Grenen auf, während die Asche seiner Mutter über dem aufgewühlten Meer in den Himmel schwebte. Auf einmal überkamen sie heftige Schuldgefühle, als ihr bewusst wurde, wie ichbezogen sie seit ihrer Rückkehr aus Dänemark gewesen war. Sie war so mit ihren eigenen Problemen beschäftigt gewesen, dass sie gar nicht darüber nachgedacht hatte, wie hart Emils Situation sein musste. Dies war sein erstes Weihnachten ohne seine Mutter, und ganz egal, ob jemals mehr aus ihnen werden würde oder nicht – sie wollte ihn wissen lassen, dass sie an ihn dachte.

Sofort nahm sie ihr Handy, suchte seinen Kontakt heraus und tippte: *Hi Emil, ich weiß, es war heute sicher schwer für dich, aber ich wünsche dir trotzdem frohe Weihnachten. Bo xx*

Kapitel 22

Am zweiten Weihnachtsfeiertag fuhren Lauren und ihre Familie weiter nach Surrey zu Nicks Eltern. Ihre Abreise wurde begleitet von einem Tumult aus quengelnden Kindern, verlegten Autoschlüsseln und keifenden Wortwechseln.

Als endlich sämtliche Gepäckstücke im Kofferraum verstaut waren, half Bo ihrer Schwester dabei, die Zwillinge startklar zu machen.

»Bereit für Runde zwei?«, fragte sie Lauren grinsend, während sie sich in den Fond des Volvos lehnte, um Amelie in ihrem Kindersitz festzuschnallen. Über die Rückbank hinweg tauschte ihre Schwester ein verschwörerisches Lächeln mit ihr aus.

»Noch mehr Truthahn. Noch mehr Trotzanfälle. Kann's kaum erwarten«, entgegnete sie trocken.

Dann verabschiedeten sich die Erwachsenen mit Umarmungen und Küssen in der Auffahrt.

»Haben die Zwillinge auch genug zu essen für die Fahrt?«, erkundigte sich Barbara besorgt und spähte durchs Seitenfenster zu Freddy, der gerade in seinem Kindersitz ein Weihnachtsplätzchen zerbröselte.

»Das reicht schon, Mum«, versicherte ihr Lauren mit einem verstohlenen Augenzwinkern in Bos Richtung.

»Okay, dann wollen wir mal los«, sagte Nick leicht gereizt und holte den Autoschlüssel aus der Tasche seiner Jeans.

»Wie wäre es, wenn ich im neuen Jahr mal nach Berkshire käme?«, schlug Bo vor, als Lauren die Beifahrertür öffnete und sich in den noblen Ledersitz sinken ließ. »Dann könnten wir ein bisschen quatschen.«

Lächelnd sah Lauren sie an. »Das wäre schön.«

Die restlichen Tage ihres Besuchs verbrachte Bo in ihrem Zimmer und informierte sich auf dem iPad ihrer Eltern über die Street-Food-Szene. In unregelmäßigen Abständen steckte Barbara den Kopf durch die Tür, bot ihrer Tochter Tee an oder machte sich Gedanken, ob Bo womöglich krank sei.

»Mir geht's gut, Mum, kein Grund zur Sorge. Ich hab einfach nur viel zu tun«, versicherte Bo, als Barbara ihr den Handrücken auf die Stirn legte, um ihre Temperatur zu fühlen. Bo fiel auf, dass ihre Mutter flüchtig auf das Tablet in ihrem Schoß blickte, wo gerade eine Webseite über einen Street-Food-Markt in King's Cross geöffnet war, doch beim Abendessen erwähnte Barbara das Thema mit keinem Wort. Obwohl Bo ihren Eltern für deren Zurückhaltung dankbar war, hatte sie den Verdacht, die beiden hofften insgeheim darauf, dass ihr Vorhaben irgendwann im Sande verlaufen würde.

Spät in der Nacht des ersten Weihnachtstages hatte Emil noch auf ihre Nachricht geantwortet und sich dafür entschuldigt, dass er sich nicht früher gemeldet hatte. Er habe bis Heiligabend im Restaurant arbeiten müssen, erklärte er, und sei dann nach Aarhus geflogen, um ein paar Tage bei seinem Vater zu verbringen. In den folgenden Tagen schickten sie sich noch weitere Nachrichten hin und her, deren Inhalt allerdings höflich und diskret blieb, als wären sie sich beide nicht ganz sicher, wie intim sie werden dürften. Bo hätte Emil so gern gesagt, dass sie sich von Ben getrennt hatte, aber sie wusste einfach nicht, wie sie das Thema anschneiden sollte, ohne dass es zu abrupt oder opportunistisch wirkte.

Anstatt also über ihre Gefühle füreinander zu sprechen, chatteten sie über die Arbeit. Bo erzählte Emil von ihrer Geschäftsidee, verschwieg ihm allerdings ihr Vorhaben, eine Speisekarte nach dem Hygge-Prinzip zu erstellen – aus Angst, dass er ihr Konzept für verlogen halten könnte (sie mochte vielleicht einen dänisch klingenden Vornamen haben, aber das gab ihr noch lange nicht das Recht, dänisches Essen zu verkaufen). Auf ihren Plan, sich mit einem Street-Food-Wagen selbstständig zu machen, reagierte Emil allerdings total begeistert und ermutigend, und im Gegenzug erzählte er Bo, dass er von seinen Arbeitgebern das Angebot erhalten habe, ihnen beim Aufbau eines neuen Restaurants in Kopenhagen zu helfen. Das Konzept sah eine einfachere, abgespeckte Karte vor, würde sich aber weiterhin an das ethische Prinzip der neuen nordischen Küche halten, saisonale biologisch angebaute Produkte auf kreative Art zu verarbeiten. Fast beiläufig, als wäre ihm das gerade erst wieder eingefallen, fügte

Emil hinzu, dass man ihm die Position des Chefkochs angeboten hatte.

Das sind ja fantastische Neuigkeiten! Herzlichen Glückwunsch, schrieb Bo zurück. Am liebsten hätte sie noch ein *Ich bin so stolz auf dich* hinzugefügt, traute sich jedoch nicht, weil sie Sorge hatte, dass es zu überheblich klang.

Da das Jahresende kurz bevorstand, kamen sie irgendwann auf ihre Pläne für Silvester zu sprechen. Bo war erleichtert, als sie erfuhr, dass Emil den Abend mit seinem Bruder und dessen Frau bei sich zu Hause in Kopenhagen verbringen würde und nicht zu irgendeiner Party eingeladen war. Sie hatte zwar keine Ahnung, wie eine dänische Silvesterfete ablief, aber sie vermutete, dass man dort Unmengen an Schnaps trank und auf viele hübsche, langbeinige Blondinen traf. Allein der Gedanke ließ eine unerklärliche Eifersucht in ihr aufsteigen. Als Emil sie nach ihren Plänen fragte, erzählte Bo ihm, dass sie bei Freunden feiern würde. *Mit einigen Mädels, die ich noch aus der Schule kenne*, stellte sie klar und hoffte, er würde zwischen den Zeilen lesen und verstehen, dass sie das neue Jahr nicht zusammen mit Ben einläuten würde.

Erneut hing die unausgesprochene Frage im Raum, ob sie einander im neuen Jahr wiedersehen würden. Sie wussten, der Januar würde für sie beide ein hektischer Monat werden, und so – vielleicht, weil keiner von ihnen den Mut hatte zu fragen oder weil sie beide spürten, dass der Zeitpunkt nicht der richtige war – schnitt auch keiner von ihnen das Thema an.

Letztendlich entwickelte sich der Silvesterabend für Bo zu einer deprimierenden Veranstaltung mit billigem Wein, Partyfraß aus dem Supermarkt und der Gesellschaft von Leuten, mit denen sie – wie sie ziemlich bald feststellte – nichts mehr gemeinsam hatte und vor denen sie trotzdem so tun musste, als würde sie sich amüsieren. Während sie in den ersten Morgenstunden des neuen Jahres in der ratternden U-Bahn zurück nach Holloway saß und ihr Bestes gab, die anderen lautstark feiernden Nachtschwärmer im Waggon zu ignorieren, kam ihr der Gedanke, dass sie den Abend lieber bei einem gemeinsamen Essen mit Freunden verbracht hätte als in der winzigen Küche einer Wohnung in Walthamstow, wo sie Wein aus Plastikbechern getrunken hatte und schreien musste, damit man sie über die wummernde Musik hinweg verstand.

Sie war erleichtert, als die Feiertage vorbei waren und sie endlich Zeit hatte, über ihrem Businessplan zu brüten. Ganze Stunden verbrachte sie am Esstisch, über ihren Laptop gebeugt, während sie sich auf einem Block Notizen machte. Im Internet hatte sie eine Anleitung für die Gründung eines mobilen Catering-Unternehmens gefunden, die alles abdeckte – von den gesetzlichen Bestimmungen für den Straßenhandel bis hin zu Gründungskosten und Ratschlägen zum Aufbau einer eigenen Unternehmensmarke. Doch obwohl die Recherche Bo in ihrer Überzeugung bestärkte, dass sie im Street-Food-Bereich am besten ausprobieren konnte, ob eine Karriere in der Gastronomie für sie infrage käme, wurde ihr gleichzeitig bewusst, wie viele Herausforderungen vor ihr lagen.

Zuallererst einmal brauchte sie einen Wagen, aus dem heraus sie ihre Köstlichkeiten anbieten konnte. Ein Besuch auf den Verkaufsseiten setzte ihrem Traum, sich einen so hübschen Oldtimer zu kaufen wie den vor der U-Bahn-Station in Euston, allerdings ein jähes Ende. Retro-Charme hatte seinen Preis, wie sie feststellte. Und dagegen, sich einen schlichten Catering-Wagen anzuschaffen, sperrte sie sich, weil sie gelesen hatte, dass die Stellplätze auf den Märkten und Festivals teilweise nach der Optik der Wagen vergeben wurden. Außerdem war es ihr wichtig, dass ihr mobiles Café dem eleganten und stilvollen Schönheitssinn der Dänen entsprach. Kaffee und Kuchen aus einem weißen Kasten auf Rädern anzubieten passte so gar nicht zu ihrem Konzept.

Mit zurückgeschraubten Erwartungen durchforstete Bo erneut die Seiten, scrollte an den umgebauten Airstream- und Zigeunerwagen vorbei und ignorierte die funktionellen, aber hässlichen Imbisswagen. Sie suchte ein Fahrzeug im charmanten Vintage-Design, das gleichzeitig nicht zu teuer war. Schließlich tauchte das Foto eines umgebauten Pferdeanhängers auf ihrem Bildschirm auf. Der Wagen war zwar klein, aber in seine Wellblechwand war eine Durchreiche mit Holztresen eingelassen, und er strahlte einen ganz eigenen, altmodischen Look aus. Bo klickte auf den Eintrag, um sich über die technischen Einzelheiten zu informieren. Obwohl der Innenraum recht schmal war, verfügte der Wagen über genügend Stauraum und erfüllte alle Bedingungen in puncto Wasser- und Stromversorgung. Was aber noch viel wichtiger war: Der Kaufpreis lag innerhalb ihres Budgets. Bo schloss die Augen und ließ sich in einen Tagtraum entführen, in dem sie in einer rosafarbenen Schürze Brownies über den Tresen des Pferdeanhängers reichte, der auf einem trendigen Street-Food-Markt in London stand. Dieser Traum endete jedoch abrupt, als ihr klar wurde, dass sie sich – wenn sie tatsächlich einen Pferdeanhänger kaufte – auch ein Auto würde anschaffen müssen. Schließlich musste der Wagen irgendwie gezogen werden.

Einige Tage später saß Bo auf dem durchhängenden Sofa eines Indoor-Spielplatzes in Berkshire und schilderte Lauren zwischen zwei Schlucken Kaffee ihr Dilemma. »Ohne ein Auto nützt mir ein Pferdeanhänger nichts, aber wenn ich den Anhänger kaufe, kann ich mir nicht auch noch ein Auto dazu leisten«, sagte sie missmutig. Um sie herum hallte Kindergeschrei von den Wänden wider, und der Soundtrack der *Eiskönigin* drang plärrend aus diversen Lautsprechern.

»Wenn du möchtest, spreche ich mal mit Nick«, bot Lauren an. »Vielleicht können wir dir das Geld fürs Auto leihen.«

Bo blies die Wangen auf und starrte geistesabwesend zu Amelie und Freddy hinüber, die sich in einem riesigen Bällebad mit bunten Plastikkugeln bewarfen. Zwar konnte sie das vor Lauren nicht zugeben, aber sie war nicht begeistert von der Vorstellung, Schulden bei ihrem Schwager zu machen. Das Street-Food-

Unternehmen sollte nur ihr allein gehören, und sie hatte den Verdacht, dass Nick sich für eine Art Anteilseigner halten und ins Geschäft einmischen würde, wenn er bei der Finanzierung geholfen hätte.

»Danke, Lauren, das ist echt lieb, aber das kann ich nicht von dir verlangen«, sagte Bo deshalb. »Mir fällt sicher noch eine andere Lösung ein. Irgendwas ergibt sich immer«, beendete sie das Thema und bemühte sich, optimistischer zu klingen, als sie es tatsächlich war.

In der zweiten Januarwoche hatte sie sich gerade halb durch einen Onlinekurs über Hygiene im Lebensmittelbereich durchgearbeitet, als sie eine Nachricht von Florence erhielt.

Hey, Schatzi, lange nicht gesehen! Wie geht's dir? Lust auf einen Ausflug ans Meer? Dann komm doch für einen Tag nach Hove! Ich hab dir TAUSEND Sachen zu erzählen. xx

Lächelnd blickte Bo auf ihr Display. Unvermittelt befand sie sich gedanklich wieder in dem Café am Jachthafen von Skagen, wo Florence ihr fröhlich plappernd gegenübersaß, und plötzlich überkam sie eine schmerzliche Sehnsucht, ihre Freundin wiederzusehen.

Würde dich TOTAL gerne besuchen. Ich hab dir auch viel zu erzählen.

Dann zeige ich dir mal, wie ein britischer Tag am Meer aussieht. Da kann Skagen sich warm anziehen, versprach Florence.

Es folgte eine Flut von Nachrichten, in denen sie verabredeten, dass Bo am kommenden Wochenende nach Hove fahren würde.

Als der Samstag ins Land zog, kühl und stürmisch, nutzte Bo die Zugfahrt an die Südküste dazu, über den Pferdeanhänger nachzudenken, den sie auf der Verkaufsseite gesehen hatte, und spielte mit Ideen für ihre Speisekarte herum, bis die schaukelnde Bewegung des Zuges sie irgendwann in den Schlaf wiegte. Am Bahnhof Brighton holte Florence sie direkt vom Gleis ab und stand aufgeregt winkend hinter den Ticketschranken, ihre gestrickte Pudelmütze auf dem Kopf. Beim Anblick ihres frechen Grinsens konnte Bo gar nicht anders, als ebenfalls zu strahlen.

Mit Florence' klapprigem Fiat Punto fuhren sie an der Küste entlang nach Hove. Zum ersten Mal seit ihrer Zeit in Dänemark sah Bo das Meer wieder, und obwohl das verbaute Erholungsgebiet der Briten nicht mit der rauen, einsamen Küste Dänemarks mithalten konnte, versetzte der Anblick der sanft schaukelnden, stahlgrauen Wellen Bo dennoch in Verzückung.

In einer Straße, die von weiß angestrichenen viktorianischen Reihenhäusern gesäumt wurde, lenkte Florence ihren Fiat gekonnt in eine Parklücke. Über ihnen kreischten die Möwen, als Bo ihrer Freundin in eins der Häuser folgte und eine schmale Treppe in den ersten Stock hinaufstieg. Dort schloss Florence die Wohnungstür auf und versetzte dieser einen kräftigen Stoß mit der Schulter.

»Chez moi«, verkündete sie in gespielt großspurigem Tonfall. Im Innern des Apartments führte ein unaufgeräumter Flur in ein Wohnzimmer, das selbst an diesem grauen Januartag eine helle und freundliche

Atmosphäre ausstrahlte. Zwei hübsche Schiebefenster ließen den Raum offener wirken, und die Einrichtung des Wohnzimmers sah auf eine ganz eigene Art heruntergekommen und gleichzeitig spielerisch elegant aus. Die Wände waren in einem kräftigen Kobaltblau gestrichen, und vor dem Kamin stand ein orangefarbenes Sofa im Stil der Fünfzigerjahre. Der Couchtisch bestand aus einer umgebauten Holzpalette, unter die man Kunststoffrollen geschraubt hatte. In den Einbauregalen drängten sich Taschenbücher und alte Skizzenbücher, und an der Wand zwischen den Fenstern kauerte ein abgewetzter, mit Leder überzogener Clubsessel aus den Dreißigern.

»Das ist ja toll hier«, murmelte Bo beeindruckt, während sie einige Schritte weiter in den Raum hineinging und ihre Tasche auf dem kleinen Esstisch aus Holz ablegte, der an der Wand stand.

»Hallo, Bo«, ertönte eine Stimme hinter ihr.

Als Bo sich umdrehte, sah sie, wie ein bärtiger Mann sich lächelnd aus einem antiken Ohrensessel erhob, der ihr bisher gar nicht aufgefallen war, da ihr die offene Tür die Sicht darauf versperrt hatte.

»Oh!«, rief sie und war einen Moment lang vollkommen baff.

»Simon … Ich wusste gar nicht … Florence hat überhaupt nicht …«

Fragend warf Bo ihrer Freundin einen Blick zu, die jetzt so frech grinste wie ein Kind, das etwas angestellt hatte.

»Sie wollte dich überraschen. Also: Überraschung!«,

entgegnete Simon scherzhaft und wedelte theatralisch mit den Händen wie eine Revuetänzerin. Dann kam er zu Bo hinüber, und sie begrüßten sich mit Küsschen auf die Wangen.

»Der Bart hat mich völlig aus dem Konzept gebracht. Ich hätte dich fast nicht erkannt«, gestand Bo lachend und betrachtete Simons behaarte Kinnpartie.

»Das war Florence' Idee«, erklärte er mit leicht gequälter Miene. »Sie findet, ich sehe damit *knuddelig* aus.«

»Na ja, knuddelig ist immerhin besser als *mürrisch*«, zog Florence ihn auf und zwinkerte Bo zu.

Einige Sekunden lang stand Bo einfach nur stumm vor Staunen da, bis ihr Gehirn allmählich anfing, das Gesehene zu verarbeiten. »Ich hatte ja keine Ahnung, dass ihr zwei …«, stammelte sie. »Ich meine, wie lange … Wann …«

»Seit wir aus Dänemark zurück sind«, verkündete Florence, die offensichtlich Mitleid mit ihrer völlig verdatterten Freundin hatte. »Ich war in London und hab Simon angerufen, um ihn zu fragen, ob er Lust hätte, was trinken zu gehen, und … na ja … Das Ergebnis siehst du hier.« Lässig hob sie die Schultern. »Ich hab dir doch geschrieben, dass ich viel zu erzählen hab, nicht wahr, Süße?«

»Ja, das hast du«, sagte Bo bestätigend.

Während Florence in die Küche ging, um Tee zu machen, setzte sich Bo neben Simon auf das orangefarbene Sofa.

»Du arbeitest also immer noch an deinem Roman?«,

fragte sie lächelnd, als sie den aufgeklappten Laptop auf einem kleinen Tisch neben dem Ohrensessel entdeckte.

Ein Schatten überzog Simons Gesicht. »Zweite Fassung«, entgegnete er, als würde er damit sämtliche Fragen beantworten.

Florence kam zurück, ein Tablett mit dampfenden Tontassen in den Händen.

»Er behauptet, er will *mich* sehen«, sagte sie, stellte das Tablett auf dem Sofatisch ab und ließ sich in den Clubsessel sinken. »Aber ich glaube, in Wirklichkeit kommt er nur hierher, um zu schreiben.«

Beschämt blickte Simon vor sich hin. »Zwei Fliegen mit einer Klappe ... Ihr wisst schon ...«, murmelte er entschuldigend. »Außerdem dauert es nicht mehr so lange.«

Das hab ich alles schon öfter gehört, signalisierte Florence mit einem demonstrativen Augenverdrehen, doch Bo spürte die Zuneigung hinter den Kabbeleien und fand es seltsam tröstlich, dass Simon und Florence sich immer noch wegen seines Romans aufzogen.

»Hat er dich mittlerweile mal was lesen lassen?«, spielte Bo mit.

Florence stieß ein Grunzen aus. »Natürlich nicht.«

Als Hommage an ihre gemeinsame Zeit im Sommerhaus hatte Bo selbst gebackene Daim-Schokoladen-Muffins mitgebracht, und so saßen sie zu dritt da, tranken Tee, aßen Gebäck und unterhielten sich über ihre Pläne für das vor ihnen liegende Jahr. Florence bereitete sich gerade auf eine Ausstellung vor und arbeitete an einer Reihe von Objekten, die von der Pflanzenwelt der Küste inspiriert waren. Mitten im Erzählen sprang sie plötzlich von ihrem Sessel auf und holte eine Porzellanfliese, in die sie eine ganz fein gezeichnete Dünengrasrispe eingeprägt hatte.

»Oh, wow, die ist wunderschön«, murmelte Bo, während sie die kalte, glänzende Oberfläche mit der Fingerspitze nachfuhr.

»Danke«, entgegnete Florence strahlend.

Bo lehnte sich gegen das mit Knöpfen versehene Rückpolster des Sofas. »Witzigerweise denke ich, seit ich aus Dänemark zurück bin, über einen beruflichen Richtungswechsel nach.«

»Ach, echt?«, fragte Florence interessiert. Dann verfinsterte sich ihr Gesichtsausdruck unvermittelt. »Ich hoffe, du fragst mich jetzt nicht, ob du dir mein Wonder-Woman-Kostüm ausleihen kannst.«

Kichernd stellte Bo ihre Teetasse auf dem Couchtisch ab, holte ihr Handy aus der Tasche und suchte das Foto des umgebauten Pferdeanhängers heraus.

»Du willst dir ein Pferd kaufen?«, erkundigte sich Florence perplex.

Doch Bo schüttelte den Kopf und erzählte den beiden von ihrer Geschäftsidee und wie die Reise nach Dänemark sie darauf gebracht hatte; dass sie das Prinzip von Hygge – sich Zeit für einfache Freuden zu nehmen – dazu inspiriert hatte und dieses Konzept ihrer Meinung nach perfekt zu einem mobilen Café passe. »Zumindest wäre das der Plan, falls ich je ein Fahrzeug finde, das sich zum Verkauf von Speisen eignet. Und hier kommt der Pferdeanhänger ins Spiel«, schloss sie ihren Bericht, und ihre Mundwinkel zuckten betrübt.

»Das ist eine geniale Idee, Süße. Gefällt mir total«, rief Florence begeistert, und selbst Simon sah auf seine typisch zurückhaltende Art beeindruckt aus.

Eine kleine Weile später brachen sie zu einem Spaziergang am Meer auf. In der Ferne sah man die weiße Kuppel und die funkelnden Lichter des Brighton Piers, die über dem Wasser zu schweben schienen, und unter ihren Schuhen knirschten und glitschten die Steine, mit denen der Strand millionenfach übersät war. Simon ging bis an den Rand des Wassers vor, um Kiesel gegen die Brandung hüpfen zu lassen.

»Na, wie es bei euch läuft, brauche ich wohl nicht zu fragen«, sagte Bo und hakte sich bei Florence unter, während sie weiter den Strand entlanggingen.

Auf Florence' Gesicht breitete sich ein vielsagendes Grinsen aus. »Ich glaube, keiner ist davon so überrascht wie ich, Süße«, erwiderte sie dann. »Wie sich herausgestellt hat, ist Simon unter seiner ruppigen Schale ein kleiner Softie.«

»Also doch kein psychopathischer Serienkiller?«, neckte Bo sie.

»Hm, falls er das ist, hat er vielleicht einfach gelernt, es besser zu verbergen«, meinte Florence.

Bo lachte, glaubte allerdings nicht, dass Simon irgendetwas verbarg, eher im Gegenteil. Sein Stirnrunzeln war verschwunden, und er wirkte irgendwie relaxter und offener, als hätte sich die unterdrückte Wut, die immer unter seiner Oberfläche zu schwelen schien, an Florence' heiterem Optimismus abgerieben.

»Und was ist mit dir?«, gab Florence die Frage zurück und warf Bo einen bedeutungsvollen Blick zu. »Hast du seit deiner Rückkehr was von Emil gehört?«

Verlegen lächelte Bo. »Ja, wir haben uns geschrieben«, antwortete sie zurückhaltend. Aus dem Augenwinkel konnte sie Florence' neugierige Miene sehen. »Er hat einen neuen Job. Hilft bei der Gründung eines Restaurant mit, also … wer weiß?« Sie verstummte.

Offensichtlich gelangweilt vom Steinehüpfen, gesellte sich Simon wieder zu ihnen, und so gingen sie zu dritt weiter über den Strand, bis der kalte Wind und der immer dunkler werdende Himmel sie dazu trieben, Zuflucht in einer hell erleuchteten Imbissbude zu suchen.

Dort setzten sie sich an einen der kunststoffbeschichteten Tische und aßen gebackenen Kabeljau und salzige Pommes mit den Fingern.

»Wir sollten Pernille fragen, ob wir noch mal bei ihr wohnen dürfen, findet ihr nicht?«, schlug Florence vor, während sie ihren Fisch mit Malzessig übergoss. »Vielleicht im Frühling, wenn das Wetter besser ist. Und wir fragen Emil, ob er mitkommt. Dann wären wir alle wieder vereint.« Florence' Augen leuchteten vor Aufregung.

»Das wäre toll«, befand Bo wehmütig, »aber momentan kann ich nicht so weit im Voraus planen. Schließlich will ich ein Unternehmen gründen, falls du dich erinnerst.«

»Bos Brötchen«, sagte Simon geistesabwesend, während er geräuschvoll auf einem Stück seines gebackenen Kabeljaus herumkaute.

»Was hast du gesagt, Schatzi?«, erkundigte sich Florence und leckte sich Essig von den Fingern.

Simon schluckte seinen Bissen herunter. »Ein Name für dein Unternehmen. Bos Brötchen. Nur als Vorschlag«, fügte er bescheiden hinzu.

Bo lachte. »Danke, Simon. Das ist sehr eingängig. Gefällt mir, aber ich hab mir bereits einen Namen ausgedacht.«

Erwartungsvoll blickten die beiden sie an.

»Hygge & Kisses«, verkündete Bo.

Kapitel 23

Am Sonntagmorgen wurde Bo vom Summen einer eingehenden Nachricht unsanft aus einem Traum gerissen. Stöhnend schwang sie den Arm zur Seite und tastete auf dem Nachttisch nach ihrem Handy.

Bist du heute zu Hause?, wollte Barbara wissen. Bo rieb sich müde über die Augen und blickte auf die Uhr. Es war neun.

Ja. Wieso?

Bleib da. Dad kommt vorbei.

Leicht verstört, weil ihre Mutter so dringlich klang, starrte Bo auf ihr Display.

Als es eine Stunde später an der Tür klingelte, tappte sie angespannt durch den Flur, um ihren Vater hereinzulassen. Clive trug seine Wochenendcordhose und einen marineblauen Schal um den Hals, den er ordentlich in den Kragen seiner Wachsjacke gesteckt hatte.

»Ich hab schon halb damit gerechnet, dass du noch im Schlafanzug bist«, begrüßte er seine Tochter mit einem herzlichen Lächeln.

Eine Woge der Erleichterung durchfluchtete Bo; das

Verhalten ihres Vaters deutete nicht darauf hin, dass er schlechte Nachrichten zu überbringen hatte.

»Hi, Dad«, grüßte sie zurück und trat zur Seite, damit er an ihr vorbeigehen konnte, doch Clive blieb stehen.

»Du solltest dir vielleicht ein paar Schuhe anziehen«, riet er Bo mit einem Blick auf ihre flauschigen Pantoffeln. Verblüfft schlüpfte Bo in ihre UGGs, schnappte sich ihren Mantel und den Wohnungsschlüssel und folgte ihrem Vater die Steintreppe hinauf, an den Müllcontainern vorbei bis zum Bürgersteig.

»Wo gehen wir denn hin?«, fragte sie perplex. Der Lexus ihres Vaters war nirgendwo zu sehen.

»Das hängt ganz von dir ab«, antwortete Clive, holte einen Schlüssel aus seiner Jackentasche und reichte ihn Bo.

»Was ist das?« Verwirrt sah sie ihren Vater an.

Der packte sie kichernd am Ellbogen und führte sie den Gehsteig entlang. »Graham aus dem Golfclub will ihn schon seit einer Weile loswerden. Mit dem ist er immer zum Angeln gefahren, aber das musste er aufgeben. Seine Arthritis macht dem armen Kerl zu schaffen.«

Bo spürte, dass ihr Vater Gefahr lief, vom Thema abzukommen. »*Wen* wollte er loswerden, Dad?«, fragte sie drängend, um ihn wieder auf Kurs zu bringen. Abrupt blieb Clive stehen, einige Häuser von Bos Wohnung entfernt.

»Den hier«, verkündete er und deutete auf einen dunkelgrünen Land Rover, der an der Bordsteinkante parkte.

Einen Moment lang schwieg Bo, dann stammelte sie: »Ich verstehe nicht … Ist das … Dad, was ist los?« Sie war gleichzeitig aufgeregt, verwirrt und kurz davor loszuheulen.

»Barbara und ich haben uns gedacht, den könntest du vielleicht gebrauchen«, erwiderte Clive. Bo öffnete den Mund, aber es kam kein Ton heraus. »Lauren hat uns angerufen«, erklärte ihr Vater, und um seine blauen Augen bildeten sich kleine Lachfältchen. »Sie hat uns erzählt, du brauchst einen fahrbaren Untersatz für dein Unternehmen, wärst aber zu stolz, uns um Hilfe zu bitten. Der Wagen ist Vollkasko versichert. Betrachte ihn als verfrühtes Geburtstagsgeschenk.«

Sprachlos starrte Bo das Auto vor ihr an. Es war ein kastenförmiges Modell, über zehn Jahre alt, hatte ein paar Kratzer im Lack und eine Beule in der Stoßstange, aber der Wagen wirkte robust und verlässlich. Vollkommen überwältigt brach Bo in Tränen aus.

»Na, na«, flüsterte Clive und legte den Arm um ihre zitternden Schultern.

»Tut mir leid, Dad, es ist nur … Danke!«, sagte sie schluchzend und wischte sich mit dem Ärmel über die Augen.

»Ist schon in Ordnung«, erwiderte Clive beruhigend. Er wartete, bis Bo ein Taschentuch aus ihrem Mantel geholt und sich die Nase geputzt hatte, bevor er hinzufügte: »Okay, du musst noch eine Testfahrt mit dem alten Mädchen hier machen, und ich muss irgendwie nach Hause kommen. Also reiß dich zusammen und lass uns losfahren.«

Gleich am Montagmorgen öffnete Bo als Erstes den Laptop und scrollte sich durch die Verkaufsseite, während sie betete, dass der Pferdeanhänger noch zu haben war. Als sie feststellte, dass die Anzeige immer noch aktiv geschaltet war, tippte sie sofort die Nummer des Verkäufers in ihr Handy ein. Gegen Mittag brauste sie bereits über die A1, auf dem Weg nach Hertfordshire, um den Anhänger zu besichtigen.

Grober Kies knirschte unter den Reifen, während sie den Land Rover an einem Komplex aus landwirtschaftlichen Gebäuden vorbeisteuerte und auf ein gut erhaltenes Bauernhaus zufuhr. Sie parkte den Wagen in der Einfahrt, stieg aus und bückte sich kurz, um den schwarz-weißen Collie zu streicheln, der scheinbar aus dem Nichts aufgetaucht war und aufgeregt an ihren Schuhen schnüffelte. In diesem Moment öffnete sich die Eingangstür des Bauernhauses, und ein etwa fünfzigjähriger Mann in Gummistiefeln und Anorak trat nach draußen. Er stellte sich Bo als Steve vor, schüttelte ihr die Hand und führte sie über den Hof, während der Collie dicht hinter ihm her trottete.

»Das war die Idee unseres Sohnes«, erklärte Steve, als sie an einem Stallgebäude vorbeigingen, aus dem eine Reihe Heu mampfender Ponys herausschaute und sie mit freundlichen Gesichtern beobachtete.

»Er hat uns dazu überredet, den Hänger zu einem mobilen Café umbauen zu lassen«, fuhr Steve fort und quetschte sich an einem rostenden Anhänger aus Eisen vorbei, der vor dem Eingang eines Wellblechschuppens stand. »Der hatte immer schon Flausen im Kopf, wollte die Festivals abfahren und sich da sein Geld verdienen.« Resigniert schüttelte Steve den Kopf und strahlte dabei die leichte Verbitterung eines Vaters aus, der den Schlamassel seines Kindes beseitigen durfte.

»Am Ende des Sommers hatte er natürlich keine Lust mehr darauf, und jetzt reist er irgendwo durch die Weltgeschichte.« Bo überkam das seltsame Gefühl, sich bei Steve für das Verhalten seines Sohnes entschuldigen zu müssen – als wäre sie aufgrund ihres Alters irgendwie mitschuldig.

Im Innern des Schuppens zog Steve an der Ecke einer Abdeckplane, die daraufhin herunterglitt und den Pferdeanhänger enthüllte. Spinnweben und eine dicke Staubschicht überzogen dessen Bogendach und die aus Metallpaneelen bestehenden Außenwände.

»Ich öffne ihn mal für Sie«, bot Steve an und suchte klirrend den passenden Schlüssel aus einem Bund, bevor er das Vorhängeschloss an den Hecktüren öffnete. Vorsichtig kletterte Bo auf das Trittbrett und betrat den Hänger. Der Innenraum war ziemlich schmal – wenn sie die Arme ausstreckte, konnte sie ohne Probleme beide Wände berühren –, aber auf der Arbeitsplatte war genügend Platz für eine Kaffeemaschine, und darunter passte noch ein Kühlschrank. Mit der Hand strich Bo über das Holzbrett, das als Tresen fungierte, und fuhr die von Astlöchern durchzogene Maserung nach.

»Darf ich das aufmachen?«, fragte sie gespannt und zeigte auf die Durchreiche. Da Steve nickte, schob sie die Metallplatte nach außen und drückte sie hoch, bis die Stützstreben an beiden Seiten einrasteten. Eine

Spinne huschte durch die Öffnung und verschwand über den Rand des Tresens. Bo lehnte sich vor, um durch die Luke zu blicken, und gab sich der Fantasie hin, dass sie sich gerade nicht in einem staubigen Schuppen befand, sondern im Trubel eines Street-Food-Marktes, wo sie Kaffee und Kuchen verkaufte. Schließlich drehte sie sich um und sah Steve an, der vor den geöffneten Hecktüren stand.

»Ich bin begeistert«, verkündete sie.

Am Küchentisch des Bauernhauses ging Bo mit Steve die Papiere durch, bevor sie mit zitternder Hand einen Scheck für die Anzahlung ausstellte und versprach, den Pferdeanhänger abzuholen, sobald sie eine Unterstellmöglichkeit für ihn gefunden habe. Leicht unter Schock stehend, fuhr sie nach London zurück. Alles, was sie bisher als Vorbereitung für ihre Firmengründung unternommen hatte – die Onlinekurse, die sie absolviert hatte, die Lizenzen und Genehmigungen, die sie beantragt hatte –, war auf gewisse Weise theoretisch und abstrakt gewesen. Aber jetzt, nachdem sie in dem tonnenschweren Gefährt aus Holz und Metall gestanden hatte, sich gegen die Arbeitsplatte gelehnt und in die Schränke geguckt hatte, begann sich das ganze Unternehmen langsam real anzufühlen und nicht länger wie eine bloße Fantasie.

Bo holte den Pferdeanhänger am darauffolgenden Wochenende ab und verbrachte die nächsten Tage voller Enthusiasmus damit, ihn sauber zu schrubben und mit blassgrüner Farbe anzusprühen. Außerdem bestellte sie ein Transparent mit der Aufschrift Hygge & Kisses, das sie über die Durchreiche hängen wollte, ließ eine dazu passende Schürze anfertigen und kaufte eine gebrauchte Kaffeemaschine nebst Kühlschrank. Eine Woche, nachdem sie ihn das erste Mal besichtigt hatte, stand der Pferdeanhänger strahlend und mit neuem Anstrich in der Mietgarage eines Gewerbeparks abseits der Holloway Road.

Im Februar erhielt Bo die Nachricht, dass man ihr einen regelmäßigen Morgenstandplatz auf einem Bahnhofsvorplatz im Londoner Norden zuerkannt hatte. Deswegen verbrachte sie die nächsten zwei Tage damit, zu backen und immer wieder zu überprüfen, ob sie auch genügend Becher und Packmaterial hatte. Aus Angst, den Wecker nicht zu hören (den sie auf fünf Uhr dreißig gestellt hatte), schlief sie in der Nacht vor dem großen Tag kaum, und wenn sie doch mal eindöste, träumte sie, dass sie am Stellplatz ankam und ihre ganzen Vorräte vergessen hatte oder noch ihren Schlafanzug trug. Die Stunden zogen sich dahin, und als der Wecker schließlich klingelte, war sie regelrecht erleichtert, weil sie sich endlich anziehen und ihre Schachteln mit den selbst gebackenen Köstlichkeiten im Kofferraum ihres Land Rovers verstauen konnte.

Es war noch dunkel, als Bo um kurz vor sieben auf den betonierten Vorplatz einbog. Sie befestigte ihr Hygge & Kisses-Banner am Dach, arrangierte ihre Backwaren zu hübschen Pyramiden, die sie unter den Glasglocken verteilte, und stellte die Tafel mit der Speisekarte auf den Tresen. Dann wartete sie.

Um halb acht fing es an zu regnen: dicke, vereiste Tropfen, die laut aufs Dach des Pferdeanhängers trommelten. Obwohl Bo sich redlich Mühe gab, ihre gute Laune beizubehalten, kam es ihr vor, als wäre sie vollkommen unsichtbar für die mürrisch dreinblickenden, Regenschirm schwingenden Pendler, die über den Vorplatz hasteten. Zitternd zog Bo den Reißverschluss ihrer Daunenjacke bis zum Kinn hoch. Während sie durch die Luke auf den regennassen Asphalt blickte, musste sie sich eingestehen, dass sie zwar ein Catering-Unternehmen nach dem Hygge-Prinzip führte, die Realität aber vielleicht nicht immer hyggelig sein würde. Kurz vor Mittag fuhr sie erschöpft und entmutigt wieder nach Hause. Im Kofferraum des Land Rovers befanden sich noch fast genauso viele *Æbleskiver*, *Snegle* und Muffins wie bei ihrer Abfahrt sechs Stunden zuvor.

An ihrem zweiten Morgen kam allerdings die Sonne heraus – wenn auch nur schwach –, und ein kleiner, aber konstanter Strom von Kunden fand den Weg bis zu ihrer Durchreiche. Bo versuchte ihr Bestes, um mit den Leuten ins Gespräch zu kommen, aber die meisten wirkten entschlossen, so wenig Blickkontakt wie möglich herzustellen, und die Mehrheit ignorierte ihre Auslagen unter den Glasglocken und bestellte lediglich Kaffee. Nach einigen Tagen bemerkte Bo jedoch zufrieden, dass sie sich so langsam einen Kundenstamm aufbaute, von einigen sogar den Namen erfuhr und mittlerweile neben Kaffee auch Gebäck verkaufte. Ab und zu sprachen die Leute sie auf den Namen ihres Unternehmens an, fragten, was Hygge bedeutete oder wie man es aussprach. Deshalb befestigte Bo schließlich ein handgeschriebenes Schild an der Seitenwand des Pferdeanhängers, auf dem sie erklärte, dass Hygge das dänische Prinzip von Gemütlichkeit und Wohlbefinden sei und bedeute, sich Zeit für die kleinen Freuden wie Kaffee und Kuchen zu nehmen.

Anfang März, als die Narzissen im Garten hinter der Wohnung zu blühen anfingen, erhielt Bo einen Anruf von dem Organisator eines Street-Food-Marktes im Süden Londons, der ihr einen Standplatz am kommenden Wochenende anbot, weil jemand in letzter Minute abgesagt hatte.

Während Bo früh am Samstagmorgen Richtung Süden fuhr, verspürte sie fast zu gleichen Teilen Begeisterung und Nervosität. Die Veranstaltung, die im Clapham Common Park stattfand, umfasste einen Bauernmarkt – auf dem alles von französischem Käse bis hin zu selbst gebackenem Brot verkauft wurde – und einen Street-Food-Markt. Als Bo um neun Uhr dort ankam, herrschte auf dem Gelände bereits reger Trubel, während die Händler in geübter Manier ihre Zelte aufstellten, Stromgeneratoren anschlossen und ihre Waren auslegten. Ein Teenager mit Warnschutzjacke winkte Bo zu sich und führte sie zu einem Standplatz, neben dem ein redegewandter Mann Pasteten aus Cornwall verkaufte.

Die ersten Kunden tauchten gegen zehn auf, und innerhalb einer Stunde hatte sich vor dem Pferdeanhänger bereits eine lange Schlange gebildet, die sich kreuz und quer über die Grasfläche wand.

»Lassen Sie noch Platz in Ihrem Magen für eine Pastete zum Mittag«, scherzte Bos Nachbar mit Blick auf die großzügigen Portionen von *Æbleskiver*, die über ihren Tresen wanderten.

Als Bo um halb zwölf kurz aufsah, entdeckte sie zu ihrem Erstaunen Ben an einem der Marktstände. Mittlerweile war es ziemlich voll auf dem Gelände, sodass er von einer Gruppe anderer Kunden umringt war. Deshalb bemerkte Bo erst, als er sich umdrehte und über die Schulter mit jemandem sprach, dass er nicht allein hier war. Im nächsten Moment entfernte er sich ein paar Schritte von dem Stand, und hinter ihm tauchte eine Frau auf, eine zierliche Gestalt mit aschbraunem Haar in einem grauen Mantel. Charlotte. Bo verspürte einen Anflug von Panik, als ihr klar wurde, dass die beiden auf sie zusteuerten, und sie überkam der plötzliche Drang, sich unterm Tresen zu verstecken. Doch die lange Schlange von Kunden vor dem Anhänger machte ein Abtauchen leider unmöglich.

Aus dem Augenwinkel beobachtete Bo, wie Charlotte und Ben unaufhaltsam näher kamen. Ihre Körpersprache zeugte von einer unmissverständlichen Intimität zwischen ihnen: Im Gleichtakt schlenderten sie nebeneinander her, und ihre Arme streiften sich beim Gehen. Charlotte bemerkte Bo als Erste. Bens Aufmerksamkeit wurde gerade von einem Stand mit Bier aus biologischem Anbau gefesselt, aber Charlottes kurzes Stutzen war eindeutig – genau wie ihr leichtes Stupsen mit dem Ellbogen gegen Bens Rippen. Sie flüsterte ihm etwas zu, woraufhin er zu Bo herübersah, und in dem flüchtigen Moment, in dem sich ihre Blicke trafen, spiegelte sich in seinen Augen exakt der gleiche erschrockene Ausdruck wider wie in ihren. Mit Macht richtete Bo ihre Konzentration wieder auf den Kunden, der gerade an der Reihe war, war sich währenddessen jedoch deutlich der Tatsache bewusst, dass Charlotte und Ben herüberschlenderten und sich ans Ende der Schlange stellten.

»Ist ja witzig, euch hier zu treffen«, sagte Bo mit gekünstelter Begeisterung, als die beiden schließlich an die Luke traten.

»Hi, Bo«, grüßte Charlotte etwas verlegen.

»Dann stimmen die Gerüchte also«, merkte Ben an und kratzte sich unbehaglich im Nacken. »Ich hab gehört, du hättest den Beruf gewechselt.«

Unbekümmert zuckte Bo die Achseln. »Könnte man so sagen«, entgegnete sie fröhlich.

Bens Blick verweilte auf ihrem Oberkörper, was sie ein wenig irritierte, bis ihr klar wurde, dass er den Text auf ihrer Schürze las.

»*HYGGE & KISSES. Für ein wenig Gemütlichkeit, immer ein Stück nach dem anderen*«, las Ben laut vor. Charlotte stieß ein nervöses, meckerndes Lachen aus, das Bo und Ben allerdings ignorierten.

»Hygge. Das ist Dänisch, oder?«, erkundigte sich Ben stirnrunzelnd. Er sprach es »Higg« aus, aber Bo entschied sich, ihn nicht zu korrigieren.

»Das stimmt«, gab sie zurück und hielt ihren Tonfall absichtlich neutral.

Gepresst lachte Ben auf.

»Was kann ich denn für euch tun?«, fragte Bo mit Blick auf die Warteschlange hinter ihnen.

»Ich hätte gern einen Latte Macchiato und einen Schokobrownie«, entgegnete Charlotte dankbar.

»Für mich auch«, meldete sich Ben zu Wort, mit dem leicht vorwurfsvollen Gesicht eines Mannes, der nicht übersehen werden wollte. Während die Kaffeemaschine vor sich hin zischte und gurgelte, legte Bo zwei Brownies in eine Pappschachtel und stellte diese auf den Tresen.

»Die sehen fantastisch aus«, murmelte Charlotte.

Ben blickte nur finster vor sich hin.

»Das macht dann fünf Pfund, bitte«, sagte Bo freundlich.

Ben holte sein Portemonnaie heraus und reichte ihr einen Schein durch die Luke. Mit einem Lächeln, das allerdings nicht bis zu seinen Augen reichte, nahm er die Pappschachtel vom Tresen und ging davon, sodass Charlotte ihm mit dem Kaffee hinterherlaufen musste.

»So viel zum Thema ›unangenehm‹«, sagte Kirsten und verzog angewidert das Gesicht, als Bo ihr an diesem Abend in der WG von der Begegnung erzählte. Bo schwang die Beine aufs Sofa und starrte nachdenklich an die Decke.

»Weißt du, eigentlich war es gar nicht so schlimm, wie es hätte sein können«, sagte sie, und in ihrem Ton schwang Überraschung mit. »Wenn überhaupt, hatte ich den Eindruck, ihm war es viel unangenehmer als mir.« Gedankenvoll blickte sie zu Kirsten hinüber, die am Esstisch saß und ein Mikrowellenmenü direkt aus der Packung aß.

»Denkst du, er hat dich damals angelogen, als er meinte, da würde nichts laufen?«

Müde stieß Bo einen Seufzer aus. »Ehrliche Antwort? Keine Ahnung. Von dem her, was ich weiß, könnte da schon monatelang was gelaufen sein. Aber selbst wenn, ich glaube, ich bin nicht ... Es macht mir gar nicht so viel aus.«

»Na, das ist schon mal gut«, kommentierte Kirsten ganz sachlich. »Und wenigstens muss Ben jetzt doch noch deine Schokoladenbrownies probieren«, fügte sie scherzhaft hinzu.

»Allerdings musste er für das Privileg einen Fünfer hinblättern«, merkte Bo an, und ein hinterhältiges Grinsen umspielte ihre Lippen.

In diesem Moment piepte ihr Handy, das auf dem Couchtisch lag. Seufzend lehnte sie sich zur Seite und griff danach.

»Oh, mein Gott«, rief sie dann und starrte perplex aufs Display.

»Die ist aber nicht von Ben, oder?«, fragte Kirsten mit beunruhigtem Blick.

»Nein, von Florence«, entgegnete Bo, und ein Lächeln überzog ihr Gesicht. »Sie und Simon heiraten!«

Kirsten klappte die Kinnlade herunter, während Bo Florence' Nachricht mit einem knappen *IHR MACHT WAS?!* beantwortete.

Darauf folgte ein Telefonat, in dessen Verlauf Florence schilderte, was am vorangegangenen Wochenende passiert war, während Bo und Kirsten gemeinsam über Lautsprecher zuhörten. Atemlos erzählte Florence, dass Simon die zweite Fassung seines Romans fertig geschrieben habe und sie am Samstagabend in Hove essen gegangen seien, um dieses Ereignis zu feiern. »Das war auch noch so ein hübsches Restaurant – da hätte mir eigentlich schon klar sein müssen, dass irgendwas im Busch ist.«

Bo und Kirsten grinsten sich an.

Nach dem Essen waren Simon und Florence über den Strand zurück zur Wohnung gegangen, als es anfing zu regnen. »Und ich meine, so richtig …« Florence legte eine dramatische Pause ein. »Das war, als wären wir wieder in Skagen. Der Regen wurde einem quasi horizontal vom Meer aus ins Gesicht geweht.«

Florence und Simon hatten Schutz hinter einer Reihe von Strandhütten gesucht, und genau dort war es passiert: Während sie zusammengekuschelt unter einem halb kaputten Regenschirm gehockt und zugesehen hatten, wie der Regen in Strömen von den Holzdächern der Hütten geflossen war, hatte Simon sich zu Florence umgedreht und gesagt, dass er sie schon länger etwas fragen wolle.

»Er hatte das richtig geplant, hat 'nen Ring gekauft und all so was«, erzählte Florence und klang dabei gleichzeitig geschmeichelt und ungläubig. »Eigentlich hatte er mit einer klaren Mondscheinnacht gerechnet, stattdessen hat er Platzregen gekriegt, und wir zwei haben ausgesehen wie begossene Pudel.«

Bo und Kirsten brachen einstimmig in verzückte Oh- und Ah-Rufe aus.

Die Hochzeit werde Anfang Mai in Sussex stattfinden, verkündete Florence. »Nichts Großes, nur ein Scheunenfest mit all unseren Freunden.«

»So bald schon!«, rief Bo überrascht aus.

»Du kennst mich doch, Süße. Wenn ich mich mal zu irgendwas entschieden habe, will ich es auch sofort umsetzen. Ihr kommt doch beide, oder?«

»Na, klar!« Kirsten war sofort Feuer und Flamme.

»Das will ich um nichts in der Welt verpassen«, stimmte Bo in die Begeisterung ihrer Freundin mit ein.

Es folgte eine aufgekratzte Unterhaltung, in der die obligatorischen Fragen abgehandelt wurden, die bei einer bevorstehenden Hochzeit aufkamen: das Brautkleid (»nichts Rüschiges«), der Junggesellinnenabschied (»mir egal, Hauptsache, es gibt reichlich Alkohol«) und die Hochzeitsreise (»wahrscheinlich ein Kurztrip in einen Ferienpark, wir sind beide knapp bei Kasse«). Sie wollten sich gerade verabschieden, als Florence Bo fragte, ob sie sich vorstellen könne, etwas für den großen Tag zu backen.

»Nichts Aufwendiges, wir wollen keine mehrstöckige weiße Monstertorte. Vielleicht Cupcakes? Natürlich bezahlen wir dich dafür.«

Bo sagte, dass sie sich geehrt fühle. »Aber ihr braucht mir nichts dafür zu geben«, fügte sie nachdrücklich hinzu, und bevor Florence überhaupt die Chance hatte zu protestieren, schlug Bo vor, auch den Anhänger mitzubringen – vor dem Hintergrund, dass es eine gute Werbemöglichkeit für ihr Unternehmen sei.

»Deal, Schatzi«, stimmte Florence sofort zu.

Als Bo in dieser Nacht im Bett lag, textete sie Florence, um zu fragen, ob Emil von der Verlobung wisse und sie planten, ihn zur Hochzeit einzuladen.

Ja, Simon hat ihm geschrieben, und klar laden wir ihn ein!, kam es zurück. *Ohne ihn wäre es doch kein richtiges Skagen-Treffen!*

Bos Herz machte einen freudigen Satz. Einen Moment lang starrte sie ihr Handy an, dann sog sie energisch den Atem ein und schrieb eine weitere Nachricht.

Hi Emil. Tolle Neuigkeit, das mit Florence und Simon, oder? Denkst du, du schaffst es, zur Hochzeit zu kommen?

Mit klopfendem Herzen legte sie das Handy zurück auf den Nachttisch und schloss die Augen, fest entschlossen, erst wieder am nächsten Morgen darauf zu schauen. Als das Handy jedoch einige Minuten später summte, saß sie sofort kerzengerade im Bett und griff so schnell danach, dass sie eine Box mit Taschentüchern und eine Wasserflasche zu Boden stieß.

Kapitel 24

Am Tag der Hochzeit fuhren Bo und Kirsten um acht Uhr morgens im Land Rover über die M25 – einen Stapel Pappschachteln mit Cupcakes auf dem Rücksitz und den Pferdeanhänger im Schlepptau. Bo hatte ihren iPod an die Stereoanlage angeschlossen und die Lautstärke bis zum Anschlag aufgedreht, um das Brummen des Motors zu übertönen. Voller Inbrunst schmetterte sie das Lied »Single Ladies (Put a Ring on It)« mit.

Neben ihr auf dem Beifahrersitz trank Kirsten Tee aus einer Thermoskanne und kniff im frühsommerlichen Sonnenschein die Augen zu.

»Wieso bist du denn schon so putzmunter?«, fragte sie stöhnend. »Es sollte gesetzlich verboten werden, samstags so früh aufstehen zu müssen.«

Mit einem knirschenden Geräusch wechselte Bo den Gang und setzte eine selbstgerechte Miene auf. »Ich habe heute Morgen bis sieben geschlafen. Das ist mittlerweile wie ausschlafen für mich.«

Gähnend hielt Kirsten sich den Handrücken vor den Mund. »Die Feier findet doch erst um zwei statt«, sagte sie in halbherzigem Protest.

»Weiß ich«, antwortete Bo geduldig. »Aber ich brauche ein bisschen Zeit zum Aufbauen.«

Um kurz vor zehn kamen sie in dem Ort in Sussex an, wo die Feier stattfinden würde. Ein handgeschriebenes Schild auf dem Grünstreifen mit der Aufschrift HOCHZEIT wies ihnen den Weg durch ein offenes Gattertor zu einem holprigen Trampelpfad.

»Wow. Als sie meinte, sie will kein Tamtam, hat sie nicht übertrieben«, stellte Bo fest, als sie durch die Windschutzscheibe eine baufällige Holzscheune erblickte, die vor ihnen auf einem Feld stand. Angesichts der tiefen Schlaglöcher, mit denen der Weg übersät war, verlangsamte sie die Geschwindigkeit hin zu Schritttempo, in Sorge um die in die Jahre gekommene Radaufhängung des Land Rovers.

Auf dem Rasen parkten bereits diverse Autos und Lieferwagen, und auf dem Gelände herrschte rege Betriebsamkeit, während Leute mit Möbeln oder Blumengestecken hin und her eilten. Ein Tieflader senkte gerade eine Reihe mobiler Toiletten auf dem Boden ab, und neben dem Eingang der Scheune lud ein Mann mit schwindendem Haaransatz Lampen und eine Soundanlage aus einem Lieferwagen mit der Aufschrift ICH HAB DEN GROOVE FÜR SIE. Bo brauchte einige Momente, um Florence in dem ganzen Getümmel zu finden, und entdeckte sie schließlich neben einem Ford Transit in T-Shirt und Leggins.

Bo ließ ihr Fenster herunterrollen und lehnte sich hinaus. »Fröhlichen Hochzeitstag!«, rief sie. »Solltest du jetzt nicht eigentlich mit irgendwelchem Brautgedöns beschäftigt sein? Haare und Make-up oder Maniküre?«, fragte Bo, als Florence herübergetrabt kam.

Die Freundin stieß ein angewidertes Grunzen aus. »Oh, bitte, ich hab echt nicht vor, an meinem Hochzeitstag wie 'ne Drag Queen auszusehen. Außerdem ist hier viel zu viel zu tun. Wie dir vielleicht aufgefallen ist, sind wir ein wenig spät dran mit allem.«

Auf dem Rasen vor der Scheune hatte man eine Reihe von Pavillonzelten verschiedener Größen und Formen aufgestellt, die ein provisorisches Vordach bildeten. Bo fuhr den Wagen auf die Grasfläche und stieg aus. Unter den bunten, nicht zusammenpassenden Zeltplanen waren Teppiche ausgelegt, auf denen sich eine ungleiche Ansammlung von Sitzgelegenheiten befand – einschließlich Liegestühlen, Gartenliegen aus Plastik und Sitzsäcken –, wodurch ein Ambiente entstand, das wie eine Kreuzung zwischen einer Hippiekommune und einem Jugendzentrum anmutete.

»Simon! Bo und Kirsten sind da!«, brüllte Florence quer durch den Zeltbereich. Simon, der weiter hinten gerade damit beschäftigt war, ein Korbsofa zurechtzurücken, blickte hoch und winkte.

»Willst du mal die Cupcakes sehen?«, fragte Bo und gestikulierte in Richtung der Pappschachteln auf dem Rücksitz.

Florence klatschte begeistert in die Hände.

Vorsichtig zog Bo eine der Schachteln heraus und hob deren Deckel an. Sie hatte Vanille-Cupcakes gebacken, mit einem Buttercreme-Frosting und essbarem Goldglitter. Jeden der Cupcakes hatte sie mit einem

Fähnchen dekoriert, auf dem entweder *Ja, ich will*, *Mr & Mrs* oder *Just Married* stand.

Florence quiekte vor Entzücken. »Bo, die sind so schön«, schwärmte sie, schlang einen Arm um Bos Hals und drückte sie an sich. »Oh, da fällt mir was ein, Schatzi«, sagte sie unvermittelt. »Ich wollte dir noch was geben. Warte hier!«

Florence zwinkerte ihr zu und rannte über den Weg zu ihrem Auto. Als sie zurückkehrte, hatte sie ein schmales Päckchen unterm Arm, das in einfaches braunes Papier eingewickelt war.

»Nur ein kleines Dankeschön für die Cupcakes«, erklärte sie atemlos.

Bo riss das Papier auf, und zum Vorschein kam die eingerahmte Bleistiftzeichnung einer Meereslandschaft in gedeckten Grün- und Grautönen.

»Oh, das ist ja Grenen!«, rief Bo überrascht, als sie die gebogene Landzunge erkannte, die an beiden Seiten von tosenden Wellen umspült wurde.

»Die Zeichnung hab ich letzten Sommer gemacht. Ich dachte, die könnte dir vielleicht gefallen«, meinte Florence bescheiden.

»Sie ist wunderschön, Florence. Ich werde sie hüten wie einen Schatz«, stammelte Bo, und sie umarmten sich erneut.

Es war bereits nach elf, als Florence und Simon endlich aufbrachen, um sich für die Trauung umzuziehen. Bo hatte den Pferdeanhänger zwischen Scheune und Zeltbereich manövriert und war gerade dabei, ihn abzukoppeln.

»Braucht irgendwer eine Mitfahrgelegenheit zum Hotel?«, rief Florence, während sie hinters Steuer ihres Fiats kletterte.

»Ja, bitte«, brüllte Kirsten zurück. »Du bist doch nicht böse, oder?«, wandte sie sich entschuldigend an Bo.

»Natürlich nicht. Du brauchst nicht unnötig hier rumzuhängen. Wir sehen uns nachher im Hotel.«

Dankbar holte Kirsten ihre Reisetasche aus dem Land Rover und rannte damit zu Florence' Auto hinüber.

Bo sah dem Fiat nach, während der holpernd über den unebenen Weg fuhr, dann blickte sie auf ihre Uhr. Beruhigt, dass sie noch genug Zeit hatte, schloss sie den Generator an und öffnete die Klappe vor der Durchreiche. Anschließend schrieb sie *Herzlichen Glückwunsch, Florence und Simon* in ein rosafarbenes Herz, das sie auf ihre Tafel gemalt hatte, und stellte diese auf den Tresen. Gerade als sie anfing, die Kaffeefilter unterm Wasserhahn abzuspülen, hörte sie eine vertraute Stimme hinter sich. »Was steht denn heute auf der Speisekarte?«

Wie bei einem Stromschlag zuckte Bo zusammen, drehte sich langsam um und sah die obere Hälfte von Emil, eingerahmt vom rechteckigen Rand der offenen Luke. Er trug einen blassgrauen Anzug mit einem fliederfarbenen Hemd, das er am Kragen aufgeknöpft hatte. Sein Gesicht war leicht gebräunt, und über seine Nase zogen sich Sommersprossen.

»Das hängt ganz davon ab«, antwortete Bo unschuldig. »Was hätten Sie denn gern?« Sie klang zwar locker, verriet sich aber durch die Tatsache, dass sie reflexartig die Hand hob, um sich das Haar glattzustreichen.

Emil legte den Kopf in den Nacken, um das Transparent auf dem Dach zu betrachten. »HYGGE & KISSES«, las er langsam und bedächtig. »In diesem Fall – könnte ich bitte einen Kuss haben?«

Lächelnd trat Bo vor, legte die Ellbogen auf den Holztresen und stützte das Kinn auf der Hand auf, sodass ihr Kopf auf gleicher Höhe mit seinem war. »Nur, wenn Sie versprechen, meinen anderen Kunden nichts davon zu verraten«, sagte sie in einem vertraulichen Tonfall. »Sonst wollen die alle einen.«

Sie schloss die Augen, und als Emils Lippen ihre berührten, war es, als lösten sich all die Befürchtungen und Zweifel, die sie seit ihrem Abschied in Skagen verspürt hatte, plötzlich in Luft auf. In diesem Moment zählte nur noch das Hier und Jetzt und dass sie einander wiederhatten.

Die Trauung fand im Veranstaltungssaal des Hotels statt. Florence sah wunderschön aus in ihrem Vintage-Teekleid. In der Hand hielt sie einen selbst gebundenen Brautstrauß aus Wildblumen, während Simon in einem elegant geschnittenen marineblauen Anzug neben ihr stand und von einem Ohr zum anderen strahlte.

Im Anschluss an die Zeremonie kehrten sie zur Scheune zurück und setzten sich zum Essen an zwei lange, parallel verlaufende Tischreihen, die mit flackernden Teelichtern in Glashaltern dekoriert waren. Bo hatte den Platz neben Simons Cousin bekommen, einem griesgrämigen Immobiliensachverständigen, mit dem sie eine höfliche, aber auch irgendwie gestelzte Unterhaltung führte, während sie aus dem Augenwinkel Emil beobachtete, der ihr gegenübersaß und mit einer älteren Verwandten von Florence Small Talk betrieb. Ein paar Plätze weiter war Kirsten in ein angeregtes Gespräch mit einem Freund von Simon vertieft, einem belesen aussehenden Typ Anfang dreißig. Bo fiel auf, dass Kirstens Wangen im Laufe des Essens immer röter wurden und sie zunehmend aufgekratzter wirkte: Mehrmals brach sie in schallendes Gelächter aus oder warf flirtend das Haar nach hinten.

Als Bo nach dem Essen vom Tisch aufstand, erhob Emil sich ebenfalls und bot ihr an, sie bei der Ausgabe von Kaffee und Cupcakes zu unterstützen.

»Ich habe aber noch nie einen Assistenten gehabt«, merkte Bo an, während sie die Hecktür des Pferdeanhängers aufschloss. Emil stieg auf das Trittbrett und musste sich leicht ducken, um nicht mit dem Kopf gegen das obere Ende der Türöffnung zu stoßen.

»Wow, das ist ... ziemlich eng hier drinnen«, stellte er fest und lehnte sich zur Seite, damit Bo einen der wandmontierten Schränke öffnen und eine Packung Kaffeebohnen herausholen konnte.

»Wag es nicht, meinen Pferdeanhänger zu kritisieren«, warnte sie ihn. »Außerdem – du nennst es eng, aber ich ziehe ›gemütlich‹ vor. Wenn nicht sogar hyggelig.« Ein Schmunzeln umspielte ihren Mund.

»So, jetzt mach dich nützlich und mahl Kaffeebohnen.«

Emil bediente die Kaffeemaschine, während Bo Cupcakes durch die Luke servierte. Als alle Gäste versorgt waren, gossen sie sich zwei Gläser Champagner ein und schlenderten damit zurück zum provisorischen Vordach. Dabei kamen sie an Kirsten und Simons Freund vorbei, die tief ins Gespräch versunken auf einer Hollywoodschaukel saßen und offenbar nichts von der Welt um sich herum mitbekamen.

Bo und Emil ließen sich auf ein uraltes Veloursofa sinken, und Emil legte den Arm um ihre Schultern. Instinktiv schmiegte sich Bo an ihn. Ein plötzliches Gefühl von Sentimentalität überkam sie, und ihr war ganz leicht im Kopf. Eine Weile nippten sie schweigend an ihrem Champagner und lauschten dem Gelächter und der Musik, die aus der Scheune drangen.

»Wann fliegst du wieder nach Kopenhagen zurück?«, erkundigte sich Bo schließlich, den Blick auf die Insekten gerichtet, die ihre Kreise über dem Gras drehten und deren Flügel im goldenen Licht der Abendsonne glänzten.

»Morgen Nachmittag«, entgegnete Emil. Verstehend nickte Bo, und erneut breitete sich Stille zwischen ihnen aus. »Aber im Juli komme ich wieder nach London«, fügte Emil wie beiläufig hinzu. Sofort richtete Bo sich auf und drehte sich mit ungläubiger Miene zu ihm um.

»Echt? Wieso?«

»Wegen der Arbeit. Wir übernehmen im Sommer das Catering in einem Hotel. Nur für zwei Wochen.

Pop-up-Restaurant ist wohl die korrekte Bezeichnung dafür.« Scheu lächelte er sie an, während Bo einfach nur zurückstarrte, gefangen zwischen Begeisterung und Nervosität.

»Und musst du dann die *ganze* Zeit arbeiten, wenn du hier bist?«, fragte sie vorsichtig und hoffte, dass das Zittern in ihrer Stimme nicht verriet, wie viel von seiner Antwort abhing.

»Ich werde viel arbeiten müssen, ja«, gab Emil traurig zu, und Bo wandte den Blick ab, weil ihre Augen zu kribbeln begannen. »Deswegen hänge ich danach auch noch eine Woche dran.«

Bo brauchte eine Sekunde, bis sie die Bedeutung seiner Worte verstand. Dann wandte sie sich abrupt zu ihm um und stellte fest, dass er lächelte.

»Eine Woche?«, wiederholte sie.

Emil nickte.

»Und in der musst du nicht arbeiten?«

Er schüttelte den Kopf. »Da hab ich Urlaub«, verkündete er, und hinter den Gläsern seiner Metallbrille trat ein Funkeln in seine Augen. »Weißt du, ich habe mich gefragt, ob du dann vielleicht Zeit hättest, mir ein paar Sehenswürdigkeiten in London zu zeigen …?«

Bo hatte das Gefühl, ihr Herz würde gleich vor Freude platzen. »Sehr gern. Warst du schon mal in Holloway?«, fragte sie und beugte sich zu ihm hinüber, um ihn zu küssen.

»Na, ihr beiden Turteltäubchen!«

Bo drehte sich um und sah Florence auf sich zu schwanken, leicht benommen und rot im Gesicht.

Bo und Emil rutschten auf dem Sofa beiseite, und Florence ließ sich beschwipst neben sie ins Polster fallen, woraufhin eine Sprungfeder irgendwo tief unter ihnen ein drolliges *Boing* von sich gab. Doch Florence schien das gar nicht zu bemerken.

»Ich würde euch ja fragen, ob ihr euch gut amüsiert«, sagte sie, »aber ich glaube, ich kenne die Antwort schon.«

»Wir amüsieren uns sehr gut«, bestätigte Emil. »Aber viel wichtiger ist doch: Amüsierst du dich auch gut?«

Florence stieß ein Grunzen aus. »Verdammt gut, danke, Schatzi. Ich sollte öfter heiraten. Prost!«

Sie hob ihre Champagnerflöte, und zu dritt stießen sie an.

Vor ihnen auf dem Weg lief ein bebrillter Mann in einem dreiteiligen Anzug so taumelnd vorbei, dass sein Rotwein über den Rand seines Glases schwappte. »Das ist Simons Literaturagent«, informierte Florence sie flüsternd, als plauderte sie gerade sensible Informationen aus. »Simon dachte, es wäre gut, ihn auch einzuladen.«

Sie alle sahen zu, wie der Agent die Treppen zu den mobilen Toiletten hochstolperte.

»Hat Simon dich eigentlich je sein Buch lesen lassen?«, erkundigte sich Bo neugierig, nachdem der Mann auf dem Klo verschwunden war.

Florence grinste. »Yep.«

»Und? Spann mich nicht so auf die Folter. Hatten wir recht mit dem skandinavischen Thriller?«, fragte sie wissbegierig.

Florence stieß ein Kichern aus. »Ich bin mir nicht sicher, ob ich dir das verraten darf«, antwortete sie mit Unschuldsmiene und ignorierte Bos flehenden Blick. »Sagen wir mal so. Es war nicht das, was ich erwartet hätte.«

Diese Antwort war zwar wenig zufriedenstellend, aber Bo erkannte, dass sie an diesem Abend nicht mehr aus Florence herauskriegen würde.

Jubelschreie und Gekreische drangen aus der Scheune, wo die Party in vollem Gang war.

»Wenn man sich das so überlegt«, sinnierte Florence, »vor sieben Monaten kannten wir uns alle noch gar nicht. Und jetzt seht uns an. Seltsam, oder?«

Bo nickte. »Ja, ein bisschen schon.« Sie spürte die Wärme von Emils Oberschenkel an ihrem, und erneut kam ein Gefühl von Sentimentalität in ihr auf, das ihr die Kehle zuschnürte. Ihr wurde bewusst, dass sie sich zum ersten Mal seit langer Zeit richtig wohlfühlte, nicht nur in Gegenwart der Menschen um sie herum, sondern auch in ihrer eigenen Haut. Zumindest im Moment schien in ihrem Leben alles genau so zu sein, wie es sein sollte.

»Ich gebe ja dir die Schuld, Emil«, sagte Florence unvermittelt, lehnte sich über Bo hinweg und starrte Emil aus verengten Augen an.

»Schuld?«, wiederholte er erschrocken. »Wofür?«

»Diesen ganzen Hygge-Quatsch im Sommerhaus. Dass wir uns an den kleinen Dingen erfreuen und dankbar sein sollen.« Gespielt angewidert zog Florence die Nase kraus. »Wir waren alle ganz zufrieden mit unserem Depri-Dasein, bis du mit deinem Hygge ankamst. Und jetzt guck dir an, wo das alles hingeführt hat.«

»Da muss ich dir recht geben. Wer braucht überhaupt Hygge?«, pflichtete Bo ihr bei und rümpfte ebenfalls die Nase.

Lachend rieb sich Emil mit der Hand über den Kopf. »Tut mir leid«, entschuldigte er sich dann. »Ich dachte nur, es würde uns dabei helfen, uns besser kennenzulernen.«

»Na ja, damit lagst du gar nicht so falsch, Schatzi«, sagte Florence seufzend, bevor sie sich erneut über Bo hinweglehnte, um Emil liebevoll das Knie zu tätscheln. »Ah, seht mal, da ist mein Mann.«

Durch das Wirrwarr aus Stühlen und Tischen kam Simon auf sie zu. Er hatte seine Krawatte gelockert, und seine Wangen schimmerten rosig.

»Was macht ihr denn alle hier draußen?«, wollte er wissen. »Die Party geht grad so richtig los.« Er fasste Florence bei den Handgelenken und zog sie vom Sofa hoch. Als sie beschwipst aufstöhnte, legte er ihr den Arm um die Taille, um sie zu stützen.

»Ich hab mir ein Lied für dich gewünscht, Bo«, erzählte Simon mit einem Schmunzeln auf den Lippen. »Ich hab dem DJ gesagt, er soll was Anspruchsvolles auflegen, für eine Freundin von uns mit exklusivem Musikgeschmack.«

»Ah, okay«, entgegnete Bo wachsam, da sie den Sarkasmus in seinen Worten witterte. Wie aufs Stichwort dröhnten nun die ersten Töne von *Push the But-*

ton von den Sugababes aus der Scheune. Emil und Florence kicherten.

»Gute Wahl«, befand Bo trocken und stemmte sich aus dem durchhängenden Sofa hoch. »Das ist eins meiner Lieblingslieder.« Sie nahm Emil bei der Hand, und während die untergehende Sonne lange Schatten hinter sie warf, gingen sie zu viert über das Gras und verschwanden – mit der Aussicht auf eine ausgelassene Partynacht – in der Scheune.

Manchmal findet man die Liebe da, wo man sie am wenigstens erwartet hätte …

272 Seiten. ISBN 978-3-7341-0799-3

Josie Avery hat ihren großen Traum wahr gemacht: Sie hat einen Job als Köchin in einem von Seattles angesagtesten Restaurants ergattert! Doch zuerst geht sie für eine Saison nach Alaska, um im Örtchen Ponder in einer Lodge zu arbeiten. Dort verliert Josie ihr Herz – an die wilde, schöne Landschaft Alaskas, und auch Palmer, ein Kunstschmied, mit dem sie sich angefreundet hat, schleicht sich immer wieder in ihre Gedanken, und es fällt ihr nicht leicht, Abschied zu nehmen. Trotzdem reist sie schließlich zurück nach Seattle. Gerade in der Weihnachtszeit jedoch merkt sie, dass ihre Entscheidung vielleicht nicht die beste war. Und dann steht Palmer auf einmal vor ihrer Tür …

Lesen Sie mehr unter: **www.blanvalet.de**

Zwillingsschwestern, geboren unter dem Weihnachtsstern. Ein Lied, das die Herzen aller berührt. Eine Liebe, die unter dem Mistelzweig zu voller Blüte erwacht …

416 Seiten. ISBN 978-3-7341-0779-5

Mia probt für das weihnachtliche Schulkonzert, als der neue Musiklehrer Daniel sie von heute auf morgen ersetzen soll. Dann stirbt auch noch überraschend ihr geliebter Vater. Valerie reist von New York an den Chiemsee, um ihrer Zwillingsschwester beizustehen. Den Schwestern fällt es schwer, nach den langen Jahren, in denen sie seit der Scheidung der Eltern getrennt waren, wieder zur alten Vertrautheit zu finden. Noch nicht einmal ihr gemeinsamer Freund Sebastian kann vermitteln. Da entdeckt Mia Noten für ein geheimnisvolles Weihnachtslied, das ihr Vater einst geschrieben hat. Und damit beginnt sich alles zu verändern …

Lesen Sie mehr unter: **www.blanvalet.de**